O Preço do Amor

Obras da autora publicadas pela Record

Acidente
Agora e sempre
A águia solitária
Álbum de família
A amante
Amar de novo
Um amor conquistado
Amor sem igual
O anel de noivado
O anjo da guarda
Ânsia de viver
O apelo do amor
Asas
O baile
Bangalô 2, Hotel Beverly Hills
O beijo
O brilho da estrela
O brilho de sua luz
Caleidoscópio
A casa
Casa forte
A casa na rua Esperança
O casamento
O chalé
Cinco dias em Paris
Desaparecido
Um desconhecido
Desencontros
Um dia de cada vez
Doces momentos
A duquesa
Ecos
Entrega especial
O fantasma
Final de verão
Forças irresistíveis
Galope de amor
Graça infinita
Um homem irresistível
Honra silenciosa

A herança de uma nobre mulher
Imagem no espelho
Impossível
As irmãs
Jogo do namoro
Jogos perigosos
Joias
A jornada
Klone e eu
Um longo caminho para casa
Maldade
Meio amargo
Mensagem de Saigon
Mergulho no escuro
Milagre
Momentos de paixão
Uma mulher livre
Um mundo que mudou
Passageiros da ilusão
Pôr do sol em Saint-Tropez
Porto seguro
Preces atendidas
O preço do amor
O presente
O rancho
Recomeços
Reencontro em Paris
Relembrança
Resgate
O segredo de uma promessa
Segredos de amor
Segredos do passado
Segunda chance
Solteirões convictos
Sua Alteza Real
Tudo pela vida
Uma só vez na vida
Vale a pena viver
A ventura de amar
Zoya

DANIELLE STEEL

O Preço do Amor

Tradução de
MARIA CLARA DE BIASE FERNANDES

12ª edição

EDITORA RECORD
RIO DE JANEIRO • SÃO PAULO
2025

CIP-Brasil. Catalogação-na-fonte
Sindicato Nacional dos Editores de Livros, RJ

S826p
12ª ed.
    Steel, Danielle, 1948-
    O preço do amor / Danielle Steel; tradução Maria Clara de Biase Fernandes. - 12ª ed. - Rio de Janeiro: Record, 2025.

    Tradução de: Fine things
    Inclui bibliografia
    ISBN 978-85-01-03239-3

    1. Romance norte-americano. I. Fernandes, Maria Clara de Biase. II. Título.

94-1782
                          CDD: 813
                                   CDU: 820(73)-3

Título original norte-americano:
FINE THINGS

Copyright © 1987, 1988 by Danielle Steel
Todos os direitos reservados inclusive os direitos de reprodução total ou parcial sob qualquer forma.

Ao meu amado John e a nossos filhos Beatrix, Trevor, Todd, Nicholas, Samantha, Victoria, Vanessa e Maxx de todo o meu coração e com amor por tudo que vocês são, fazem e significam para mim.

Em memória de uma mulher especial e sua família, Carola Haller.
                            d.s.

Direitos exclusivos de publicação em língua portuguesa para o Brasil adquiridos pela
EDITORA RECORD LTDA.
Rua Argentina, 171 – 20921-380 – Rio de Janeiro, RJ – Tel.: (21) 2585-2000
que se reserva a propriedade literária desta tradução.

Impresso no Brasil

ISBN 978-85-01-03239-3

Seja um leitor preferencial Record.
Cadastre-se e receba informações sobre nossos lançamentos e nossas promoções.

Atendimento e venda direta ao leitor:
sac@record.com.br

EDITORA AFILIADA

Capítulo 1

Era quase impossível chegar à Lexington e à Sixty-third Street. O vento uivava e os montes de neve haviam engolido tudo, exceto os carros maiores. Os ônibus tinham parado em algum lugar perto da Twenty-third Street, onde se amontoavam como dinossauros enregelados. Apenas muito raramente um deles deixava o bando e se aventurava em direção à parte alta da cidade, descendo pesada e desajeitadamente os caminhos abertos pelos limpa-neves para apanhar uns poucos e corajosos passageiros que se precipitavam das portas brandindo freneticamente os braços, escorregando desordenadamente para o meio-fio, arremessando-se sobre os compactos bancos de neve. Subiam nos ônibus com olhos úmidos, rostos vermelhos e, no caso de Bernie, partículas de gelo na barba.

Tinha sido totalmente impossível conseguir um táxi. Ele desistira depois de 15 minutos de espera e começara a caminhar da Seventy-ninth Street para o sul. Freqüentemente ia a pé para o trabalho. Eram apenas 18 quarteirões de porta em porta. Mas hoje, enquanto andava da Madison para Park, virando à direita na Lexington Avenue, percebeu que o vento cortante estava brutal. Quando desistiu tinha apenas percorrido mais quatro quarteirões. Um porteiro prestativo permitiu que esperasse no saguão. Apenas algumas pessoas determinadas aguardavam por um ônibus que demorara horas para chegar no norte, na Madison Avenue, dera a volta e dirigia-se ao sul, pela Lexington, para levá-las ao trabalho. As outras, mais sensíveis, desistiram e decidiram não ir trabalhar quando, naquela manhã, vislumbraram pela primeira vez a nevasca. Bernie estava certo de que a loja estaria quase vazia. Mas não era do tipo de sentar-se em casa sem fazer nada ou ver novelas.

Não fora trabalhar por ser tão compulsivo. A verdade era que Bernie ia ao trabalho seis dias por semana e freqüentemente quan-

7

do não precisava — como hoje — porque amava a loja. Comia, dormia, sonhava e respirava tudo que acontecia do primeiro ao oitavo andar da Wolff's. E este ano era particularmente importante. Esta vam introduzindo sete novas linhas, quatro delas de famosos estilistas europeus. Toda a aparência da moda americana iria mudar nos mercados masculinos e femininos de *prêt-à-porter*. Pensou naquilo olhando os montes de neve enquanto dirigiam-se com dificuldade para a cidade, mas não enxergava mais a neve ou as pessoas que cambaleavam para o ônibus, nem mesmo o que usavam. Em sua mente via as novas coleções de primavera, como as vira em novembro, em Paris, Roma, Milão, vestidas por mulheres deslumbrantes que desciam a passarela rodopiando como encantadoras bonecas, exibindo-se com maestria. Subitamente sentiu-se feliz por ter ido trabalhar hoje. Queria dar outra olhada nos modelos que usariam na semana seguinte, em seu grande desfile de modas. Tendo selecionado e aprovado as roupas, queria certificar-se de que as modelos escolhidas também eram apropriadas. Bernard Fine gostava de participar de tudo, das contas do departamento à compra de roupas, até mesmo da seleção das modelos e desenho dos convites que eram enviados a seus clientes mais exclusivos. Para ele, tudo fazia parte do trabalho. Tudo importava. No que lhe dizia respeito não era diferente de U.S. Steel ou Kodak. Negociavam com um produto — na verdade vários — e a impressão que este causava estava em suas mãos.

A loucura era que se há quinze anos — quando jogava futebol na Universidade de Michigan — tivessem lhe dito que um dia se preocuparia com que tipo de roupas de baixo as modelos usavam e se os vestidos de noite iriam cair bem, teria rido deles... ou talvez até mesmo rebentado seus queixos. Realmente, agora parecia-lhe engraçado. Às vezes sentava-se em seu imenso escritório no oitavo andar, sorrindo consigo mesmo, recordando-se daquele tempo. Quando estava em Michigan tinha sido um atleta versátil, pelo menos nos primeiros dois anos. Depois se entusiasmara por literatura russa. Dostoiévski fora seu herói durante a primeira metade do penúltimo ano, igualando-se apenas a Tolstói, seguido quase imediatamente por Sheila Borden, de fama ligeiramente menor. Ele a encontrara em Russo I. Quando chegou à conclusão de que não poderia fazer justiça aos clássicos russos se tivesse de lê-los traduzidos, fez um curso rápido em Berlitz que lhe ensinou a perguntar pela agência de cor-

8

reios, albergues e encontrar o trem com uma pronúncia que impressionou enormemente seu professor. Mas Russo I aquecera sua alma. E também Sheila Borden. Ela se sentara na fileira da frente, com cabelos negros compridos e lisos descendo romanticamente — ou assim ele o pensou — até a cintura, o corpo muito firme e ágil. O que a trouxera à aula de russo fora sua fascinação por balé. Dançava desde os cinco anos, explicara-lhe na primeira vez em que conversaram — e não se entende de balé enquanto não se 'entende os russos. Estivera nervosa, veemente, os olhos arregalados. Seu corpo era um poema de simetria e graça que o manteve enfeitiçado quando, no dia seguinte, foi vê-la dançar.

Sheila nascera em Hartford, Connecticut. Seu pai trabalhava num banco, o que parecia a ela plebeu demais. Ansiava por uma história que incluísse maior comoção, a mãe numa cadeira de rodas... o pai tuberculoso que teria morrido logo após ela ter nascido... Bernie teria rido dela no ano anterior, mas não em seu penúltimo ano. Aos vinte anos a levou muito, muito a sério. Ela era uma bailarina fabulosa, explicou Bernie à sua mãe quando foi passar as férias em casa.

— Ela é judia? — perguntou a mãe quando ouviu o nome. Sheila sempre soara-lhe irlandês e Borden era verdadeiramente assustador. Mas poderia ter sido um dia Boardman, ou Berkowitz, ou muitas outras coisas, o que as tornava, covardemente, ao menos aceitáveis. Bernie ficara seriamente aborrecido por ela ter feito a pergunta com que o atormentara durante a maior parte de sua vida, até mesmo antes que ele se importasse com garotas. Sua mãe perguntava aquilo sobre todos. "Ele é judeu... ela é... qual é o nome de solteira da mãe dele?... o *bar mitzvah* foi no anó passado?... o que você falou que o pai dele fazia? Ela *é* judia, não é?" Não eram todos? Pelo menos todos que os Fine conheciam. Os pais queriam que ele fosse para Columbia, ou até mesmo a Universidade de Nova York. Poderia viajar diariamente, disseram. De fato, a mãe tentou insistir naquilo. Mas ele fora aceito apenas na Universidade de Michigan, o que tornou a decisão fácil. Estava salvo! E partiu para a Terra da Liberdade, para encontrar centenas de louras de olhos azuis que nunca ouviram falar em peixe *gefilte, kreplach* ou *knishes* e não tinham a menor idéia de quando era a Páscoa dos judeus. Foi uma mudança bem-vinda. A essas alturas já tinha namorado todas as garotas em Scarsdale pelas quais a mãe era fascinada

9

e estava farto delas. Queria alguma coisa nova, diferente, talvez um pouquinho proibida. E Sheila era tudo aquilo. Além do mais, era inacreditavelmente bonita, com enormes olhos negros e fios de cabelo cor de ébano. Ela o apresentou a autores russos dos quais nunca ouvira falar e eles leram todos — traduzidos, é claro. Durante as férias, Bernie tentou em vão discutir os livros com seus pais.

— Sua avó era russa. Se queria aprender russo, podia ter aprendido com ela.

— Não era a mesma coisa. Além do mais, vovó falava ídiche o tempo todo... — A voz dele tinha sumido aos poucos. Odiava discutir com eles. Sua mãe adorava discutir sobre tudo Era a coisa principal em sua vida, seu maior deleite, o esporte predileto. Discutia com todo mundo, especialmente com ele.

— Não fale dos mortos com desrespeito!

— Não estava falando com desrespeito. Eu disse que vovó falava ídiche o tempo todo...

— Também falava russo maravilhosamente. E que bem isso vai te fazer agora? Deveria estar tendo aulas de ciências, é disso que os homens precisam hoje neste país... economia... — Queria que ele fosse médico como o pai, ou, em último caso, advogado. O pai era cirurgião de garganta, considerado um dos homens mais importantes em sua área. Mas Bernie nunca se interessara em seguir seus passos, nem mesmo quando criança. Ele o admirava muito. Mas odiaria ser médico. Queria fazer outras coisas, apesar dos sonhos da mãe.

— Russo? Quem fala russo além dos comunistas? — Sheila Borden... era ela quem... Bernie olhou desesperado para a mãe. Era atraente, sempre o fora. Quanto a isso, nunca se sentira embaraçado com a aparência dos pais. O pai era um homem alto, magro, com olhos negros, cabelos cinzentos e um olhar freqüentemente distraído. Amava o que fazia e estava constantemente pensando em seus pacientes. Mas Bernie sempre soube que ele estava lá, caso precisasse. E a mãe há anos pintava os cabelos de louro, "Sol de Outono", chamava-se a cor e ficava bem nela. Tinha olhos verdes, os quais Bernie herdara, e cuidara bem da imagem. Usava roupas caras que ninguém nunca realmente notava — costumes azul-marinho e vestidos pretos que tinham custado uma fortuna em Lord and Taylor ou Saks. Por alguma razão, para Bernie ela parecia-se apenas como uma mãe. — Afinal de contas, por que aquela garota estuda russo? De onde são os pais dela?

10

— Connecticut.

— Onde em Connecticut? — Bernie teve vontade de perguntar se ela estava planejando visitá-los.

— Hartford. Que diferença faz?

— Não seja grosseiro, Bernard. — Ela parecia aborrecida. Bernie dobrou seu guardanapo e recuou a cadeira. Jantar com ela sempre lhe deu dores de estômago. — Onde você vai? Não foi dispensado. — Como se ainda tivesse cinco anos. Às vezes odiava vir para casa. E então sentia-se culpado por isso. Em seguida ficava maluco com ela por fazê-lo sentir-se culpado...

— Tenho de estudar algumas coisas antes de voltar.

— Graças a Deus não está mais jogando futebol. — Sempre dizia coisas como aquela que o faziam desejar rebelar-se. Dava-lhe vontade de virar-se e dizer-lhe que voltara para o time... ou que agora estava estudando balé com Sheila, apenas para chocá-la um pouco...

— A decisão não é necessariamente definitiva, mãe.

Ruth Fine lançou-lhe um olhar penetrante.

— Fale com seu pai sobre isso. — Lou sabia o que tinha de fazer. Já conversara detalhadamente com ele. Se Bernie em qualquer ocasião quiser voltar a jogar futebol, ofereça-lhe um novo carro... Se Bernie soubesse, teria derrubado a casa e não apenas recusado o carro, mas voltado a jogar futebol imediatamente. Odiava ser subornado. Odiava o modo pelo qual ela às vezes pensava e o modo superprotetor com que o tratava, apesar das atitudes mais sensíveis do pai. Era difícil ser filho único. Quando voltou para Ann Arbor e viu Sheila, ela concordou com ele. Para Sheila as férias também não foram fáceis. E não tinham conseguido de modo algum se encontrar, apesar de Hartford não ser exatamente o fim do mundo, mas bem poderia ter sido. Os pais dela a tiveram tarde e agora a tratavam como uma porcelana, apavorados cada vez que saía de casa, temendo que se machucasse, fosse assaltada, estuprada, caísse no gelo, encontrasse o homem errado ou fosse para a faculdade errada. Tampouco tinham se impressionado com a idéia da Universidade de Michigan, mas Sheila insistira em ir. Mas era exaustivo tê-los se pendurando nela por todos os lados. Sabia exatamente o que Bernie queria dizer. Depois dos feriados da Páscoa, arquitetaram um plano. No próximo verão iriam se encontrar na Europa e viajar por pelo menos um mês, sem contar para ninguém. E foram.

Foi glorioso ver juntos, pela primeira vez, Veneza, Paris e Roma. Sheila estivera loucamente apaixonada. Enquanto deitavam-se nus numa praia deserta em Ischia, com os cabelos muito negros dela caindo sobre os ombros, Bernie teve certeza de que nunca tinha visto alguém tão fascinante. Tanto que estava secretamente pensando em pedi-la em casamento. Mas calou-se. Sonhou em ficarem noivos durante os feriados de Natal e em se casarem depois que se formassem, em junho próximo... Também foram à Inglaterra e Irlanda. De Londres voltaram para casa, no mesmo avião.

Como sempre, seu pai estava operando. A mãe o apanhou, apesar do telegrama de Bernie dizendo que não. Acenando ansiosamente para ele, parecia mais jovem do que era no novo costume bege de Ben Zuckerman, com os cabelos arrumados somente por causa dele. Mas, quaisquer que fossem os bons sentimentos que Bernie teve pela mãe, estes desapareceram quando ela imediatamente avistou sua companheira de viagem.

— Quem é ela?

— Esta é Sheila Borden, mamãe. — A sra. Fine dava a impressão de que ia desmaiar.

— Vocês viajaram juntos todo este tempo? — Eles tinham lhe dado dinheiro suficiente para seis semanas. Fora seu presente pelo 21º aniversário. — Viajaram *juntos* tão... tão... descaradamente...? — Ele teve vontade de morrer enquanto a ouvia. Sheila sorria-lhe como se não ligasse a mínima.

— Tudo bem... não se preocupe, Bernie... tenho mesmo de pegar o ônibus para Hartford... — Ela lhe deu um sorriso confidencial, apanhou a mochila e literalmente desapareceu sem dizer adeus, enquanto a mãe começava a esfregar os olhos.

— Mamãe... por favor...

— Como pôde mentir para nós desse jeito?

— Não menti para vocês. Eu lhes disse que ia encontrar amigos. — O rosto dele estava vermelho. Quis que o chão se abrisse e o engolisse. Desejou nunca mais ver a mãe.

— Você chama *aquela* de amiga?

Bernie pensou imediatamente em todas as vezes que tinham feito amor... em praias, parques, perto de rios, minúsculos hotéis... Nada que a mãe jamais dissesse poderia apagar aquelas lembranças e ele a olhou fixa e desafiadoramente.

— Ela é a melhor amiga que tenho! — Ele apanhou sua maleta e começou a sair sozinho do aeroporto, deixando-a de pé lá, mas

12

cometera o erro de virar-se uma vez para trás para olhá-la. A mãe ficara no mesmo lugar, chorando abertamente. Não podia fazer aquilo com ela. Voltou, desculpou-se e mais tarde odiou-se por isso. Seja como for, na volta à faculdade, no outono, o romance florescera. Dessa vez, quando voltaram para o Dia de Ação de Graças, Bernie dirigiu até Hartford para ser apresentado à família de Sheila. Tinham sido frios, porém polidos, obviamente surpresos por alguma coisa que Sheila não dissera. Quando voltaram de avião para a faculdade, Bernie a indagou.

— Ficaram contrariados por eu ser judeu? — ele estava curioso. Perguntou a si mesmo se os pais de Sheila eram tão intransigentes quanto os dele, apesar de aquilo quase não parecer possível. Ninguém podia ser tão intransigente quanto Ruth Fine, pelo menos não a seus olhos.

— Não. — Sheila sorriu distraidamente, acendendo um cigarro de maconha na última fileira do avião, de volta para Michigan. — Apenas surpresos, eu acho. Nunca pensei que fosse tão importante que tivesse de mencionar. — Gostava daquilo nela. Sheila não se atrapalhava com nada. Nada jamais era muito importante. Deram uma rápida tragada antes que apagassem cuidadosamente o cigarro e ela colocasse a guimba num envelope em sua bolsa. — Eles te acharam simpático.

— Eu os achei simpáticos também. — Mentiu. Na verdade ele os achara extremamente maçantes e estava surpreso pela mãe dela ter tão pouco estilo. Conversaram sobre o tempo, notícias do mundo e absolutamente mais nada. Era como viver num vazio ou suportar um incessante noticiário do dia. Sheila parecia tão diferente, mas então novamente disse a mesma coisa sobre ele. Chamou sua mãe de histérica depois da única vez em que se encontraram. Ele não discordara. — Eles vêm para a formatura?

— Você está brincando? — Ela riu. — Minha mãe já chora falando sobre isso. — Bernie ainda pensava em casar-se com ela, mas não lhe dissera nada. Ele lhe fez uma surpresa no Dia dos Namorados com um pequeno e lindo anel de brilhante que comprara com dinheiro que seus avós tinham lhe deixado quando morreram. Era um solitário pequeno com lapidação de esmeralda, bem-feito, de apenas dois quilates, mas a pedra era perfeita. No dia em que o comprou seu coração ficou apertado em todo o caminho para casa, de tão excitado que estava. Ele a tinha surpreendido, beijando-a fortemente na boca e atirando o embrulho vermelho em seu colo com um gesto displicente.

— Veja se serve, garota.

Ela pensara que era uma brincadeira e riu até desembrulhá-lo. E então sua boca se abriu e ela rompeu a chorar. Atirara a caixa de volta e saíra sem uma palavra enquanto ele ficava de pé boquiaberto, olhando. Nada fazia qualquer sentido para ele, até que Sheila voltou para conversar sobre aquilo mais tarde, naquela noite. Os dois tinham quartos, mas, na maioria das vezes, ficavam no dele. Era maior, mais confortável e ele tinha duas escrivaninhas. Sheila olhava para o anel na caixa aberta sobre a dele.

— Como você pôde fazer uma coisa como essa? — Ele não entendeu. Talvez ela pensasse que o anel era muito grande.

— Uma coisa como o quê? Quero me casar com você. — Os olhos dele tinham sido ternos enquanto se dirigia para ela, mas Sheila virou-se e atravessou o quarto.

— Pensei que tivesse compreendido... todo este tempo pensei que tudo fosse tranqüilo.

— O que é que isso quer dizer?

— Significa que pensei que tivéssemos um relacionamento bem equilibrado.

— Claro que temos. O que isso tem a ver com tudo?

— Não precisamos de casamento... não precisamos de todas essas drogas tradicionais. — Ela o olhou enojada e Bernie ficou chocado. — Tudo de que precisamos é do que temos agora, enquanto durar. — Era a primeira vez que ele a ouvira falar daquele modo e se perguntava o que tinha acontecido com ela.

— E quanto tempo é isso?

— Hoje... a próxima semana... — Ela deu de ombros. — Quem se importa? Que diferença faz? Mas você não pode determinar isso com um anel de brilhante.

— Bem, desculpe-me. — Mas subitamente ele ficou furioso. Agarrou a caixa, fechou-a com um estalo e a atirou dentro de uma das gavetas de sua escrivaninha. — Peço desculpas por ter feito uma coisa tão tipicamente burguesa. Acho que meu provincianismo estava se mostrando de novo.

Ela o olhou de um jeito diferente.

— Não tinha a menor idéia de que estivesse levando isto tão a sério. — Parecia intrigada, como se subitamente não conseguisse

se lembrar do nome dele! — Pensei que você compreendesse tudo...
— Sentou-se no sofá e o olhou fixamente enquanto ele caminhava
a passos largos para a janela e então voltava-se para olhá-la.
— Não. Você sabe de uma coisa? Eu não compreendo nada.
Estamos dormindo juntos há mais de um ano. Basicamente vivemos juntos, fomos juntos à Europa no ano passado. O que pensou
que isto era? Uma aventura sem conseqüências? — Não para ele.
Não era aquele tipo de homem, nem mesmo aos 21 anos.
— Não use essas palavras ultrapassadas. — Sheila levantou-se
e espreguiçou-se como se estivesse entediada. Bernie notou que ela
não usava sutiã, o que apenas tornava as coisas piores. Pôde subitamente sentir seu desejo por ela aumentando.
— Talvez seja apenas muito cedo. — Ele a olhou esperançosamente, levado tanto pelo que sentia entre as pernas quanto pelo que
sentia no coração e odiando-se por isso. — Talvez a gente precise
apenas de mais tempo.
Mas ela estava balançando a cabeça. E não lhe deu um veijo
de boa-noite quando caminhou para a porta.
— Não quero nunca me casar, Bern. Não tenho saco. Quando
nos formarmos, quero ir para a Califórnia e ficar um pouco na minha. — Ele pôde subitamente apenas imaginá-la lá... numa comunidade.
— Que tipo de vida é "ficar na minha"? Não leva a lugar algum!
Ela deu de ombros com um sorriso.
— Isso é tudo que quero agora, Bern. — Olharam-se fixamente durante um longo tempo. — De qualquer modo, obrigada pelo
anel. — Ela fechou suavemente a porta enquanto saía e Bern sentou-
se sozinho no escuro durante um tempo muito longo, pensando nela. Ele a amava tanto, ou pelo menos, assim o achava. Mas nunca
enxergara este lado dela, esta indiferença casual ao sentimento alheio.
Então subitamente lembrou-se de como Sheila tratara os pais quando a tinham visitado. Não parecia realmente ligar muito para o que
sentiam e sempre o achou maluco quando telefonava para os parentes ou comprava um presente para a mãe, antes de ir para casa.
Bernie lhe enviara flores em seu aniversário e Sheila rira dele. Agora acudia-lhe tudo aquilo. Talvez ela não ligasse a mínima para ninguém, nem mesmo para ele. Estava apenas se divertindo e fazendo
o que tinha vontade no momento. E até agora ele fora o que lhe
convinha, mas o anel de noivado não. Quando foi para a cama,

colocou-o de volta na gaveta. Seu coração parecia uma pedra quando deitou-se na cama no escuro, pensando nela.

E, depois daquilo, as coisas não melhoraram muito. Sheila unira-se a um grupo de desenvolvimento mental e um dos assuntos que aparentemente gostavam mais de discutir era o relacionamento deles. Voltava para casa e quase sempre atacava seus valores, objetivos, o modo pelo qual falava com ela.

— Não fale comigo como se eu fosse uma criança! Sou uma mulher, merda! E não se esqueça de que essas suas bolas são apenas decorativas... Sou tão esperta quanto você, tenho a mesma fibra... minhas notas são tão boas quanto as suas... a única coisa que não tenho é esse pedaço de pele pendurado entre as pernas e, seja como for, quem se importa?

Ele ficou horrorizado e mais ainda quando ela deixou o balé. Continuou com o russo, mas agora falava muito sobre Che Guevara. Começara a usar botas de combate e acessórios que tinha comprado na loja de saldos do Exército. Gostava particularmente de camisetas de homem, usadas sem sutiã, com os bicos escuros facilmente visíveis. Bernie estava começando a ficar embaraçado ao andar pela rua com ela.

— Não está falando sério? — perguntou ela quando conversaram bastante sobre o baile de formatura e ambos concordaram que era ultrapassado demais, mas ele admitira que ainda assim queria ir. Era uma lembrança para guardar para o futuro. Finalmente ela concordara. Mas se apresentara no apartamento usando roupas de faxina do Exército abertas até a cintura e uma camiseta vermelha rasgada por baixo. As botas não eram genuinamente militares, mas bem que pareciam. Eram réplicas perfeitas, pintadas com tinta dourada. Quando a olhou espantado, chamou-as de meus "novos sapatos de festa", rindo. Bernie estava com o *smocking* branco que usara num casamento, no ano anterior. Seu pai o havia comprado no Brooks Brothers e caía-lhe perfeitamente bem. Estava muito bonito de pé lá, com os cabelos castanho-avermelhados, olhos verdes e o princípio de um bronzeado de verão. Mas Sheila estava ridícula e ele disse:

— É uma grosseria para com os rapazes que levam isso a sério. Se nós vamos, devemos nos vestir com respeito.

— Ora, pelo amor de Deus. — Ela atirou-se na cama com um olhar de total desdém. — Você parece lorde Fauntleroy. Cristo, espere até eu contar pra minha turma.

16

— Não ligo a mínima para a sua turma! — Foi a primeira vez que perdeu a paciência com ela por causa daquilo. Sheila pareceu surpresa quando Bernie adiantou-se e ficou de pé ao lado dela, deitada na cama, balançando as longas e graciosas pernas nas roupas de Exército e botas de combate douradas. — Agora mexa-se, volte para seu quarto e troque de roupa.

— Não enche. — Ela olhou para cima, sorrindo.

— Falo sério, Sheila. Você não vai com esta roupa.

— Sim, eu vou.

— Não, não vai.

— Então nós não vamos.

Ele hesitou durante uma fração de segundo e dirigiu-se a passos largos para a porta do quarto.

— *Você* não vai. Eu vou. Sozinho.

— Divirta-se. — Ela acenou-lhe e Bernie saiu furioso, mas calado. Foi ao baile sozinho e não se divertiu. Não dançou com ninguém mas ficou lá de propósito para desafiá-la. Mas Sheila tinha arruinado sua noite. E arruinou a formatura com o mesmo tipo de habilidade, apenas pior, porque a mãe dele estava na platéia. Quando Sheila subiu ao palco... e uma vez que teve o diploma nas mãos... virou-se e fez um pequeno discurso sobre como eram sem sentido os gestos simbólicos da instituição. Havia mulheres oprimidas em todo o mundo. E em nome delas e no seu próprio, rejeitava o chauvinismo da Universidade de Michigan. Depois começou a rasgar o diploma no meio enquanto toda a platéia ficava boquiaberta. Bernie teve vontade de chorar. Não havia absolutamente nada que ele pudesse dizer para sua mãe depois daquilo. E muito menos pôde dizer a Sheila naquela noite, antes que ambos começassem a empacotar suas coisas. Nem mesmo lhe disse como se sentia sobre o que ela fizera. Não confiou em si mesmo para falar nada. Na verdade conversaram muito pouco, enquanto Sheila tirava as coisas das gavetas dele. Os pais de Bernie estavam jantando com amigos no hotel. No dia seguinte, se uniria a eles num almoço para comemorar sua formatura, antes que todos voltassem para Nova York. Mas, naquele momento, olhou para Sheila em desespero. Os últimos semestres pareciam prestes a desaguar no bueiro. Ficaram juntos nas últimas semanas por conveniência e hábito. Mas ele ainda não podia aceitar a separação. Apesar de ter feito planos de viajar para a Europa com os pais, não podia acreditar que tinham chegado ao fim. Era estranho como ela podia ser apaixonada na cama e fria em tudo o mais. Aquilo o confundira desde o primeiro dia em que se encontraram. Mas descobriu que era completamente incapaz de ser objetivo em relação a ela. Sheila foi a primeira a quebrar o silêncio. — Amanhã à noite vou para a Califórnia.

Ele pareceu atordoado.

— Pensei que seus pais quisessem que fosse para casa.

Sheila sorriu e jogou um punhado de meias na mochila.

— Acho que sim. — Deu novamente de ombros e ele sentiu de repente um irresistível ímpeto de lhe dar uma bofetada. Estivera mesmo apaixonado... quisera casar-se com ela... e tudo com que Sheila se importava era com o que queria. Era o ser humano mais egocêntrico que ele jamais encontrara. — Vou voar *standby** para Los Angeles. E acho que de lá arranjarei uma carona para San Francisco.

— E depois?

— Quem sabe? — Ela estendeu as mãos, olhando para Bernie como se tivessem acabado de se conhecer, não como os amigos e amantes que tinham sido. Sheila fora a parte mais importante de sua vida durante os últimos dois anos na Universidade de Michigan. Agora se sentia como um completo idiota. Dois anos perdidos com ela. — Por que não vai para San Francisco quando voltar da Europa? Não me importaria de ver você lá. — Não se *importaria*? Depois de dois anos?

— Não creio que vá. — Ele sorriu pela primeira vez em horas, mas os olhos ainda estavam tristes. — Tenho de procurar um emprego. — Sabia que aquilo não a preocupava. Os pais lhe deram vinte mil dólares quando ela se formou e, Bernie notou, ela não os tinha rasgado. Possuía dinheiro suficiente para viver na Califórnia durante muitos anos. E ele não procurara efetivamente trabalho porque não estava certo sobre o que ela iria fazer. Sentiu-se mais idiota ainda. O que mais desejava era conseguir um emprego numa pequena escola da Nova Inglaterra, ensinando literatura russa. Ele se candidatara e esperava respostas.

---

*Modo de viajar muito difundido nos EUA e Inglaterra pelo qual os passageiros compram bilhetes com desconto e esperam no aeroporto por uma vaga no avião. (*N. da T.*)

— Não é estupidez ser sugado pela instituição, Bern, trabalhar num emprego que odeia por dinheiro de que não precisa?

— Fale por você. Meus pais não pretendem me sustentar pelo resto da vida.

— Nem os meus. — Ela pronunciou as palavras com veemência.

— Está planejando procurar um emprego na Costa Oeste?

— Possivelmente.

— Fazendo o quê? Desfilando com isso? — Ele apontou para as calças de *jeans* e botas. Sheila pareceu aborrecida.

— Um dia você será exatamente como seus pais. — Foi a coisa pior que podia ter dito, enquanto fechava o zíper da mochila e depois estendia a mão para ele. — Até logo, Bernie.

Era ridículo, pensou consigo mesmo enquanto a encarava.

— É só? Depois de quase dois anos, "até logo"? — Havia lágrimas nos olhos dele. Agora não se importava com o que ela pensasse. — É duro acreditar... a gente ia se casar... ter filhos.

Ela não parecia divertida.

— Isso não foi o que combinamos.

— O que combinamos, Sheila? Simplesmente nos iludirmos durante dois anos? Estava apaixonado por você, por mais difícil que seja acreditar nisso agora. — Subitamente não pôde imaginar o que tinha visto nela e odiou admitir que a mãe estava certa. Mas estava. Desta vez.

— Acho que também te amava... — Os lábios dela tremeram apesar de seus esforços para controlar-se. De repente foi para Bernie, que agarrou-se a ela no quarto pequeno e vazio que um dia fora um lar para eles. — Sinto muito, Bernie... acho que tudo mudou... — Ambos choravam. Ele assentiu com a cabeça.

— Eu sei... não é culpa sua... — A voz dele estava rouca enquanto se perguntava de quem era então. Beijou-a e Sheila ergueu os olhos para ele.

— Vá a San Francisco, se puder.

— Tentarei. — Mas nunca o fez.

Sheila passou os três anos seguintes numa comunidade perto de Stinson Beach. Bernie perdeu totalmente sua pista até que finalmente recebeu um cartão de Natal com a fotografia dela. Nunca a teria reconhecido. Vivia num velho ônibus escolar estacionado perto da costa, com mais nove pessoas e seis crianças pequenas. Dois eram dela, aparentemente meninas. Quando teve notícias, não se importava mais, apesar de ter se importado durante muito tempo. Sentiu-se grato pelos pais não terem dado muita importância ao fato. Ficou realmente aliviado quando a mãe parou um pouco de falar nela — e Ruth ficou aliviada por Sheila ter desaparecido.

Sheila foi a primeira garota que ele amara e os sonhos tinham acabado dolorosamente. Mas a Europa fizera bem a ele. Encontrara dúzias de garotas em Paris, Londres, sul da França, Suíça, Itália. Surpreendeu-se ao descobrir que viajar com os pais podia ser tão divertido. De vez em quando iam visitar amigos — e Bernie ia junto.

Em Berlim encontrou três rapazes da faculdade e participaram de um baile, antes de voltarem todos novamente à realidade. Dois deles estavam indo para a faculdade de direito. O terceiro se casaria no outono e estava tendo a última aventura, mas, em grande parte, visava evitar o serviço militar. Aquilo era uma coisa com que — para seu constrangimento — Bernie não tinha de se preocupar. Quando criança tivera asma e o pai a documentara minuciosamente. Quando alistou-se, aos 18 anos, classificaram-no 4-F, incapaz, apesar de não o ter admitido para nenhum de seus amigos durante dois anos. Mas, de certo modo, era conveniente agora. Não tinha de se preocupar. Infelizmente foi recusado nas faculdades para as quais se candidatou, porque ainda não tinha os documentos. Então tentou Columbia e planejou começar a freqüentar cursos lá. Todas as escolas preparatórias disseram-lhe para voltar dentro de um ano, quando tivesse seu certificado. Mas aquilo ainda parecia infinitamente longe e os cursos genéricos nos quais se matriculou em Columbia não o fascinaram.

Morava com os pais, sua mãe o estava deixando maluco e todos que conhecia estavam fora. No Exército, em aulas, ou tinham conseguido empregos em algum outro lugar. Sentia-se como o único deixado em casa. Desesperado, candidatou-se a um emprego na Wolff's, na época tumultuada do Natal. Nem mesmo se importou quando o designaram para o departamento masculino e o colocaram vendendo sapatos. Naquele tempo, qualquer coisa teria sido melhor que se sentar em casa — e ele sempre gostara da loja. Era um daqueles grandes e elegantes prédios que cheiravam bem, onde as pessoas eram bem vestidas. Até mesmo os vendedores tinham um certo estilo e a correria de Natal era um pouquinho mais cortês que nos outros lugares. A Wolff's tinha sido um dia a loja que ditava a moda e até certo ponto ainda o fazia, apesar de lhe faltar o brilho de uma loja como a Bloomingdale's, a apenas três quarteirões de distância.

Mas Bernie estava fascinado por aquilo e vivia dizendo ao comprador o que achava que podiam fazer para competir com Bloomingdale's. O comprador apenas sorria. Wolff's não competia com ninguém. Pelo menos era aquilo que ele pensava. Mas Paul Berman, o gerente da loja, ficou intrigado quando leu um memorando de Bernard. O comprador desfez-se em desculpas e prometeu que Bernie seria imediatamente despedido, mas não era aquilo que Berman queria. Queria conhecer o rapaz com idéias interessantes, por isso se encontraram e Paul Berman viu que ele prometia. Mais de uma vez levou-o para almoçar e ficou divertido ao constatar como Bernie era atrevido mas também inteligente. Berman riu quando ele lhe contou que pretendia lecionar literatura russa e que para isso freqüentaria um curso noturno em Columbia.

— Isso é uma enorme perda de tempo.

Bernie ficou chocado, apesar de gostar do homem. Ele era quieto, elegante — um astucioso homem de negócios — e estava interessado no que todos diziam. Era o neto do original sr. Wolff.

— Literatura russa é minha especialidade, senhor — disse respeitosamente.

— Deveria freqüentar a faculdade de comércio.

Bernie sorriu.

— O senhor parece a minha mãe.

— O que o seu pai faz?

— É médico. Cirurgião de garganta, mas sempre odiei medicina. Pensar em alguns daqueles troços me dá náuseas.

Berman assentiu com a cabeça. Entendia perfeitamente.

— Meu cunhado era médico. Eu também não podia suportar a idéia. — Franziu as sobrancelhas enquanto olhava para Bernard Fine. — E você? O que vai realmente fazer?

Bernie foi honesto com o homem. Sentiu que lhe devia isso e se importava o bastante com a loja para ter escrito o memorando que o levara até lá. Gostava da Wolff's. Achava-a um lugar extraordinário. Mas não era para ele. Seja como for, não permanentemente.

— Vou conseguir minha licenciatura, me candidatar novamente aos mesmos empregos no próximo ano e, se tiver sorte, no ano seguinte estarei lecionando num colégio. — Ele sorriu esperançosamente e pareceu incrivelmente jovem. Sua inocência era de certo modo tocante. Paul Berman gostava bastante dele.

— E se o Exército te agarrar primeiro? — Bernie contou-lhe sobre ser 4-F. — Você é muito sortudo, jovem. Aquele pequeno desentendimento no Vietnã podia se tornar muito sério qualquer dia destes. Veja o que aconteceu com os franceses lá. Perderam a roupa do corpo. Acontecerá conosco se não ficarmos alerta. — Bernie concordou. — Por que não deixa o curso noturno?

— Para fazer o quê?

— Tenho uma proposta para você. Fique na loja durante o próximo ano e nós o treinaremos em diferentes áreas. Faremos com que sinta o gosto disso aqui e, se quiser ficar... e se conseguir entrar... nós o mandaremos para a faculdade de comércio. Nesse meio-tempo poderá fazer uma espécie de treinamento no emprego. Que lhe parece? — Nunca tinham oferecido a ninguém nada no gênero, mas gostava daquele rapaz de olhos verdes, grandes e honestos e rosto inteligente. Não era um rapaz bonito, mas um homem atraente. Havia algo de luminoso, gentil e decente em seu rosto que agradava muito a Paul Berman e ele o disse para Bernie antes que ele deixasse seu escritório naquele dia. Bernie pedira para pensar durante um dia ou dois na proposta, mas admitiu ter ficado muito lisonjeado e comovido. Mas era uma decisão importante a ser tomada. Não estava certo de que queria ir para a faculdade de comércio. Odiava desistir do sonho da escola numa cidadezinha pacata, ensinando Dostoiévski e Tolstói a ouvidos ansiosos. Mas talvez fosse apenas um sonho. Embora agora estivesse ficando indistinto.

Falou com os pais naquela noite e até mesmo o pai ficou impressionado. Era uma oportunidade maravilhosa, se fosse o que queria fazer. E o ano de treinamento na loja lhe daria de antemão bastante tempo para ver se gostava da Wolff's. Soava como se fosse imperdível e o pai o parabenizou, enquanto a mãe perguntava quantas crianças Berman tinha... quantos filhos... noutras palavras, quanta competição havia... ou filhas... imagine se ele se casasse com uma delas!

— Deixe-o em paz, Ruth! — Lou fora firme quando ficaram a sós naquela noite e, com grande esforço, ela se controlou. Bernie dera a resposta ao sr. Berman no dia seguinte. Aceitou com alegria e Berman recomendou que ele imediatamente se candidatasse a várias faculdades de comércio. Escolheu Columbia e a Universidade

22

de Nova York porque ficavam na cidade e Wharton e Harvard por causa da fama. Muito tempo se passaria antes que soubesse se fora aceito ou não, mas nesse ínterim, teve muito o que fazer.

E o ano de treinamento passou rápido. Foi aceito em três das faculdades nas quais se inscrevera. Apenas Wharton o recusou, mas disseram que talvez tivessem vaga para ele no ano seguinte, se quisesse esperar, o que Bernie não fez. Escolheu Columbia e começou lá, ainda trabalhando na loja durante umas poucas horas por semana. Queria continuar a participar e descobriu que estava particularmente interessado nos aspectos referentes ao desenho de roupas masculinas. Fez um estudo sobre aquilo em seu primeiro exame e não apenas conseguiu notas altas como fez algumas sugestões que realmente funcionaram na loja, quando Berman permitiu que as tentasse em pequena escala. Sua carreira na faculdade de comércio foi consideravelmente bem-sucedida e, depois que a concluiu, finalizou trabalhando para Berman durante seis meses. Então voltou para as roupas masculinas e em seguida as femininas. Começou a fazer mudanças que puderam ser sentidas em todos os departamentos da loja. Em cinco anos, a contar do dia em que começou na Wolff's, era a estrela em ascensão deles. Por isso foi um choque quando, numa tarde ensolarada de primavera, Paul Berman anunciou que iriam transferi-lo por dois anos para a loja de Chicago.

— Mas por quê? — Soou como Sibéria para ele. Não queria ir a parte alguma. Adorava Nova York e estava indo muitíssimo bem na loja.

— Por um lado, você conhece melhor o Meio Oeste. Por outro — Berman suspirou e acendeu um charuto — precisamos de você lá. A loja não está indo tão bem quanto gostaríamos. Precisa de um estímulo... e você é exatamente isso. — Ele sorriu para seu jovem amigo. Respeitavam-se muito, mas Bernie quis opor-se. Mas não ganhou. Berman não cedeu. Dois meses depois Bernie voava para Chicago e um ano mais tarde era promovido a gerente, o que o manteve lá por mais dois anos, apesar de odiá-lo. Achava Chicago uma cidade deprimente e o mau tempo realmente o irritava.

Os pais iam freqüentemente visitá-lo. Era óbvio que sua posição implicava um considerável prestígio. Ser gerente da Wolff's Chicago aos trinta anos não era pouca coisa, mas apesar disso morria de vontade de voltar para Nova York. Sua mãe promoveu uma grande festa para ele quando Bernie lhe deu as boas notícias. Estava com

31 anos quando voltou para casa. Entretanto, quando Bernie pensou em melhorar a qualidade das roupas femininas, Berman não ficou convencido. Queria introduzir algumas etiquetas de alta costura e fazer com que a Wolff's voltasse a ser um importante indicador das tendências da moda para todos os Estados Unidos.

— Você percebe como aqueles vestidos têm aceitação? — Berman parecia realmente aflito, enquanto Bernie sorria para ele.

— Sim. Mas eles podem reduzir um pouco os custos para nós. Afinal de contas, não quero realmente ser sofisticado.

— Está muito perto disso. Ou, seja como for, os preços serão. Quem vai comprar aquelas mercadorias aqui? — Aquilo lhe soou muito radical, mas ao mesmo tempo estava intrigado.

— Acho que nossos clientes vão pular em cima do que lhes oferecermos, Paul. Especialmente em cidades como Chicago, Boston, Washington e até mesmo Los Angeles, onde não há todas as lojas de Nova York a seus pés. Vamos levar Paris e Milão até eles.

— Ou nós mesmos para o asilo de indigentes, não é? — Mas Berman não discordou. Olhou pensativo para Paul. Era uma idéia interessante. Queria lançar-se direto na mercadoria mais cara, vendendo vestidos por cinco, seis ou sete mil dólares, que tecnicamente eram apenas *prêt-à-porter*, mas os desenhos seriam de alta costura.

— Nós nem mesmo teremos de comprar o estoque. Não precisamos sobrecarregar o balanço. Podemos fazer cada estilista organizar um desfile. As mulheres encomendariam diretamente por nosso intermédio, o que, economicamente falando, ainda faz mais sentido. — Berman ficou impressionado com a idéia. Afastava todo o perigo.

— Agora você acertou, Bernard.

— Assim mesmo acho que vamos precisar primeiro de fazer algumas mudanças. Nosso departamento de desenho não é suficientemente europeu. — Tinham continuado a conversar durante horas enquanto a idéia tomava forma e, quando esboçaram o que iam fazer, Berman apertou sua mão. Bernard crescera muito nos últimos anos. Estava maduro, autoconfiante e suas decisões nos negócios eram firmes. Até mesmo parecia adulto agora, brincou Berman, apontando para a barba que Bernie deixara crescer antes de voltar para Nova York. Estava com 31 anos e era um homem muito atraente.

— Acho que você fez um belo trabalho pensando nisso. — Os

dois homens trocaram um sorriso. Ambos estavam satisfeitos. Seria um período muito excitante para a Wolff's. — O que vai fazer primeiro?

— Esta semana quero falar com alguns arquitetos. Pedirei que façam alguns esboços para mostrar a você. Depois quero ir a Paris. Precisamos saber o que os estilistas acham da idéia

— Acha que vão se opor?

Ele franziu as sobrancelhas pensativamente, mas balançou a cabeça.

— Não deveriam. Há um bom dinheiro nisso para eles.

Bernie estava certo. Não se opuseram. Aceitaram muito bem a idéia e assinara contratos com vinte deles. Fora a Paris totalmente preparado para fechar o negócio. Voltou para Nova York três semanas depois, vitorioso. O novo programa seria lançado em nove meses, com uma série fabulosa de desfiles de moda em junho, nos quais as mulheres encomendariam seus guarda-roupas de outono. E não era diferente de ir a Paris e encomendar das grandes etiquetas. Bernie daria o chute inicial com uma festa e um fantástico desfile *black-tie* que combinaria umas poucas peças de cada estilista com quem iriam trabalhar. Nenhuma delas poderia ser comprada, seriam apenas um chamariz para os desfiles que viriam depois. Todas as modelos estavam vindo de Paris, junto com os estilistas. E três estilistas americanos tinham se unido a eles desde que o projeto começara. Aquilo deu a Bernie uma enorme quantidade de trabalho para fazer nos próximos meses, mas também fez dele vice-presidente sênior aos 33 anos.

A noite de estréia do desfile de modas foi a coisa mais linda que alguém jamais tinha visto. As roupas eram positivamente estonteantes e a platéia vibrou e aplaudiu o tempo todo. Foi definitivamente fabuloso. Qualquer um podia claramente perceber que a história da moda estava sendo criada. Era extraordinário como ele combinava boa conduta nos negócios com vendas. Por algum motivo, tinha uma sensibilidade inata para a moda. E tudo contribuiu para tornar a Wolff's, naquele sentido, mais forte que qualquer outra loja de Nova York ou do país. E Bernie estava no topo do mundo quando se sentou na última fileira olhando o desfile do primeiro estilista, enquanto as mulheres o observavam avidamente. Um pouco antes vira Paul Berman passar. Todos estavam felizes naqueles dias. Bernie começou a relaxar um pouco enquanto observava as

25

modelos descendo a passarela em vestidos de baile. Notou particularmente uma loura esguia, uma linda criatura felina com corpo escultural e enormes olhos azuis. Quase parecia deslizar acima do chão. Bernie se surpreendeu esperando por ela enquanto cada nova coleção de vestidos saía. Ficou desapontado quando o desfile finalmente terminou e soube que não tornaria a vê-la.

E, em vez de voltar para seu escritório como pretendera, esperou um minuto e então escapuliu para os bastidores para cumprimentar a gerente do departamento, uma francesa que haviam empregado, que trabalhara anos para Dior.

— Fez um excelente trabalho, Marianne. — Sorriu e ela o olhou avidamente. No final dos quarenta, impecavelmente vestida e tremendamente chique, estivera de olho nele desde que fora para a loja.

— As roupas causaram uma boa impressão, não acha, Bernard? — Ela pronunciou o nome com sotaque francês. Era tremendamente fria. No entanto, ao mesmo tempo, sensual. Como fogo e gelo. E Bernie se viu olhando por cima do ombro dela enquanto as moças passavam apressadamente em *blue jeans* e suas próprias roupas do dia-a-dia, com os fabulosos vestidos nos braços. Vendedoras corriam de um lado para o outro, agarrando braçadas de roupas finas e levando-as para que suas clientes pudessem experimentá-las e encomendá-las e tudo ia muitíssimo bem. Então Bernard a viu, com o vestido de casamento no braço, no final do desfile.

— Quem é aquela moça, Marianne? É uma das nossas, ou nós a contratamos para o desfile? — Marianne seguiu os olhos dele e não se enganou com o tom casual da voz. O coração ficou apertado ao olhá-la. Não podia ter mais de vinte anos e era linda.

— Ela é autônoma. De vez em quando trabalha para nós. É francesa. — Mas não precisou dizer mais. A moça caminhou diretamente para eles e estendeu o vestido de casamento, enquanto olhava de relance primeiro para Bernard e depois para Marianne. Perguntou-lhe em francês o que fazer com ele, pois estava com medo de largá-lo. Marianne disse-lhe a quem entregá-lo, enquanto Bernie a olhava quase extasiado. E então a gerente do departamento soube qual era seu dever.

Apresentou Bernie a ela — mencionando quem ele era e tudo o mais — e explicou até mesmo que a nova idéia partira toda dele. Odiava colocá-los juntos daquele modo, mas não tinha escolha. Observou os olhos de Bernie enquanto ele olhava para a moça. De certa forma, aquilo a divertiu. Bernie era sempre tão arredio. Era óbvio que gostava de moças, mas nunca envolveu-se profundamente com nenhuma, segundo o que diziam. E, ao contrário da mercadoria que selecionava para a Wolff's, nas mulheres preferia sempre quantidade à qualidade... "volume", como diziam em comércio... mas talvez não daquela vez...

Chamava-se Isabelle Martin e tinha 24 anos. Crescera no sul da França. Aos 18 anos fora para Paris trabalhar para Saint Laurent e depois Givenchy. Era bastante competente e fizera grande sucesso. Não foi surpresa quando a convidaram para ir aos Estados Unidos. Durante os quatro últimos anos, saíra-se muito bem em Nova York. Bernie não pôde imaginar por que não a tinham encontrado antes.

— Normalmente faço apenas fotos, *monsieur* Fine. — Tinha um sotaque que o encantava. — Mas, para seu desfile... — Isabelle sorriu de um modo que o fez derreter-se. Teria feito qualquer coisa por ela. E, subitamente, lembrou-se. Mais de uma vez a tinha visto na capa da *Vogue, Bazaar* e *Women's Wear*... apenas parecia muito diferente pessoalmente, na verdade mais bonita. Era raro as modelos fazerem desfiles e fotografia, mas ela era perita em ambos e estivera encantadora no desfile deles. Bernie a cumprimentou efusivamente.

— Esteve maravilhosa, srta... ah... — Deu um branco em sua mente e ela sorriu-lhe mais uma vez.

— Isabelle. — Ele achou que iria morrer só de olhar para ela. Naquela noite, levou-a para jantar no La Caravelle. Todos na sala viraram-se para olhá-la. Depois foram dançar no Raffles e Bernie desejou não voltar mais para casa. Não queria abandoná-la, nunca, deixá-la sair de seus braços. Nunca encontrara alguém como Isabelle, nunca se sentira tão atraído por alguém. E a couraça que vestira depois que Sheila saiu de sua vida se derreteu nas mãos dela. Os cabelos, de tão louros, eram quase brancos e — o que era mais extraordinário — naturais. Bernie a achou a criatura mais linda da face da Terra. Seria difícil alguém discordar dele.

Naquele ano, tiveram um verão encantador em East Hampton. Bernie alugara uma pequena casa e Isabelle passava todos os finais de semana com ele. Quando chegara aos Estados Unidos, envolvera-se imediatamente com um conhecido fotógrafo de moda. Depois de dois anos, ela o deixara por um rico proprietário de imóveis. Mas todos os homens pareceram evaporar-se de sua vida quando conheceu Bernie. Foi uma época mágica para ele, levando-a consigo a toda parte, exibindo-a, sendo fotografado, dançando até o amanhecer. Tudo parecia muito *jet set*. Bernie riu quando levou a mãe para almoçar e ela o olhou com seu olhar mais maternal.

— Não acha que ela é um pouco fina demais para o seu sangue?

— O que quer dizer com isso?

— Quero dizer que ela exala *jet set* e depois que tudo for dito e feito, como é que você vai ficar, Bernie?

— Nunca se é herói na sua própria terra, é o que dizem? No entanto, não posso dizer que isso é muito encorajador. — Estava admirando o costume azul-marinho Dior da mãe. Ela o comprara em sua última viagem. Ficava muito bem nela. Mas não queria particularmente discutir Isabelle com a mãe. Não a levara à sua casa para conhecer os pais e não planejava fazê-lo. O encontro entre os dois mundos nunca seria bem-sucedido, apesar de saber que seu pai teria adorado vê-la. Qualquer homem teria. Era espetacular.

— Como ela é? — Como sempre, a mãe não o deixaria desconversar.

— É uma moça bonita, mamãe.

A mãe sorriu-lhe.

— Seja como for, essa não parece ser a descrição exata dela. É certamente linda. — Tinha visto as fotografias de Isabelle por toda parte e contara a todos seus amigos. No cabeleireiro, mostrou a todos "aquela moça... não, a da capa... ela sai com meu filho..."

— Está apaixonado por ela? — Nunca teve medo de perguntar o que queria saber, mas Bernie assustou-se quando ouviu as palavras. Não estava preparado para aquilo, apesar de estar maluco por Isabelle. Ainda se lembrava muito bem de sua insensatez em Michigan... o anel de noivado que dera a Sheila no Dia dos Namorados e que ela lhe atirara de volta... os planos de casamento que tinha feito... o dia em que Sheila saíra de sua vida, carregando a mochila e o coração dele. Nunca quis tornar a ficar na mesma situação... e guardara-se cuidadosamente. Mas não de Isabelle Martin.

— Somos bons amigos. — Foi tudo que pôde pensar em dizer. A mãe o encarou.

— Espero que sejam mais do que isso. — Parecia horrorizada, como se subitamente suspeitasse que ele fosse homossexual. Tudo que Bernie conseguiu fazer foi rir-se dela.

— Somos mais do que isso... mas ninguém vai se casar. Está certo? Satisfeita? Agora, o que quer almoçar? — Pediu bife e a mãe, filé de linguado. Insistiu em saber tudo que ele estava fazendo para a loja. Agora eram quase amigos. Bernie via os pais menos do que da primeira vez em que voltou para Nova York. Não tinha muito tempo, principalmente com a entrada de Isabelle em sua vida.

Naquele outono Bernie a levou à Europa, quando viajou a negócios. Fizeram sensação em todos os lugares aonde foram. Eram inseparáveis e, pouco antes do Natal, Isabelle foi morar com ele. Bernie finalmente teve de ceder e levá-la a Scarsdale, por mais que o desagradasse a idéia. Isabelle foi perfeitamente gentil com os pais dele, apesar de não ter sido muito efusiva e de ter deixado claro que não estava interessada em vê-los com freqüência.

— Temos tão pouco tempo para nós... — Era tão graciosa fazendo beiço, e Bernie adorava fazer amor com ela. Era a mulher mais bela que já tinha visto. Algumas vezes ficava simplesmente de pé admirando-a enquanto ela colocava a maquilagem, secava os cabelos, saía do chuveiro ou entrava pela porta carregando seu *port-folio*. De algum modo, ela fazia com que alguém quisesse apenas ficar imóvel, lá, em pé, contemplando-a.

Até mesmo a mãe dele fora subjugada quando se encontraram. Isabelle fazia com que as pessoas perto dela se sentissem muito pequenas, exceto Bernie, que nunca se sentira tão homem com ninguém. A perícia sexual de Isabelle era notável e o relacionamento deles era baseado mais na paixão que no amor. Amavam-se em quase todos os lugares, na banheira, no chuveiro, no chão, nos bancos de trás do carro dele numa tarde de domingo, quando deram um passeio a Connecticut. Certa vez, quase fizeram amor dentro de um elevador. Então recuperaram o juízo, quando se aproximaram do andar deles e souberam que as portas estavam prestes a se abrir. Era como se não pudessem parar e Bernie nunca conseguisse se fartar dela. Por aquela razão, levou-a novamente à França na primavera e depois de volta para East Hampton, mas desta vez viram mais pessoas que antes — e havia lá um produtor de cinema que atraiu o olhar dela, uma noite, numa festa na praia em Quogue. No dia seguinte, Bernie não conseguiu achá-la em parte alguma. Encontrou-a num iate, ancorado por perto, fazendo amor no convés com o produtor de Hollywood. Bernie ficou de pé por um minuto olhando para eles e então afastou-se rapidamente com lágrimas nos olhos, percebendo uma coisa que escondera durante muito tempo. Ela não era apenas fantástica na cama e linda, era a mulher que amava — e perdê-la iria machucá-lo.

Isabelle desculpou-se quando voltou para casa, mas isso demorou várias horas. Ela e o produtor tinham conversado durante muito tempo — sobre os objetivos dela, o que queria da vida, o que seu relacionamento com Bernie significava, o que ele lhe oferecia. O produtor ficara fascinado por ela e o dissera. Quando Isabelle voltou, tentou dizer — para grande consternação de Bernie — o que sentia.

— Não posso viver enjaulada para o resto de minha vida, Bernard... preciso ser livre para voar para onde quiser. — Ele ouvira aquilo tudo antes, noutra vida, com botas de combate e uma mochila, em vez de um vestido Pucci, sapatos Chanel e uma mala Louis Vuitton aberta no próximo quarto.

— Devo entender que represento uma jaula para você? — Os olhos de Bernie eram frios enquanto olhava para ela. Não iria tolerar que dormisse com outro. Era bastante simples e ele perguntou-se se Isabelle o fizera antes... e com quem.

— Você não é uma jaula, *mon amour*, mas um homem muito agradável. Mas esta vida de fingir ser casado... uma pessoa só pode fazer isso depois de muito tempo... — Para eles tinham sido oito meses, desde que foram morar juntos, quase uma eternidade.

— Acho que interpretei mal o nosso relacionamento, Isabelle.

Ela fez um sinal afirmativo com a cabeça, parecendo ainda mais linda. Por um segundo ele a odiou.

— Acho que sim, Bernard. — E depois, a facada em seu coração. — Quero ir por algum tempo para a Califórnia. — Foi totalmente sincera. — Dick diz que pode providenciar um teste num estúdio — falou com um sotaque que derreteu o coração de Bernie — e eu gostaria muito de fazer um filme lá com ele.

— Sei. — Bernie acendeu um cigarro apesar de raramente fumar. — Nunca mencionou isso antes. — Mas fazia sentido. Era uma vergonha não colocar aquele rosto num filme. Capas de revista não eram suficientes para ela.

— Não pensei que fosse importante.

— Ou foi porque primeiro queria o que conseguiu arrancar da Wolff's? — Foi a coisa mais maldosa que havia dito. Envergonhou-se de si mesmo. Isabelle não precisava dele e na verdade ele o lastimava. — Sinto muito, Isabelle... — Atravessou o quarto e ficou de pé, olhando-a através da fumaça. — Não faça nada de precipitado ainda. — Sentiu vontade de implorar mas ela era mais forte que aquilo. Já se decidira.

— Vou para Los Angeles na próxima semana.

Bernie concordou com a cabeça e tornou a atravessar o quarto, olhando para o mar. Depois voltou-se e sorriu amargamente para ela.

— Deve haver algo de mágico naquele lugar. Todas parecem eventualmente dirigir-se para o Oeste. — Pensava novamente em Sheila. Há muito tempo contara a Isabelle sobre ela. — Talvez eu também devesse ir para lá qualquer dia destes.

Isabelle sorriu.

— Você pertence a Nova York, Bernard. Você é tudo de importante, excitante e animado que está acontecendo por aqui.

A voz de Bernie estava triste quando respondeu.

— Mas não parece suficiente para você.

Ela o olhou com pesar.

— Não é isso... não é você... se eu quisesse alguém sério... se quisesse me casar... gostaria muito que fosse você.

— Nunca sugeri isso. — Mas ambos sabiam que, mais cedo ou mais tarde, ele o faria. Era aquele tipo de homem. Quase o lamentou, enquanto olhava para ela. Desejou ser mais rico, mais decadente... para poder ele mesmo colocá-la em filmes.

— Simplesmente não me vejo ficando aqui, Bernard. — Ela se viu como uma estrela de cinema e partiu com o produtor que encontrara, exatamente quando disse que o faria. Foi embora três dias depois de ter voltado de East Hampton com Bernard. Arrumou todas as suas coisas, mais caprichosamente que Sheila e levou todas as roupas maravilhosas que Bernie lhe dera. Naquela tarde, colocou-as em suas malas Louis Vuitton e deixou um bilhete para ele. Levou até mesmo os quatro mil dólares em dinheiro que Bernie guardava escondidos na gaveta de sua escrivaninha. Ela os chamou de "pequeno empréstimo" e estava certa de que ele "compreenderia". Fez o seu teste. Exatamente um ano depois, apareceu num filme. E, naquela época, Bernie não ligou a mínima. Estava calejado. Houve modelos, secretárias e executivas. Encontrou mulheres em Roma, uma aeromoça muito bonita em Milão, uma artista, uma mulher da sociedade... mas não houve ninguém para quem ligasse a mínima e perguntava a si mesmo se tornaria a acontecer com ele. Isabelle nunca devolveu o dinheiro, é claro, ou o relógio Piaget que mais tarde Bernie descobriria estar faltando. Nunca mandou ao menos um cartão de Natal. Ela o usara e partiu com outro, como houvera outros antes dele. Em Hollywood fez exatamente a mesma coisa, descartando-se do produtor que lhe conseguira seu primeiro filme e substituindo-o por outro mais importante e um papel melhor. Não havia dúvidas de que Isabelle Martin iria longe. Seus pais sabiam que o assunto era tabu para ele. Nunca tornaram a menciná-lo, depois de um comentário impróprio que o fez sair da casa em Scarsdale numa fúria cega. Não voltou durante dois meses. Sua mãe ficou assustada com o que vira nele. Após aquilo, o assunto foi definitivamente encerrado.

Um ano e meio depois que ela partiu, Bernie reassumia o controle da própria vida. Quase havia mais mulheres em sua lista do que podia dar conta, os negócios estavam progredindo, a loja ia bem — e quando acordara e vira a nevasca naquela manhã, decidira ir de qualquer jeito. Havia muito trabalho a fazer e queria conversar com Paul Berman sobre os projetos da loja para o verão. Tinha algumas coisas excitantes em mente. Quando saltou do ônibus, na esquina da Lexington com Sixty-third, vestindo um pesado sobretudo inglês e um boné de pele russo, entrou na loja com a cabeça inclinada contra o vento. Depois olhou para a loja com orgulho. Estava casado com a Wolff's e não ligava nem um pouco. Ela era uma antiga companheira e ele um sucesso em todos os sentidos. Tinha muito a agradecer, apertando o botão do oitavo andar e sacudindo a neve do casaco.

— Bom dia, sr. Fine — disse uma voz enquanto a porta se fechava. Ele sorriu. Fechou os olhos durante um segundo antes das portas tornarem a se abrir, pensando em todo o trabalho que tinha de fazer naquele dia e no que queria dizer a Paul. Mas não estava nem um pouco preparado para o que Paul Berman iria dizer-lhe mais tarde, naquela manhã.

Capítulo 2

— Droga de dia. — Paul Berman olhou de relance para fora da janela, para a neve ainda rodopiando lá fora — e soube que teria de passar outra noite na cidade. Não havia como voltar a Connecticut. Passara a noite anterior no Pierre e prometera à sua mulher que nem tentaria voltar para casa na neve. — Há alguém na loja? — Sempre se espantava com o volume de negócios sob horríveis condições climáticas. As pessoas geralmente encontravam um modo de gastar dinheiro.

Bernie assentiu com a cabeça.

— Surpreendentemente, muitas pessoas. Instalamos dois postos de distribuição de canecas de chá, café e chocolate quente. É um gesto simpático, seja lá quem for que teve essa idéia. Merecem uma recompensa por saírem com um tempo destes.

— Na verdade, são inteligentes. É um belo modo de se fazer compras, com quase ninguém na loja. Eu mesmo o prefiro. — Os dois homens trocaram um sorriso. Tinham sido amigos durante vinte anos e Bernard nunca se esqueceu do fato de que, na realidade, devia a Paul sua carreira. Paul o tinha encorajado a freqüentar a faculdade de comércio e aberto inúmeras portas para ele na Wolff's. Mais do que isso, acreditara nele e dera-lhe um voto de confiança numa época em que ninguém mais ousaria tentar um dos projetos visionários de Bernie. Não era segredo que, sem filhos seus, estivera preparando Bernie durante anos para ser o número um. Ofereceu a Bernie um charuto, enquanto o jovem esperava para ouvir o que ele tinha a dizer. — Como se sente sobre a loja nos dias de hoje?

Era um dia bom para uma de suas conversas. Bernie sorriu para ele. Conversavam assim informalmente de tempos em tempos e suas conversas improvisadas nunca deixavam de gerar algumas maravilhosas idéias para a Wolff's. A decisão de empregar uma nova diretora de moda para a loja surgira num dos últimos encontros daquele tipo — e ela estava fazendo um trabalho maravilhoso para eles. Tinham-na roubado ao Saks. — Acho que tudo está sob controle. Não acha, Paul?

O homem mais velho assentiu com a cabeça, sem estar bem certo sobre como começar — mas tinha de começar por algum lugar, disse a si mesmo.

— Sim. Motivo pelo qual o conselho e eu achamos que podemos nos permitir uma mudança um tanto incomum.

— É mesmo? — Se alguém tivesse tomado o pulso de Bernie exatamente naquele momento, teria sentido-o acelerar-se vertiginosamente. Paul Berman nunca mencionava o conselho, a não ser que algo muito sério estivesse acontecendo.

— Você sabe que vamos abrir a loja de San Francisco em junho. — Ainda faltavam cinco meses e as obras estavam em andamento. Paul e Bernie já tinham ido lá diversas vezes e tudo parecia estar correndo conforme o previsto, pelo menos até aquele momento. — E nós simplesmente não conseguimos ninguém para gerenciar a loja.

Bernie deu um silencioso suspiro de alívio. Por um momento, pensara que algo ia acontecer-lhe. Mas sabia o quanto Paul achava que o mercado de San Francisco era importante. Havia muito dinheiro lá e as mulheres compravam roupas caras como se fossem bugigangas vendidas na rua. Era definitivamente hora da Wolff's abocanhar uma fatia. Estavam bastante entrincheirados em Los Angeles e todos concordavam que era hora de partir para o Norte.

— Continuo achando que Jane Wilson seria ótima, mas não creio que ela vá deixar Nova York.

Paul Berman ficou carrancudo. Aquilo seria ainda mais difícil do que imaginara.

— Não acho que Jane seria adequada. Não é forte o bastante. E uma nova loja precisa de alguém poderoso, alguém no controle, alguém que pensa perto deles, que tem idéias inovadoras. Ela seria melhor para o que está acontecendo aqui.

— O que nos leva de volta para o ponto de partida. Que tal empregar alguém de fora? Talvez até mesmo alguém de outra loja?

Era hora de dar o golpe mortal. Não havia como evitá-lo. Paul olhou-o diretamente nos olhos.

— Queremos você, Bernard. — Os olhos deles se encontraram e Bernie empalideceu. Paul não podia estar falando sério. Mas o olhar em seu rosto... meu Deus... estava sim. Mas ele fizera sua cota de sacrifício. Três anos em Chicago eram o bastante. Ou não?

— Paul, eu não posso... não poderia... San Francisco? — Parecia genuinamente chocado. — Por que eu?

— Porque tem todas as qualidades que acabei de mencionar e precisamos de você lá. Não importa o quanto parecemos severos, nunca encontraremos alguém tão bom quanto você e aquela loja é importante para nós. Você sabe. O mercado é excelente, porém sensível, alta classe, alta moda, alto estilo. Se abrirmos nossas portas errado, nunca nos recuperaremos. Bernie — Paul olhou suplicante para ele —, precisa nos ajudar. — Ele o olhou penetrantemente e Bernie tornou a afundar em sua cadeira.

— Mas, Paul... *San Francisco?*... E quanto ao meu emprego aqui? — Odiava deixar novamente Nova York, era tão feliz onde estava, fazendo o que fazia. Era realmente um sacrifício partir agora, apesar de não querer desapontar Paul.

— Você pode voar de um lado para o outro. E eu posso fazer o seu trabalho aqui. Você é necessário lá.

— Por quanto tempo?

— Um ano. Talvez dois. — Talvez mais.

Bernie temia aquilo.

— Foi o que você disse quando fui para Chicago, Paul. Só que naquele tempo eu era mais jovem... agora conquistei o meu lugar. Não quero viver novamente no mato. Estive lá. Sei como é. É uma cidade bonita, mas terrivelmente provinciana.

— Então vá a Los Angeles para se divertir. Faça o que for preciso para sobreviver lá. Mas, por favor... eu não pediria isso se tivéssemos outra escolha, mas simplesmente não temos mais ninguém. E tenho de colocar alguém lá rápido, antes que as coisas comecem a dar errado para nós. Alguém precisa ir para supervisionar o final das obras, certificar-se de que tudo está caminhando tranqüilamente para a inauguração, determinar o tom dos anúncios, verificar a promoção... — Ele brandiu uma mão impaciente. — Não preciso lhe dizer o que tem de ser feito. É uma responsabilidade enorme, Bernard. É uma loja nova em folha e a melhor que temos, com exceção de Nova York. — De certo modo, era um troféu, mas que ele não queria. De jeito nenhum. Bernie levantou-se com um suspiro discreto. Afinal de contas, não tinha sido uma grande manhã. Quase lamentou ter entrado naquele momento, se bem que, de qual-

35

quer modo, aquilo seria eventualmente entregue a ele. Não havia como evitá-lo, uma vez que Paul se decidira. Não seria fácil dissuadi-lo agora.

— Tenho de pensar um pouco.

— Faça isso. — Seus olhos se encontraram e eles se encararam novamente. Desta vez, Paul sentiu medo do que viu.

— Talvez, se eu tivesse a promessa de que não seria por mais de um ano, pudesse aceitar a idéia. — Sorriu pesarosamente, mas Paul não podia prometer-lhe aquilo. Se a loja ainda não estava pronta para ser entregue, então Bernard não poderia deixá-la em breve. Era improvável que pudesse, ambos o sabiam. Seriam precisos dois ou três anos de amorosa dedicação para consolidar uma loja em qualquer lugar e Bernie simplesmente não queria comprometer-se por tanto tempo. San Francisco não lhe parecia tão maravilhoso.

Paul Berman ergueu-se e olhou para ele.

— Pense um pouco. Mas desejo que saiba que a última coisa que quero é perdê-lo. — Não se arriscaria a perder Bernie, não importa o que o conselho dissesse. — Não quero perdê-lo, Bernard. — E era óbvio que era sincero, enquanto Bernie sorria afetuosamente para ele.

— E a última coisa que quero é desapontá-lo.

— Então ambos tomaremos a decisão certa, seja ela qual for. — Paul Berman estendeu uma mão para Bernard e ele a apertou. — Pense com carinho.

— Sabe que o farei. — Depois daquilo sentou-se sozinho em seu escritório, com a porta fechada, olhando a neve, sentindo-se como se tivesse sido atingido por um caminhão. Não podia ao menos imaginar-se vivendo em San Francisco agora. Amava sua vida em Nova York. Seria como começar tudo de novo. Não o empolgava a idéia de abrir uma nova filial da loja, não importa o quanto fosse de elite e elaborada. Mesmo com as nevascas, poluição e intolerável calor de julho, amava este lugar. A pequena e bela cidade de cartão-postal perto da baía não tinha nenhum fascínio para ele. Nunca teve. Pensou em Sheila, com um sorriso lúgubre. Era mais do estilo dela que do dele... e perguntou a si mesmo se teria de comprar suas próprias botas de combate para mudar-se para lá. Pensar naquilo o deprimia horrivelmente. Sua voz o traiu quando a mãe telefonou.

— O que há de errado, Bernard?

— Nada, mãe. Apenas tive um dia cansativo.

36

— Está doente?

Ele fechou os olhos, tentando parecer animado.

— Não, estou bem. Como vão você e papai?

— Deprimidos. A sra. Goodman morreu. Lembra-se dela? Costumava assar biscoitos para você, quando era garotinho. — Aquilo fora há trinta anos e naquele tempo ela já era velha. Não era surpresa que tivesse finalmente morrido, mas a mãe adorava dar notícias daquele tipo. E voltou a ele. — O que há de errado?

— Nada, mamãe. Eu lhe disse. Estou bem.

— Você não parece bem. Parece cansado e deprimido.

— Tive um dia difícil. — Ele o disse com os dentes cerrados... — e vão me transferir de novo para a Sibéria... Não importa. Continua de pé o jantar para semana que vem, pelo seu aniversário? Aonde quer ir?

— Eu não sei. Seu pai achou que você deveria vir até aqui. — Bernie sabia que era mentira. O pai adorava sair. Achava relaxante, depois do seu trabalho exaustivo. Era a mãe que sempre achava que Bernie deveria ir em casa, como se para provar alguma coisa para ele.

— Que tal 21? Gostaria? Ou algo francês? Côte Basque... Grenouille?

— Está certo. — Ela parecia resignada. — 21.

— Ótimo. Por que não vem primeiro à minha casa para um drinque, às sete horas? E então jantaremos às oito.

— Vai levar uma moça? — Ela pareceu magoada, como se aquilo fosse uma coisa que ele fizesse o tempo todo, apesar de que na verdade não tinham conhecido nenhuma de suas amigas, desde Isabelle. Nenhuma durara o bastante para dar-se àquele trabalho.

— Por que deveria levar uma moça?

— Por que não? Nunca nos apresenta a seus amigos. Tem vergonha de nós?

Ele quase gemeu ao telefone.

— Claro que não, mamãe. Escute, tenho de desligar. Eu te vejo semana que vem. Sete horas, em minha casa. — Mas Bernie sabia que repetir aquilo não evitaria que a mãe telefonasse mais quatro vezes para ter certeza de que ainda estava de pé, que ele não mudara os planos, que a reserva tinha sido feita, que ele não queria levar uma moça. — Dê lembranças a papai.

— Telefone-lhe qualquer dia desses... você não telefona mais...

37

— Ela parecia uma daquelas piadas. Bernie sorriu intimamente enquanto desligava, perguntando a si mesmo se, caso nunca tivesse filhos, algum dia seria como ela. Não que parecesse haver esse risco. No ano anterior houvera uma garota que durante dias tinha pensado que estava grávida. Por um momento Bernie considerara a idéia de deixá-la ter a criança, apenas porque, afinal, ele teria um filho. De qualquer modo, no final a garota estivera errada e ambos ficaram aliviados. Mas, por um dia ou dois, tinha sido uma idéia interessante. Seja como for, Bernie não queria filhos. Estava muito envolvido com sua carreira e sempre lhe pareceu vergonhoso ter uma criança que não fosse nascida do amor. Ainda era idealista a respeito daquelas coisas e, com toda certeza, no momento não havia nenhuma candidata que se enquadrasse nessa perspectiva. Sentou-se olhando fixamente para a neve, pensando em como seria abdicar de toda sua vida social, parar de ver suas namoradas prediletas. Aquilo quase lhe deu vontade de chorar, enquanto deixava o escritório naquela noite, numa noite que era tão fria e clara quanto um sino gelado de cristal. Desta vez não tentou pegar um ônibus. O vento finalmente cessara. Caminhou a passos largos e em linha reta para a Madison Avenue, depois em direção à parte alta da cidade, olhando de relance para as lojas. Havia parado de nevar e o lugar parecia um reino encantado, umas poucas pessoas esquiando e crianças atirando bolas de neve. Não houvera nem mesmo o movimento das horas de *rush* para arruinar tudo. Bernie sentiu-se melhor enquanto entrava em seu prédio e subia pelo elevador. Era horrível pensar em deixar Nova York agora. Não podia ao menos imaginá-lo. Mas não conseguia pensar numa saída. A não ser que se demitisse — e não queria fazer isso. Percebeu que não havia saída. Seu coração parecia que ia estourar. Nenhuma saída para ele.

Capítulo 3

— Aonde você vai? — A mãe o encarava por cima de sua tigela de *vichyssoise*. Parecia não compreender, como se Bernie tivesse dito algo realmente ridículo. Como, por exemplo, que iria ingressar numa colônia de nudismo ou mudar de sexo. — Eles estão te despedindo, ou apenas te rebaixando?

Bernie apreciou o voto de confiança, mas aquilo era típico.

— Nem uma coisa nem outra, mamãe. Estão me pedindo para gerenciar a nova loja de San Francisco. É a mais importante que temos, com exceção da de Nova York. — Perguntou-se por que tentava convencê-la, a menos que ainda estivesse tentando convencer a si mesmo. Depois de dois dias dera sua resposta a Paul. Desde então estivera deprimido.

Eles haviam lhe dado um aumento fenomenal e Berman o lembrara de que um dia ele mesmo dirigiria a Wolff's. Talvez não muito depois de voltar para Nova York. E, mais importante, sabia que Paul Berman estava grato. Mas ainda era difícil de engolir e ele não estava ansioso por ir. Decidira manter seu apartamento, sublocá-lo durante um ano ou dois e apenas arranjar alguma coisa temporária em San Francisco. Já dissera a Paul que queria tentar voltar a Nova York dentro de um ano. Não prometeram nada, mas Bernie sabia que tentariam. E, mesmo se fossem 18 meses, ele sobreviveria. Mais do que isso era questionável, mas ele não o disse à sua mãe naquele momento.

— Mas San Francisco? Todos são *hippies* lá. Será que ao menos usam roupas?

Ele sorriu.

— Sim. Para falar a verdade, bastante caras. Terá de ir e ver por si mesma. — Sorriu para ambos. — Querem ir para a inauguração?

A mãe o olhou como se ele a tivesse convidado para um funeral.

— Pode ser. Quando é?

— Em junho. — Bernie sabia que naquela época eles não tinham nada para fazer. Iriam à Europa em julho, mas antes tinham bastante tempo para viajar.

— Não sei. Veremos. Os compromissos de seu pai... — O pai sempre era o bode expiatório para o mau humor dela, mas nunca pareceu se importar, apesar de olhar com interesse para o filho, enquanto estavam no 21. Era um dos raros momentos em que o pai parecia relaxado e despreocupado em relação ao seu trabalho.

— É realmente um passo à frente para você, filho?

— Sim, papai. — Ele respondeu honestamente. — É um cargo de muito prestígio, Paul Berman e o conselho pediram que eu o exercesse pessoalmente. Mas tenho de admitir — sorriu tristemente —, preferiria estar em Nova York.

— Está envolvido com alguém? — A mãe inclinou-se sobre a mesa, como se estivesse perguntando algo de muito pessoal. Bernie riu.

— Não, mamãe. Não estou. Apenas gosto de Nova York. Na verdade, eu a adoro. Mas espero voltar em menos de 18 meses. Até isso posso agüentar. E há cidades piores que San Francisco. — Apesar de que, naquele momento, não lhe ocorria nenhuma. Terminou sua bebida e resolveu ser racional. — Droga, podia ser Cleveland... pelo amor de Deus... ou Miami, Detroit... não que haja nada de errado com elas, mas não são Nova York. — Bernie sorriu tristemente para os pais.

— Dizem que San Francisco está infestada de homossexuais. — Proferiu a voz do Juízo Final, dirigindo um olhar angustiado para seu único filho.

— Acho que posso tomar conta de mim mesmo, mamãe. — E então olhou para ambos. — Vou sentir falta de vocês.

— Não vai voltar mais aqui? — Havia lágrimas nos olhos dela. Bernie quase sentiu pena mas a mãe chorava tanto quando lhe convinha que Bernie ficou menos comovido do que o habitual, se fosse diferente.

Bernie deu um tapinha na mão dela.

— Vou viajar muito. Mas o fato é que estarei vivendo lá. Vocês apenas terão de ir. E realmente quero que venham para a inauguração. Vai ser uma bela loja.

Continuou repetindo-o para si mesmo enquanto, no princípio de fevereiro, arrumava suas coisas, despedia-se dos amigos e jantava uma última vez com Paul em Nova York. No Dia dos Namorados — apenas três dias depois de terem lhe oferecido o cargo — voava para San Francisco, perguntando-se o que fizera a si mesmo e pensando que, afinal, talvez devesse ter-se demitido. Mas, enquanto deixavam Nova York, começou uma nova nevasca. Quando aterrizaram em San Francisco, às duas horas da tarde, o sol brilhava, o ar estava quente e a brisa suave. Havia flores desabrochando e parecia Nova York em maio ou junho. Bernie ficou subitamente contente por ter ido — seja como for, por um período. Pelo menos o tempo estava bom e aquilo era algo com que se alegrar. E seu quarto no Huntington também era muito agradável.

Mas, mais do que isso, apesar de inacabada, a loja era fabulosa. Quando telefonou para Paul no dia seguinte, ele pareceu aliviado apenas por saber que Bernie estava lá. E tudo estava correndo conforme o previsto. As obras iam bem, a decoração estava toda preparada e pronta para ser instalada logo que as obras o permitissem. Bernie foi à agência de propaganda, conversou com o pessoal das relações-públicas sobre como as coisas começariam a "esquentar", deu uma entrevista para o *Chronicle*. Tudo corria exatamente como haviam desejado. E Bernie estava no comando.

Só faltava abrir a loja e encontrar um apartamento, duas tarefas de menor importância. Bernie estava muito mais interessado na loja. Alugou rapidamente um apartamento mobiliado num moderno arranha-céu em Nob Hill. Não tinha nem um pouco do charme das casas que viu por toda parte, mas lhe convinha e era perto da loja.

A inauguração foi fabulosa. Tudo que desejaram que fosse. A imprensa fora de antemão favorável. Tinha havido uma bela festa na loja, com modelos usando roupas espetaculares, enquanto garçons impecavelmente vestidos serviam caviar, entradas e champanhe. Houve dança, divertimento e liberdade para perambular pela loja vazia. Bernie estava orgulhoso. Era realmente linda, com um ar ligeiramente etéreo combinado a um enorme estilo. Tinha toda a elegância de Nova York, com a naturalidade da Costa Oeste. Quando Paul Berman chegou, também ficou impressionado.

A multidão que foi no dia da inauguração exigiu cordões de isolamento e um bando de sorridentes relações-públicas apenas para contê-los. Mas tudo valeu a pena quando viram o recorde de vendas

41

da primeira semana. Até mesmo sua mãe tinha ficado orgulhosa dele. Afirmara que era a loja mais bonita que já tinha visto. Contara a todas as vendedoras que a ajudaram nos próximos cinco dias de compras que o gerente era seu filho e que, um dia, quando ele voltasse para Nova York, dirigiria toda a cadeia de lojas. Tinha certeza disso.

Quando os pais finalmente deixaram San Francisco, foram para Los Angeles. Bernie surpreendeu-se ao perceber como se sentia só desde a partida deles, junto com o resto da comitiva de Nova York. Todos os membros do conselho voltaram no dia seguinte ao da inauguração e Paul voara para Detroit naquela noite. Subitamente estava sozinho, na cidade para a qual fora transplantado, sem um único amigo, num apartamento que lhe parecia estéril e feio. Era todo castanho e bege. Parecia sombrio demais para o generoso sol setentrional da Califórnia. Lamentava não ter alugado um bonito e pequeno apartamento vitoriano. Mas, seja como for, não importava muito. Estava sempre na loja, agora sete vezes por semana, já que na Califórnia abriam todos os dias. Não precisava ir nos fins de semana, mas, de qualquer modo, não tinha mais nada para fazer. Então ia — e todos notavam. Bernie Fine trabalhava como um cão, diziam — e todos concordavam em que era um homem simpático. Esperava muito deles, mas mais de si mesmo. Era difícil discutir com alguém assim. Também parecia ter um infalível dom de saber o que era bom ou não para a loja e qual mercadoria deveriam ter. Ninguém ousava usar de subterfúgios com ele a respeito daquilo. Bernie era conclusivo e — pelo que podiam constatar — na maioria das vezes estava certo. Tinha um dom inato para perceber o que daria certo e o que não, mesmo naquela cidade que mal conhecia. Estava constantemente modificando as coisas e ajustando-as à nova informação que colhera. Mantinha as coisas em constante movimento, despachando mercadorias para outras filiais quando, afinal, eram erradas para San Francisco, recebendo outras, tendo constantemente renovação de encomendas de compradores. Mas dava certo. Era extraordinário e todos gostavam dele. Nem mesmo se importavam com seu hábito de perambular pela loja todos os dias, durante horas. Bernie queria ver o que as pessoas usavam, o que faziam, como compravam, do que gostavam. Conversava com donas de casa, jovens e homens solteiros. Até mesmo se interessava pessoalmente pelas roupas de seus filhos. Queria saber tudo e o único modo de fazer isso, dizia, era estar na linha de frente.

Freqüentemente davam-lhe coisas para registrar e artigos para devolver. Bernie fazia o que podia. Encontrava um vendedor o mais rápido possível, mas sempre ficava feliz em conhecer o cliente. O pessoal da loja estava ficando acostumado com ele. Estavam habituados a vê-lo em todos os lugares, com seus cabelos castanho-avermelhados, a barba bem aparada, afetuosos olhos verdes e ternos ingleses bem talhados. Ele nunca dizia uma palavra grosseira. Quando queria que as coisas fossem feitas de outro modo, falava com calma e baixo, explicando o que desejava para que o empregado entendesse. Como resultado, todos tinham um enorme respeito por ele. Em Nova York, apenas olhando para os números das vendas, Paul Berman soube que tinham feito a coisa certa. Não se surpreendeu. Bernie transformaria a Wolff's San Francisco na melhor loja da cadeia. Já era um deles e um dia ocuparia o lugar de Berman com muito sucesso. Paul tinha certeza disso.

Capítulo 4

O primeiro mês foi agitado para todos, mas em abril as coisas já estavam sob controle e a mercadoria de outono chegando. Bernie tinha vários desfiles de moda programados para o próximo mês. O grande evento em julho era a ópera, que significava muito. A estréia era a coisa mais badalada da temporada social de San Francisco e as mulheres iriam gastar cinco, sete ou dez mil dólares num único vestido.

Os cabides de vestidos finos de ópera já estavam pendurados numa sala fechada no andar de baixo, com um segurança o tempo todo do lado de fora, garantindo que ninguém copiaria o que tinham, tiraria fotografias não autorizadas ou, pior ainda, roubaria a mercadoria avaliada numa pequena fortuna. E era na coleção da ópera que Bernie pensava em meados de julho, enquanto subia. Saiu da escada rolante no andar infantil, apenas para certificar-se de que tudo estava bem. Sabia que, na semana anterior, tiveram um problema para conseguir algumas das mercadorias de volta às aulas. Queria estar certo de que tudo estava novamente em ordem. Encontrou o comprador atrás da caixa registradora, instruindo algumas das vendedoras. Todas sorriram para Bernie. Ele olhou casualmente ao redor, para os cabides. Depois arriscou-se mais adiante, em seu próprio departamento, até que se viu encarando um cabide com trajes de banho em cores vivas que entrariam em liquidação na semana seguinte e olhando para os grandes olhos azuis de uma menina muito pequena. Ela pareceu olhá-lo durante um longo tempo, sem sorrir ou sentir medo, apenas observando, como se para ver o que ele iria fazer em seguida. Bernie sorriu para a criança.

— Olá! Como vai? — Pareceu-lhe uma pergunta estranha a uma menina que não podia ter mais de cinco anos, mas ele nunca teve a menor idéia do que dizer a crianças como aquela. E sua me-

44

lhor pergunta "Você gosta da escola?" pareceu irremediavelmente ultrapassada, principalmente naquela época do ano. — Gosta da loja?

— É legal. — Ela deu de ombros. Estava nitidamente mais interessada nele. — Detesto barbas.

— É uma pena ouvir isso. — Ela era a coisa mais engraçadinha que Bernie já tinha visto. Alguém tinha arrumado seus cabelos em duas longas tranças loiras. Usava fitas cor-de-rosa, um vestidinho da mesma cor e arrastava uma boneca com uma das mãos. A boneca parecia muito estimada e obviamente era a sua favorita.

— Barbas arranham. — Ela o disse de modo prático, como se fosse algo que ele devesse saber. Bernie meneou gravemente a cabeça, acariciando-a. Parecia-lhe razoavelmente macia, mas estava acostumado com ela e não estivera testando-a em crianças de cinco anos. Na verdade, desde que viera para San Francisco, não a testara em ninguém. E ela era a garota mais bonita que tinha visto desde que chegara. Até aquele momento as mulheres de San Francisco não eram o seu tipo. Usavam os cabelos compridos e soltos, os pés despidos em feias sandálias que obviamente eram confortáveis. Todas pareciam preferir camisetas e *jeans*. Sentia falta da aparência sofisticada de Nova York... saltos altos... chapéus, acessórios, cabelos perfeitamente arrumados, brincos que pareciam emoldurar um rosto... peles... Eram detalhes frívolos mas faziam diferença para ele e não se via nada disso por ali.

— A propósito, meu nome é Bernie. — Estava gostando da conversa. Estendeu-lhe a mão que ela apertou seriamente, enquanto a encarava.

— Meu nome é Jane. Você trabalha aqui?

— Sim.

— Eles são simpáticos?

— Muito. — Não podia contar-lhe que "eles" naquele caso era ele.

— Isso é bom. Não são sempre simpáticos com minha mãe onde ela trabalha. Algumas vezes são realmente mesquinhos. — Estava extremamente séria e Bernie teve de esforçar-se para não rir, enquanto aumentava sua curiosidade em saber onde a mãe dela estava. Perguntou a si mesmo se a criança estava perdida. Ainda não sabia, mas parecia ser uma grande possibilidade. Mas não queria assustá-la mencionando aquilo. — Às vezes nem deixam mamãe ficar em

45

casa quando estou doente. — Continuou ela, erguendo os olhos para Bernie, obviamente chocada com a insensibilidade dos patrões da mãe. Mas o comentário a fez lembrar-se dela. Subitamente seus olhos ficaram muito arregalados. — Onde está minha mãe?

— Eu não sei, Jane. — Bernie sorriu-lhe muito gentilmente, olhando de relance ao redor. Não havia mais ninguém à vista, exceto as vendedoras que estiveram conversando com o comprador alguns minutos atrás. Ainda estavam perto da caixa registradora, mas não havia mais ninguém lá. A mãe de Jane não estava visivelmente em nenhum lugar por perto. — Lembra-se de onde a viu pela última vez?

Ela o olhou de soslaio, pensando.

— Estava comprando meias-calças cor-de-rosa no andar de baixo... — Ergueu os olhos para ele, um pouco encabulada. — Eu queria ver as roupas de banho. — Deu uma olhadela ao redor. Estavam por toda parte e ela obviamente subira sozinha para vê-las. — Vamos para a praia na semana que vem... — Sua voz ficou um pouco mais baixa e ela olhou para Bernie. — As roupas de banho são muito bonitas. — Tinha estado perto de um cabide de diminutos biquínis quando Bernie a notara pela primeira vez. Mas naquele momento viu o lábio inferior da criança tremendo e estendeu a mão para ela.

— Por que não vamos ver se conseguimos encontrar sua mãe? — Mas ela balançou a cabeça e deu um passo para trás.

— Não devo ir com ninguém. — Bernie fez um gesto para uma das mulheres, que se aproximou cautelosamente. Viu lágrimas brotando nos olhos da criança, mas Jane ainda lutava contra elas, o que Bernie achou corajoso de sua parte.

— Que tal se nós formos ao restaurante e tomarmos um sorvete ou alguma coisa, enquanto esta senhora procura sua mãe? — Jane olhou para ambos cautelosamente, enquanto a mulher sorria. Bernie explicou-lhe que, quando Jane subira as escadas, sua mãe estava comprando meias-calças no andar principal. Depois virou-se casualmente para a mulher. — Neste caso, por que não aciona o sistema de aviso? — Eles o tinham para ser usado em caso de incêndio, ameaças de bombas ou outra emergência, mas seria simples usá-lo agora para chamar a mãe de Jane. — Telefone para meu escritório e eles cuidarão disso. — Baixou novamente os olhos para Jane, que usava a boneca para enxugar os olhos. — Qual é o nome de sua mãe? Quero dizer, o último nome. — Sorriu e a menina ergueu os olhos confiantemente, apesar de sua relutância em ir com ele a qualquer lugar. A mãe insistira bastante naquilo e Bernie o respeitava.

— O mesmo meu. — Jane quase sorriu de novo.

— E qual é?

— O'Reilly. — Desta vez ela sorriu largamente. — É irlandês. E eu sou católica. Você é? — Parecia fascinada por ele e Bernie também o estava por ela. Sorriu para si mesmo, pensando que esta podia ter sido a mulher pela qual esperara durante 34 anos. Era certamente a melhor que encontrara num longo tempo.

— Sou judeu — explicou — enquanto a mulher saía para colocar a mensagem nos alto-falantes escondidos.

— O que é isso? — ela pareceu intrigada.

— Significa que temos Chanukah em vez de Natal.

— Papai Noel vai na sua casa? — Parecia preocupada. Aquela era uma pergunta difícil.

— Trocamos presentes durante sete dias. — Evitou a pergunta com uma explicação e ela pareceu impressionada.

— Sete dias? Isso é ótimo. — E então, subitamente, tornou-se mais séria, esquecendo-se novamente da mãe. — Você acredita em Deus?

Bernie assentiu com a cabeça, surpreso com a profundidade do pensamento dela. Ele próprio há muito não pensava em Deus e sentia vergonha de admiti-lo. Jane obviamente fora colocada em seu caminho para regenerá-lo.

— Sim, acredito.

— Eu também. — Jane fez um sinal afirmativo com a cabeça e depois olhou para ele, novamente sondando-o. — Acha que minha mãe vai voltar logo? — As lágrimas ameaçavam novamente rolar, mas estava em melhor forma agora.

— Tenho certeza. Posso oferecer-lhe um sorvete agora? O restaurante é logo ali. — Bernie apontou e Jane olhou naquela direção, muito intrigada. A idéia do sorvete lhe agradava e ela escorregou silenciosamente sua mão para dentro da dele. As tranças balançavam enquanto caminhavam de mãos dadas.

Bernie a ergueu e colocou sobre um tamborete, no bar. Pediu uma *banana split*. Não estava no cardápio, mas tinha certeza de que podiam conseguir uma e, para ele, o fizeram. Jane mergulhou no sorvete com um sorriso feliz e olhos preocupados. Não esquecera totalmente a mãe, mas estava muito ocupada conversando com Bernie sobre o apartamento delas, a praia e a escola. Queria um cachorro, mas o senhorio não a deixava ter um.

— Ele é realmente mesquinho — disse ela, o rosto todo lambuzado de chocolate e *marshmallow* e a boca cheia. — A mulher dele também... e realmente gorda. — Ela engoliu uma porção de nozes, banana e creme batido, enquanto Bernie meneava gravemente a cabeça, perguntando a si mesmo como conseguira viver tanto tempo sem ela. — Suas roupas de banho são muito boas. — Jane esfregou a boca e, sorrindo, mergulhou novamente no sorvete.

— Quais você prefere?

— As pequenas com a parte de cima e a de baixo. Mamãe diz que, se eu quiser, não preciso usar a parte de cima... mas eu sempre quero. — Ela empertigou-se, enquanto o chocolate também envolvia seu nariz. — Gosto do azul e do cor-de-rosa e do vermelho... e do cor de laranja... — O resto da banana desapareceu, seguido pela cereja e mais creme batido. Subitamente houve um burburinho na porta e uma mulher apareceu. Tinha longos e dourados cabelos que lembravam uma placa de ouro, enquanto precipitava-se através da sala.

— Jane! — Era uma moça muito bonita, parecida com Jane. Havia marcas de lágrimas no rosto dela e seu olhar estava desvairado enquanto esforçava-se por segurar a bolsa, três embrulhos, o que obviamente era a jaqueta de Jane e outra boneca. — Onde você foi?

— Jane corou enquanto a olhava timidamente.

— Eu só quis ver...

— *Nunca* mais faça isso! — Sua mãe a interrompeu e agarrou o seu braço, sacudindo-a um pouco. Depois rapidamente tomou a criança nos braços e a estreitou, enquanto lutava contra as próprias lágrimas. Obviamente estivera apavorada. E demorou muito para que notasse Bernie de pé ali perto, admirando-as. — Sinto muito.

— A moça olhou para ele e Bernie gostou do modo como o fez. Usava sandálias, uma camiseta e *jeans*. Mas era mais bonita do que a maioria, mais delicada, terrivelmente frágil e loura, com os mesmos olhos azuis imensos de Jane. — Peço desculpas por todo o trabalho que dei. — A loja inteira estivera procurando pela mãe e a criança. Naquela altura, todo o andar principal estava tumultuado. A mãe de Jane temera que ela tivesse sido raptada. Estivera desesperada e pedira ajuda a um vendedor, depois a um gerente e a um comprador que passara por acaso. Todos fizeram o possível. Final-

48

mente, o aviso de que a menina estava no restaurante foi dado pelos microfones.

— Ela está bem. Não nos fará mal um pouco de agitação por aqui. Nós nos divertimos muito. — Ele e Jane trocaram um olhar intencional e Jane subitamente começou a falar, sorrindo largamente para ele.

— Sabe, você realmente faria a maior bagunça se comesse uma *banana split*... veja! É por isso que não gosto de barbas! — Ambos riram e a mãe pareceu horrorizada.

— Jane!

— Bem, ele faria mesmo!

— Ela tem razão — admitiu ele, feliz. Gostara tanto de Jane e odiava vê-la partir. Bernie sorriu e a bela jovem corou.

— Eu sinceramente peço desculpas. — E então subitamente lembrou-se de que não se apresentara. — Sinto muito, meu nome é Elizabeth O'Reilly.

— E você é católica. — Estava se lembrando do comentário de Jane. Elizabeth parecia estupefata e então Bernie tentou explicar. — Sinto muito... Jane e eu tivemos uma conversa muito séria sobre isso.

Jane assentiu com a cabeça, circunspecta. Mordeu outra cereja marasquino, enquanto observava a conversa deles.

— E ele é algo mais... — Olhou novamente de soslaio para Bernie. — O que é mesmo?

— Judeu — acrescentou Bernie, enquanto Elizabeth O'Reilly sorria largamente. Estava acostumada com Jane, mas havia vezes...

— E ele tem sete Natais... — Parecia muito impressionada. Os dois adultos riram. — Verdade, ele tem. Foi isso que ele disse. Certo? — Ela olhou para Bernie buscando confirmação. Bernie sorriu largamente e assentiu com a cabeça.

— Chanukah. Realmente, ela até mesmo faz isso me parecer bem. Há anos não ia à sinagoga. — Os pais dele eram progressistas e Bernie não era praticante. Mas pensava noutra pessoa. Gostaria de saber o quanto a sra. O'Reilly era católica, se havia ou não um sr. O'Reilly. Não pensara em perguntar a Jane e ela não o mencionara.

— Não sei como lhe agradecer. — Elizabeth fingiu olhar zangada para Jane, que parecia mais feliz agora. Não apertava a boneca com tanta força e parecia estar apreciando o resto do sorvete.

— Eles também têm bonitas roupas de banho.

Elizabeth balançou a cabeça e estendeu novamente a mão para Bernie.

— Mais uma vez obrigada por ter cuidado dela. Ande, senhorita, vamos para casa. Temos algumas coisas para fazer.

— Posso apenas olhar as roupas de banho antes de irmos embora?

— Não. — Liz foi firme e agradeceu efusivamente a Bernie, enquanto partiam. Jane apertou a mão dele com um sorriso radiante.

— Você foi legal e o sorvete estava ótimo. Muito obrigada. — Ela obviamente se divertira muito. Na verdade, Bernie estava triste por vê-la partir. Ficou em pé no alto da escada rolante, olhando as fitas dos cabelos dela desaparecerem e sentindo-se como se tivesse perdido sua única amiga na Califórnia.

Bernie retornou à caixa registradora para agradecer aos empregados pela ajuda. Enquanto tornava a afastar-se, os pequenos biquínis chamaram sua atenção e ele pegou três do tamanho seis. O cor de laranja, o cor-de-rosa e o azul — o vermelho não tinha mais do número dela. Até mesmo apanhou dois chapéus para combinar e um pequeno roupão de praia atoalhado. Tudo parecia perfeito para Jane e Bernie os levou para a caixa registradora.

— Temos uma Elizabeth O'Reilly no computador? Não sei se é cadastrada, ou qual o nome de seu marido. — Subitamente desejou que Elizabeth não tivesse um. Quando fizeram a consulta, o veredicto foi favorável. Dois minutos depois confirmaram que ela tinha uma conta nova e vivia na Vallejo Street em Pacific Heights. — Ótimo. — Ele tomou nota do número do telefone e endereço, tentando dar a impressão de que precisava deles para seu arquivo... em vez da sua pequena e vazia caderneta de endereços... E disse-lhes para enviar a pilha de roupas de banho para "srta. Jane..." e colocar na conta dele. Escreveu um cartão que dizia apenas "Obrigado por momentos tão agradáveis. Espero vê-la em breve. Seu amigo, Bernie Fine" e também o entregou à mulher. Depois, com um passo mais leve e um pequeno e misterioso sorriso no rosto, voltou para seu escritório, convencido de que em tudo havia uma graça divina.

50

Capítulo 5

Os trajes de banho chegaram na tarde de quarta-feira. Liz telefonou-lhe no dia seguinte para agradecer sua generosidade para com a filha.

— Você realmente não devia. Ela ainda está falando na *banana split* e em como se divertiu. — Elizabeth O'Reilly tinha uma voz jovem. Em sua mente, Bernie pôde ver os cabelos loiros brilhando, enquanto conversavam pelo telefone.

— Na verdade, eu a achei muito corajosa. Quando percebeu que estava perdida ficou apavorada, mas manteve-se o tempo todo calma. É realmente de se admirar, numa criança de cinco anos.

Elizabeth sorriu.

— Ela é uma menina muito boa.

Ele estava morrendo de vontade de dizer "A mãe também", mas calou-se.

— As roupas serviram?

— Todas. Ela desfilou com elas na noite passada e agora está com uma por baixo do vestido... está no parque com alguns amigos. Eu tinha muitas coisas para fazer hoje... emprestaram uma casa para nós em Stinson Beach. Agora Jane está com seu guarda-roupa completo. — Liz riu. — Eu te agradeço tanto... — Ela não sabia o que mais dizer, e Bernie também procurava palavras. Subitamente tudo pareceu-lhe novo, como se falassem uma língua diferente naquele lugar. Era como começar tudo novamente.

— Eu poderia... poderia vê-la de novo? — Sentiu-se como um completo idiota ao dizer as palavras pelo telefone... como uma respiração ofegante num telefonema anônimo, mas surpreendeu-se quando ela disse que sim.

— Eu gostaria muito.

— É? — Bernie pareceu aturdido e ela riu.

— Sim. Gostaria de passar uma tarde em Stinson Beach? —

51

Ela parecia tão à vontade e natural... Bernie ficou-lhe grato. Não deu a impressão de que ele estava sendo inconveniente e aborrecendo-a. Deu a impressão de que não estava de modo algum surpresa e que apreciaria vê-lo.

— Eu adoraria. Quanto tempo vai ficar aí?

— Duas semanas.

Bernie fez um cálculo rápido em sua cabeça. Não havia motivo para, por uma vez, não tirar o sábado de folga. Não havia nenhuma lei que o obrigasse a ir à loja. Não tinha mesmo mais nada para fazer.

— Que tal este sábado? — Faltavam apenas dois dias. As palmas das mãos dele ficaram úmidas ao pensar naquilo.

Liz fez uma pausa, tentando lembrar-se de quem convidara e quando. Stinson Beach sempre lhe deu a oportunidade de ver todos seus amigos e de convidar alguém por um dia. Mas sábado ainda estava livre.

— Isso parece bom... na verdade, ótimo... — Sorriu, pensando nele. Era um homem atraente, tinha sido gentil com Jane, não parecia *gay* e não usava aliança de casamento... — A propósito, você não é casado, é? — Nunca era demais perguntar. Seria um pequeno choque descobrir depois. Mas acontecera antes. No entanto, não desta vez.

— Meu bom Deus, não! Que idéia!

Puxa! Um daqueles.

— Alérgico a casamento?

— Não. Apenas trabalho demais.

— O que isso tem a ver? — Ela foi franca e direta. Subitamente sentiu-se curiosa a respeito dele. Tinha suas próprias razões para não se casar novamente. Gato escaldado tem medo de água fria, mas pelo menos tentara uma vez. Mas então ocorreu-lhe que talvez ele também tivesse. — Você é divorciado?

Então, Bernie riu-se por dentro, curioso em saber por que ela havia perguntado.

— Não, não sou divorciado. Mas gosto de garotas, sim. Vivi com duas mulheres e estou muito satisfeito com as coisas como estão. Não tive muito tempo para dedicar a ninguém. Passei os últimos dez anos concentrando-me em minha carreira.

— Isso às vezes pode significar solidão. — Ela parecia saber e Bernie perguntou-se o que ela sabia. — Tenho sorte por ter Jane.

— Sim, você tem. — Bernie ficou em silêncio pensando na garotinha. Resolveu guardar o resto de suas perguntas para Stinson Beach, quando poderia ver o rosto, olhos e mãos dela. Nunca se sentira doido por conhecer alguém pelo telefone. — Então vejo vocês duas no sábado. Posso levar alguma coisa? Um piquenique? Vinho? Alguma coisa da loja?

— Claro, um casaco de *mink* seria ótimo.

Bernie riu e eles desligaram. Durante toda a primeira hora que se seguiu ele sentiu-se bem. Liz tinha aquele tipo de voz, suave e afetuosa, e não pareceu ter um interesse pessoal. Não era uma daquelas mulheres que odeiam homens, ou, pelo menos, não parecia. Como não parecia estar tentando provar nada. Bernie estava realmente ansioso pela tarde em Stinson Beach. Na noite de sexta-feira, antes de voltar para casa, foi à loja gastronômica e comprou duas sacolas de guloseimas. Um ursinho de chocolate para Jane, uma caixa de trufas de chocolate para Liz, dois tipos de Brie, uma *baguette* que veio da França, uma pequenina lata de caviar, outra de patê, duas garrafas de vinho — um tinto e um branco — e uma lata de marrom glacê.

Colocou as sacolas no carro e dirigiu para casa. Na manhã seguinte, às dez horas, tomou uma chuveirada, barbeou-se, vestiu *blue jeans* e uma camisa azul velha, enfiou os pés para dentro de um surrado par de tênis e tirou uma jaqueta quente do armário embutido do corredor. Trouxera roupas velhas e confortáveis de Nova York para o período em que as obras estivessem em andamento. Agora eram úteis para a praia. No exato momento em que apanhava as duas sacolas o telefone tocou. Não ia atender e então perguntou a si mesmo se não seria Elizabeth, mudando os planos ou pedindo-lhe que pegasse alguma coisa no caminho. Por isso ele o apanhou, ainda equilibrando a jaqueta e sacolas.

— Sim?

— Isso não são modos de atender o telefone, Bernard.

— Oi, mamãe. Estou de saída.

— Para a loja? — O interrogatório começou.

— Não... para a praia. Vou visitar alguns amigos.

— Alguém que eu conheça? — O que, noutras palavras, significava: Eu os aprovaria?

— Não creio, mamãe. Tudo está bem?

— Sim.

53

— Ótimo. Então eu te telefono hoje à noite, ou amanhã, da loja. Tenho de correr.

— Deve ser alguém importante, se não pode falar cinco minutos com sua mãe. É uma garota? — Não. Uma mulher. E depois, é claro, havia Jane.

— Não, apenas alguns amigos.

— Você não está andando com aqueles rapazes de lá, está Bernard?

Oh, pelo amor de Deus. Estava morrendo de vontade de dizer e sim, apenas para irritá-la.

— Não, não estou. Olhe, falo em breve com você.

— Está bem, está bem... não se esqueça de usar um chapéu no sol.

— Dê lembranças a papai.

Ele desligou e saiu apressadamente do apartamento antes que a mãe telefonasse de novo avisando-o para tomar cuidado com tubarões. E o assunto favorito dela era contar sobre artigos recentes que lera no *Daily News*. Estava sempre prevenindo-o para que não usasse alguns produtos que tinham se estragado e matado duas pessoas em Des Moines... botulismo... doença dos legionários... ataque cardíaco... hemorróidas... choque anafilático. As possibilidades eram ilimitadas. Era bom ter alguém preocupado com a sua saúde, mas não com a paixão da mãe dele.

Bernie colocou as duas sacolas na parte de trás do carro e entrou. Dez minutos depois estava na Golden Gate Bridge, rumo ao norte. Nunca fora a Stinson Beach e adorou a estrada intrincada e sinuosa que percorria o topo das colinas, descortinando embaixo os penhascos que se projetavam sobre o mar. Era um Big Sur em miniatura e ele apreciou o passeio. Atravessou a cidadezinha e foi para o endereço que ela tinha lhe dado. Liz estava num condomínio privado chamado Seadrift e ele teve de dar seu nome ao segurança na guarita. Mas não fosse pela segurança, não parecia um lugar de sonho. As casas eram muito humanas e as pessoas que perambulavam por ali estavam descalças e usavam *shorts*. Era o tipo de lugar freqüentado por famílias, como Long Island ou Cape Cod. Pareceu-lhe saudável e agradável, enquanto seguia pela entrada de carros da casa com o número que Liz lhe dera. Havia um velocípede do lado de fora e um cavalinho de balanço gasto que parecia estar há anos exposto à natureza. Bernard fez soar um velho sino de colégio no portão da frente e depois o abriu. E então subitamente lá estava Jane, usando um dos biquínis que ele enviara e um pequeno roupão atoalhado que Bernie apanhara para combinar com ele.

— Oi, Bernie. — Jane ergueu os olhos e sorriu-lhe radiante, como se ambos se lembrassem da *banana split* e da conversa sobre o Natal e Deus. — Adoro minha nova roupa de banho.

— Está ótima em você. — Bernie caminhou para ela e Jane sorriu-lhe. — Poderíamos usá-la como modelo na loja. Onde está sua mãe? Não me diga que ela se perdeu de novo. — Ele franziu as sobrancelhas em desaprovação. Jane deu uma grande gargalhada que tocou o seu coração. — Ela faz isso muitas vezes?

Jane balançou a cabeça.

— Apenas nas lojas... às vezes...

— O que eu faço nas lojas? — Elizabeth meteu a cabeça para fora da porta e sorriu para Bernard. — Olá. Como foi a viagem?

— Maravilhosa. — Ele dava a impressão de que realmente tinha apreciado a viagem, enquanto trocavam um olhar afetuoso e significativo.

— Não são todos que dizem isso quando chegam. É uma estrada terrivelmente cheia de curvas.

— Eu sempre vomito — acrescentou Jane com um sorriso largo. — Mas gosto quando chegamos aqui.

— Você se senta no banco da frente com as janelas abertas? — Ele parecia preocupado.

— Sim.

— Você come biscoitinhos salgados antes de ir?... Que nada... aposto que come *banana split* o tempo todo. — E então ele se lembrou do ursinho de chocolate e o tirou da sacola, antes de entregar o resto para Liz. — Para vocês duas, algumas guloseimas da loja.

Elizabeth pareceu surpresa e comovida. Jane deixou escapar um gritinho de prazer enquanto segurava o ursinho de chocolate. Era ainda maior que sua boneca e a menina quase babou olhando para ele.

— Posso comer agora, mamãe?... Por favor?... — Ela voltou os olhos suplicantes para Liz, que deu um pequeno gemido de derrota. — Por favor, mamãe?... Por favor?... apenas uma orelha?

— Está bem, está bem. Eu me rendo. Mas não coma muito. O almoço estará logo pronto.

— Tá. — Ela saiu em disparada, segurando o urso, como um cachorrinho com um osso. Bernard sorriu para Liz.

— Ela é a garotinha mais maravilhosa que já conheci. — Alguém como Jane o fazia lembrar-se de que havia lacunas em sua vida. Crianças eram uma delas.

— Ela é louca por você. — Liz sorriu.

— *Bananas splits* e ursos de chocolate sempre ajudam. Para ela, eu sou o Estrangulador de Boston com um grande estoque de ursinhos de chocolate. — Enquanto dizia aquilo, seguiu Elizabeth até a cozinha, onde abriu as sacolas que tinha trazido. Liz ficou boquiaberta com o caviar, o patê e todas as guloseimas caras.

— Bernie, você não devia ter feito isso! Meu Deus... veja só isso... — Ela olhou para a caixa de trufas de chocolate em sua mão. Depois, com um olhar culpado, fez exatamente o que Jane teria feito. Ofereceu-lhe uma e depois jogou outra em sua boca, fechando os olhos, em êxtase. — Hum... oh... tão bom... — Ela suspirou como se fosse uma experiência sexual, o que deu a Bernie a chance de admirá-la novamente. Era delicada, graciosa e realmente bela, de um modo à americana, claro e bem definido. Naquele dia estava usando os cabelos loiros numa longa trança e os olhos eram tão azuis quanto a camisa desbotada de brim que usava. Os *shorts* brancos exibiam as pernas bem torneadas. Bernie percebeu que ela usava esmalte vermelho cuidadosamente aplicado sobre as unhas dos pés, o que pelo menos revelava um pouco de vaidade. Mas não usava nada nos olhos, nenhum batom e as unhas das mãos estavam cortadas rente. Era uma garota bonita, na verdade, mais do que isso. Mas não era frívola e Bernie gostava disso. Não era de tirar o fôlego, mas esquentava o coração... na realidade, esquentou mais do que isso, ao se inclinar para guardar as duas garrafas de vinho. Depois virou-se para ele, com um sorriso muito parecido com o de Jane.

— Você tem nos mimado demais, Bernard... não sei o que dizer.

— Preste atenção... é bom fazer novos amigos... não tenho muitos por aqui.

— Há quanto tempo está aqui?

— Cinco meses.

— É de Nova York?

Ele fez um sinal afirmativo com a cabeça.

— A vida inteira morei em Nova York, exceto por três anos em Chicago, há muito tempo.

Liz pareceu intrigada, enquanto tirava duas cervejas da geladeira e oferecia-lhe uma.

— É de onde sou. Por que foi parar lá?

— Minha prova de fogo. Fui para dirigir a loja... — A voz dele tornou-se entrecortada, pensando naquilo. — E agora aqui estou. — Ainda lhe parecia um castigo, embora um pouco menor, enquanto olhava para ela e depois a seguia até a confortável sala de estar. A casa era pequena e o chão coberto com esteiras de palha. Os móveis eram revestidos com brim desbotado e havia madeira e prateleiras por toda parte. A casa poderia ter estado em qualquer lugar, East Hampton, Fire Island, Malibu... tinha algo de indefinível. Mas do lado de fora da janela panorâmica visualizava-se uma praia exuberante, uma vasta extensão de mar. Mais distante, para um lado, San Francisco, encravada nas colinas que cintilavam ao sol. Era uma bela paisagem... e, mais importante que isso, ela era uma bela garota. Liz indicou-lhe uma cadeira confortável e sentou-se sobre as pernas cruzadas, num divã.

— Gosta daqui? Quero dizer, de San Francisco?

— Às vezes. — Bernie foi honesto. — Devo admitir que não vi muita coisa. Tenho estado ocupado na loja. Gosto do clima. Quando vim nevava em Nova York. E cinco horas depois de ter chegado aqui era primavera. Pelo menos isso valeu a pena.

— Mas? — Ela sorriu-lhe de modo atraente. Tinha um jeito simpático que fazia com que se tivesse vontade de conversar sem parar com ela, até contar-lhe pensamentos íntimos. Bernie subitamente teve a sensação de que Liz deveria ser uma excelente mulher para ter como amiga. Não estava certo sobre se aquilo era ou não tudo que queria dela. Havia alguma coisa em Liz que o atraía muito, algo sutilmente sensual que ele não conseguia definir, como a curva de seus seios na velha camisa azul que usava, o modo como inclinava a cabeça... e o modo como pequenas mechas de cabelos se encaracolavam suavemente ao redor de seu rosto. Queria tocá-la, segurar a mão dela... beijar os lábios cheios enquanto ela sorria... era difícil até mesmo concentrar-se no que Liz dizia. — Deve ser solitário para você aqui, sem amigos. No primeiro ano, odiei este lugar.

— Mas assim mesmo ficou? — Ele pareceu intrigado. Queria ouvir sobre ela, saber tudo que tinha a dizer.

— Sim. Durante certo tempo não tive nenhuma escolha. Naquela época não havia nenhuma família para quem voltar. Meus pais morreram num acidente de automóvel durante meu segundo ano em

57

Northwestern. — Os olhos dela anuviaram-se pensando naquilo e Bernie estremeceu por ela. — Acho que isso me fez muito mais vulnerável e no penúltimo ano me apaixonei loucamente pelo astro da peça em que eu trabalhava.

Os olhos dela estavam tristes enquanto se recordava. Era estranho, normalmente não contava aquilo às pessoas, mas era fácil conversar com Bernie. Estavam observando, da janela panorâmica, Jane brincar na areia lá fora, a boneca sentada perto dela. De vez em quando, Jane lhes acenava. Alguma coisa a fez sentir vontade de, desde o princípio, ser honesta com Bernie. Calculou que não tinha nada a perder. Se ele não gostasse do que ia ouvir não telefonaria de novo, mas pelo menos, se telefonasse, tudo seria sincero entre eles. Valeria a pena. Estava cansada das regras que as pessoas seguiam e da falsidade entre elas, desde o momento em que se conheciam. Não era o seu estilo. Liz olhou para ele com honestos e arregalados olhos azuis.

— Eu estava em Northwestern... estudando teatro, é claro. — Sorriu, recordando-se. — E nós tínhamos estado juntos na temporada de verão, logo depois da morte de meus pais. Eu me sentia como um zumbi, estava tão entorpecida... e não tinha mais ninguém no mundo. Fiquei completamente apaixonada por ele. Era um homem maravilhoso e um bom sujeito, eu pensei. Fiquei grávida um pouco antes de nos formarmos. Ele disse que queria se casar aqui. Alguém tinha lhe oferecido um papel num filme em Hollywood. Por isso ele veio na frente e eu o segui. Não tinha mais nenhum lugar para onde ir e não podia aceitar a idéia de fazer um aborto. Então eu o segui até aqui, apesar de, naquela altura, as coisas estarem um pouco menos tranqüilas. Ele não estava muito empolgado com a gravidez, é o mínimo que se pode dizer. Mas eu ainda estava terrivelmente apaixonada e pensei que as coisas iriam dar certo. — Ela deu uma olhadela através da janela para Jane, como se quisesse certificar-se de que tinham dado.

"Então fui de carona para Los Angeles e me encontrei novamente com Chandler. Chandler Scott... mais tarde eu soube que seu verdadeiro nome era Charlie Schiavo, mas ele o trocara... seja como for, Chandler não conseguiu o papel... e estava ocupado perseguindo atrizes e empregos enquanto eu trabalhava como garçonete e ficava cada dia mais gorda. Finalmente nós nos casamos, três dias depois de Jane ter nascido. Pensei que o juiz de paz ia desmaiar...

e então Chandler desapareceu. Quando Jane estava com cinco meses telefonou para dizer que conseguira um emprego fazendo apresentações no Oregon. Mais tarde descobri que estivera preso. Era como se o simples fato de casar-se o apavorasse tanto que tivesse de desaparecer. Embora mais tarde eu tenha concluído que, o tempo todo, ele deveria ter se metido em toda espécie de negócios duvidosos. Levou uma surra por passar mercadorias roubadas, depois foi novamente preso por arrombamento. Seja como for, voltou quando Jane tinha nove meses e viveu conosco durante uns poucos meses. Quando ela estava com um ano, desapareceu de novo. Quando descobri que estava na prisão, pedi divórcio. Mudei para San Francisco e nunca voltei a ouvir falar nele. Chandler foi sempre um trapaceiro e nunca conheci alguém tão dissimulado em minha vida. Se eu o encontrasse hoje, não creio que repetiria tudo de novo. Mas você sabe, ele era tão malditamente insinuante, eu não sei... não é deprimente perceber isso? Seja como for, voltei a usar meu nome de solteira quando nos divorciamos. E aqui estamos nós. — Ela parecia achar sua história banal. Bernie estava pasmo. Qualquer outra pessoa teria ficado nervosa só de pensar naquilo. Mas Liz sobrevivera e sobrevivera bem. Parecia saudável e feliz e tinha uma garotinha maravilhosa. — E agora Jane é a minha família. Acho que, afinal, tive sorte. — Bernie se emocionou ao ouvir as palavras.

— O que Jane pensa disso tudo? — Teve curiosidade em saber se Liz teria contado à criança.

— Nada. — Pensa que ele está morto. Eu lhe disse que Chandler era um belo ator, que nós nos casamos após a faculdade e viemos para cá. Depois ela nasceu e o pai morreu quando tinha um ano. Jane não sabe o resto e eu nunca vou vê-lo de novo, então que diferença faz? Só Deus sabe onde ele está. Provavelmente ficará na prisão pelo resto da vida e não está interessado em nenhuma de nós. Nunca esteve. Prefiro que ela tenha algumas ilusões sobre como veio ao mundo, pelo menos até mais tarde.

— Acho que você tem razão. — Ele a admirava. Admirava muito. Era uma garota corajosa e tirara o melhor partido daquilo. A criança não parecia ter sofrido nada, graças ao amor de sua mãe. E não havia nada de trágico nesta garota. Era toda amor e coragem... com lindos e sedosos cabelos loiros. E construíra uma nova vida para si mesma.

A Califórnia era um bom lugar para isso. Um bom lugar para começar uma nova vida. E ela o fizera.

59

— Agora dou aulas. Usei o dinheiro do seguro de meus pais e freqüentei durante um ano a faculdade noturna. Consegui os créditos de que precisava para obter uma credencial para lecionar aqui... e adoro meu emprego. Dou aulas para o segundo grau e meus garotos são simplesmente maravilhosos! — Ela sorriu alegremente. — Jane também freqüenta minha escola e deste modo a mensalidade é menor. Este foi um dos motivos pelos quais decidi lecionar. Queria que ela fosse para uma escola decente e sabia que iria comer o pão que o diabo amassou pagando uma escola particular... então tudo deu certo. — Ela fez aquilo parecer uma história de sucesso, em vez de uma agonia... e era. Era notável. Arrancara a vitória da boca da derrota. Bernie podia facilmente compreender como tinha acontecido. "Chandler Scott", ou qualquer que fosse seu verdadeiro nome, parecia uma versão masculina de Isabelle, apesar de Chandler certamente não ser tão profissional quanto ela e de Isabelle nunca ter ido parar na prisão.

— Há alguns anos eu me envolvi com alguém assim. — A honestidade de Liz merecia a dele. — Uma bela francesa, uma modelo que conheci na loja. Ela me teve na palma da mão durante mais de um ano e não me proporcionou uma maravilhosa garotinha. — Ele sorriu para Jane, brincando lá fora e depois para Liz, sentada do lado oposto ao dele. — Terminei me sentindo usado, com milhares de dólares a menos e sem um relógio que meus pais tinham me dado. Ela era muito esperta. Alguém lhe ofereceu uma carreira no cinema. Eu os encontrei fazendo amor no convés do iate dele. Acho que existem pessoas desse tipo de ambos os sexos e em qualquer lugar. Mas, de certa forma, isso faz com que depois a gente tome cuidado com as pessoas com quem se envolve, não é? Nunca me tornei tão íntimo de ninguém de novo e isso foi há três anos. — Ele interrompeu-se. — Pessoas desse tipo fazem com que depois a gente questione o próprio julgamento. Você se vê perguntando a si mesmo como pôde ter sido tão idiota.

Liz riu-se dele.

— Você pode repetir isso! Há dois anos que não tenho um namorado... e até mesmo agora, sou cautelosa... adoro meu trabalho, meus amigos. Do resto — ela deu de ombros e atirou as duas mãos para cima — posso prescindir. — Bernie sorriu-lhe. Lamentava ouvir aquilo.

— Devo ir agora?

Ambos riram e ela levantou-se para ir olhar o *quiche* que tinha feito. Quando abriu a porta do forno o cheiro invadiu a sala.

— Puxa, isto está cheirando bem!

— Muito obrigada. Adoro cozinhar. — Liz fez às pressas uma salada Caesar para eles, usando os temperos com tanta perícia quanto o garçom favorito dele no 21, em Nova York. Liz serviu-lhe um Bloody Mary. Depois bateu na janela panorâmica e fez sinal para que Jane entrasse. Havia manteiga de amendoim e sanduíche de *bacon* para ela. Jane chegou na mesa de almoço carregando o ursinho de chocolate. Faltava uma orelha.

— Ele ainda pode ouvi-la, Jane?

— O quê? — Ela pareceu confusa quando Bernie perguntou.

— O urso... sem orelha...

— Oh! — Ela deu um sorriso largo. — Sim. Depois vou comer o nariz.

— Coitadinho. Vai estar em péssima forma de noite. Vou ter de comprar outro.

— Você vai? — Jane parecia impressionada. Liz serviu o almoço. Sobre a mesa havia toalhas de palha, um vaso cheio de esplêndidas flores de laranjeiras, alegres guardanapos cor de laranja, bonita porcelana e prataria.

— Adoramos estar aqui — explicou Liz. — São férias tão agradáveis para nós... Isto pertence a uma das professoras da escola onde leciono. O marido dela é arquiteto e eles a construíram anos atrás. Todos os anos vão para o Leste visitar os pais dela, então nos emprestam a casa. É a melhor época do ano para nós não é, Jane? — A criança assentiu com a cabeça, sorrindo para Bernie.

— Você também gosta daqui? — perguntou Jane.

— Muito.

— Você vomitou no caminho? — Ela parecia fascinada e Bernie riu do assunto que ela havia escolhido para o almoço. Mas adorava sua ingenuidade e honestidade. Jane tinha muito de Liz. Era a versão dela em miniatura.

— Não, eu não vomitei. Mas ajuda quando se está dirigindo.

— É o que mamãe diz. Ela nunca vomita.

— Jane... — Liz a preveniu com os olhos e Bernie as observou alegremente. Era uma tarde tranqüila e agradável. Depois ele e Liz foram dar uma caminhada pela praia, enquanto Jane disparava na frente, procurando conchas. Bernie suspeitou que não era sempre fácil para elas. Era difícil ser sozinha com uma criança pequena, mas Liz não se queixava. Parecia adorar.

Bernie contou a Liz sobre seu trabalho, disse o quanto amava a Wolff's e como ele mesmo desejara lecionar. Mas para ele o sonho se transformara em outra coisa. Até mesmo contou sobre Sheila e o quanto ficara de coração partido por causa dela. Enquanto voltavam para casa, Bernie baixou os olhos para ela. Liz era consideravelmente menor e Bernie gostava disso também.

— Você sabe, eu me sinto como se a conhecesse há anos. É engraçado, não é? — Nunca se sentira assim em relação a alguém.

Liz sorriu-lhe.

— Você é um homem bom. Soube disso no primeiro minuto em que o vi na loja.

— É gentil de sua parte dizer isso. — Ele estava satisfeito. Importava-se com o que ela pensava.

— Pude perceber pelo modo como conversava com Jane. Ela falou em você durante todo o caminho para casa. Era como se você fosse um de seus melhores amigos.

— Gostaria de ser. — Bernie olhou dentro dos olhos de Liz e ela sorriu-lhe.

— Olhem o que eu achei! — Jane veio saltitando e se interpôs entre eles, enquanto falava. — É um dólar de prata perfeito! Não está quebrado nem nada!

— Deixe-me ver isso. — Bernie inclinou-se e estendeu a palma da mão, onde Jane colocou cuidadosamente a concha branca e perfeitamente redonda. Bernie e Liz a examinaram. — Caramba! Você está certa!

— O que é caramba?

Bernie riu.

— É apenas uma bobagem que os adultos dizem.

— Ah! — Ela pareceu satisfeita.

— Seu dólar de prata é lindo. — Bernie devolveu a concha para Jane tão cuidadosamente quanto ela a tinha entregue. Quando se levantou, encontrou novamente os olhos de Liz. — Acho que está na hora de voltar. — Não que ele quisesse.

— Gostaria de ficar até de noite e comer comida comum? Teremos hambúrgueres. — Liz tinha de controlar cuidadosamente o orçamento delas, mas sempre se saíam bem. No começo fora difícil, mas agora equilibrava bem as coisas. Fazia muitas das roupas

62

de Jane, aprendera a cozinhar tudo sozinha, até mesmo assava pão...
e com amigos como os que emprestaram a casa em Stinson Beach,
tinham tudo de que precisavam... até mesmo Bernie e seus trajes
de banho... Planejara comprar um, talvez dois, para Jane. E em
vez disso tinha uma pilha deles, graças a Bernie.

— Tenho uma idéia melhor. — Bernie havia visto o restaurante quando, na ida, dirigira pela cidade. — Que tal se eu convidasse
as senhoras para sair esta noite? — E então subitamente lembrou-se
do que vestia. — Será que o Sand Dollar vai me deixar entrar assim? — Estendeu seus braços enquanto as senhoras o inspeciona-
vam. Liz riu.

— Para mim você parece bem.

— Então, que tal?

— Vamos, mamãe, por favor... podemos ir?... por favor! —
suplicou Jane imediatamente. A idéia também atraiu Liz. Aceitou
alegremente e mandou Jane ir para o quarto trocar de roupa, enquanto oferecia a Bernie uma cerveja na sala de estar. Mas ele
recusou.

— Não sou do tipo de beber muito — admitiu.

Elizabeth pareceu aliviada. Odiava sair com homens que esperavam que ela bebesse muito. Chandler sempre bebera demais. Aquilo a fizera ficar nervosa, mas, naquela época, não fora suficientemente corajosa para dizê-lo abertamente. Agora era.

— É engraçado como algumas pessoas ficam aborrecidas quando você não bebe.

— Acho que se sentem ameaçadas, principalmente se bebem
demais.

Era tão agradável estar com ele, Liz não podia negar. E
divertiram-se muito naquela noite. O Sand Dollar tinha a aura de
um bar antigo, as pessoas passando a noite toda pelas portas de vai-
vém para ficar de pé no bar ou comer o enorme bife e lagosta que
serviam no jantar. Era o único programa na cidade, explicou Liz,
mas felizmente a comida era muito boa. Até mesmo Jane mergulhou no prato e atacou alegremente um pequeno bife. Não era sempre que comiam com tanta extravagância. No caminho de volta, Jane
adormeceu no carro e Bernie a carregou para dentro e a colocou
delicadamente sobre a cama. Ela dormia no pequenino quarto de
hóspedes da casa, bem perto do quarto de Liz.

Voltaram nas pontas dos pés para a sala de estar.

— Acho que estou me apaixonando por ela. — Os olhos de Bernie encontraram os de Liz e ela sorriu.

— É totalmente mútuo. Nós nos divertimos muito.

— Eu também. — Ele caminhou lentamente para a porta, desejando beijá-la, mas com medo de que fosse muito cedo. Não queria afugentá-la, gostava demais dela. Era como estar novamente no ginásio. — Quando vai voltar para a cidade?

— Daqui a duas semanas. Mas por que não vem na próxima semana? Da cidade para cá é uma viagem curta. Pode fazê-la em mais ou menos quarenta minutos, se puder agüentar as curvas. Jantaremos cedo e depois você pode voltar. Ou até mesmo ficar aqui, se quiser. Pode ficar com o quarto de Jane. Ela dormirá comigo.

— Bernie teria preferido ele próprio dormir com ela, mas não ousou dizer, nem de brincadeira. Era muito cedo para sugerir algo no gênero e ele não queria correr nenhum risco. Também seria delicado com Jane, uma parte tão importante da vida de Liz. Estava sempre lá com eles e Bernie tinha de considerar aquilo. Não queria magoá-la.

— Adoraria vir, se conseguir sair da loja numa hora decente.

— A que horas você normalmente sai do trabalho? — Estavam sussurrando na sala de estar para não acordar Jane. Bernie riu.

— Entre nove e dez horas da noite, mas esse é apenas o meu modo de ser. Não é culpa de ninguém. Trabalho sete dias por semana — confessou. Liz pareceu chocada.

— Isso não é vida.

— Não tenho nada melhor para fazer. — Era terrível admiti-lo, e até mesmo para ele aquilo pareceu horrível. E agora talvez tivesse com elas... — Tentarei me regenerar até semana que vem. Vou telefonar para você. — Liz assentiu com a cabeça, esperando que o fizesse. O começo era sempre tão difícil, estabelecer o contato, revelar nossas esperanças e sonhos. Mas fora mais fácil com ele. Era o melhor homem que encontrara em muito, muito tempo. E ela o seguiu para fora, até o carro.

Liz achou que nunca vira tantas estrelas quanto as que pendiam sobre eles naquela noite. Olhou para elas e depois para Bernie, que olhava-a demoradamente.

— Hoje foi maravilhoso, Liz. — Tinha sido tão honesta, tão afetuosa com ele... Até mesmo contara a verdade sobre o nascimento de Jane e seu desastroso casamento com Chandler Scott. Era bom saber aquelas coisas logo no princípio. — Vou ficar ansioso por vê-la de novo. — Bernie estendeu a mão e tocou a de Liz, que a segurou por um momento antes que ele entrasse no carro.

— Eu também. Dirija com cuidado.

Bernie deu um sorriso largo, olhando para fora da janela aberta.

— Tentarei não vomitar.

Ambos riram. Bernie acenou enquanto descia de ré pela entrada de automóveis. Depois partiu, pensando nela e em Jane, conversando e sorrindo durante todo o jantar.

Capítulo 6

Na semana seguinte, Bernie voltou duas vezes a Stinson Beach para jantar. Na primeira Liz cozinhou e na segunda ele as levou novamente ao Sand Dollar. Também voltou no sábado. E desta vez trouxe uma nova bola de praia para Jane e vários jogos, inclusive um de arremesso de argolas com o qual brincaram na praia e todos os tipos de equipamento para areia que Jane adorava. Trouxe até mesmo um novo traje de banho para Liz. Era de um azul pálido, quase da cor dos olhos dela. Liz ficou espetacular com ele.

— Meu Deus, Bernie... isto tem de acabar.

— Por quê? Essa roupa de banho estava num manequim esta semana e parecia tanto com você que tive que trazê-la. — Estava satisfeito. Adorava mimá-la e sabia que ninguém o fizera antes, o que aumentava ainda mais seu prazer.

— Você não pode nos estragar assim.

— Por que não?

— Oh! — Durante um minuto ela pareceu triste, depois voltou a sorrir. — Poderíamos ficar acostumadas e depois, o que iríamos fazer? Bater na porta da loja todos os dias, implorando roupas de banho, ursinhos de chocolate, caviar e patê... — Bernie riu da imagem que ela invocou.

— Então terei de providenciar para que estejam sempre abastecidas, não é? — Mas Bernie entendeu o que Liz queria dizer. Seria difícil se sumisse de suas vidas, mas ele ainda não podia concebê-lo. Ao contrário, não podia conceber de jeito nenhum aquilo.

Voltou mais duas vezes na semana seguinte. Desta vez, na segunda noite, Liz contratou uma adolescente de outra casa para tomar conta de Jane e eles saíram sozinhos — novamente para o Sand Dollar, é claro — não havia outro lugar para ir — mas ambos gostavam da comida e da atmosfera.

— Você tem sido um ótimo sujeito convidando nós duas para sair. — Liz sorriu-lhe através da mesa.

— Na verdade, ainda não descobri de quem gosto mais. Por isso está tudo bem, por enquanto.

Liz riu. Ele sempre a fazia sentir-se tão bem. Era um homem tão amável, condescendente e alegre. E Liz lhe disse isso.

— Só Deus sabe por quê. — Bernie sorriu. — Com uma mãe como a minha eu deveria ter crescido com trejeitos e vários tiques, no mínimo.

— Ela não pode ser tão ruim. — Liz sorriu e ele gemeu.

— Você não tem a menor idéia. Apenas espere... se ela algum dia vier aqui de novo, o que eu duvido. Ela o detestara em junho. Pelo menos gostou da loja. Você não tem idéia do quanto ela é difícil.

Tinha evitado os telefonemas da mãe durante as duas últimas semanas. Não queria ter de explicar-lhe onde estivera passando o seu tempo e, se ela tivesse telefonado, saberia que ele andara saindo muito. "Somente circulando pelos bares, mãe." Podia apenas imaginar o que a mãe iria dizer. Claro que — saindo com uma garota chamada O'Reilly — seria demais. Mas ainda não podia dizer aquilo para Liz. E não queria afugentá-la.

— Há quanto tempo estão casados?

— Trinta e oito anos. Meu pai está sendo indicado para um prêmio de medicina. — Liz riu com a idéia. — Estou falando sério. Você não sabe como ela é.

— Gostaria de algum dia conhecê-la.

— Oh, meu Deus! Psiu... — Bernie olhou por cima do ombro, como se esperando ver a mãe de pé lá, com um machado na mão. — Não diga uma coisa dessas, Liz! Poderia ser perigoso! — Bernie caçoou e ela riu. Conversaram horas à noite. Ele a tinha beijado da segunda vez em que foi para a praia, e Jane chegara a pilhá-los uma ou duas vezes, mas o romance não tinha ido mais longe do que isso. Bernie estava nervoso a respeito de Jane e, por enquanto, era melhor cortejar Liz à moda antiga. Haveria muito tempo para outras coisas quando voltassem para a cidade e Jane não estaria dormindo no quarto ao lado, com apenas uma parede fina como papel entre eles.

Bernie foi naquele domingo para ajudar Liz a arrumar as coisas. Os amigos de Liz haviam dito que ela poderia ficar mais um dia. Ela e Jane obviamente não estavam felizes em ir para casa. Para elas era o fim das férias e, naquele ano, não iriam a nenhum outro lugar. Liz não podia se dar o luxo de fazer viagens, com ou sem Jane. Estavam tão tristes na volta que Bernie sentiu pena delas.

— Prestem atenção, vocês duas. Por que não vamos em breve a algum outro lugar? Talvez Carmel... Lake Tahoe? Que lhes parece? Ainda não fui a parte alguma e as senhoras podem me ciceronear. Na verdade, poderíamos ir aos dois lugares! — Liz e Jane deixaram escapar um grito de alegria. No dia seguinte, Bernie disse à sua secretária para fazer as reservas. Ela conseguiu um condomínio em Lake Tahoe. Bernie explicara que queria três quartos e ela os conseguiu para o fim de semana seguinte, bem como para o Dia do Trabalho. Naquela noite, quando contou a elas, ficaram comovidas. Jane atirou-lhe um beijo enquanto Liz a metia na cama. Mas Liz parecia preocupada quando saiu e sentou-se com ele na minúscula sala de estar. Seu apartamento era de dois cômodos e Jane dormia no único quarto, enquanto Liz dormia na sala num sofá-cama. Ficou óbvio para Bernie que a vida amorosa deles não iria adiante naquele lugar.

Liz tinha um ar aflito quando ergueu humildemente os olhos para ele.

— Bernie... não quero que me interprete mal... mas não acho que a gente deva ir a Lake Tahoe com você.

Bernie pareceu uma criança desapontada ao olhar tristemente para ela.

— Por que não?

— Porque é tudo tão maravilhoso... tenho certeza de que vai achar maluquice... mas não posso fazer essas coisas com Jane. E se eu deixar você fazê-las para nós, o que vai acontecer depois?

— Depois do quê? — Mas Bernie sabia o que ela queria dizer. Não queria, mas sabia.

— Depois que você voltar para Nova York. — A voz de Liz foi suave como seda. Segurou a mão dele enquanto se sentavam no sofá e conversavam. — Ou depois que se cansar de mim. Somos adultos e tudo parece maravilhoso agora... mas quem sabe o que pode acontecer no próximo mês, na próxima semana ou no ano que vem...

— Eu quero me casar com você. — A voz de Bernie foi baixa e firme. Liz o encarou. Mas não estava mais surpresa do que ele. As palavras tinham saído sozinhas de sua boca. Mas agora que estavam lá e ele olhava para ela, Bernie soube que eram verdadeiras.

68

— Você o quê? Não está falando sério. — Liz levantou-se de um pulo e caminhou nervosamente pela pequena sala. — Ainda nem me conhece.

— Sim, conheço. Durante toda minha vida tenho saído com mulheres que, desde a primeira vez, sabia que não ia querer ver de novo. Mas dizia a mim mesmo: Que inferno, tente, você nunca sabe... e dois, três ou seis meses depois eu me dava por vencido e nunca telefonava para elas novamente. Agora eu a encontro e, desde a primeira vez em que coloquei os olhos em você, soube que estava apaixonado. Da segunda vez em que a vi soube que era certa para mim e a melhor mulher que já tinha conhecido e que se tivesse muita, muita sorte, você me deixaria engraxar seus sapatos pelo resto de minha vida... Então o que eu devo fazer agora? Observar as regras durante seis meses e fingir que tenho de pensar? Não tenho de pensar em nada. Eu a amo. Quero me casar com você. — Bernie estava sorrindo para ela. Subitamente soube que a melhor coisa possível tinha acabado de acontecer a ele. — Vai se casar comigo, Liz?

Liz sorria largamente e parecia ainda mais jovem que seus 27 anos.

— Você é doido. Sabe disso? Doido. — Mas ela sabia das mesmas coisas. Estava louca por ele. — Não posso me casar com você depois de três semanas. O que as pessoas vão dizer? O que sua mãe vai dizer? — Ela pronunciou as palavras mágicas e Bernie gemeu, mas ainda parecia mais feliz do que jamais o fora em sua vida.

— Preste atenção, seja como for, já que o seu nome não é Rachel Nussbaum e o nome de solteira de sua mãe não era Greenberg ou Schwartz, ela vai ter uma crise nervosa, então que diferença faz?

— Fará uma grande diferença para ela se você lhe contar que me conheceu há três semanas.

Liz caminhou para onde Bernie estava. Ele a puxou de volta para o sofá, para perto dele. Segurou-lhe as mãos.

— Estou apaixonado por você, Elizabeth O'Reilly. Não me importa se você é relacionada com o Papa e se nos conhecemos ontem. A vida é muito curta para se perder tempo observando regras. Nunca o fiz e nunca o farei. Não vamos jogar fora o que temos. — E então teve uma idéia. — Vou lhe dizer uma coisa. Vamos fazer isto direito. Ficaremos noivos. Hoje é primeiro de agosto e nós nos casaremos na época de Natal. Faltam ainda quase cinco meses. Se nessa ocasião você me disser que não é o que quer, cancelaremos tudo. Que lhe parece? — Ele já estava pensando no anel que iria comprar... cinco... sete... oito... dez quilates... qualquer coisa que ela quisesse. Colocou um braço ao redor dos ombros dela. Liz estava rindo, com lágrimas nos olhos.

— Você percebe que nós ainda nem dormimos juntos?

— Um descuido de minha parte. — Bernie não pareceu impressionado e então olhou-a pensativamente. — A propósito, eu ia discutir isso com você. Acha que pode conseguir uma *babysitter* um dia destes? Não que eu não ame a nossa garotinha — Jane já era dele também —, eu a amo, mas tenho esse pensamento depravado, lascivo e luxurioso para você ir à minha casa durante algumas horas...

— Vou ver o que posso arranjar. — Ainda ria para ele. Era a coisa mais maluca que já lhe acontecera. Mas Bernie era um homem tão bom... e sabia que poderia ser maravilhoso para ela e Jane durante o resto de suas vidas. Mas, mais importante, sabia que estava apaixonada por ele. Era apenas tão difícil de explicar que se apaixonara e soubera que era certo em apenas três semanas. Mal podia esperar para contar a Tracy, sua melhor amiga na escola, uma professora substituta que estava para chegar de um cruzeiro. Tracy deixou Liz solitária e quando voltasse a encontraria noiva do gerente geral da Wolff's. Era positivamente loucura. — Está bem, está bem, vou encontrar alguém para ficar com Jane. — Ele a estava pressionando.

— Isso quer dizer que estamos noivos? — Bernie sorria e ela também.

— Acho que sim. — Liz ainda não podia acreditar no que tinham feito. Agora ele a olhava de soslaio, tentando calcular alguma coisa.

— Que tal nos casarmos em 29 de dezembro? É sábado. — Ele já sabia por causa de planos que havia feito na loja. — Deste modo passaremos o Natal com Jane e poderemos passar nossa lua-de-mel no Havaí ou em algum outro lugar. — Liz estava totalmente desconcertada e enquanto ela ria Bernie inclinou-se e beijou-a. De repente, tudo fez sentido para ambos. Era um sonho que se tornava realidade, um casamento perfeito... um casamento que resultara de uma *banana split* com Jane observando-os, como um anjo de guarda.

Bernie inclinou-se e beijou Liz, que pôde sentir o coração dele batendo forte enquanto a abraçava. E ambos souberam, com absoluta certeza, que aquilo era para sempre.

Capítulo 7

Liz demorou dois dias para encontrar uma *babysitter* e avisou Bernie naquela tarde, pelo telefone, corando ao tocar no assunto. Sabia exatamente o que ele tinha em mente e era embaraçoso ser tão espontânea a respeito daquilo. Mas com Jane no único quarto de dormir que tinha, não havia muito mais que eles pudessem fazer. A mulher chegaria às sete horas e queria ficar até uma hora da madrugada.

— É um pouco como Cinderela, mas vai dar — disse Liz, com um sorriso.

— Está certo. Não se preocupe com isso. — Ele tinha uma nota de cinqüenta dólares apenas implorando para cair nas mãos da mulher quando Liz foi dar um beijo de boa-noite em Jane. — Use algo um pouco vistoso esta noite.

— Como uma cinta-liga? — Estava nervosa como uma noiva. Bernie riu das palavras dela.

— Parece ótimo. Mas use um vestido por cima. Jantaremos fora.

Liz ficou surpresa. Fantasiara ir direto para o apartamento de Bernie e consumar a "primeira vez". Parecia-lhe um procedimento quase cirúrgico. Seja como for, a primeira vez era sempre tão embaraçosa que a idéia de ir jantar a atraiu muito.

Naquela noite, quando ele a apanhou, foram ao L'Étoile, onde Bernie havia reservado uma mesa para dois. Liz começou a relaxar enquanto conversavam como sempre. Bernie contou-lhe o que estava acontecendo na loja — sobre os planos para o outono, as promoções, os desfiles de moda. O desfile da ópera tinha passado e fora um grande sucesso. Os outros estavam sendo preparados agora. Liz estava fascinada pelo que Bernie fazia, mais ainda por ele ser um homem de negócios. Bernie simplesmente aplicava os princípios da boa economia a tudo em que tocava na loja, isto e seu extraordinário sexto sentido para descobrir o rumo das tendências e, como dizia Paul Berman, tudo em que tocava virava ouro. Ultimamente, Bernie nem mesmo se importava por ter sido enviado a San Francisco para abrir a loja. Calculava que, na melhor das hipóteses, ficaria mais um ano na Califórnia. Isso lhes daria tempo para se casarem e passarem alguns meses sozinhos, antes de voltarem para Nova York e Liz ter de lidar de perto com a mãe dele. Nessa época poderia até haver um bebê a caminho... e tinha de pensar em escolas para Jane... mas não contou tudo isso para Liz. Ele a prevenira de que eventualmente voltariam para Nova York, mas ainda não queria preocupá-la com os detalhes da mudança. Afinal ainda faltava um ano. Primeiro tinham de pensar no casamento.

— Você vai usar um vestido de noiva autêntico? — Ele adorou a idéia. Há apenas dois dias vira um, num desfile na loja, que ficaria fabuloso nela. Mas Liz corou ao pensar naquilo, enquanto sorria para ele.

— Você quer realmente, não é?

Bernie fez um sinal afirmativo com a cabeça, segurando a mão dela por baixo da mesa, enquanto sentavam-se lado a lado na banqueta. Adorava a sensação da perna de Liz junto à dele. Ela colocara um bonito vestido de seda branca que realçava seu bronzeado e os cabelos estavam puxados para cima num coque no alto da cabeça. Bernie percebeu que ela tinha pintado as unhas, o que não era comum. Ficou contente, mas não disse por quê, enquanto inclinavase e a beijava suavemente no pescoço.

— Sim, quero. Eu não sei... de algum modo a gente percebe quando está ou não fazendo a coisa certa. Eu sempre percebi e os únicos erros que cometi foram quando não confiei em meus instintos. Quando o fiz, nunca me enganei. — Ela o entendia perfeitamente bem, mas parecia surpreendente caminhar tão rápido para um casamento. No entanto, sabia que não estavam errados e suspeitava que nunca o lamentaria. — Espero que um dia você se sinta tão segura quanto eu estou agora, Liz. — Bernie a olhava meigamente e Liz emocionou-se, enquanto sentavam-se lado a lado. Bernie adorava sentir a coxa de Liz perto dele e estremeceu até a alma ao se imaginar deitado ao lado dela, mas ainda era muito cedo para pensar naquilo. Fizera planos para que a noite toda fosse perfeita.

— Você sabe, loucura é como me sinto segura... apenas ainda não sei como explicar às pessoas.

— Acho que a vida real acontece assim, Liz. Você sempre ouve falar em gente que vive junto durante dez anos e então um deles encontra outra pessoa e eles se casam em cinco dias... porque o primeiro relacionamento nunca foi realmente certo, mas ao piscar de um olho essa pessoa soube que o segundo era.

— Eu sei, tenho freqüentemente pensado nesse tipo de coisa. Apenas não achei que aconteceria comigo. — Liz sorriu para ele. Comeram pato, salada e suflê. Depois foram para o bar, onde Bernie pediu champanhe. Sentaram-se escutando o piano e tagarelando como o faziam há semanas, dividindo opiniões, idéias, esperanças e sonhos. Foi a noite mais bonita que Liz tivera num longuíssimo tempo. Estar com Bernie compensou tudo de ruim que lhe tinha acontecido, a morte dos pais, o pesadelo com Chandler Scott e os longos e solitários anos desde o nascimento de Jane, sem ninguém para ajudá-la ou estar lá por ela. E subitamente nada daquilo importava agora que estava com ele. Era como se toda sua vida tivesse sido uma preparação para este homem que agora era tão bom para ela... e absolutamente mais nada importava.

Depois do champanhe, quando Bernie havia pago a conta, subiram lentamente as escadas de mãos dadas. Liz estava para sair quando, em vez disso, ele a conduziu pelo hotel, guiando-a gentilmente pelo braço. Mas Liz não deduziu nada daquilo até que ele a levou para os elevadores e baixou os olhos para ela com um pequeno e infantil sorriso, mal disfarçado pela barba.

— Quer subir para uma bebida? — Liz sabia o que ele tinha em mente e que não morava lá, mas de algum modo parecia romântico e ao mesmo tempo um pouco travesso. Bernie sussurrava as palavras e ela respondeu-lhe com um sorriso.

— Desde que você prometa não contar para minha mãe. — Eram apenas dez horas e Liz sabia que ainda tinham três horas.

O elevador subiu para o último andar e Liz o seguiu, sem dizer uma palavra, até uma porta no final do corredor. Bernie tirou uma chave do bolso e a deixou entrar. Era a suíte mais bonita que Liz jamais tinha visto, no cinema, na vida real, ou até mesmo em sonhos. Tudo era branco e dourado, feito em delicadas sedas, com finas antiguidades por toda parte e um candelabro que cintilava sobre eles. As luzes eram pálidas e havia velas queimando numa mesa com uma travessa de queijo e frutas e uma garrafa de champanhe esfriando num balde de prata.

Liz examinou Bernie com um sorriso, a princípio sem dizer uma palavra. Ele fazia tudo com tanto estilo e era sempre tão atencioso...

— O senhor é surpreendente, sr. Fine... sabe disso?

— Pensei que, se isto seria nossa lua-de-mel, deveríamos fazer as coisas direito. — E ele o fez. Ninguém poderia ter feito melhor. Bernie alugara pessoalmente a suíte na hora do almoço e subira antes de buscá-la para certificar-se de que tudo estava em ordem. Fizera a empregada abrir a cama, onde estavam estendidos um lindo roupão cor-de-rosa enfeitado com marabu, chinelos de cetim cor-de-rosa para combinar e uma camisola de cetim no mesmo tom. Ela os descobriu ao entrar no outro aposento e deu um gritinho quando viu as bonitas roupas estendidas sobre a cama, como se estivesse esperando por uma estrela de cinema e não apenas pela cafona e insignificante Liz O'Reilly de Chicago.

Ela disse isso a Bernie que a tomou nos braços.

— É o que pensa que é? A cafona e insignificante Liz O'Reilly de Chicago? Bem, o que sabe você... e em breve vai se tornar a cafona e insignificante Liz Fine de San Francisco. — Beijou-a avidamente e seus beijos foram correspondidos enquanto a deitava gentilmente na cama e afastava o roupão. Era a primeira chance que tiveram de saciar a fome um do outro. As três semanas de desejo os arrastaram como uma onda enquanto suas roupas se empilhavam desordenadamente no chão, cobertas pelo roupão de cetim cor-de-rosa enfeitado com marabu, seus corpos se entrelaçavam e a boca de Liz percorria cada milímetro do corpo dele. Liz fez todos os sonhos de Bernie se tornarem realidade. Ele a deixou aturdida com os clímaxes de paixão que atingiram enquanto suspiravam um pelo outro, querendo mais, mais e mais até finalmente se prostrarem esgotados e sonolentos na penumbra do quarto, a cabeça de Liz no ombro de Bernie, enquanto ele brincava com os longos cabelos louros que a cobriam como uma cortina de cetim.

— Você é a mulher mais bonita que já vi... sabe disso?

— Você também é bonito, Bernie Fine... por dentro e por fora. — A voz de Liz tornou-se subitamente rouca. Olhou-o amorosamente dentro dos olhos e então subitamente desatou a rir quando viu o que ele deixara sob seu travesseiro. Era uma cinta-liga preta e rendada com um laço de fita vermelho em forma de rosa. Ela a ergueu no ar como se fosse um troféu e depois o beijou. Quando a vestiu para ele, começaram tudo de novo. Foi a mais bela noite que qualquer um deles jamais tinha passado. Era muito mais de uma hora quando sentaram-se na banheira do hotel e Bernie brincou com os bicos dos seios dela em meio a espuma.

— Nunca sairemos daqui se você começar isso de novo. — Liz sorriu indolentemente, apoiando a cabeça no luxuoso mármore cor-de-rosa. Quisera telefonar para a mulher para dizer-lhe que se atrasariam, mas Bernie finalmente dissera que tinha cuidado daquilo. Liz realmente corara quando ele lhe contou. — Você pagou? — Ela deu um risinho nervoso ao pensar naquilo.

— Sim. — Parecia satisfeito e Liz o beijou.

— Eu te amo tanto, Bernie Fine. — Bernie sorriu e mais do que nunca desejou passar a noite com ela, mas sabia que não podiam e já lamentava ter sugerido que se casassem depois do Natal. Não podia imaginar esperar tanto, mas aquilo o fez lembrar-se de uma coisa que esquecera.

— Onde você está indo? — Liz ergueu os olhos surpresa quando ele saiu da banheira, todo coberto de sabão.

— Voltarei logo. — Ela o observou caminhar. Tinha um corpo vigoroso, com ombros largos e longas e elegantes pernas. Era um corpo que a atraía e Liz pôde sentir o desejo a corroendo enquanto o observava. Tornou a deitar-se na banheira, os olhos fechados, esperando ele voltar. Bernie voltou apenas um minuto depois e escorregou uma mão sobre a parte inferior da barriga dela enquanto deslizava para dentro da água. Antes de ter uma chance de lhe dar o que trouxera do outro quarto os dedos dele se dirigiram à junção entre suas pernas e ele a estava explorando de novo, a boca faminta nos lábios de Liz enquanto, com a outra mão, ele a tocava. Desta vez amaram-se na banheira e os sons do amor ecoaram no banheiro de mármore rosado.

— Psiu! — sussurrou ela depois, com um risinho nervoso. — Vão nos expulsar daqui.

— Ou vender ingressos. — Há anos ele não se sentia tão bem e não queria que aquilo terminasse. Nunca. Nunca conhecera nenhuma mulher como ela. E há muito, muito tempo, nenhum deles fazia amor com outra pessoa, por isso a fome foi bem saciada. — A propósito, eu te trouxe uma coisa antes de você me atacar.

— *Eu* ataquei *você*... ah! — Mas ela olhou de relance sobre o ombro na direção dos olhos de Bernie. Estar com ele era como celebrar o Natal todos os dias. Liz perguntou-se com o que ele iria

75

surpreendê-la agora... roupões... cintas-ligas e... Bernie deixara uma caixa de sapatos do lado de fora da banheira. Quando ela a abriu, encontrou um par de espalhafatosos chinelos dourados cobertos com pedrinhas imitando diamantes. Liz riu, sem saber ao certo se ele estava sério ou não. — São herança de Cinderela? — Na verdade eram muito deselegantes. Liz não sabia bem por que Bernie os tinha dado a ela, mas ele parecia divertido enquanto a observava. Em toda a superfície dos chinelos estavam colados grandes pedaços de vidro em forma de cubo. Um deles tinha até mesmo uma enorme pedra imitando diamante pendendo do laço dourado. — Meu Deus! — Liz deu um grito sufocado, subitamente percebendo o que ele tinha feito. — Meu Deus! — Levantou-se na banheira e baixou os olhos para ele. — Bernie... Não! Você não pode fazer isso! — Mas ele fizera e ela tinha visto. Bernie pregara cuidadosamente um enorme anel de noivado num dos vistosos laços dourados. A princípio o brilhante parecera ser mais uma horrível imitação como as outras. Mas ela tinha visto o anel e chorava segurando o chinelo. Bernie levantou-se calmamente e o despregou para ela. As mãos de Liz tremiam muito e as lágrimas rolaram pelas suas bochechas quando ele o enfiou em seu dedo. Tinha mais de oito quilates, uma simples pedra com lapidação de esmeralda e o anel mais bonito que ele vira quando o comprou. — Oh, Bernie... — Liz abraçou-se a ele enquanto ficavam de pé no banheiro. Bernie acariciou seus cabelos e a beijou. Depois de ter gentilmente a ensaboado e a si próprio, Bernie a carregou para a cama no outro quarto e fez amor novamente com ela... desta vez com mais suavidade... lentamente... era como cantar num sussurro... ou dançar de maneira lenta e delicada, movendo-se graciosamente juntos até não agüentarem mais; então Bernie a apertou enquanto Liz estremecia de prazer e ele atingia o orgasmo ao lado dela.

Eram cinco horas da manhã quando Liz voltou para casa, arrumada e limpa, como se tivesse estado durante toda a noite numa reunião de professores. Teria sido difícil acreditar no que ela estivera fazendo. Desfez-se em desculpas por ter chegado tão tarde em casa, mas a *babysitter* disse que não se importava — e ambas sabiam por quê. Seja como for, a mulher dormira durante horas. Fechou silenciosamente a porta quando saiu, enquanto Liz se sentava sozinha na sala de estar, olhando para fora, para o nevoeiro de verão, pensando com infinita ternura no homem com quem ia se ca-

76

sar e no quanto era sortuda por tê-lo encontrado. O enorme brilhante cintilava em sua mão e as lágrimas brilhavam em seus olhos.
Telefonou para Bernie logo que se deitou; conversaram em roucos
e românticos sussurros durante mais uma hora. Não suportava ficar sem ele.

Capítulo 8

Depois da viagem com Jane a Tahoe, onde todos dormiram em quartos separados e Liz mencionara diversas vezes como seria ótimo se pudessem ficar juntos o tempo todo, Bernie insistiu para que ela pegasse um vestido na loja para a estréia da ópera. Eles se sentariam num camarote e era o acontecimento mais importante da temporada social de San Francisco. Bernie sabia que ela não tinha nada suficientemente elegante e queria que escolhesse algo espetacular para a estréia.

— Agora você também pode começar a tirar algum proveito da loja, querida. Tem de haver algumas vantagens em se trabalhar sete dias por semana. — Apesar de nada ser de graça, Bernie sempre gozava de um enorme desconto. E, pela primeira vez, sentia prazer em usá-lo com ela.

Liz foi para a loja. Depois de experimentar dúzias de vestidos, escolheu um de um estilista italiano que Bernie adorava, um vestido de veludo cor de conhaque com fartas pregas, enfeitado com contas douradas e pequenas pedras, todas parecendo ser semipreciosas. A princípio Liz o achou elaborado demais e perguntou a si mesma se era muito parecido com os exóticos chinelos que Bernie lhe dera junto com o anel de noivado, mas no momento em que o vestiu deu-se conta do quanto era magnífico. Tinha um estilo renascentista, com um decote generoso, grandes e fartas mangas e uma comprida e majestosa saia com uma pequena cauda que ela podia prender ao dedo. Enquanto caminhava pelo grande vestiário no salão do estilista, sentiu-se como uma rainha. Abafou o riso enquanto ajeitava as pregas da saia e então subitamente se assustou quando viu a porta se abrir e ouviu atrás de si a voz familiar.

— Encontrou alguma coisa? — Os olhos de Bernie brilharam acima da barba quando viu o vestido que ela usava. Ele o tinha vis-

78

to quando chegara da Itália. Causara grande sensação no salão do estilista e era um dos mais caros que tinham, mas aquilo não pareceu perturbá-lo, enquanto a observava. Estava hipnotizado pelo quanto ela estava elegante no vestido e com seu desconto não poderia ser muito dispendioso. — Uau! O estilista devia ver você neste vestido, Liz! — A vendedora sorriu também para ele. Era um prazer ver uma mulher bonita como Liz tão perfeitamente modelada por um vestido que realçava tudo, da pele de um bronze dourado aos olhos e corpo. Bernie caminhou a passos largos até ela e a beijou, sentindo o tecido macio debaixo de suas mãos e a porta fechar-se discretamente atrás da vendedora que saía, murmurando algo sobre "procurar alguma outra coisa... talvez alguns sapatos para combinar..." A vendedora conhecia bem o seu trabalho e sempre o desempenhava com habilidade e discrição.

— Você realmente gosta? — Os olhos de Liz cintilaram como uma das pedras no vestido enquanto rodopiava graciosamente para ele e sua risada soava como campainhas de prata no vestiário. Bernie quase pôde sentir seu coração inchar de prazer só de olhar para ela. Mal podia esperar para exibi-la na ópera.

— Eu o adoro. Foi feito para você, Liz. Gosta de mais alguma coisa?

Ela riu e sua pele adquiriu uma coloração rosada. Não queria aproveitar-se dele.

— Deveria dizer não. Ainda não me deixaram ver a etiqueta de preço... mas acho que não deveria comprar nem este. — Sabia só de sentir o tecido que não podia pagar por ele, mas era divertido vestir-se com apuro, algo parecido com o que Jane faria nas mesmas circunstâncias. Sabia que Bernie a deixaria usar seu desconto. Ainda assim...

Bernie estava sorrindo-lhe. Era uma garota surpreendente e ele subitamente se lembrou da Isabelle Martin do distante passado e de como eram diferentes. Para uma nada era suficiente, a outra não queria absolutamente nada. Era um homem de sorte.

— Não vai comprar nada, sra. O'Reilly. O vestido é um presente de seu futuro marido, bem como qualquer coisa que veja aqui que gostar.

— Bernie... eu...

Bernie selou os lábios dela com um beijo. Depois caminhou para a porta do vestiário, olhando uma última vez sobre o ombro.

— Vá procurar alguns sapatos que combinem com ele, querida. E suba até o escritório quando terminar. Almoçaremos depois.
— Ele sorriu-lhe e então desapareceu, enquanto a vendedora voltava com uma braçada de outros vestidos que achava que agradariam a Liz, mas ela recusou-se terminantemente a prová-los. Consentiu apenas em experimentar um par de sapatos para combinar com o vestido. Descobriu um bonito par de sapatos de noite, feito de cetim cor de conhaque incrustado com pedras que eram quase idênticas às do vestido. Combinavam perfeitamente bem e Liz parecia vitoriosa quando apanhou Bernie no andar de cima. Tagarelou alegremente enquanto deixavam a loja contando sobre os sapatos, o quanto adorara o vestido e como se sentia oprimida por ele mimá-la tanto. Caminharam de braços dados para o Trader Vic's e tiveram um longo e demorado almoço, caçoando, rindo e apreciando a tarde. Foi com pesar que ele a deixou, quase às três horas. Liz tinha de buscar Jane na casa de uma amiga. Ambas estavam desfrutando de sua liberdade antes de começarem novamente as aulas. Tinham apenas alguns dias antes de voltarem para a escola, na próxima segunda-feira.

Mas a ópera ocupava o primeiro lugar nos pensamentos de Liz. Na tarde de sexta-feira foi ao cabeleireiro e à manicure e às seis horas enfiou o mágico vestido que Bernie comprara. Subiu cuidadosamente o zíper e olhou-se por um minuto, estupefata. Os cabelos estavam puxados para cima e presos numa rede dourada, trançada, que encontrara durante outra incursão à Wolff's. Os sapatos apareciam debaixo das pesadas pregas de veludo do vestido. Liz ouviu a campainha da porta indistintamente na distância e então de repente Bernie estava de pé na porta do quarto, ele próprio parecendo uma visão, com casaca e gravata brancas, o engomado peitilho de uma impecável camisa inglesa e os botões de brilhante que tinham pertencido a seu avô.

— Meu Deus, Liz... — Bernie não conseguiu dizer mais enquanto olhava para ela. Beijou-a com cuidado para não estragar a maquilagem. — Você está tão adorável — sussurrou ele, enquanto Jane os observava da porta, momentaneamente esquecida. — Pronta?

Liz fez um sinal afirmativo com a cabeça e então avistou sua filha. Jane não parecia satisfeita ao observá-los. Por um lado, gostava de ver a mãe tão bonita. Por outro, perturbava-a vê-los tão juntos. Aquilo a vinha preocupando desde Lake Tahoe. Liz sabia que tinham de dizer-lhe logo alguma coisa sobre seus planos, mas, de certa forma, sentia medo de contar-lhe. E se ela se opusesse ao casamento? Liz sabia que ela gostava de Bernie, mas gostar não era suficiente. Em alguns sentidos ela o considerava seu amigo, mais que de sua mãe.

— Boa noite, querida. — Liz parou para beijá-la e Jane se desviou com olhos zangados. Desta vez não falou com Bernie. Quando deixaram a casa, Liz por um minuto pareceu preocupada, mas não disse nada a Bernie. Não queria que nada estragasse a noite mágica deles.

Primeiro foram jantar no Museu de Arte Moderna, no Rolls que Bernie alugara para a ocasião. Foram rapidamente envolvidos pela multidão de mulheres com vestidos deslumbrantes e jóias pomposas e fotógrafos disputando entre si para tirar a fotografia delas. Mas Liz sentiu-se perfeitamente à vontade no meio deles e orgulhosa de braço dado com Bernie enquanto apertava-se a ele e as lâmpadas de magnésio disparavam por todos os lados. Liz sabia que também haviam tirado a fotografia deles. Bernie já estava ficando conhecido como o gerente da loja mais elegante da cidade e muitas das mulheres com vestidos caros pareciam reconhecê-lo. O museu fora decorado pelas pessoas de destaque na sociedade local e estava enfeitado com balões prateados e dourados e árvores que tinham recebido um jato de tinta dourada. Em cada lugar havia presentes caprichosamente embrulhados — da Wolff's, é claro —, água-de-colônia para os homens e um bonito vidro de perfume para as mulheres. Era fácil reconhecer o logotipo em cada mesa.

A multidão os imprensou quando entraram no enorme saguão onde estavam as mesas. Liz sorriu e ergueu os olhos para Bernie enquanto ele apertava seu braço e outro fotógrafo tirava o retrato deles.

— Está se divertindo? — Ela assentiu com a cabeça, mas era difícil chamar aquilo de divertimento. Era uma profusão de corpos com elegantes vestidos de baile e jóias suficientes para encher — caso alguém tivesse desejado tentar — vários carrinhos de mão. Mas também havia um clima de excitação. Todos sabiam que eram parte de uma noite importante.

Bernie e Liz tomaram seus lugares na mesma mesa de um casal do Texas, composta ainda pelo administrador do museu e sua mulher, uma importante cliente da Wolff's e seu quinto marido e a prefeita e o marido. Era uma mesa interessante, a conversa foi rápida e leve enquanto o jantar e o vinho eram servidos. Todos conversaram sobre o que fizeram no verão, os filhos, as mais recentes viagens e a última vez em que tinham visto Placido Domingo, que aliás estava voando para San Francisco especialmente para cantar a *Traviata* naquela noite com Renata Scotto. Seria um deleite para os verdadeiros amantes da ópera na multidão, apesar de serem poucos. Em San Francisco a ópera estava mais ligada à posição social e moda do que a qualquer autêntica paixão pela música. Durante meses Bernie ouvira dizer aquilo, mas não se importava. Estava se divertindo e era um prazer sair com Liz para uma noite tão elegante. E Domingo e Scotto, no que lhe diziam respeito, eram apenas prazeres adicionais. Entendia muito pouco de ópera.

Porém um pouco mais tarde, enquanto caminhavam pela entrada de automóveis em forma de arco para o War Memorial Opera House, até mesmo Bernie sentiu a intensidade do momento. Desta vez os fotógrafos compareceram em massa para tirar o retrato de todos que entravam no teatro lírico e havia uma multidão contida por cordões de isolamento e pela polícia. Tinham vindo apenas para olhar cobiçosamente para a multidão elegantemente vestida na noite de estréia. Bernie subitamente sentiu-se como se estivesse assistindo à entrega dos prêmios da Academia, só que as pessoas olhavam para ele e não para Gregory Peck ou Kirk Douglas. Era uma sensação estonteante, enquanto ele protegia Liz dos movimentos em sentido contrário da multidão, a conduzia para dentro do prédio e subia as escadas para onde sabia que era o camarote deles. Encontraram facilmente seus lugares e ele reconheceu rostos familiares por toda parte, pelo menos as mulheres. Todas eram clientes da Wolff's. Na verdade estava satisfeito por constatar quantos vestidos da loja tinha visto desde o início da noite. Mas Liz era de longe a mais bonita com seu magnífico vestido renascentista, com os cabelos presos no alto nos fios dourados e trançados. Percebeu que estava louco para beijá-la, enquanto os outros olhavam-nos com admiração. Quando a luz diminuiu, apertou gentilmente a mão dela e ficaram assim durante todo o primeiro ato. Domingo e Scotto estavam extraordinários juntos. Em todos os sentidos, era uma noite emocionante e eles seguiram os outros até o bar, onde o champanhe era servido como água e os fotógrafos estavam novamente em franca atividade. Bernie sabia que tinham tirado o retrato de Liz pelo menos quinze vezes desde o início da noite, mas ela não parecia se importar. Parecia tímida e reservada e sentia-se segura ao lado dele. Tudo nela o fazia sentir vontade de protegê-la.

82

Bernie estendeu-lhe uma taça de champanhe e eles ficaram de pé sorvendo-a e observando a multidão. Subitamente Liz deu um risinho nervoso enquanto erguia os olhos para ele.

— É engraçado, não é?

Bernie deu um amplo sorriso. Era engraçado. Era tão exageradamente elegante e todos levavam a si mesmos tão a sério que era difícil de acreditar que não tinham voltado no tempo, para uma época em que momentos como aquele eram infinitamente mais importantes.

— É uma espécie de agradável mudança na rotina diária, não acha, Liz?

Ela sorriu novamente e assentiu com a cabeça. Na manhã seguinte estaria na Safeway comprando os comestíveis da semana para ela e Jane e na segunda-feira estaria escrevendo simples somas num quadro-negro.

— Faz com que tudo o mais pareça irreal.

— Acho que isso deve ser parte da magia da ópera. — Ele gostava da importância do evento em San Francisco e de ser parte dele. E, mais do que tudo, gostava de dividi-lo com ela. Era a primeira vez para ambos e queria dividir com Liz uma vida inteira de primeiras experiências. Então, antes que ele pudesse dizer qualquer coisa, as luzes diminuíram. Em seguida, aumentaram, enquanto uma discreta campainha soava na distância. — Temos de voltar. — Bernie e Liz pousaram suas taças, mas ele rapidamente percebeu que ninguém mais o fez. Quando finalmente deixaram o bar, levados pela insistência da campainha, a maior parte do público dos camarotes permaneceu lá, conversando, rindo e bebendo. Aquilo também era parte da tradição de San Francisco. O bar e suas intrigas sendo, na maioria das vezes, muito mais importantes que a música.

Os camarotes, incluindo o deles, não estavam totalmente ocupados durante o segundo ato, mas o bar fervilhava quando voltaram para lá, no segundo intervalo. Liz reprimiu um bocejo, olhando timidamente para Bernie

— Cansada, querida?

— Um pouco... é uma noite tão cheia. — E ambos sabiam que havia mais. Depois iriam jantar no Trader Vic's, em Captain's Cabin. Bernie já era um freqüentador habitual e depois iriam fazer uma rápida parada no baile da ópera em City Hall. Bernie suspeitava que não voltariam para casa antes das três ou quatro horas da manhã,

83

mas era o acontecimento que todos os anos abria a temporada social de San Francisco, tão notável quanto o maior brilhante na tiara.

O carro esperava por eles na via de acesso depois do último ato. Instalaram-se confortavelmente e partiram em alta velocidade na direção do Trader Vic's. Naquela noite, até mesmo o lugar parecia melhor que de costume, enquanto bebiam champanhe, saboreavam sopa Bongo Bongo, caviar e crepes de cogumelo. E Liz riu de satisfação com a mensagem em seu biscoito da sorte: "Ele sempre a amará tanto quanto você o ama."

— Gostei dessa. — Liz sorriu radiante. Fora uma noite incrível. Domingo, Scotto e seu séquito tinham acabado de entrar e haviam se sentado numa comprida mesa no canto, provocando grande agitação. Tinha sido um espetáculo notável. — Obrigada por essa linda noite, querido.

— Ainda não terminou. — Bernie deu um tapinha na mão dela sobre a mesa e serviu-lhe outra taça de champanhe. Liz deu uma risadinha em protesto.

— Vai ter de me carregar para fora se me der muito mais disso.

— Deixe comigo. — Bernie colocou o braço gentilmente ao redor dela e fez-lhe um brinde com os olhos. Passava de uma hora quando deixaram o Trader Vic's. Todos pareciam estar se divertindo. Até mesmo a imprensa começara a relaxar e desfrutar. Naquela altura, tinham conseguido a maior parte das fotografias de que precisavam. Se bem que tiraram outra de Bernie e Liz enquanto eles rodopiavam despreocupadamente pelo salão numa graciosa valsa que fez com que o vestido de Liz parecesse ainda mais adorável.

E foi aquela fotografia que foi publicada na manhã seguinte. Uma grande fotografia de Liz nos braços de Bernie enquanto contornavam o salão no baile da ópera em City Hall. Dava para ver alguns dos detalhes do vestido, mas, mais do que isso, percebia-se Liz sorrindo radiante para o rosto de Bernie enquanto ele a segurava.

— Você realmente gosta dele, não é, mãe? — Jane estava com o queixo apoiado nas duas mãos e Liz sentia uma tremenda dor de cabeça quando, na manhã seguinte, leram o jornal, por cima da mesa do café da manhã. Voltara para casa às quatro e meia. Enquanto tentava dormir e o quarto rodava rápida e suavemente ao seu redor, Liz tinha se dado conta de que haviam consumido pelo menos quatro ou cinco garrafas de champanhe naquela noite. Fora a melhor noite de sua vida. Mas agora sentia náuseas só de pensar no

84

borbulhante vinho. E não estava absolutamente em forma para discutir com a filha.

— Ele é um homem muito bom e gosta muito de você, Jane. — Pareceu-lhe a coisa mais inteligente a dizer e foi a única em que pôde pensar.

— Também gosto dele. — Mas os olhos de Jane diziam que não tinha a mesma certeza de antes. As coisas tinham se complicado durante o verão. E ela instintivamente percebeu a seriedade do envolvimento deles. — Por que você começou a sair tanto com ele?

A cabeça de Liz martelou com um mau presságio enquanto olhava em silêncio para a filha por cima da xícara de café.

— Gosto dele. — Ao inferno com aquilo. Decidiu confessá-lo. — Na verdade eu o amo. — A mulher e a garota encararam-se através da mesa. Não estava lhe contando nada que ela não soubesse, mas foi a primeira vez em que Jane ouviu as palavras e Liz achou que a filha não gostara delas. — Eu o amo. — A voz de Liz vacilou na última palavra e ela se odiou por isso.

— E... e daí? — Jane levantou-se e afastou-se abruptamente da mesa, enquanto os olhos da mãe a faziam voltar.

— O que há de errado nisso?

— Quem disse que havia algo de errado?

— Você, pelo modo como está agindo. Ele também te ama, você sabe.

— É? Como você sabe? — Agora havia lágrimas nos olhos de Jane e a cabeça de Liz latejava.

— Sei porque ele me disse. — Levantou-se e caminhou lentamente para a filha, perguntando-se apenas o quanto deveria contar-lhe, tentada a dizer tudo. Eventualmente teria de contar para ela. Talvez fosse melhor mais cedo que mais tarde. Sentou-se no sofá e puxou Jane para seu colo. O pequeno corpo estava rígido mas ela não se rebelou. — Ele quer se casar conosco. — A voz da mãe ecoou suavemente no aposento silencioso e Jane não conseguiu mais evitar as lágrimas. Escondeu o rosto, soluçando e agarrando-se a sua mãe. Nos olhos de Liz também havia lágrimas, enquanto amparava a garotinha que um dia fora o seu bebê e que, sob certos aspectos, sempre o seria. — Eu o amo, querida...

— Por quê?... Quero dizer, por que temos de nos casar com ele? A gente estava bem, só nós duas.

— Estávamos? Você nunca quis que tivéssemos um papai?

O soluço parou, mas apenas momentaneamente.

— Às vezes. Mas estávamos bem assim. — E ela ainda tinha a ilusão do pai que nunca conhecera, o "bonito ator" que morrera quando ela era um bebê.

— Talvez a gente fique melhor com um papai. Nunca pensou nisso?

Jane fungou enquanto Liz a segurava.

— Você ia ter de dormir na cama dele e eu não poderia mais ir para a sua cama nas manhãs de sábado e domingo.

— Claro que sim. — Mas ambas sabiam que seria diferente. Por um lado era triste e, por outro, bom. — Pense em todas as coisas boas que poderíamos fazer com ele... ir à praia, passear de carro, velejar e... pense em como ele é bom, querida.

Jane fez um gesto afirmativo com a cabeça. Não podia negá-lo. Era muito justa para tentar difamar Bernie.

— Acho que gosto dele... mesmo com a barba... — Ela ergueu os olhos marejados de lágrimas para a mãe e então perguntou o que realmente queria saber. — Você ainda vai me amar se ficar com ele?

— Sempre. — As lágrimas rolaram pelas bochechas de Liz enquanto a abraçava. — Sempre, sempre e sempre.

Capítulo 9

Jane e Liz começaram a comprar todas as revistas de noivas. Quando finalmente foram juntas à Wolff's para escolher seus vestidos para o casamento, Jane não estava apenas resignada, começava a gostar da idéia. Passaram uma hora no departamento infantil procurando o vestido certo para ela. Finalmente o encontraram. Era de veludo branco com uma faixa de veludo cor-de-rosa e um pequenino botão de rosa do mesmo tom no pescoço. Exatamente o que Jane desejava. E foram igualmente bem-sucedidas na procura de um vestido para Liz. Mais tarde, Bernie as levou para almoçar no Saint Francis.

E na semana seguinte, em Nova York, Berman já ouvira as novidades. As notícias corriam rápidas nos círculos varejistas e Bernie era um homem importante na Wolff's. Berman telefonou-lhe curioso e divertido.

— Escondendo as coisas de mim, não é? — Havia um sorriso em sua voz e Bernie ficou encabulado ao responder.

— Não mesmo.

— Ouvi dizer que Cupido atirou uma flecha na Costa Oeste É boato ou verdade? — Estava feliz pelo amigo de longa data e queria o bem dele. Quem quer que ela fosse, estava certo de que Bernie tinha feito uma boa escolha e desejava conhecê-la.

— É verdade, mas queria contar-lhe pessoalmente, Paul.

— Então vá em frente. Quem é ela? Tudo que sei é que comprou um vestido de noiva no quarto andar. — Ele riu. Viviam num pequenino mundo regido por boatos e fofocas.

— Ela se chama Liz e é professora do segundo grau. É de Chicago, foi para Northwestern, tem 27 anos e uma deliciosa garotinha de cinco anos chamada Jane. E vamos nos casar logo depois do Natal.

87

— Tudo parece muito saudável. Qual é o sobrenome dela?

— O'Reilly.

Paul deu uma gargalhada. Tinha encontrado a sra. Fine diversas vezes.

— O que a sua mãe disse?

Bernie também sorriu.

— Ainda não contei para ela.

— Conte para a gente quando o fizer. Vamos ouvir o estrondo daqui ou ela se abrandou nos últimos anos?

— Não exatamente.

Berman sorriu outra vez.

— Bem, eu te desejo muita sorte. Verei Liz quando você vier mês que vem ao Leste? — Bernie tinha de ir a Nova York e depois à Europa, mas Liz não planejava acompanhá-lo. Tinha de trabalhar, tomar conta de Jane e estavam procurando uma casa para alugar pelo próximo ano. Não fazia sentido comprar se voltariam tão em breve para Nova York.

— Acho que ela vai estar ocupada aqui. Mas adoraremos vê-lo no casamento. — Já tinham encomendado os convites... na Wolff's, é claro. Mas o casamento seria simples. Não queriam mais de cinqüenta ou sessenta convidados. Haveria um almoço simples em algum lugar e depois partiriam para o Havaí. Tracy, amiga de Liz na escola, já prometera ficar com Jane na nova casa enquanto estivessem ausentes, o que era uma grande ajuda.

— Quando é? — Perguntou Berman. — Tentarei ir. E imagino que agora não vai ter tanta pressa de voltar para Nova York. — O coração de Bernie ficou apertado ao ouvir as palavras.

— Isso não é necessariamente verdade. Quando estiver aí vou procurar escolas para Jane e Liz me ajudará nisso na próxima primavera. — Queria que Berman se sentisse pressionado para levá-lo para casa, mas não houve nenhum som do outro lado da linha. Bernie ficou carrancudo. — Queremos matriculá-la para o próximo setembro.

— Certo... Bem, eu o verei dentro de poucas semanas em Nova York. E parabéns. — Mais tarde Bernie sentou-se olhando para o vazio. Naquela noite disse algo para Liz. Estava preocupado.

— Diabos me levem se eles me grudarem aqui por mais três anos como fizeram em Chicago.

— Não pode conversar com ele quando for para o Leste?

— É o que pretendo.

Mas quando o fez, em Nova York, Paul Berman não se comprometeu fixando uma data certa para sua volta.

— Você está aí há apenas alguns meses. Tem de levantar a filial para nós, Bernard. Desde o princípio esse foi o nosso trato.

— A loja vai indo muito bem e estou aqui há oito meses.

— Mas a loja foi aberta há menos de cinco. Dê a ela mais um ano. Sabe o quanto precisamos de você. O estilo da loja será definido durante anos pelo que está fazendo exatamente agora. Você é o melhor homem que temos.

— Mais um ano é muito tempo. — Parecia a Bernie uma vida inteira.

— Vamos deixar para conversar sobre isso dentro de seis meses. — Paul estava usando de evasivas. Naquela noite, quando deixou a loja, Bernie sentia-se deprimido. Não era o estado de espírito apropriado para encontrar com os pais. Marcara com eles em La Côte Basque, porque explicou-lhes que não tinha tempo de ir a Scarsdale. E sabia o quanto a mãe estava ansiosa por vê-lo. Naquela tarde comprara uma bonita bolsa para ela, lagarto bege com fecho de olho-de-tigre, o último modelo de Gucci. Era mais uma obra de arte que uma bolsa e Bernie esperava que a mãe gostasse. Mas seu coração estava apertado quando saiu do hotel para o restaurante. Era uma daquelas noites bonitas de outubro, quando o tempo fica ótimo exatamente durante dois minutos, como o é durante o ano inteiro em San Francisco. Mas porque é tão raro, sempre parece muito mais especial em Nova York.

Mas tudo parecia fervilhar enquanto os táxis rodavam e as buzinas tocavam. Até mesmo o céu estava claro. Mulheres elegantemente vestidas se arremessavam dos táxis para os restaurantes e entravam e saíam de limusines vestindo roupas fabulosas e casacos de colorido brilhante, a caminho de peças, concertos e recepções. E aquilo subitamente o fez lembrar-se de tudo que estivera perdendo nos últimos oito meses. Desejou que Liz estivesse lá com ele e prometeu a si mesmo que da próxima vez a traria. Com sorte, poderia planejar sua viagem de negócios da primavera para coincidir com os feriados da Páscoa.

Bernie passou rapidamente pela porta giratória em La Côte Basque e respirou profundamente o ambiente de elite de seu restaurante predileto. Os murais ainda estavam mais bonitos do que se lembrava e a luz era suave. Mulheres com vestidos negros ostentando magníficas jóias se alinhavam nas banquetas observando os transeuntes e tagarelando com dúzias de homens usando ternos cinza, como se estivessem uniformizados, mas todos tinham o mesmo ar abastado e poderoso.

Bernie olhou ao seu redor e disse uma palavra ao *maître d'hôtel*. Seus pais já estavam lá, sentados numa mesa para quatro nos fundos. Quando ele os alcançou, a mãe estendeu-lhe os braços com um olhar de angústia e agarrou-se em seu pescoço como se estivesse se afogando.

Era um modo de cumprimentar que o embaraçava profundamente e depois o fazia odiar-se por não estar feliz em vê-la.

— Olá, mamãe.

— Isso é tudo que você tem para dizer depois de oito meses? "Olá, mamãe?" — Ela parecia chocada, enquanto indicava ao marido uma cadeira para que pudesse sentar-se perto de Bernie. Bernie sentiu-se como se todos no salão estivessem olhando para eles, enquanto ela o repreendia por ser tão insensível.

— Estamos num restaurante, mamãe. Você não pode fazer uma cena aqui, isso é tudo.

— Você chama a isto de cena? Não vê a sua mãe há oito meses e mal lhe diz alô... e isto é uma *cena*? — Ele teve vontade de se enfiar debaixo da mesa. Todos num raio de quinze metros podiam ouvi-la.

— Eu vi vocês em junho. — A voz dele foi deliberadamente baixa, mas devia conhecê-la melhor para não discutir com ela.

— Isso foi em San Francisco.

— Isso também conta.

— Não quando você está tão ocupado que não pode ao menos me ver. — Tinha sido quando a loja abriu, mas ainda assim ele conseguira passar um tempo com eles, mas ela não o admitia.

— Você está ótima. — Era definitivamente hora de mudar de assunto. O pai estava pedindo um *bourbon* puro com gelo para ele e um *Rob Roy* para a mãe. Bernie pediu um *kir*.

— Que tipo de bebida é essa? — A mãe pareceu curiosa.

— Vou deixá-la experimentar quando vier. É muito leve. Você está maravilhosa, mamãe. — Ele tentou novamente, lamentando que as conversas fossem sempre entre ele e a mãe. Não podia se lembrar da última vez em que tivera uma conversa séria com o pai e estava surpreso por ele não ter levado seus jornais de medicina para o Côte Basque.

As bebidas chegaram e Bernie tomou um gole do *kir* e o ofereceu à mãe, que recusou. Estava tentando resolver se contaria sobre Liz antes ou depois do jantar. Se contasse depois, ela sempre o acusaria de ser desonesto durante toda a noite por não ter contado no princípio. Se contasse antes, poderia fazer uma cena e embaraçá-lo ainda mais. Sob certos aspectos, depois era mais seguro, mas 'antes era mais honesto. Tomou um gole do *kir* e decidiu contar antes.

— Tenho algumas boas novidades para você, mamãe. — Bernie pôde ouvir sua voz tremer e ela o encarou com olhos de falcão, pressentindo que aquilo era importante.

— Você está voltando para Nova York? — As palavras foram uma facada em seu coração.

— Ainda não. Mas qualquer dia... Não, melhor que isso.

— Foi promovido?

Bernie prendeu a respiração. Tinha de acabar com o jogo de adivinhação.

— Vou me casar. — Tudo parou. Foi como se alguém a tivesse "desligado" enquanto Ruth o fitava em silêncio. Pareceram se passar cinco minutos antes dela falar novamente e, como sempre, o pai não disse nada.

— Se importaria de explicar isso?

Bernie sentiu-se como se tivesse acabado de lhes contar que fora preso por vender drogas. Alguma coisa bem dentro dele começou a enfurecer-se.

— Ela é uma garota maravilhosa, mamãe. Vai adorá-la. Tem 27 anos e é a moça mais bonita que já vi. Dá aulas para o segundo grau — o que provava que pelo menos era inofensiva. Não era dançarina de boates, nem servia coquetéis ou fazia *strip tease*. — E tem uma garotinha chamada Jane.

— É divorciada?

— Sim. Jane tem cinco anos.

A mãe procurou os olhos dele, querendo saber qual era o obstáculo.

— Há quanto tempo a conhece?

— Desde que me mudei para San Francisco — mentiu ele, sentindo-se como se tivesse novamente dez anos. Procurou desajeitadamente pelos retratos que tinha trazido. Mostravam Liz e Jane

91

em Stinson Beach e eram muito afetuosos. Bernie as estendeu para a mãe que os passou para o pai, que por sua vez admirou a bela jovem e a garotinha, enquanto Ruth encarava seu filho, querendo saber a verdade.

— Por que não a apresentou para nós em junho? — Obviamente aquilo significava que ela era manca, tinha fenda palatina ou um marido com quem ainda vivia.

— Eu não a conhecia naquele tempo.

— Quer dizer que só a conhece há umas poucas semanas e vai se casar? — Ela tornou impossível explicar-lhe qualquer coisa e então deu o golpe de misericórdia. Foi direto ao âmago da questão. E talvez também tivesse fundamento. — Ela é judia?

— Não, não é. — Bernie pensou que a mãe ia desmaiar e não conseguiu reprimir um sorriso ao ver o olhar em seu rosto. — Pelo amor de Deus, não me olhe assim. Nem todo mundo é, você sabe.

— Tem muita gente que é, então você podia encontrar uma. O que ela é? — Não que aquilo importasse. Agora ela estava apenas se torturando, mas Bernie decidiu acabar logo com aquilo.

— É católica. Seu sobrenome é O'Reilly.

— Oh, meu Deus. — Ela fechou os olhos e afundou na cadeira. Por um momento Bernie pensou que ela realmente tivesse desmaiado. Subitamente apavorado, virou-se para o pai, que calmamente balançou a mão, indicando que não era nada. Um minuto depois ela abriu os olhos e encarou o marido. — Você ouviu o que ele disse? Você sabe o que ele está fazendo? Está me matando. E ele se importa? Não, não se importa. — Ela começou a chorar e, com grande alarde, abriu a bolsa, tirou um lenço e enxugou os olhos, enquanto as pessoas na mesa próxima observavam e o garçom vacilava, em dúvida sobre se eles iriam pedir o jantar.

— Acho que devemos fazer os pedidos. — Bernie falou com voz calma e ela foi áspera.

— Você... você pode comer. Eu teria um ataque cardíaco na mesa.

— Peça uma sopa — sugeriu o marido.

— Eu me sufocaria. — Bernie teria gostado dele mesmo sufocá-la.

— É uma garota maravilhosa, mamãe. Vai adorá-la.

— Você já se decidiu? — Ele assentiu com a cabeça. — Quando é o casamento?

— No dia 29 de dezembro. — Ele propositalmente não disse as palavras: "depois do Natal". Mas, de qualquer modo, ela começou a chorar novamente.

— Tudo está planejado, tudo está combinado... a data... a moça... ninguém me diz nada. Quando decidiu tudo isso? Foi por isso que foi para a Califórnia? — Era interminável. Seria uma noite muito longa.

— Eu a conheci logo que me mudei para lá.

— Como? Quem te apresentou? Quem fez isso comigo? — Estava novamente enxugando os olhos quando a sopa chegou.

— Eu a conheci na loja.

— Como? Na escada rolante?

— Pelo amor de Deus, mãe, pare com isso! — Ele deu um soco na mesa e a mãe se sobressaltou, como o fizeram as pessoas nas mesas próximas. — Eu vou me casar. Ponto final. Tenho 35 anos. Vou me casar com uma mulher adorável. E, para ser franco, não ligo a mínima se ela for budista. É uma boa mulher, boa pessoa e boa mãe... e isso é suficientemente bom para mim. — Furioso, Bernie começou a tomar a própria sopa, enquanto a mãe o encarava.

— Ela está grávida?

— Não.

— Então por que você tem de se casar tão depressa? Espere um pouco.

— Esperei 35 anos. Isso é o bastante.

Ela suspirou e o olhou tristemente.

— Conhece os pais dela?

— Não. Estão mortos. — Por um momento Ruth quase pareceu lamentar, mas nunca o admitiria para Bernie. Em vez disso, sentou-se e sofreu em silêncio. Somente quando o café foi servido Bernie lembrou-se do presente que trouxera para ela. Ele o entregou por cima da mesa e a mãe balançou a cabeça e recusou-se a pegá-lo.

— Esta não é uma noite da qual queira me lembrar.

— Pegue assim mesmo. Vai gostar. — Sentiu vontade de atirá-lo nela. Relutantemente, a mãe pegou a caixa e a colocou sobre o assento ao lado dela. Como uma bomba programada para explodir dentro de uma hora.

— Não entendo como você pôde fazer isso.

— Porque é a melhor coisa que eu já fiz. — Subitamente sentiu-se deprimido ao pensar no quanto a mãe era difícil. Teria sido tão mais simples se ela pudesse ficar feliz por ele e parabenizá-lo. Bernie suspirou e recostou-se enquanto tomava um gole de café. — Presumo que não quer ir ao casamento.

Ela começou novamente a chorar, usando o guardanapo para enxugar os olhos, em vez do lenço. Olhou para o marido como se Bernie não estivesse lá.

— Ele nem mesmo quer que a gente vá ao seu casamento. — Chorou mais e mais alto e Bernie pensou que nunca se sentira tão exausto.

— Mamãe, eu não disse isso. Apenas presumi...

— Não presuma nada! — Ela foi áspera, momentaneamente recuperando-se. Depois voltou a representar Camila para o marido. — Simplesmente não posso acreditar no que aconteceu. — Lou deu um tapinha na mão dela e olhou para o filho.

— É difícil para ela, mas com o tempo vai se acostumar.

— E quanto a você, papai? — Bernie olhou diretamente para ele. — Está bem para você? — Era loucura mas de certa forma queria a bênção do pai. — É uma moça maravilhosa.

— Espero que te faça feliz. — O pai sorriu para ele e deu novamente um tapinha na mão de Ruth. — Acho que agora vou levar sua mãe para casa. Ela teve uma noite difícil. — Ruth olhou penetrantemente para os dois e começou a abrir o embrulho que Bernie trouxera para ela. Um minuto depois a caixa estava aberta e a bolsa livre do papel de seda.

— É muito bonita. — A falta de entusiasmo era facilmente perceptível enquanto ela olhava para o filho, tentando transmitir a extensão do dano emocional que ele lhe causara. Se pudesse, ela o teria processado. — Nunca uso bege. — Exceto a cada dois dias, mas Bernie não chamou atenção para o fato. Sabia que na próxima vez em que a visse ela estaria usando a bolsa.

— Sinto muito. Pensei que fosse gostar.

Ela fez um sinal afirmativo com a cabeça, como se estivesse lhe fazendo uma concessão. Bernie insistiu em pagar a conta. Quando saíram do restaurante, a mãe agarrou o braço dele.

— Quando vai voltar para Nova York?

— Somente na primavera. Amanhã vou para a Europa. De Paris, volto de avião para San Francisco. — Não se sentia nada satis-

feito com ela depois de tudo que o fizera passar e não foi afetuoso.
— Não pode parar por uma noite em Nova York? — Parecia aniquilada.

— Não tenho tempo. Tenho de voltar para uma importante reunião na loja. Eu os verei no casamento, se vierem.

Ela não respondeu de imediato. Antes de passar pela porta giratória olhou para ele.

— Quero que venha para casa no Dia de Ação de Graças. Esta será a última vez. — E com aquelas palavras, passou pela porta e emergiu novamente na rua, onde esperou por Bernie.

— Não estou indo para a prisão, mamãe. Vou me casar, portanto esta não é a última nada. E, se Deus quiser, no próximo ano estarei vivendo novamente em Nova York e poderemos comemorar o Dia de Ação de Graças juntos.

— Você e aquela moça? Como é mesmo o nome dela? — Ela olhou tristemente, fingindo ter tido um lapso de memória, quando Bernie sabia perfeitamente bem que ela poderia ter recitado cada detalhe do que ouvira sobre "aquela moça" e provavelmente descrever detalhadamente os retratos também.

— O nome dela é Liz. E vai ser minha esposa. Tente se lembrar disso. — Ele a beijou e chamou um táxi. Não queria retardar em nem mais um minuto a partida deles. E precisavam buscar o carro, que tinham estacionado perto do consultório do pai.

— Você não virá para o Dia de Ação de Graças? — Ela pendurou-se para fora do táxi, gritando novamente para ele enquanto Bernie balançava a cabeça e a empurrava para o banco a pretexto de ajudá-la.

— Não posso. Falo com vocês quando voltar de Paris.

— Tenho de conversar com você sobre o casamento. — Ela estava pendurada para fora da janela e o motorista começava a ficar mal-humorado.

— Não há mais nada a ser dito. É no dia 29 de dezembro, no templo Emanuel e a recepção vai ser num pequeno hotel que ela adora em Sausalito. — Sua mãe teria lhe perguntado se ela era *hippie* mas não teve tempo, enquanto Lou dava o endereço do consultório ao motorista.

— Não tenho nada para vestir.

— Vá na loja e pegue alguma coisa que gostar. Cuidarei disso para você.

Então ela subitamente percebeu o que ele havia dito. Que eles iriam se casar no templo.

— Ela quer se casar no templo? — Pareceu surpresa. Não achava que católicos fizessem aquele tipo de coisa, mas, seja como for, ela era divorciada. Talvez tivesse sido excomungada ou algo no gênero.

— Sim. Quer se casar no templo. Vai gostar dela, mamãe. — Tocou a mão da mãe e ela sorriu-lhe, os olhos ainda úmidos.

— *Mazel tov.* — E, com aquelas palavras, recuou para dentro do táxi e eles partiram ruidosamente, sacolejando sobre os buracos, enquanto Bernie dava um grande suspiro de alívio. Missão cumprida.

Capítulo 10

Bernie passou o Dia de Ação de Graças no apartamento de Liz com Jane e uma amiga de Liz, Tracy. Ela era uma mulher agradável, no início dos quarenta. Suas crianças haviam crescido e ido embora. O filho estava em Yale e não viria para as férias. A filha era casada e vivia na Filadélfia. O marido de Tracy morrera há 14 anos e ela era uma dessas pessoas alegres e fortes atingidas dura e freqüentemente pelo infortúnio — e que ainda assim conseguiu não ser uma perdedora. Cuidava de plantas e adorava cozinhar, tinha gatos e um grande Labrador e vivia num minúsculo apartamento em Sausalito. Ela e Liz ficaram amigas quando Liz começara a lecionar. Tracy a ajudara freqüentemente com Jane durante aqueles primeiros e difíceis anos em que Liz estava sobrecarregada, com uma criança muito pequena e sem dinheiro. Às vezes tomava conta de Jane para reunir uns poucos dólares e ir ao cinema. E não havia ninguém mais feliz que Tracy com a súbita sorte de Liz. Já concordara em ser dama de honra e Bernie ficou surpreso ao perceber o quanto gostava dela.

Tracy era alta, magra, viera de Washington e nunca fora a Nova York. Era sincera e simples, totalmente alheia aos hábitos mais sofisticados de Bernie. Achava que ele era a melhor coisa que já acontecera a Liz. Era perfeito para ela. Perfeito como o tinha sido seu marido antes de morrer. Como duas pessoas feitas do mesmo barro, feitas para se ajustarem, se unirem, ficarem juntas. Nunca tornara a encontrar alguém como ele e há muito parara de tentar. Estava feliz com sua vida simples em Sausalito, alguns poucos amigos e as crianças a quem ensinava. E estava juntando dinheiro para ir à Filadélfia ver o neto.

— Não podemos ajudá-la, Liz? — perguntou Bernie certa vez. Sentia-se constrangido por dirigir um carro luxuoso, comprar rou-

97

pas caras, dar a Liz um anel com um brilhante de oito quilates e a Jane, pelo seu aniversário, uma boneca antiga de quatrocentos dólares, enquanto Tracy literalmente economizava centavos para ir à Filadélfia ver um neto que não conhecia. — Simplesmente não é justo.

— Não creio que ela fosse aceitar nada de nós. — Ainda achava estranho não ter mais de se preocupar, apesar de ter sido inflexível com Bernie quanto a não aceitar nenhum dinheiro dele antes do casamento. Mas ele a estava cobrindo de presentes extravagantes.

— Será que pelo menos ela não aceita um empréstimo? — Finalmente, sem conseguir agüentar mais, Bernie tinha tocado no assunto com Tracy, depois de tirarem a mesa, no Dia de Ação de Graças. Era um momento tranqüilo, enquanto Liz colocava Jane na cama. Bernie a olhou ao sentarem-se ao pé do fogo.

— Não sei como te pedir isso, Tracy. — Sob alguns aspectos, era pior que brigar com sua mãe, porque sabia o quanto Tracy era orgulhosa. Mas gostava suficientemente dela para pelo menos tentar.

— Deseja ir para a cama comigo, Bernie? Eu adoraria. — Tinha um maravilhoso senso de humor e seu rosto ainda era o de uma moça muito jovem. Tinha um daqueles rostos frescos... pele limpa e olhos azuis... que nunca envelheciam, como velhas freiras e certas mulheres na Inglaterra. E, como elas, sempre tinha terra de jardim sob as unhas. Freqüentemente trazia-lhes rosas, alface, cenouras e tomates.

— Para ser franco, pensava noutra coisa. — Bernie tomou fôlego e foi direto ao assunto. Um minuto depois ela estava em lágrimas. Em silêncio, aproximou-se e apertou a mão dele. Tinha mãos fortes e tranqüilas, mãos que haviam segurado duas crianças e o marido que amava; e era o tipo de mulher que se desejaria ter como mãe.

— Você sabe, se fosse outra coisa... como um vestido, um carro ou uma casa, eu recusaria categoricamente... mas quero tanto ver aquele bebê... aceitarei apenas como um empréstimo. — E insistiu em viajar *standby* para que ele economizasse dinheiro. Finalmente, sem conseguir agüentar mais, Bernie foi pessoalmente à companhia de aviação e comprou-lhe um bilhete classe executiva num vôo para a Filadélfia. Foram despedir-se dela uma semana antes do Natal. Era o presente de casamento deles para Tracy e significava tudo para ela. E Tracy prometeu estar de volta no dia 27, dois dias antes da cerimônia.

O Natal foi agitado para todos eles. Bernie conseguiu levar Jane à loja para ver Papai Noel e naquele ano também celebraram o Chanukah. Mas estavam tão ocupados mudando-se para a nova casa que tudo parecia duplamente confuso. Bernie mudou-se no dia 23 e Jane no dia 27. Tracy voltou naquela noite e eles foram buscá-la no aeroporto. Ela apenas sorriu radiante e chorou enquanto abraçava todos os três e lhes contava sobre o bebê.

— Ele tem dois dentes! Podem imaginar isso, aos cinco meses? — Estava tão orgulhosa que eles caçoaram dela durante todo o caminho de volta. Levaram-na à nova casa para mostrar-lhe o progresso deles. Era uma simpática casinha vitoriana em Buchanan, no alto de uma colina, bem perto de um parque onde Liz poderia levar Jane, depois da escola. Era exatamente o que queriam e eles a tinham alugado por um ano. Bernie esperava que fossem embora antes disso, mas, se fosse preciso, a loja poderia continuar com o contrato.

— Quando seus pais vão chegar, Bernie?

— Esta noite. — Ele suspirou. — É como esperar uma visita de Átila, o Huno. — Tracy riu. Ser-lhe-ia eternamente grata pela viagem e Bernie recusara-se terminantemente a encará-la como um empréstimo.

— Posso chamá-la de vovó? — perguntou Jane com um bocejo, enquanto sentavam-se na nova sala de estar. Era bom estarem finalmente morando debaixo do mesmo teto e não correndo de lá para cá entre três lugares.

— Claro que sim — respondeu Bernie casualmente, rezando para que a mãe o permitisse. Pouco depois, Tracy tirou o carro da garagem e voltou para Sausalito. Liz subiu na nova cama... na nova casa... e colocou os braços ao redor do pescoço de Bernie. Estava aconchegando-se a ele quando ouviram uma vozinha perto da cama, Bernie sobressaltou-se quando Jane deu um tapinha em seu ombro.

— Estou com medo.

— De quê? — Estava tentando parecer muito correto, enquanto Liz deitava-se debaixo das cobertas e dava uma risadinha.

— Acho que tem um monstro debaixo da minha cama.

— Não, não tem. Procurei em toda a casa antes de nos mudarmos. Sério. — Ele tentou parecer sincero, mas ainda estava embaraçado por ter sido surpreendido na cama com a mãe dela.

— Então entrou depois... Os homens da mudança trouxeram ele. — Parecia verdadeiramente perturbada e Liz emergiu de debaixo dos lençóis para olhar com uma sobrancelha erguida para a filha.

— Jane O'Reilly, volte já para a cama.

Mas, em vez disso, ela começou a chorar e agarrou-se a Bernie.

— Estou com muito medo.

— Que tal se eu subir e procurarmos os monstros juntos? — Bernie sentiu pena dela.

— Você vai na frente. — E então subitamente olhou para a mãe e depois para Bernie. — Como é que você está dormindo na cama da mamãe se ainda não estão casados? Não é proibido?

— Bem, não... mais ou menos... de fato não é comum, mas em alguns casos é... mais conveniente... veja bem... — Liz estava rindo para ele e Jane encarava-o com interesse. — Por que não vamos procurar pelo monstro? — Bernie colocou as pernas na borda da cama, sentindo-se grato por estar usando um velho pijama. Na verdade ele o vestira em respeito a Jane e agora estava feliz por isso.

— Posso ficar na cama com vocês? — Desviou os olhos de um para o outro e Liz gemeu. Já passara por aquilo antes e sempre que cedia sucediam-se três semanas de discussão.

— Vou levá-la para a cama. — Liz começou a levantar-se mas ele a fez parar, com um olhar suplicante.

— Só desta vez... é uma casa nova... — interveio Bernie. Jane sorriu radiante e deslizou uma das mãos para dentro da dele. A cama era enorme e havia lugar para todos, apesar de certamente restringir os planos de Liz para aquela noite.

— Eu desisto. — Ela atirou-se de volta no travesseiro. Jane subiu em cima de Bernie como se ele fosse uma montanha amiga e se atirou no pequeno espaço entre eles.

— Isto é divertido. — Jane deu um grande sorriso para seu benfeitor e Bernie contou-lhe histórias engraçadas sobre quando ele era um garotinho. Quando Liz dormiu, eles ainda estavam conversando.

100

Capítulo 11

O avião aterrissou vinte minutos atrasado por causa do mau tempo em Nova York, mas Bernie estava esperando no aeroporto. Decidira ir sozinho. Primeiro queria instalar os pais em Huntington. Depois Liz se uniria a eles para tomarem coquetéis. Jantariam em L'Étoile, que despertava neles felizes lembranças, da noite passada no hotel, quando fizeram amor pela primeira vez e ele lhe dera o anel de noivado. E Bernie encomendara antecipadamente um jantar especial. Posteriormente os pais seguiriam para o México. Ele e Liz partiriam para o Havaí depois do casamento. Então aquela era a única chance deles de passarem uma noite tranqüila juntos. Ruth quisera ir uma semana antes. Mas com o Natal na loja, vendas para planejar e a mudança para a nova casa, simplesmente não teriam tempo para ficar com ela e Bernie dissera-lhe para não ir.

Bernie ficou de pé observando os primeiros passageiros desembarcarem e então viu um rosto familiar com um chapéu de pele e um novo casaco de *mink*. Carregava a mala Louis Vuitton que ele lhe dera no ano passado e o pai usava um sobretudo enfeitado com pele. A mãe sorria quando atirou os braços ao redor dele.

— Olá, querido. — Deu-lhe um abraço rápido mas num aeroporto Bernie esperava que fosse assim. Sorriu-lhe e olhou de relance para o pai.

— Oi, papai. — Apertaram-se as mãos e Bernie novamente voltou sua atenção para Ruth. — Está maravilhosa, mamãe.

— Você também. — A mãe esquadrinhou o rosto dele. — Um pouco cansado, talvez. O descanso no Havaí vai lhe fazer bem.

— Mal posso esperar. — Planejavam ficar três semanas. Liz conseguira uma licença na escola e ambos estavam ansiosos pela viagem. E então Bernie viu a mãe olhando curiosamente ao redor.

— Onde está ela?

— Liz não veio. Achei melhor primeiro instalá-los no hotel. Liz irá para o jantar. — Eram quatro horas e não chegariam no hotel antes das cinco. Bernie dissera a Liz para encontrá-los às seis horas no bar. A reserva para o jantar era para as sete horas, que seriam dez horas para eles. Com o fuso horário, estariam cansados naquela noite e o dia seguinte seria cheio. A cerimônia no templo Emanuel, o almoço no Alta Mira Hotel e depois o vôo deles para o Havaí... e o dos pais para Acapulco.

— Por que ela não veio? — A mãe parecia preparada para aborrecer-se e Bernie sorriu, esperando evitar o impasse. Ela nunca mudava, mas, por alguma razão, ele sempre achava que mudaria. Era como se tivesse esperado que o pai descesse do avião com outra pessoa.

— Nós temos andado tão ocupados, mamãe. Com a nova casa e tudo o mais ..

— Ela não podia vir para encontrar sua sogra?

— Ela vai nos encontrar no hotel.

A mãe sorriu-lhe bravamente e então enfiou a mão no braço dele, enquanto caminhavam para ir apanhar a bagagem. Mas, pelo menos por uma vez, parecia estar de muito bom humor. Não houve relatórios sobre vizinhos que morreram, parentes se divorciando, produtos que, acometidos de um furor homicida, tinham matado dúzias de inocentes. E nem ao menos reclamou quando uma de suas valises demorou a aparecer. Foi a última a ser tirada do avião e Bernie a agarrou com um suspiro de alívio. Depois foram buscar o carro para dirigirem-se à cidade. Durante todo o percurso, Bernie conversou sobre os planos para o casamento e a mãe adorou o vestido que escolhera na Wolff's há algumas semanas. Mencionou que era verde-claro e lhe caía muito bem, mas recusou-se a dizer mais do que isso. E então Bernie conversou um pouco com o pai. Chegaram ao hotel e Bernie os deixou, prometendo voltar dentro de uma hora.

— Voltarei daqui a pouco — assegurou-lhes, como se fossem crianças que ele estava deixando em algum lugar. Entrou no carro e foi novamente para casa para tomar um banho, trocar-se e apanhar Liz. Quando entrou, ela ainda estava no chuveiro e Jane em seu quarto brincando com uma nova boneca. Mas andava melancólica estes dias e Bernie perguntava a si mesmo se a nova casa não a estaria afligindo. Passara a noite anterior com eles e Bernie prometera a Liz que aquilo não aconteceria de novo.

— Olá! Como está sua amiga? — Bernie parou na porta do quarto e baixou os olhos para ela. E Jane ergueu os seus olhos com um pequeno e frio sorriso, enquanto Bernie entrava e sentava-se perto dela. E então subitamente Jane riu para ele.

— Você é igualzinho a Goldilocks.* — Jane abafou o riso e ele deu um sorriso largo.

— Com uma barba? Que tipo de livros você lê?

— Quero dizer, porque você é muito grande para a cadeira. — Bernie estava sentado numa das pequenas cadeiras dela.

— Ah! — Ele colocou um braço ao redor da garota. — Você está bem?

— Sim. — Ela deu de ombros. — Mais ou menos.

— O que isso quer dizer? Está novamente preocupada com o monstro debaixo da cama? Podemos verificar isso, se você quiser. Mas não há nada lá, você sabe.

— Sei disso. — Ela o olhou com desdém, como se nunca pudesse ter dito tal coisa. Apenas bebês o faziam. Ou crianças que queriam passar a noite na cama das mães.

— Então, qual é o problema?

Ela o olhou diretamente nos olhos.

— Você está levando minha mãe embora... e por tanto tempo... — Subitamente havia lágrimas em seus olhos. Parecia desolada enquanto olhava para ele. E Bernie sentiu-se cheio de culpa pela dor que tinha lhe causado.

— É... bem, é a nossa lua-de-mel... e tia Tracy cuidará bem de você. — Mas ele não foi convincente e Jane parecia positivamente mórbida.

— Não quero ficar com ela.

— Por que não?

— Ela me faz comer legumes.

— Que tal se eu lhe disser para não fazer isso?

— De qualquer jeito ela fará. É tudo que ela come. Diz que animais mortos fazem mal.

Bernie estremeceu, pensando nos animais mortos que estava prestes a comer no L'Étoile e pelos quais esperara ansiosamente.

— Eu não diria isso exatamente assim.

---

*Heroína de famosa história infantil. (*N. da T.*)

— Ela nunca me deixa comer cachorros-quentes, hambúrgueres ou nenhuma das bobagens de que gosto... — A voz dela foi diminuindo.

— Que tal se eu disser para ela deixá-la comer o que quiser?

— Qual é a razão de tudo isto? — Liz estava em pé na porta, enrolada numa toalha, olhando para eles, os cabelos louros caindo como uma cascata sobre os ombros úmidos. Bernie olhou-a apaixonadamente.

— Estávamos apenas discutindo uma coisa. — Ambos pareceram culpados quando olharam para ela.

— Ainda está com fome, Jane? Há algumas maçãs e bananas na cozinha. — Liz já lhe dera o jantar e uma gigantesca sobremesa.

— Não, eu estou bem. — Estava novamente pensativa e Liz fez um sinal para Bernie.

— Se você não se apressar vamos chegar atrasados. Ela está bem, querido. — Mas, assim que a porta do banheiro foi fechada, Bernie sussurrou-lhe.

— Está chateada porque vamos ficar fora durante três semanas.

— Ela te disse isso? — Liz pareceu surpresa e Bernie assentiu com a cabeça. — Não me disse nada. — E então sorriu para ele. — Acho que chegou à conclusão de que você é um molenga. — Deslizou os braços ao redor do pescoço dele e sorriu. — E tem razão. — A toalha caiu e ele gemeu quando sentiu o corpo de encontro ao dele.

— Se você fizer isso, nunca vou me vestir. — Bernie lentamente tirou as roupas, pretendendo entrar no chuveiro, mas não conseguia tirar os olhos de Liz. Seu interesse era óbvio enquanto ficava de pé nu em frente dela. Ela o envolveu em prolongadas carícias e Bernie a imprensou contra o porta-toalhas perto da pia. Momentos depois a estava beijando e ela o acariciava. Bernie estendeu a mão, trancou a porta e ligou o chuveiro. O banheiro encheu-se de vapor enquanto faziam amor. Liz teve de controlar-se para não gritar, como sempre fazia quando se amavam. Nunca fora assim antes para ela, mas agora era e ambos pareciam satisfeitos depois, quando ele entrou no chuveiro com um sorriso infantil. — Isso foi bom... Primeiro prato... ou entrada?

Ela o olhou maliciosamente.

— Espere até esta noite, quando comer a sobremesa... — Bernie abriu o chuveiro e cantarolou enquanto se ensaboava. Liz entrou também e Bernie sentiu-se tentado a começar tudo de novo, mas tinha de aprontar-se rapidamente. Não queria chegar atrasado, pois a mãe iria se irritar quando conhecesse Liz e isso ele queria evitar a qualquer custo.

Deram um beijo de boa-noite em Jane, disseram à mulher que ficaria com ela onde estava tudo e saíram apressadamente para o carro. Liz usava um vestido que fora presente de Bernie, uma bonita flanela cinza com uma gola de cetim branca. Usava-o com um colar de pérolas que ele escolhera na loja de Chanel, sapatos Chanel de flanela cinza com biqueiras de cetim preto e o enorme anel de noivado. Os cabelos louros estavam puxados para cima, a maquiagem era suave mas impecável e havia brincos de pérolas e brilhantes em suas orelhas. Estava atraente, discreta e muito bonita. Bernie pôde perceber que sua mãe estava impressionada quando a encontraram no saguão do hotel. Ela examinou Liz, como se quisesse descobrir alguma coisa errada. Mas, enquanto desciam as escadas para o bar e Liz pegava o braço de Lou, ela sussurrou para o filho:

— É uma moça atraente. — Vindo dela, era um grande elogio.

— Besteira — sussurrou ele de volta. — É maravilhosa.

— Ela tem cabelos bonitos — admitiu a mãe. — São naturais?

— Claro que sim — sussurrou ele novamente, enquanto sentavam-se numa mesa e encomendavam bebidas. Os pais pediram as de sempre e ele e Liz uma taça de vinho branco para cada um. Bernie sabia que ela não tomaria mais do que alguns goles antes de entrarem na outra sala para jantar.

— Então? — Ruth Fine olhou para Liz, como se fosse pronunciar alguma sentença ou dizer-lhe algo terrível. — Como vocês se conheceram?

— Já te contei isso, mamãe. — Bernie a interrompeu.

— Você contou que se conheceram na loja. — A mãe lembrava-se de tudo, exatamente como ele sabia que o faria. — Mas nunca explicou como.

Liz riu nervosamente.

— Na verdade foi minha filha quem o conquistou. Ela se perdeu, Bernie a encontrou e levou-a para tomar uma *banana split* enquanto procuravam por mim.

— Não estava procurando por ela? — Liz quase riu novamen-

105

te. A descrição de Bernie tinha sido acurada. Ele a prevenira sobre como aquilo seria. A Inquisição espanhola num chapéu de *mink*, dissera ele. E estava certo, mas ela estava preparada.

— Sim, estava. Nós nos conhecemos no andar de cima. E isso foi tudo. Ele mandou algumas roupas de banho para Jane, e o convidei para ir à praia... um ursinho de chocolate ou dois — ela e Bernie sorriram ao se recordarem — e isso foi tudo. Acho que foi amor à primeira vista. — Olhou alegremente para Bernie e a sra. Fine sorriu-lhe. Talvez estivesse tudo certo com ela. Talvez. Era muito cedo para dizer. E, é claro, ela não era judia.

— E espera que dure? — Olhou indagadoramente para Liz, enquanto Bernie gemia com a grosseria da pergunta.

— Espero que sim, sra. Fine. — Liz viu-a olhar para o enorme anel de noivado e ficou subitamente constrangida. O dela tinha um terço do tamanho do que Bernie lhe dera e a sra. Fine registrara o fato com um olhar experiente, como um avaliador.

— Foi meu filho quem comprou isso para você?

— Sim — A voz de Liz foi suave. Ainda estava constrangida. Mas o anel era muito bonito e sentia-se profundamente grata.

— Você é uma moça de sorte.

— Sim, eu sou — concordou Liz, enquanto Bernie corava por baixo da barba.

— Eu é que sou o sortudo. — A voz dele foi áspera, mas o olhar estava meigo.

— Espero que sim. — A mãe olhou penetrantemente para ele e depois para Liz, enquanto a Inquisição continuava. — Bernie disse que você é professora.

Liz fez um sinal afirmativo com a cabeça.

— Sim. Dou aulas para o segundo grau.

— Vai continuar a fazer isso agora? — Bernie teve vontade de perguntar se era da conta dela, mas conhecia a mãe bem demais para sequer tentar fazê-la parar. Estava exultante, interrogando Liz, a futura esposa de seu único filho. Olhando para Liz, tão doce, loura e jovem, Bernie subitamente sentiu pena. Estendeu o braço e apertou a mão dela, dizendo-lhe com os olhos o quanto a amava. O pai também a estava olhando e achou que ela parecia ser uma moça adorável. Mas Ruth não tinha tanta certeza. — Vai continuar a trabalhar depois? — Continuou a pressioná-la.

— Sim. Termino às duas horas. Estarei em casa à noite, quan-

106

do Bernie chegar... e durante toda a tarde com Jane. — Aquilo era difícil de criticar e então o *maître* veio para conduzi-los à mesa. Quando se sentaram, a sra. Fine levantou dúvidas sobre se era sensato viverem juntos antes do casamento. Não achava que fosse bom para Jane, disse empertigadamente, enquanto Liz corava. Bernie lhe dissera que era apenas por dois dias e ela se suavizara um pouco, mas naquela noite tudo era motivo de crítica. Não que aquela noite fosse diferente de qualquer outra. Ruth Fine sempre criticava tudo.

— Deus do céu, e ela se perguntou por que odeio vê-la — disse mais tarde Bernie para Liz. Nem mesmo os esforços do pai para tornar a noite mais amena o tinham acalmado.

— Ela não pode evitá-lo, querido. Você é o seu único filho.

— Este é o melhor argumento que ouvi para ter vinte deles. Às vezes ela me põe maluco. Não, ela faz isso o tempo todo. — Parecia cada vez achar menos graça e Liz sorriu para ele.

— Ela vai relaxar. Ou, pelo menos, espero. Passei no teste?

— Brilhantemente. — Ele aproximou-se e escorregou uma das mãos por baixo do vestido dela. — Meu pai olhou para as suas pernas a noite toda. Todas as vezes em que você se mexeu, eu o vi olhar para baixo.

— Ele é muito gentil. E é um homem muito interessante. Estava me explicando várias técnicas cirúrgicas complicadas e acho que de fato as compreendi. Tive algumas conversas muito agradáveis com ele enquanto você falava com sua mãe.

— Papai adora falar sobre seu trabalho. — Bernie a olhou docemente. Mas ainda estava aborrecido com a mãe. Durante toda a noite ela tinha sido desagradável, mas sempre era. Adorava torturá-lo e agora tinha Liz para torturar também... e talvez até mesmo Jane. A simples idéia o deprimiu.

Serviu-se de uma bebida antes de irem para a cama naquela noite. Sentaram-se em frente ao fogo, conversando sobre os planos para o casamento. No dia seguinte Bernie iria se vestir na casa de um amigo e Liz e Jane se vestiriam em casa. Tracy viria e as acompanharia ao templo. Bernie buscaria os pais separadamente, numa limusine. Bill Robbins, o arquiteto amigo de Liz dono da casa em Stinson Beach, a conduziria ao altar. Eram amigos há anos e, apesar de não se verem muito, Bill era um homem sério e ela o apreciava. E ele parecia ser a escolha perfeita para aquele papel no casamento.

Ambos se sentiam leves e felizes, enquanto fitavam o fogo e conversavam.

— Ainda me sinto mal por deixar Jane durante três semanas — confessou Bernie.

— Não se sinta assim — disse Liz, apoiando a cabeça nele. — Temos esse direito. Quase não passamos nenhum tempo sozinhos.

— Claro que estava certa, mas Bernie ainda se lembrava de como Jane parecera triste mais cedo, naquela noite, quando fizera objeção a ficar com Tracy.

— Ainda assim ela é tão pequena... tem apenas cinco anos... o que ela sabe sobre luas-de-mel?

Liz sorriu e suspirou. Também lamentava deixá-la. Raramente o fizera antes. Mas, daquela vez, sentia que tinha de fazê-lo para o próprio bem deles e se rendera. E agora se sentia tranqüila a respeito daquilo, mas agradava-lhe o fato dele estar tão preocupado com os sentimentos de Jane. Seria um pai maravilhoso.

— Você é um grande molenga, sabe disso. Um *marshmallow* gigante. — Adorava aquilo nele. Era o homem mais meigo do mundo. Quando Jane foi novamente para a cama deles naquela noite, Bernie a levantou suavemente para não acordar sua mãe e aconchegou-se a ela. Jane começava a se sentir filha dele e Bernie estava surpreso com o amor que sentia por ela. No dia seguinte saíram da cama na ponta dos pés, escovaram os dentes lado a lado, prepararam o café da manhã para Liz e o levaram numa bandeja, com uma rosa num vaso que Bernie colocou lá para ela.

— Feliz dia de núpcias! — entoaram simultaneamente e ela ergueu os olhos e deu um sorriso, sonolenta.

— Feliz dia de núpcias para vocês, também... quando é que se levantaram? — Olhou para Bernie, depois para Jane, e suspeitou que havia uma conspiração que desconhecia. Mas nenhum dos dois confessou e ela sentou-se para tomar o café da manhã que eles tinham preparado.

Depois daquilo, Bernie desapareceu e foi para a casa do amigo mudar de roupa. O casamento era ao meio-dia e elas tinham muito tempo, enquanto Liz prendia os cabelos de Jane com fitas de cetim finas e brancas. Ela colocou o lindo vestido de veludo branco que escolheram juntas na Wolff's e Liz pôs uma tiara nos cabelos dela. Usava pequenas meias soquete brancas, sapatos Mary Janes de verniz preto novos em folha e um casaco de lã azul-marinho que Bernie comprara em Paris. Parecia um anjinho em pé na porta esperando por Liz, que pegou em sua mão e caminhou para a limusine que Bernie pedira para ela. Usava um vestido Dior de cetim branco, com grandes mangas sino e uma saia que terminava nos tornozelos, deixando à mostra os igualmente elegantes sapatos Dior. Tudo era cor de marfim antigo, incluindo o arco que segurava seus cabelos para trás, enquanto desciam em cascata pelas suas costas como os de uma garota. Estava incrível e Tracy olhou para ela com lágrimas nos olhos.

— Que você seja sempre tão feliz quanto está agora, Liz. — Ela enxugou as lágrimas e sorriu para Jane. — Sem dúvida a sua mãe está linda, não é?

— É. — Jane olhou atentamente para a mãe, admirando-a. Era a mulher mais bonita que já tinha visto.

— E você também. — Tracy tocou suavemente as tranças, lembrando-se de sua própria garotinha. Entraram no carro, dirigiram-se ao Boulevard Arguello e saltaram no templo Emanuel. Era lindo e havia algo de impressionante nele ao entrarem. Liz perdeu o fôlego e sentiu o coração bater apressadamente enquanto apertava fortemente a mão de Jane. A garotinha ergueu os olhos para ela e trocaram um sorriso. Era um grande dia para ambas.

Bill Robbins a esperava usando um terno azul-escuro, a solene barba cinza e os bondosos olhos azuis fazendo-o parecer-se com um presbítero. Os convidados já estavam sentados nos bancos quando a música começou. De repente Liz se deu conta do que estava acontecendo. Até então tudo tinha sido como um sonho. Agora subitamente era real. Olhou através do corredor e viu Bernie de pé lá — Paul Berman perto dele e os Fine no banco da frente. Mas naquele momento via apenas Bernie — barbudo, bonito, sério — esperando-a enquanto ela descia lentamente o corredor na direção dele, para começar sua nova vida.

Capítulo 12

A recepção no Alta Mira foi um grande sucesso. Todos pareciam divertir-se enquanto ficavam em pé na varanda e contemplavam a paisagem. Não foi tão elaborada quanto teria sido se fosse num dos grandes hotéis, mas teve um maior fascínio. Liz sempre adorara a originalidade do Alta Mira e Bernie concordava com ela. Nem mesmo Ruth conseguiu encontrar defeito em nada. Bernie dançou a primeira música com a mãe e seu pai com Liz. Depois trocaram. Logo em seguida, Paul Berman o sucedeu e Bernie dançou com Tracy enquanto Paul dançava com Liz. Mais tarde Bernie dançou com Jane, que ficou emocionada por ter sido incluída no ritual.

— Então o que você acha, mocinha? Está tudo bem?

— Hã-hã. — Ela parecia novamente feliz, mas Bernie ainda estava preocupado por deixá-la, levava a sério suas novas responsabilidades paternas e Liz caçoara novamente dele na noite anterior. Ela também se preocupava com Jane. Nos últimos cinco anos raramente a deixara, mas sabia que estaria segura com Tracy e, afinal de contas, tinham direito à lua-de-mel.

— Eu sou judeu, o que você podia esperar? — alegara finalmente Bernie. — A culpa é importante para mim.

— Canalize-a para outra coisa. Ela estará bem. — E depois de dançar com Jane, Bernie a conduziu para o *buffet*, ajudou-a a servir-se de tudo que queria, colocou-a perto de sua nova avó e saiu para dançar novamente com sua mulher.

— Olá. — Jane ergueu os olhos para Ruth, que a olhava atentamente. — Gosto do seu chapéu. Que tipo de pele é? — Ruth ficou um pouco surpresa com a pergunta, mas achava-a uma criança bonita e razoavelmente educada, pelo que vira dela até aquele momento.

— *Mink.*

— Fica bem com o seu vestido... o vestido é da mesma cor dos seus olhos. Sabia disso? — Estava fascinada pela avó, olhando para cada detalhe. Apesar do seu orgulho, Ruth sorriu para ela.

— Você tem lindos olhos azuis.

— Obrigada. São iguais aos de minha mãe. Meu pai morreu, você sabe. — Ela o disse casualmente, com a boca cheia de rosbife. Subitamente Ruth sentiu pena. Não podia ter sido uma vida fácil para Liz ou a garota antes de Bernie aparecer. Agora ela via Bernie como um salvador, mas Bernie representava o mesmo para Liz, portanto não havia nenhum mal nisso. Nem Liz nem Jane teriam discordado dela. Apenas Bernie.

— Sinto pelo seu pai. — Não sabia o que mais dizer.

— Eu também. Mas agora tenho um novo pai. — Olhou orgulhosamente para Bernie. Os olhos de Ruth encheram-se de lágrimas. E então Jane olhou inesperadamente para ela. — É a única avó que eu tenho, você sabe.

— Oh! — Ficou embaraçada pela criança vê-la chorar. Estendeu o braço e tocou a pequena mão. — Isso é muito bom. Você também é a minha única neta. — Jane sorriu-lhe amorosamente e apertou a mão dela.

— Estou contente por você ser tão boa para mim. Estava assustada antes da gente se conhecer. — Bernie as apresentara naquela manhã, no templo, com muito cuidado. — Pensei que talvez você fosse realmente velha, mesquinha, ou alguma coisa.

Ruth pareceu horrorizada.

— Bernie disse isso para você?

— Não. — Ela balançou a cabeça. — Disse que você era maravilhosa. — Ruth sorriu, radiante. A criança era adorável. Deu um tapinha na mão de Jane, tirou um biscoito de uma bandeja que passava e o entregou para ela. Jane partiu o biscoito ao meio, e deu a outra metade para ela. Ruth comeu, ainda segurando a mão dela. As duas já eram amigas íntimas quando Liz foi trocar seu vestido de noiva. Quando Jane viu a mãe desaparecer e percebeu que horas eram, começou de repente a chorar silenciosamente, enquanto Bernie olhava-a de relance através da sala e vinha apressadamente para o seu lado.

— Qual é o problema, querida? — A mãe dele tinha ido para uma última dança com o pai do noivo. Bernie inclinou-se e colocou o braço ao redor dela.

— Não quero que você e mamãe vão embora. — A voz dela foi um pequenino gemido e Bernie sentiu seu coração despedaçar-se.

— Não vamos demorar tanto assim. — Mas três semanas representavam uma eternidade para ela e Bernie não tinha certeza de que discordava. Parecia um tempo enorme para deixá-la com outra pessoa. Quando Tracy aproximou-se, Jane apenas chorou mais. Um minuto depois Ruth voltou e Jane agarrou-se a ela como se sempre a tivesse conhecido.

— Meu Deus, o que é que está havendo? — Bernie explicou e Ruth sentiu pena. — Por que não a levam com vocês? — sussurrou para o filho.

— Não estou certo de que Liz acharia isso uma grande idéia... É a nossa lua-de-mel...

A mãe o olhou reprovadoramente e depois baixou os olhos para a criança que chorava.

— Poderia se perdoar por isso? Poderia realmente divertir-se pensando nela? — Bernie sorriu amplamente para a mãe.

— Eu te amo, mamãe. — A culpa sempre vencia. E, um minuto depois, Bernie foi procurar Liz e lhe disse o que pensava.

— Não pode levá-la conosco. Não temos nada arrumado, nem mesmo um quarto para ela no hotel.

— Então arranjaremos um... Ficaremos noutro lugar se for preciso...

— E se não conseguirmos outro quarto?

— Então ela dormirá conosco. — Bernie deu um sorriso largo. — E teremos outra lua-de-mel.

— Bernard Fine... o que aconteceu a você? — Mas sorria para ele, grata por ter encontrado um homem que amava tanto sua filha. Seja como for ela tivera escrúpulos em deixar Jane e, sob certos aspectos, aquilo era mais fácil. — Está bem. E agora? Corremos para casa e fazemos as malas?

— O mais rápido possível. — Bernie olhou de relance para o relógio e então correu novamente para a reunião. Beijou apressadamente a mãe, apertou a mão de Paul Berman e do pai e pegou Jane nos braços, enquanto Liz aparecia e as pessoas começavam a atirar o arroz. Jane subitamente pareceu assustada, como se não compreendesse e pensasse que ele estava se despedindo, mas Bernie apertou os braços ao redor da criança e sussurrou ao seu ouvido. — Você irá conosco. Apenas feche os olhos para não entrar arroz. — Ela

112

os apertou com força e riu feliz. Bernie a segurou com um braço vigoroso e agarrou a mão de Liz com a sua mão livre. Correram para a porta, enquanto os convidados atiravam pétalas de rosa e arroz. Um minuto depois estavam na limusine, voltando velozmente para San Francisco.

Levaram dez minutos para arrumar as coisas de Jane incluindo todas as roupas de banho que Bernie havia comprado no verão passado e conseguiram pegar pontualmente o avião. Havia um lugar vago na primeira classe e Bernie o comprou para Jane, rezando para que tivessem a mesma sorte no hotel. Jane deu-lhes um grande sorriso ao subir no avião. Doce vitória! Estava indo com eles. Pulou alegremente no colo de Bernie. Depois dormiu com tranqüilidade nos braços da mãe enquanto voavam para o Oeste. Todos haviam se casado. E Bernie inclinou-se e beijou Liz suavemente nos lábios, enquanto as luzes diminuíam para que o filme pudesse começar.

— Eu te amo, sra. Fine.

— Eu te amo — Liz fez uma careta para não acordar a criança. Encostou delicadamente sua cabeça na de Bernie e cochilou até chegarem ao Havaí. Passaram a noite em Waikiki. No dia seguinte, voaram para Kona, na ilha do Havaí. Tinham reservas no Mauna Kea Resort Hotel e os deuses estavam sorrindo para eles. Conseguiram um quarto contíguo ao deles, devolvendo a suíte que Bernie reservara. Mas pelo menos não tiveram de dividir o quarto com a criança, não que aquilo importasse. Em Mauna Kea também havia um monstro debaixo da cama. Jane passou a maioria das noites dormindo entre eles na grande cama, enquanto o sol surgia sobre as palmeiras. Foi uma lua-de-mel que todos os três dividiram. Uma história que Bernie sabia que iriam contar durante anos, quando, à noite, sorria sonolentamente para Liz, por cima da cabeça de Jane. Às vezes apenas deitavam-se na cama e riam, achando tudo aquilo muito engraçado.

— Paris na primavera, eu juro! — Bernie ergueu uma das mãos como um bom escoteiro e ela riu.

— Até ela chorar novamente.

— Não desta vez, eu prometo... nenhuma culpa!

— Ah! — Mas ela não se importava. Estava alegre. Inclinou-se sobre o corpo adormecido de Jane e beijou novamente Bernie. Afinal, aquela era a vida deles e a dividiam com Jane. Foram três

113

semanas celestiais e os três voltaram da lua-de-mel "deles" bronzeados, completamente felizes e relaxados. Jane gabou-se para todo mundo de ter ido na lua-de-mel da mãe. Era uma lembrança que os três iriam acalentar para sempre.

Capítulo 13

Os meses que se seguiram ao Havaí pareceram voar. Estiveram ocupados o tempo todo. Bernie programando todos os desfiles de verão e outono para a loja, escolhendo novas mercadorias, tendo encontros com pessoas de Nova York. Liz ocupada com a casa. Parecia estar sempre cozinhando, assando ou costurando para ele. Não havia absolutamente nada que a mulher não fizesse. Também o distraía e fazia tudo sozinha. Até mesmo plantava rosas no pequeno jardim na Buchanan Street. Ela e Jane tinham uma horta, que Tracy as ajudara a começar. Naqueles dias a vida parecia muito cheia e abril chegou quase de repente. Era hora de Bernie ir a Nova York — numa viagem para a loja — e depois à Europa, como fazia todos os anos naquela época. Liz nunca fora a nenhum dos dois lugares e ele mal podia esperar para levá-la. Sob certos aspectos, estava tentado a levar Jane junto, mas prometera a Liz que aquela seria a verdadeira lua-de-mel deles. Surgira uma excelente solução. Bernie planejara a viagem para coincidir com as duas semanas de férias de Liz. Jane, é claro, também estaria de férias, por isso eles a estavam levando para ficar com vovó e vovô Fine. A menina estava tão excitada com aquilo que quase não parecia se importar de não ir com eles à Europa.

— E... — anunciou ela no avião — nós iremos ao Radio City Music Hall! — Seria uma *tournée* triunfante. O Museu de História Natural para ver os dinossauros, que ela estava estudando na escola, o Empire State, a Estátua da Liberdade. Jane mal podia esperar e tampouco Ruth, pelo que Bernie pôde deduzir ao telefone. Naqueles dias as conversas telefônicas deles eram mais fáceis. Liz ligava constantemente para Ruth apenas para dizer olá e dava-lhe as notícias, o que tirava a pressão de cima de Bernie. Seja como for, tudo que Ruth queria era conversar com Jane. Era surpreendente

115

o fato dela gostar tanto da criança, mas Jane era louca por ela. Adorava a idéia de agora ter uma avó. Um dia, perguntara muito solenemente a Bernie se poderia usar o nome dele na escola.

— É claro. — Ele ficara atônito com a pergunta, mas Jane falara sério. E, no dia seguinte, ela se tornara oficialmente Jane Fine na escola. Voltara para casa sorrindo radiante para ele.

— Agora também estou casada com você — disse. Mas Liz também parecia satisfeita e estava aliviada em saber que, enquanto estivessem fora, Jane estaria em boas mãos. Em casa Tracy teria sido sua primeira escolha. Mas ela e Jane não estavam se dando muito bem. Jane estava ficando mais sofisticada que a velha amiga, o que fazia Tracy rir. Aquilo não a preocupava. Estava contente pelo trio ser tão feliz.

E, em Nova York, "vovó Ruth" estava esperando pelo avião em Kennedy.

— Como está a minha queridinha? — Pela primeira vez na vida Bernie não sentiu ninguém pendurar-se em seu pescoço ao ouvir aquelas palavras. Por um momento aquilo lhe pareceu estranho e então observou Jane atirar-se nos braços da avó. Os olhos dele se encheram de lágrimas, enquanto apertava a mão do pai e Liz os cumprimentava com um beijo. Então Bernie deu um abraço apertado na mãe. Liz também a beijou e os cinco foram para a casa em Scarsdale, tagarelando e conversando todos ao mesmo tempo. Era como se subitamente tivessem se tornado uma família em vez de inimigos... e Bernie percebeu que Liz fizera aquilo por eles. Tinha um extraordinário dom de conquistar todas as pessoas e ele a viu sorrir para Ruth no carro, enquanto as duas mulheres trocavam um olhar intencional sobre alguma coisa que Jane dissera... e então sorriram. Era um alívio saber que os pais a tinham aceitado. Temera que nunca o fizessem, mas não imaginara o impacto que teria sobre eles tornarem-se avós.

— E agora o meu nome é igual ao de vocês — anunciou Jane orgulhosamente no carro. Depois ficou séria. — É muito mais fácil de pronunciar. Nunca consegui pronunciar o outro. — Deu um grande sorriso desdentado. Perdera seu primeiro dente naquela semana e contou para a avó quanto a fada tinha trazido.

— Cinqüenta centavos? — Ruth estava claramente impressionada. — Costumavam ser apenas dez.

— Isso era nos velhos tempos — disse Jane aborrecida. E então, beijando a bochecha da avó, sussurrou-lhe: — Vou te comprar um sorvete de casquinha, vovó. — Enquanto o coração de Ruth se derretia nas pequeninas mãos da criança.

— Vamos nos divertir muito enquanto a mamãe e o papai estiverem fora. — Agora ela também o chamava de papai. Uma vez Bernie perguntara a Liz se deveria adotá-la formalmente.

— Você poderia — respondera Liz. — Oficialmente o pai dela nos abandonou, por isso podemos fazer tudo que quisermos. Mas não vejo por que você devesse se dar todo esse trabalho, querido. Se ela usar o seu nome, com o correr dos anos ele se tornará legal. Seja como for, Jane decidiu por si mesma chamá-lo de papai. — Bernie concordara. Sob certos aspectos, não lhe pareceu apropriado arrastar Jane desnecessariamente aos tribunais.

Era a primeira vez em anos que Bernie ficava na casa dos pais e surpreendeu-se ao constatar o quanto era agradável com a companhia de Liz e Jane. Liz ajudava Ruth a fazer o jantar e depois a lavar a louça. A empregada estava doente — o único boletim triste que a mãe deu naquela noite. Mas, uma vez que tudo que Hattie tinha eram joanetes — que ela operara — aquilo não chegava aos pés das costumeiras e horríveis desgraças e ataques cardíacos. E todos estavam de bom humor. O único problema foi que Bernie sentiu-se terrivelmente constrangido quando, naquela noite, Liz quis fazer amor com ele.

— E se a minha mãe entrar? — sussurrou ele no escuro. Liz riu-se travessamente.

— Eu poderia sair pela janela e esperar no gramado até o campo ficar livre.

— Parece bom para mim, querida... — Bernie rolou na cama e deslizou uma mão por baixo da camisola de cetim que Liz usava. Riram baixinho, agarraram-se e fizeram amor, sussurrando, sentindo-se como crianças levadas. Mais tarde, enquanto conversavam no escuro, Bernie disse a Liz o quanto ela fizera toda sua família mudar. — Não pode imaginar como era a minha mãe antes de você aparecer. Eu juro, às vezes a odiava. — Parecia um sacrilégio dizê-lo debaixo do telhado dela, mas em certas ocasiões aquilo era verdade.

— Acho que foi Jane quem os conquistou.

— Acho que foram vocês duas. — E, enquanto a olhava à luz do luar, seu coração encheu-se de ternura. — Você é a mulher mais admirável que já conheci.

117

— Melhor que Isabelle? — Provocou Liz e ele beliscou o seio dela.

— Pelo menos você não roubou meu melhor relógio... apenas meu coração...

— Isso é tudo? — Ela fez um gracioso beicinho, o que reacendeu o desejo de Bernie, enquanto deslizava uma mão entre as coxas dela. — Eu tinha outra coisa em mente, *monsieur.* — Liz carregou na pronúncia e Bernie investiu novamente sobre ela. Sentiram-se como se a lua-de-mel tivesse começado. Naquela noite Jane não entrou para dormir com eles, o que também era justo, porque a camisola de Liz parecia ter desaparecido em algum lugar debaixo da cama e Bernie esquecera de trazer os pijamas.

Mas, no dia seguinte, durante o café da manhã, pareciam muito respeitáveis com seus roupões. Ruth anunciou que ela e Jane tinham feito suco de laranja.

— Hoje não teremos tempo para levá-los ao aeroporto. — Trocaram um olhar significativo e Jane não pareceu de modo algum aborrecida. — Iremos ao Radio City Music Hall. Já temos os ingressos.

— E hoje é o primeiro dia do Espetáculo da Páscoa! — Jane estava tão excitada que mal podia controlar-se. Bernie sorriu enquanto olhava de relance para Liz. A mãe dele era esperta. Programara as coisas para Jane não ir com eles ao aeroporto e chorar quando fossem embora. Foi perfeito, e em vez disso acenaram-lhe enquanto ela e a avó entraram no trem, o que por si só era excitante. E vovô iria apanhá-las no Plaza Hotel! — Imaginem só! — dissera Jane. — E nós vamos andar num cabriolé, que é uma carruagem com um cavalo! Direto para o Central Park... — Apenas por um momento os lábios de Jane tremeram um pouquinho, quando Liz e Bernie deram-lhe um abraço de despedida. Mas no minuto seguinte ela se foi, tagarelando alegremente com Ruth, enquanto Bernie e Liz voltavam para casa e faziam amor novamente. Quando partiram trancaram cuidadosamente a porta. Um táxi os levou até o aeroporto e a lua-de-mel começou.

— Pronta para Paris, *mme.* Fine?

— *Oui, monsieur.* — Ambos riram. Liz ainda não vira Nova York, mas tinham decidido que na volta passariam três dias lá. Assim era mais fácil Jane superar a pior parte, com eles ausentes. Depois poderiam passear com ela em Nova York, a caminho de casa.

E, seja como for, convinha mais a Bernie por causa de suas reuniões.

Voaram para Paris pela Air France e, no dia seguinte, aterrissaram bem cedo em Orly. Eram oito horas da manhã pelo horário local. Chegaram ao Ritz duas horas depois, após encontrarem as malas, passarem pela alfândega e entrarem na cidade. A Wolff's providenciara uma limusine para Bernie, e Liz ficou espantada com o hotel. Nunca vira nada tão lindo quanto o saguão do Ritz, com mulheres elegantes, homens bem vestidos e porteiros conduzindo *poodles* e pequineses. E as lojas do Faubourg St. Honoré ainda eram mais maravilhosas que ela imaginara. Tudo parecia fazer parte de um sonho e Bernie a levou a toda parte — Fouquet's, Maxim's, Tour d'Argent, o alto da Torre Eiffel, Arco do Triunfo, os Bateaux-Mouche, galerias Lafayette, Louvre, Jeu de Paume, até mesmo o Museu Rodin. A semana que passaram em Paris foi a mais feliz da vida de Liz e ela não queria que terminasse nunca, enquanto voavam para Roma e Milão, onde Bernie tinha de assistir a desfiles para a loja. Ainda era o responsável por todas as importantes linhas de importação da Wolff's e selecioná-las era um trabalho terrível. Liz ficou impressionada com o que Bernie fazia e o acompanhou a toda parte, tomando notas, uma ou duas vezes experimentou roupas para ver como ficavam numa "simples mortal" e não em alguém treinado para exibi-las. Contou-lhe como se sentia nelas, se eram confortáveis, como achava que poderiam ser melhoradas. Estava aprendendo muito sobre os negócios dele, enquanto iam de lugar em lugar. Bernie também percebeu o efeito dos desfiles sobre ela. De repente Liz tornou-se muito mais conhecedora da moda e muito mais chique. Pareceu subitamente aprimorar-se mais e estava mais cuidadosa na escolha dos acessórios. Quando se conheceram ela revelara um instinto natural e, com maiores recursos, mostrara rapidamente como sabia se vestir bem. Mas agora não era apenas chique, estava subitamente impressionante. E era mais feliz do que jamais tinha sido, viajando ao lado dele, trabalhando com ele todos os dias, voltando à tarde ao quarto de hotel para fazerem amor e então ficando metade da noite fora, perambulando pela Via Veneto ou atirando moedas com ele na Fontana di Trevi.

— O que está pedindo, amorzinho? — Ele nunca a amara mais do que naquele momento.

— Você verá. — Liz ergueu um sorriso para ele.

— É? Como? — Mas Bernie achou que sabia. Queria a mesma coisa... e estavam tentando. — O seu desejo a fará ficar grande e gorda? — Adorava imaginá-la assim, grávida dele. Mas não havia muito tempo que tentavam e ela sorriu-lhe.

— Se eu te contar, não se tornará realidade. — Liz apontou-lhe um dedo. Voltaram para o Excelsior e fizeram amor novamente. Era uma idéia adorável, pensar num bebê concebido naquela segunda lua-de-mel. Mas quando foram a Londres para os últimos dois dias de viagem, tornou-se óbvio que aquele não era o caso. Liz ficou tão desapontada que chorou quando deu a notícia a ele.

— Não faz mal. — Bernie colocou um braço ao redor dela e a abraçou. — Tentaremos de novo. — Eles o fizeram uma hora depois, sabendo que não adiantaria nada, em termos de conceber uma criança, mas divertiram-se assim mesmo. E a felicidade deles era óbvia quando voaram de volta para Nova York, depois das duas melhores semanas que jamais tinham compartilhado. E era óbvio que não eram os únicos que haviam se divertido. Jane ficou duas horas contando-lhes tudo que fizera enquanto tinham estado ausentes. E parecia que vovó Ruth a tornara sócia da Schwarz.

— Vai ser preciso um caminhão para levar todas essas coisas para casa. — Bernie olhou atentamente para as bonecas e brinquedos: um cachorro em tamanho natural, um diminuto cavalo, uma casa de bonecas e um fogão em miniatura. Ruth pareceu ligeiramente embaraçada e então empinou o queixo.

— Jane não tinha nada com que brincar aqui. Tudo que tenho são seus velhos caminhões e carros — disse ela, quase acusadoramente. E adorara comprar todos os novos brinquedos.

— Ah! — Bernie deu um sorriso largo e entregou à mãe a caixa de Bulgari. Comprara-lhe um bonito par de brincos feitos com antigas moedas de ouro, contornadas por pequeninos brilhantes de forma hexagonal. Comprara outros iguais para Liz, que estava louca por eles. Como Ruth. Ela imediatamente os colocou e lhes deu um abraço apertado. Depois correu para mostrar os brincos a Lou, enquanto Liz abraçava-se a Jane. Sentira demais a falta dela, mas a viagem à Europa fora maravilhosa. E tinha sido bom para eles ficarem sozinhos.

Os dias que passaram juntos em Nova York foram igualmente agradáveis. Jantaram no Côte Basque, 21 e Grenouille, os três restaurantes prediletos de Bernie. E ele compartilhara com Liz das especialidades de cada um. Tomaram bebidas no Oak Room, no Plaza

120

Hotel e Sherry Netherland e à noite foram assistir à peça de Bobby Short no Carlyle. Liz apaixonou-se por ele. Fez compras no Bergdorf's, Saks, Bendel's e na legendária Bloomingdale's, mas insistiu em afirmar que ainda preferia a Wolff's e Bernie a levou a toda parte com ele. Um dia ficou em pé com ele no bar em P.J. Clark's, dando risadinhas e observando todos os tipos excêntricos que entravam.

— Estou me divertindo tanto com você. Sabe disso? Você torna a minha vida tão interessante, Bernie. Nunca soube que poderia ser assim. Antes estava tão ocupada apenas sobrevivendo, parece inacreditável. Tudo era tão trivial e intenso... e agora é tão exuberante... É como uma gigantesca pintura... como os murais de Chagall no Lincoln Center. — Ele também a levara lá. — Agora tudo é vermelho, verde e amarelo brilhante... e antes era como se tudo fosse cinza e branco. — Liz ergueu os olhos apaixonadamente para ele e Bernie inclinou-se para beijá-la novamente, sentindo o gosto da bebida nos lábios dela.

— Eu te amo, Liz.

— Eu também te amo — sussurrou Liz. Em seguida deu um soluço tão alto que o homem na frente deles virou-se para olhá-la. Então ela olhou novamente para Bernie. — Como é mesmo o seu nome?

— George. George Murphy. Sou casado e tenho sete filhos no Bronx. Quer ir comigo a um hotel?

O homem no bar cravou os olhos neles, fascinado. O lugar estava cheio de homens procurando uma aventura passageira, mas a maioria não falava nas mulheres e filhos.

— Por que não vamos para casa e fazemos mais um? — sugeriu ela alegremente.

— Grande idéia.

Bernie chamou um táxi na Third Avenue, que os levou a Scarsdale pelo caminho mais rápido. Chegaram em casa antes de Ruth e Jane. Lou ainda estava no hospital. Era bom ficar sozinho em casa com ela. Era bom estar em qualquer lugar com ela, especialmente na cama, concluiu ele, enquanto escorregavam debaixo dos lençóis frios. Odiou levantar novamente quando Ruth e Jane chegaram. E odiou ainda mais deixar Nova York e voltar para a Califórnia. Mas conversara novamente com Paul sobre aquilo, em vão.

— Por favor, Paul. Fiquei um ano lá. Na verdade, 14 meses.

— Mas a loja abriu há apenas dez. E qual é o motivo da pressa

121

agora? Tem uma mulher adorável, uma boa casa. E San Francisco é um bom lugar para Jane.

— Queremos que ela estude aqui. — Mas descobriram que a escola não aceitaria a solicitação de Jane, a não ser que tivessem certeza de que iriam voltar. — Não podemos simplesmente ficar mofando lá durante anos.

— Anos não... mas digamos apenas mais um ano. Simplesmente não há ninguém tão competente quanto você para o trabalho.

— Está certo — suspirou ele. — Ponto final. É um acordo?

— Está bem, está bem... você acharia que nós o tínhamos deixado em Armpit, no oeste da Virgínia, pelo amor de Deus! San Francisco não chega a ser um lugar horrível.

— Eu sei. Mas pertenço a Nova York e você sabe disso.

— Não posso negar, Bernard. Mas agora também precisamos de você lá. Faremos o possível para trazê-lo de volta em um ano.

— Estou contando com isso.

Quando partiram, Bernie odiou deixar Nova York, mas admitiu que voltar para San Francisco não era assim tão terrível. A casinha deles era mais bonita do que se lembrava e, logo no primeiro dia, achou a loja satisfatória. Não ótima como a de Nova York, mas igualmente boa. A única coisa que odiava sobre estar de volta era não passar o dia inteiro com Liz. Logo no primeiro dia apareceu no *self-service* da escola, na hora do almoço, para comer um sanduíche com ela. Parecia muito adaptado à vida e hábitos da cidade, sério e elegante usando um terno inglês cinza-escuro. Liz usava uma saia xadrez e um suéter vermelho que tinham comprado juntos no Trois Quartiers, com sapatos que trouxeram da Itália. Pareceu-lhe muito bonita e jovem. Jane ficou muito orgulhosa de vê-lo lá.

— Aquele é o meu pai, com a minha mãe. — Ela o indicou para vários amigos e então foi ficar perto de Bernie, para mostrar que ele lhe pertencia.

— Olá, pinguinho de gente! — disse ele, segurando-a e jogando-a para o ar e depois fazendo o mesmo com três de seus amigos. Ele fez um grande sucesso no *self-service* e Tracy veio cumprimentá-lo. Deu-lhe um grande abraço e anunciou que a filha estava novamente grávida. Bernie viu o olhar ansioso de Liz e apertou a mão dela. Liz estava começando a achar que havia alguma coisa errada com ela e Bernie sugerira que talvez fosse ele, uma vez que ela já tivera uma filha. E tinham finalmente decidido relaxar um pouco e estavam tentando, mas ainda pensavam muito naquilo. Ambos queriam desesperadamente um filho.

E em junho Bernie fez uma surpresa para ela. Alugara por dois meses a casa em Stinson Beach. Liz ficou comovida. Era o lugar perfeito para eles. Um quarto para ele e Liz, um para Jane, um quarto de hóspedes para os amigos, uma enorme e espaçosa sala de estar com uma área para refeições, uma cozinha ensolarada e um pátio resguardado onde podiam até mesmo tomar banho de sol nus, se quisessem, se Jane não estivesse em casa. Era perfeito e Liz não poderia estar mais feliz. Decidiram mudar-se para lá durante os dois meses. Bernie viajaria diariamente para o trabalho. Mas, menos de duas semanas depois, Liz caiu doente de gripe e demorou semanas para curar-se. Bernie o mencionou para o pai quando ele telefonou. Lou achou que provavelmente era sinusite e que Liz deveria procurar alguém para começar imediatamente a tomar antibióticos. Sua cabeça estava pesada o tempo todo e ela sentia náuseas no final do dia. Estava exausta, deprimida e não se lembrava de já ter se sentido tão mal. Foi um pouco melhor no segundo mês em que estiveram lá, mas não muito. Mal aproveitou o lugar, apesar de Jane estar se divertindo com todos os seus amigos. Todas as noites ela e Bernie corriam na praia, mas Liz mal podia descer a rua sem se sentir enjoada. Nem mesmo se sentia em condições de ir à cidade experimentar o vestido para a estréia da ópera. Naquele ano escolhera um modelo sensual de Galanos, em cetim negro e um ombro só, que vinha acompanhado de uma pelerine pregueada. Ficou chocada quando finalmente o experimentou, logo depois do Dia do Trabalho.

— Que número é este? — Ela estava aturdida. Normalmente usava o tamanho seis, mas nem conseguia fechar o vestido que tinham lhe mandado. Parecia estupefata enquanto a vendedora olhava de relance para a etiqueta e erguia os olhos para ela.

— Oito, sra. Fine.

— Como ele ficou? — Bernie meteu a cabeça para dentro da porta e Liz lançou-lhe um olhar penetrante.

— Horrível. — Não podia ter engordado. Estivera enjoada desde julho. Finalmente marcara uma hora para ver o médico, no dia seguinte. Tinha de voltar à escola dentro de uma semana e precisava recuperar as forças. Estava até mesmo disposta a tomar os antibióticos que o sogro havia recomendado. — Devem ter mandado

123

o número errado. Tem de ser quatro. Simplesmente não entendo. — Provara a peça piloto quando encomendara o vestido — e ficara enorme nela. E tinha sido tamanho seis e este ainda era maior. — Você engordou na praia? — Bernie entrou no quarto de vestir para olhar. E ela estava certa. O zíper estava longe de fechar na cintura e na lateral. Havia uns bons oito ou dez centímetros de carne bronzeada no meio. Bernie olhou de soslaio para a oficial de prova que os observava em silêncio. — Não pode ser alargado? — Sabia como o vestido era caro e era um sacrilégio modificá-lo muito. Era melhor encomendar outro número e dispensar aquele, mas agora não dava tempo. Liz teria de usar outra coisa na estréia se ele não pudesse ser alargado. A oficial de prova deu uma olhada e balançou a cabeça. Então sentiu a cintura de Liz e a olhou indagadoramente.

— Madame engordou na praia este verão? — Ela era francesa e Bernie a trouxera de Nova York. Trabalhara para a Wolff's durante anos e antes disso para Patou.

— Não sei, Marguerite. — Ela trabalhara com Liz antes, em seu vestido de casamento, na roupa da ópera no ano passado e em outras coisas que Liz comprara. — Não pensei que tivesse. — Mas tudo que estivera vestindo eram roupas velhas e folgadas, *joggings*, suéteres de malha de algodão e camisas largas. Até mesmo usava um disforme vestido de algodão na loja. Subitamente Liz olhou para Bernie e deu-lhe um sorriso largo. — Oh, meu Deus.

— Você está bem? — Ele parecia preocupado, mas Liz sorrialhe. Seu rosto ficara branco e agora estava rosa-claro. Começou a rir para ele. Atirou os braços ao redor do pescoço de Bernie e o beijou. Bernie sorriu, enquanto a vendedora e a oficial de prova retiravam-se discretamente do quarto de vestir. Gostavam de trabalhar com ela. Era sempre tão amável e estavam tão apaixonados... Era bom ficar perto de pessoas como eles. — O que há, Liz? — Ele parecia intrigado enquanto a olhava de soslaio. Liz ainda sorria-lhe alegremente, apesar do vestido perdido... ou por causa dele.

— Acho que afinal não vou tomar aqueles antibióticos.

— Por que não?

— Acho que ele está errado.

— Você é muito sabida.

— Pode repetir isso. — Ela ignorara todos os sinais. Todos.

— Acho que, afinal de contas, isto não é uma sinusite. — Sentou-se numa cadeira e, sorridente, ergueu os olhos para ele. Subitamente Bernie entendeu. Olhou atentamente para o vestido e então de volta para Liz, estupefato.

— Tem certeza?

— Não... até este exato momento nem tinha pensado nisso... mas estou quase certa... é como se eu simplesmente tivesse esquecido. — Mas subitamente deu-se conta de que faltara-lhe uma regra enquanto estavam na praia. Estava quatro semanas atrasada. Mas se sentira tão doente que nem ao menos percebera. E, no dia seguinte, o médico o confirmou. Dissera que ela estava grávida de seis semanas. Liz correu para a loja para contar a Bernie as novidades. Encontrou-o em seu gabinete, olhando para alguns relatórios de Nova York, e ele ergueu os olhos no minuto em que Liz entrou.

— E então? — Bernie prendeu a respiração e ela deu um sorriso largo, tirando uma garrafa de champanhe das costas.

— Parabéns, papai. — Colocou o champanhe sobre a escrivaninha e Bernie atirou os braços ao redor dela, com um grito de júbilo.

— Nós conseguimos! Conseguimos! Que bom!... você está grávida! — Liz riu, eles se beijaram e Bernie a ergueu do chão, enquanto sua secretária perguntava a si mesma o que estariam fazendo lá. Demoraram muito para sair e, quando o fizeram, o sr. Fine parecia extremamente satisfeito consigo mesmo.

125

Capítulo 14

No outono Bernie foi sozinho a Nova York, em sua costumeira viagem de negócios. Depois teria de seguir para Paris e achou que a viagem seria demais para Liz. Recomendara-lhe que descansasse, mantivesse os pés para cima, comesse comida saudável, visse televisão e relaxasse depois da escola. E, antes de partir, disse para Jane tomar conta da mãe. A princípio a menina ficou atordoada quando eles lhe contaram sobre o bebê, mas logo depois, estava satisfeita.

— É como se fosse uma grande boneca. — Explicou Bernie. E Jane ficou igualmente satisfeita por ele querer um garotinho e ter lhe dito que ela sempre seria sua garotinha predileta. Prometeu tomar conta de Liz enquanto ele estivesse fora. Quando chegou em Nova York, Bernie telefonou para elas. Ficaria hospedado no Regency, porque era perto da loja. Na primeira noite ele jantou com os pais. Encontraram-se no Le Cirque. Bernie entrou com um sorriso discreto e os viu sentados à mesa, esperando-o.

Beijou a mãe que estava sentada e pediu um *kir*. Ruth ergueu os olhos para ele, desconfiada.

— Alguma coisa está errada.

— De jeito nenhum.

— Você foi despedido.

Desta vez ele riu e pediu uma garrafa de Dom Perignon, enquanto a mãe o olhava fixamente.

— O que aconteceu?

— Uma coisa muito boa.

Ruth não acreditou em nenhuma palavra que ele disse. E então, observando-o cautelosamente, perguntou:

— Vai voltar para Nova York?

— Ainda não. — Apesar de que gostaria, mas até mesmo aquilo estava em segundo plano agora. — Melhor do que isso.

— Vai se mudar para outro lugar? — Ainda parecia desconfiada. O pai estava sorrindo. Adivinhara as novidades. Os dois homens trocaram um olhar intencional, enquanto o garçom servia o champanhe e Bernie erguia sua taça para eles.

— À vovó e ao vovô... *mazel tov*.

— Então? — Ruth olhou para ele, confusa. Depois, como se tivesse sido atingida por um raio, subitamente recuou em sua cadeira, fitando-o com olhos arregalados. — Não! É Liz... Ela está...?

— Pela primeira vez na vida não pôde encontrar palavras. Lágrimas brotaram em seus olhos enquanto Bernie assentia com a cabeça, dava um sorriso largo e apertava sua mão.

— Nós vamos ter um bebê, mãe. — Estava tão contente que mal podia se controlar. O pai o parabenizou enquanto a mãe balbuciou palavras desconexas e eles sorviam seu champanhe.

— Simplesmente não posso imaginar... Está tudo certo?... Ela está comendo bem?... Como se sente?... Preciso telefonar-lhe, quando voltarmos para casa. — E então subitamente pensou em Jane e encarou Bernie com olhos preocupados. — Como Jane está encarando isso?

— Acho que no princípio ficou um pouco chocada. Não creio que tivesse lhe ocorrido que poderíamos fazer uma coisa dessas com ela, mas temos passado um bocado de tempo explicando-lhe, dizendo-lhe o quanto é importante para nós, coisas desse tipo. E Liz vai comprar alguns livros para lidar com quaisquer sentimentos negativos que ela possa ter.

Ruth o olhou carrancudamente.

— Está começando a falar como um deles... os californianos não falam mais inglês. Tome cuidado para não se tornar um deles e ficar lá. — Estivera se preocupando com aquilo desde que o filho partira, mas agora tudo em que podia pensar era no neto a caminho. — Liz está tomando vitaminas? — Ela virou-se para Lou, sem esperar que Bernie respondesse. — Deveria falar com ela esta noite, quando telefonarmos. Explique-lhe o que deve comer e que vitaminas tomar.

— Estou certo de que ela tem um obstetra, Ruth. Ele lhe dirá o que fazer.

— O que ele sabe? Você não pode saber se ela está indo a um daqueles *hippies* com sapatos estranhos, esfregando ervas em sua cabeça e dizendo-lhe para dormir na praia. — Olhou ferozmente para o filho. — Você deve estar de volta quando o bebê nascer. Deveria nascer no New York Hospital, são e salvo, onde é o lugar dele... e onde seu pai poderá supervisionar tudo.

— Eles têm bons hospitais lá, Ruth. — Os dois homens sorriam para ela. Estava fora de si. — Tenho certeza de que Bernie ficará de olho em tudo. — Claro que ficaria. Já a acompanhara ao médico e gostara do obstetra que fora indicado por uma amiga. Eventualmente fariam o treinamento Lamaze. Liz estava determinada a ter o bebê pelo parto normal, com Bernie ajudando-a e segurando sua mão. Ele ainda se sentia nervoso ao pensar naquilo, mas não queria decepcioná-la e tinha toda a intenção de estar lá.

— Está tudo bem, mamãe. Antes de ir embora fui ao médico com ela. Ele parece ser muito competente e é de Nova York. — Sabia que aquilo iria tranqüilizá-la, mas a mãe não estava prestando atenção. Estava atenta ao que ele dissera antes.

— O que quer dizer com ter ido ao médico com ela? Ficou na saleta, eu espero.

Bernie encheu outra taça de champanhe para ela e sorriu-lhe.

— Não. Não é mais assim. O pai participa de tudo.

— Você não vai estar lá na hora do parto, vai? — Ela parecia horrorizada. Achava aquilo repugnante. Também o estavam fazendo em Nova York e ela não podia pensar em nada pior que um homem observando sua mulher dar à luz.

— Pretendo estar lá, mamãe.

Ela fez uma careta.

— Essa é a coisa mais repugnante que já ouvi. — Ela abaixou a voz e confidenciou-lhe. — Você sabe, nunca mais sentirá o mesmo por ela se assistir ao parto. Acredite em mim. Tenho ouvido histórias que te dariam náuseas... Além disso — ela aprumou-se novamente na cadeira torcendo orgulhosamente o nariz — uma mulher decente não o desejaria lá. É uma coisa horrível para um homem ver.

— Mamãe, é um milagre... Não há nada de horrível ou indecente em ver a própria mulher dando à luz. — Estava muito orgulhoso de Liz e queria ver o bebê deles vir ao mundo, queria estar lá para dar as boas-vindas ao filho ou filha. Assistiriam a um filme de um parto, para que ambos soubessem o que esperar. Nada daquilo parecia-lhe repugnante, apenas, às vezes, um pouco assustador. E sabia que Liz também estava um pouco nervosa, apesar de

128

já ter tido uma criança, mas aquilo fora há seis anos. Mas tudo parecia-lhes muito distante. Ainda faltavam seis meses e mal podiam esperar. E, ao final da refeição, Ruth não apenas planejara todo o enxoval e sugerira as melhores escolas maternais em Westchester, como recomendara-lhe que fizesse o filho entrar para a faculdade de direito quando crescesse. Beberam muito champanhe e ela estava um pouco trôpega quando partiram, mas ainda foi o melhor jantar que Bernie tivera com a mãe num longo tempo. Transmitiu-lhes o convite de Liz. E ele próprio estava bêbado o bastante para não assustar-se com a perspectiva dos pais ficarem com eles.

— Liz quer que venham nas férias. — Olhou para ambos.

— E você não?

— Claro que sim, mamãe. E quer que fiquem conosco.

— Onde?

— Jane pode dormir no quarto do bebê.

— Não se preocupe. Ficaremos no Huntington, como da outra vez. Assim não incomodaremos vocês. Quando ela quer que a gente vá?

— Acho que os feriados de Natal dela começam em 21 de dezembro. Algo assim. Por que não vêm nessa época?

— Ela não vai trabalhar mais, vai, Bernard?

Ele sorriu-lhe.

— Toda minha vida estive cercado de mulheres teimosas. Ela continuará a trabalhar até os feriados da Páscoa e depois disso tirará uma licença na escola. Sua amiga Tracy a substituirá. Já combinaram tudo.

— *Meshuggeneh*. A essa altura deveria estar em casa, na cama.

Ele deu de ombros.

— Não ficará e o médico diz que ela pode trabalhar até o final... então vocês vêm?

Os olhos da mãe brilharam e ela sorriu-lhe.

— O que você acha? Acha que não vou visitar meu único filho no lugar horrível em que ele vive?

Bernie riu-se dela.

— Eu não o chamaria exatamente assim, mãe.

— Não é Nova York. — Bernie olhou tristemente ao redor, para os táxis que passavam rápidos, as pessoas que caminhavam, as lojinhas na Madison Avenue a apenas alguns metros deles, enquanto esperavam que o porteiro encontrasse um táxi. Havia horas em que

129

Bernie achava que seu romance com Nova York nunca terminaria, em que San Francisco ainda lhe parecia o exílio. — San Francisco não é tão ruim. — Ainda tentava convencer-se, apesar de ser bastante feliz com Liz lá, mas teria sido mais feliz com ela em Nova York. Ruth deu de ombros e o olhou pesarosamente.

— Mesmo assim volte logo para casa. Principalmente agora.

— Todos estavam pensando em Liz e na criança que iria nascer. A mãe dele agia como se a criança fosse um presente especial para eles.

— Cuide-se. — Ela o abraçou calorosamente, enquanto um táxi finalmente parava. Havia lágrimas em seus olhos quando afastou-se.

— *Mazel tov*, para vocês dois.

— Obrigado, mamãe. — Bernie apertou a mão da mãe e trocou um olhar carinhoso com o pai. Depois eles acenaram e partiram. Bernie caminhou lentamente de volta para o hotel, pensando neles, em Liz, em Jane, no quanto era sortudo... Não importava onde vivia. Talvez não fosse tão importante por ora... San Francisco seria mais fácil para Liz neste ano, melhor que escorregar no gelo e lutar contra a neve e tudo o mais. Também era justo, convenceu-se... No dia seguinte, quando partiu, chovia torrencialmente. E a cidade ainda lhe parecia linda. Tudo estava cinzento. Enquanto o avião subia em direção ao céu, pensou novamente nos pais. Devia ser difícil para eles tê-lo tão longe. Subitamente enxergou aquilo sob outro prisma, agora que teria seu próprio filho. Odiaria que o filho vivesse tão longe. E então apoiou novamente a cabeça no encosto e sorriu consigo mesmo, pensando em Liz e no bebê que teriam... Esperava que se parecesse com ela e não se importaria de ter uma garotinha... uma garotinha... Foi vencido pelo sono e dormiu durante a maior parte do vôo para a Europa.

A semana em Paris passou muito rápida. Como sempre, seguiu para Roma e Milão. Desta vez também foi à Dinamarca e Berlim e, antes de partir, teve uma série de encontros em Londres. Foi uma viagem muito bem-sucedida e ele ficou fora quase três semanas. Quando tornou a ver Liz riu-se dela. Enquanto estivera ausente, a barriga de Liz aumentara a ponto de parecer que ia explodir e suas roupas não cabiam mais nela. E quando deitou-se na cama, parecia ter engolido um melão.

— O que é isso? — Bernie deu-lhe um sorriso largo, depois da primeira vez em que fizeram amor novamente.

— Eu não sei. — Ela fez um gesto com as mãos indicando que

ignorava, enquanto deitava-se nua na cama, os cabelos presos num rabo-de-cavalo e as roupas deles espalhadas pelo chão. Não haviam esperado muito e estavam afobados, antes que Tracy voltasse com Jane de uma excursão.

Mas quando Liz levantou-se, atravessou o quarto e viu Bernie observando-a, subitamente sentiu-se inibida. Pegou a camisa dele e cobriu-se.

— Não me olhe... estou tão gorda que tenho raiva de mim mesma.

— Gorda? Está maluca? Nunca esteve melhor. Está maravilhosa! — Bernie aproximou-se, acariciou-lhe as costas e, fascinado, deixou a mão deslizar sobre a barriga dela.

— Tem alguma idéia do que é? — Ele estava curioso.

Ela deu de ombros, com um sorriso.

— É maior do que Jane nessa época, mas isso não quer dizer nada. — E então, esperançosamente: — Talvez seja um menino. É o que você quer, não é?

Bernie virou a cabeça para um lado, olhando para ela.

— Não creio que eu realmente me importe. Tanto faz. Quando iremos novamente ao médico?

— Tem realmente certeza de que quer fazer isso? — Liz o olhou preocupada e ele ficou aturdido.

— O que aconteceu? — E então entendeu perfeitamente bem.

— Minha querida mãe tem falado com você? — Ela corou e então deu novamente de ombros, tentando ao mesmo tempo negar e explicar. Bernie a abraçou. — Eu te acho linda. E quero dividir isto com você... tudo... o bom, o ruim, a parte assustadora, toda a preocupação. Nós dois fizemos esta criança e agora vamos compartilhar de tudo o máximo que pudermos. Está certo para você?

Liz pareceu aliviada. Seus olhos brilhavam quando o encarou.

— Tem certeza de que isso não irá afastá-lo para sempre de mim? — Parecia tão preocupada que ele riu, lembrando-se das extravagâncias deles na cama, há apenas alguns minutos. Apontou para a cama e então a beijou ternamente.

— Por acaso eu lhe pareci distante? — Liz deu um risinho feliz e o abraçou.

— Está bem... sinto muito... — Naquele instante a campainha da porta tocou. Vestiram-se o mais rápido que puderam, a tempo de dar as boas-vindas a Tracy e Jane. Bernie brincou com a criança,

131

jogando-a no ar. Depois mostrou-lhe todas as guloseimas que trouxera para ela da França. Passaram-se horas antes que Liz e Bernie ficassem novamente a sós.

Liz enroscou-se perto dele, na cama, e conversaram um pouco — sobre o trabalho de Bernie, a loja, a viagem e a criança que ela estava gerando. Ultimamente Liz parecia mais interessada nisso do que em outras coisas. Bernie não se importava. O bebê era dele também e estava muito orgulhoso da mulher. Ele a puxou para perto, abraçou-a e foram dormir, enquanto Liz ronronava de contentamento ao seu lado.

Capítulo 15

Os pais de Bernie chegaram um dia depois do início dos feriados de Natal e Liz e Jane foram buscá-los de carro no aeroporto. Liz estava com cinco meses e meio de gravidez. E Ruth levara tudo, desde um enxoval da Bergdorf's até folhetos sobre saúde que forçara Lou a trazer do hospital. Deu conselhos que datavam da época de sua própria avó. Depois de olhar atentamente para o perfil de Liz, na seção de bagagens, anunciou que era um menino. Todos ficaram encantados.

Demoraram-se uma semana e depois foram com Jane à Disneylândia, deixando Bernie e Liz sozinhos para o aniversário de casamento deles. Comemoraram três noites seguidas. No dia do aniversário, foram ao L'Étoile, voltaram para casa e fizeram amor até altas horas. Na noite seguinte assistiram a um extraordinário evento com fins beneficentes promovido na loja. Na véspera do Ano-Novo, saíram com amigos e terminaram novamente no bar do L'Étoile. Foram dias maravilhosos, mas quando Ruth e Lou voltaram, Ruth disse a Bernie que estava achando Liz péssima — pálida e esgotada. E há um mês ela vinha reclamando de dores nos quadris e costas.

— Por que não a leva a algum lugar?

— Acho que deveria. — Bernie estivera trabalhando tanto que não pensara realmente naquilo. Aquele ano seria difícil. O bebê era esperado justamente para a época em que fazia sua costumeira viagem a Nova York e Europa. Teria de adiá-la para depois do nascimento e, por alguma razão, teria muito mais trabalho na loja exatamente nesse período. — Vou ver se posso.

A mãe apontou furiosamente um dedo para ele.

— Não fuja às suas responsabilidades, Bernard.

Bernie riu.

133

— De quem você é mãe, afinal? Dela ou minha? — Às vezes sentia pena de Liz. Não tinha nenhuma família, exceto ele, Jane e os pais dele em Nova York. Por mais que sua mãe fosse em certas ocasiões irritante, ainda era bom saber que alguém se preocupava com ele.

— Não seja tão mordaz. Pode ser que lhe faça bem viajar antes do bebê nascer. — E excepcionalmente ele ouviu o conselho da mãe e levou Liz para passar uns poucos dias no Havaí. Desta vez não levaram Jane, apesar dela ter ficado zangada com eles durante semanas por causa disso. Mas Bernie voltou para casa trazendo pilhas de roupas tropicais de gestante da loja e com as reservas feitas. Ele a encarou como um fato consumado. Partiram três dias depois. E quando voltaram Liz estava bronzeada, saudável e relaxada, sentindo-se novamente a mesma. Ou quase, exceto pela azia, insônia, dores nas costas, pernas inchadas e uma crescente fadiga... tudo normal, segundo o médico. As dores nas costas e quadris eram o pior, mas aquilo também era normal.

— Meu Deus, Bernie, às vezes tenho a impressão de que nunca vou voltar a ser o que era. Engordara mais de 14 quilos e ainda faltavam dois meses, mas Bernie ainda a achava atraente. O rosto estava um pouco mais cheio, mas aquilo não a enfeava, apenas a tornava mais jovem. E estava sempre arrumada e bem vestida. Bernie a achava linda assim, apesar de estar consciente de que seu desejo por ela estava diminuindo. Mas não parecia ser hora para pensar naquele tipo de coisa, apesar de Liz às vezes reclamar. Bernie temia machucar a criança, principalmente se eles se entusiasmassem muito, o que freqüentemente acontecia. Seja como for, Liz terminou por fazer amor. Perto do final de março sentia-se tão desconfortável que mal podia se mover e ficou grata por não ter mais de trabalhar. Não teria suportado nem mais um dia tentando agüentar-se em pé, mantendo suas crianças quietas ou ensinando-lhes simples matemática ou seus rudimentos.

A classe de Liz organizou um chá de bebê e todos trouxeram alguma coisa que tinham feito. Ganhou sapatinhos, coletes de tricô, chapéus, um cinzeiro, três gravuras, um berço construído pelo pai de alguém e um par de sapatinhos de madeira, junto com todos os presentes que as outras professoras tinham dado para ela. E, é claro, Bernie freqüentemente trazia mais roupas de bebê da loja. Entre o que ele trouxe e o que a mãe dele mandou de Nova York, Liz tinha no mínimo o suficiente para quíntuplos. Mas era divertido ver aquilo tudo. Agora mal podia esperar pelo término da gestação. Estava ficando nervosa a respeito do parto e quase não conseguia dormir à noite. Em vez disso, perambulava pelos corredores, sentava-se na sala de estar e tricotava, vendo televisão até tarde, ou sentava-se no quarto do bebê, pensando em como seria quando ele nascesse

Uma tarde estava lá, esperando Jane voltar da escola — sentada na cadeira de balanço que Bernie pintara para ela há apenas duas semanas — quando o telefone tocou. Pensou em não atender. Mas sempre detestava fazer aquilo quando Jane não estava. Nunca se sabe quando alguma coisa pode acontecer. Talvez precisassem dela ou Jane tivesse se machucado na volta da escola. Poderia ser Bernie e adorava conversar com ele. Levantou-se com dificuldade, deu um gemido, esfregou as costas e caminhou pesada e desajeitadamente para a sala de estar.

— Alô?

— Boa tarde. — Havia algo de familiar na voz, mas Liz não conseguiu definir bem o quê. Provavelmente era alguém tentando vender-lhe alguma coisa.

— Sim?

— Como tem passado? — Alguma coisa na voz lhe deu calafrios.

— Quem é? — Ela tentou parecer casual, mas sentiu-se sem ar enquanto ficava de pé lá, segurando o telefone. — Havia algo de sinistro na voz que ela não sabia definir.

— Não se lembra de mim?

— Não. — Ela ia desligar, pensando que fosse apenas um trote, mas a voz rapidamente a impediu.

— Liz, espere! — Foi uma ordem. A voz subitamente perdeu sua fluidez, tornando-se forte e brusca. Subitamente ela soube, mas não podia ser... apenas parecia-se com a dele. Liz ficou imóvel segurando o telefone e não lhe disse absolutamente nada. — Quero conversar com você.

— Não sei quem você é.

— Uma ova que não sabe! — Ele riu e foi um som maligno, áspero. Nunca gostara da risada dele e agora sabia exatamente de quem se tratava. O que não sabia era como ele a encontrara novamente — ou por quê. E não tinha certeza de que queria descobrir. — Onde está minha filha?

— Que diferença faz? — Era Chandler Scott, o homem que gerara Jane, o que era diferente de ser um pai para ela. O que ele fizera dizia respeito a Liz, mas não à criança. O homem que era um pai para Jane era Bernie Fine e Liz não queria ter mais nada a ver com este homem. A voz dela o revelou quando respondeu.

— O que quer dizer?

— Você não a vê há cinco anos, Chan. Jane nem mesmo sabe quem você é. — Ou que está vivo, mas ela não lhe disse isso. — Não queremos tornar a vê-lo.

— Ouvi dizer que você se casou novamente. — Liz baixou os olhos para sua barriga e sorriu. — Aposto que o novo marido tem grana. — Foi um comentário nojento e a enfureceu.

— Que diferença isso faz?

— Quero saber se minha filha está bem. Na verdade, acho que deveria vê-la. Quero dizer, afinal deve saber que tem um verdadeiro pai que se importa com ela.

— É mesmo? Se estivesse tão interessado nisso, há muito tempo deveria tê-lo demonstrado.

— Como eu poderia saber onde estavam? Vocês desapareceram.

Aquilo a fez lembrar de uma outra coisa que não podia entender, enquanto o escutava, seu coração batendo raivosamente. Havia muitas coisas que um dia teria gostado de lhe dizer, mas agora já fazia tanto tempo... Jane estava com sete anos.

— Como me encontrou agora?

— Você não é muito difícil de se encontrar. Seu nome estava num velho livro de telefones. E sua antiga senhoria me disse seu nome de casada. Como está Jane?

Liz mordeu os lábios quando ele pronunciou o nome da filha.

— Bem.

— Acho que vou aparecer qualquer dia destes para dizer alô a ela. — Ele tentou parecer casual.

— Não perca seu tempo. Não vou deixá-lo vê-la. — Jane achava que o pai estava morto e Liz desejou que assim o fosse.

— Não pode me impedir, Liz. — Na voz dele havia um quê de malícia.

— Ah, não? Por quê?

— Tente explicar a um juiz que está impedindo um pai de ver sua filha. Estou certo de que ele será muito solidário com você depois disso.

136

A campainha da porta tocou e Liz sentiu o coração bater. Era Jane e não queria que a filha a ouvisse conversando com ele.

— Seja como for, desapareça, Chan. Ou, para ser um pouco mais clara, vá pro inferno!

— Acho que você acabou de fazer isso. Esta tarde vou ver um advogado.

— Para quê?

— Quero ver minha filha.

A campainha da porta tocou novamente e Liz gritou para que esperasse um minuto.

— Por quê?

— Porque é um direito meu.

— E depois? Vai desaparecer durante mais seis anos? Por que simplesmente não a deixa em paz?

— Se é o que você quer, terá de conversar comigo. — Então era isso. Outra trapaça. Queria arrancar dinheiro deles. Ela deveria ter sabido.

— Onde está hospedado? Telefono mais tarde. — Ele lhe deu um número em Marin e Liz anotou.

— Quero ter notícias suas à noite.

— Terá. — Filho da mãe, disse ela entredentes enquanto desligava, caminhava pálida para a porta e deixava Jane entrar. A menina estivera batendo com a merendeira na porta e tirara uma grande lasca da pintura preta. Liz gritou com ela, o que a fez chorar. Jane bateu a porta de seu quarto com força, enquanto Liz entrava e sentava-se na cama, prestes a explodir em lágrimas.

— Sinto muito, querida. Tive uma tarde difícil.

— Eu também. Perdi meu cinto. — Usava uma saia cor-de-rosa com um cinto branco que adorava. Bernie o trouxera da loja. Jane dava um grande valor a ele, como a tudo o mais que ele lhe dava, principalmente, ao próprio Bernie.

— Papai vai te trazer outro.

Jane pareceu um pouco mais calma enquanto fungava, Liz estendia os braços e ela ia relutantemente para a mãe. Era uma fase difícil para todos. Liz estava cansada. Bernie andava nervoso e todas as noites, quando iam para a cama, achava que ela teria o bebê. E Jane não sabia com certeza como o recém-chegado afetaria sua vida. Era natural que estivessem falando uns com os outros com um pouco de brusquidão. E este súbito reaparecimento de Chandler Scott

137

não ajudava. Liz afastou os cabelos do rosto da filha e deu-lhe um prato de doce que preparara para ela naquele dia e um copo de leite. Quando Jane sentou-se em sua escrivaninha para fazer o dever de casa que trouxera da escola, Liz voltou silenciosamente para a sala de estar. Com um suspiro, sentou-se e discou o telefone para a linha privada de Bernie. Foi ele quem atendeu, mas parecia ocupado.

— Olá, querido, é uma hora ruim para conversar? — Ela estava tão malditamente cansada... Tinha contrações o tempo todo, principalmente quando estava aborrecida... como agora, depois de conversar com Chandler.

— Não, não, está tudo bem. — E então subitamente ele sobressaltou-se. — Está na hora?

— Não. — Ela riu. O parto não era esperado para antes de duas semanas. E poderia demorar mais, o médico sempre a lembrava.

— Você está bem?

— Sim... mais ou menos... — Liz realmente queria falar com o marido antes de ele voltar para casa. Não queria que Jane acidentalmente a ouvisse contando a Bernie sobre Chandler Scott. — Hoje aconteceu uma coisa muito desagradável.

— Você se machucou? — Ele estava começando a parecer vovó Ruth e Liz sorriu, mas não durante muito tempo.

— Não. Recebi um telefonema de um velho amigo. Ou melhor, um velho inimigo.

Bernie pareceu intrigado e franziu as sobrancelhas. Que inimigos ela tinha? Nenhum que já tivesse mencionado. Pelo menos não que ele se lembrasse.

— Quem foi?

— Chandler Scott. — O nome foi um choque para ambos e houve um longo silêncio do outro lado da linha.

— É quem eu estou pensando? Seu ex-marido, correto?

— Se você puder chamá-lo assim. Acho que no total vivemos juntos durante quatro meses e legalmente muito menos do que isso.

— De onde ele veio?

— Provavelmente da prisão.

— Mas como ele a encontrou?

— Minha antiga senhoria. Parece que ela lhe deu o meu nome de casada e contou que vivíamos aqui. Depois disso foi fácil.

— Deve convir que ela deveria perguntar antes de dar a informação.

138

— Acho que ela não viu nenhum mal nisso. — Liz mudou de posição, inquieta no sofá. Tudo era incômodo. Sentar-se, ficar em pé, deitar-se. Até mesmo respirar estava difícil agora. O bebê parecia enorme e mexia-se constantemente.

— O que ele queria?

— Disse que queria ver Jane.

— Por quê? — Bernie pareceu horrorizado.

— Sinceramente, não acho que ele queira. Disse que queria "discutir o assunto" conosco. Que procuraria um advogado sobre seus direitos de visita, a menos que conversássemos com ele.

— Isso me parece chantagem.

— E é. Mas acho que deveríamos conversar com ele. Eu lhe disse que telefonaríamos à noite. Ele me deu um número em Marin.

— Eu falo com ele. Você fica fora disto. — Bernie pareceu preocupado enquanto olhava fixamente para sua escrivaninha. O momento escolhido era simplesmente terrível. Não era hora de Liz ter uma dor de cabeça daquelas.

— Acho que nós deveríamos conversar com um advogado. Talvez a essa altura ele não tenha mais direitos.

— Não é uma má idéia, Liz. Vou verificar isso antes de ir para casa.

— Você sabe a quem procurar?

— Temos consultores jurídicos para a loja. Vou ver o que eles sugerem. — Depois disso, desligou e Liz voltou para ver se Jane terminara seu dever de matemática. Ela estava fechando seus livros e ergueu os olhos ansiosamente para a mãe.

— Papai vai trazer um cinto novo esta noite? — Parecia esperançosa e Liz sentou-se, com um suspiro.

— Ah, querida... eu esqueci de pedir... vamos falar com ele hoje à noite.

— Mamãe... — Ela começou a chorar e Liz sentiu vontade de chorar também. De repente tudo parecia tão difícil. Naqueles dias já era bastante problemático mexer-se e colocar um pé na frente do outro. Queria tornar as coisas mais fáceis para a filha, não mais difíceis. A pobre Jane estava toda perturbada com o bebê que entraria em sua vida e mudaria tudo. Subiu no colo da mãe, querendo ser ela própria o bebê e Liz a amparou enquanto chorava. Aquilo fez com que as duas se sentissem melhor. Foram dar uma longa caminhada e compraram algumas revistas. Jane quis comprar algu-

139

mas flores para dar a Bernie quando ele chegasse em casa. Liz a deixou escolher um buquê de íris e narcisos e caminharam lentamente de volta para casa.

— Você acha que o bebê vai chegar logo? — Jane olhou para a mãe ao mesmo tempo esperançosa, temerosa e desejando que não viesse nunca. Apesar do pediatra ter dito a Liz que Jane estava numa idade boa para lidar com esse tipo de coisa. Achava que quando o bebê nascesse Jane se adaptaria rapidamente, mas Liz estava começando a preocupar-se com aquilo.

— Eu não sei, querida. Espero que sim. Estou ficando bastante cansada de estar gorda. — Elas trocaram um sorriso, enquanto caminhavam de mãos dadas.

— Você não parece tão ruim. A mãe de Kathy ficou horrível. O rosto dela ficou todo gordo, como o de um porco. — Ela fez uma careta e Liz riu. — E tinha todas aquelas coisas azuis nas pernas.

— Varizes. — Ela fora mais feliz, nunca as tivera.

— Deve ser horrível ter um bebê, né?

— Não, não é. É maravilhoso. Não sei, depois tudo vale a pena. A gente se esquece do que passou e realmente não é tão ruim. Se a gente tem um bebê com o homem que ama, é a melhor coisa do mundo.

— Você também amava meu pai? — Parecia preocupada. Era estranho ela fazer a pergunta hoje, quando Chandler Scott telefonara depois de todos estes anos e fizera Liz lembrar-se do quanto o odiara. Mas não podia contar aquilo a Jane agora e perguntou a si mesma se um dia o faria. Poderia mudar a imagem que tinha dela, pensou Liz.

— Sim. Na verdade, muito.

— Como ele morreu? — Foi a primeira vez que Jane perguntou aquilo e Liz gostaria de saber se ela ouvira alguma coisa aquela tarde. Esperava fervorosamente que não.

— Morreu num acidente.

— Acidente de carro?

Parecia tão razoável quanto qualquer outra coisa.

— Sim. Morreu instantaneamente. Não sofreu nada. — Achou que aquilo poderia ser importante para ela e era.

— Estou feliz. Deve ter sido muito triste para você.

— Foi — mentiu Liz.

— Quantos anos eu tinha? — Já estavam quase em casa e Liz sentia tanta falta de ar que mal podia falar.

140

— Apenas alguns meses, querida. — Subiram as escadas da frente e Liz abriu a porta com sua chave. Lá dentro ela se sentou à mesa da cozinha, enquanto Jane colocava as flores de Bernie num vaso e olhava para a mãe com um sorriso feliz.

— Estou tão contente por você ter se casado com papai. Agora tenho novamente um pai.

— Também estou feliz. — E ele é muito melhor do que o outro.

Jane levou as flores para o outro quarto e Liz começou a fazer o jantar. Ainda insistia em cozinhar todas as noites, assar pão, fazer as sobremesas favoritas de todos. Não sabia ao certo como se sentiria depois que o bebê nascesse, ou o quanto estaria ocupada. Era mais fácil mimá-los agora.

Insistia todos os dias naquilo. Bernie ficava ansioso por voltar para casa e comer as delícias que Liz preparava para eles. Bernie engordara quatro quilos e meio e, rindo-se, culpava a gravidez de Liz.

Naquela noite ele chegou cedo em casa, fez um grande espalhafato com as duas, agradeceu a Jane pelas flores e só demonstrou o quanto estava preocupado quando ele e Liz ficaram sozinhos, depois de Jane ter ido para a cama. Não quisera discutir o assunto antes, temendo que a criança ouvisse o que diziam. E naquele momento fechou a porta do quarto deles, do de Jane e ligou a televisão, para que ela não pudesse ouvi-los conversar. Depois virou-se para Liz, com olhos preocupados.

— Peabody, o advogado da loja, recomendou-me um homem. O nome dele é Grossman e conversei com ele esta tarde. — Também confiara nele porque Grossman era de Nova York e freqüentara a faculdade de direito de Colúmbia. — Ele diz que esse tipo de coisa não é bom. O sujeito tem direitos.

— Tem? — Liz pareceu chocada enquanto sentava-se desconfortavelmente no pé da cama deles. Sentiu novamente falta de ar. Estava realmente infeliz. — Depois de todos estes anos? Como é possível?

— Porque as leis são muito liberais neste estado, eis o motivo. — Mais do que nunca lamentava que Berman não o tivesse transferido para Nova York antes daquilo. — Aparentemente, se eu já a tivesse adotado, seria muito tarde para ele. Mas eu não o fiz. Esse foi o meu erro. Não pensei que tivéssemos de nos preocupar com a parte legal, já que ela estava usando meu sobrenome. — E agora sentia raiva de si mesmo, depois do que o advogado dissera.

— Mas e quanto a ele tê-la abandonado... abandonado a nós duas, pelo amor de Deus?

— Na verdade isso poderia nos dar ganho de causa, mas o problema é que não é automático. Depende do juiz e teria de se abrir um "processo" e o juiz teria de decidir como ele se sentia a respeito do abandono. Se ganhássemos, ótimo. E se perdêssemos poderíamos apelar da decisão dele. Mas nesse ínterim e mesmo antes do assunto ir parar pela primeira vez no tribunal, o que demoraria um pouco, o juiz lhe daria uma permissão temporária para visitas, apenas para ser "justo" com ele.

— O homem é um criminoso inveterado, pelo amor de Deus, um trapaceiro, uma cobra. — Bernie nunca vira Liz tão transtornada antes. Parecia odiar o homem e sabia que ela tinha boas razões para isso. Ele mesmo estava começando a odiá-lo. — Iriam expor uma criança a ele?

— Aparentemente sim. A suposição é de que o pai natural é um bom sujeito, até que se prove o contrário. Por isso primeiro eles o deixam visitar Jane, então nós vamos aos tribunais para contestá-lo e depois ganhamos ou perdemos. Nesse meio tempo, teríamos de explicar para ela quem Chandler é, por que a está visitando e como nos sentimos a respeito. — Ambos pareciam horrorizados, tão horrorizados como ele se sentira quando conversara naquela tarde com o advogado. Decidiu contar-lhe tudo. — E Grossman diz que há uma boa chance de perdermos. Este estado é extremamente a favor dos direitos do pai e o juiz poderia ser compreensivo com ele, não importa o quanto nós o achemos um filho da mãe. A teoria parece ser que pais têm direitos, não importa quais, a menos que maltratem seus filhos ou algo no gênero. E mesmo se ele faz isso, parece que estipulam cláusulas para proteger a criança, mas ainda permitem que o pai abusivo a veja. Não é encorajador? Oh, querida, sinto muito... nunca deveria ter lhe contado tudo isso.

— Tenho de saber, se é verdade — soluçou ela. — Não há nada que possamos fazer para nos livrarmos dele?

— Sim e não. Grossman foi honesto comigo. É ilegal subornar este sujeito, mas já se fez antes. E ele suspeita que isso é tudo que Chandler quer. Depois de sete anos, não é muito provável que esteja interessado em ensinar Jane a andar de bicicleta. Acho que provavelmente ele quer apenas alguns dólares para se sustentar até ir parar novamente na prisão. O único problema é que, se fizermos isso, ele pode aparecer de novo, de novo e de novo. Poderia ser um inferno. — Mas, por enquanto, estava inclinado a tentá-lo pelo menos uma vez e talvez aquilo os livrasse dele para sempre. Pensara nisso no caminho de volta para casa e pretendia dar a ele dez mil dólares para tirá-lo de suas vidas. Teria lhe dado mais do que isso, mas temia abrir o apetite dele. Bernie o disse a Liz, que concordou com ele.

— Que acha de telefonarmos para ele? — Queria acabar logo com aquilo. Naquela noite as contrações a estavam pondo maluca. Pôde sentir o coração disparar, enquanto entregava a Bernie o papel onde anotara o número de Chandler.

— Eu mesmo quero falar com ele. E quero que fique fora disto. Até onde você sabe, isto é apenas uma maneira de chamar novamente sua atenção e quanto menos ele ficar satisfeito, em melhor situação você ficará. — Fazia sentido e ela ficou feliz em deixar Bernie cuidar de tudo.

O telefone tocou do outro lado e Bernard mandou chamar Chandler Scott. Esperaram pelo que pareceu um longo tempo e ele segurou o aparelho de modo que Liz pudesse ouvir também, enquanto a voz masculina atendia. Queria saber se estava falando com o homem certo e Liz fez um sinal afirmativo com a cabeça.

— Sr. Scott? Meu nome é Fine.

— Hein? — E então ele entendeu. — Certo. É o marido de Liz.

— Correto. Pelo que entendi, telefonou esta tarde para tratar de um assunto de negócios. — Grossman lhe disse para não mencionar a criança ou dizer para quê era o dinheiro, para o caso de Scott estar gravando. — Tenho as conclusões sobre isso para você agora.

Scott entendeu rapidamente. Gostava de um homem que ia direto ao assunto, apesar de que fora divertido falar novamente com Liz.

— Acha que deveríamos nos encontrar todos para discutir o assunto? — Ele estava falando do mesmo modo dissimulado de Bernie, talvez com medo da polícia. Só Deus sabia no que ele estava metido agora, pensou Liz.

— Não creio que seja necessário. Meu cliente tem uma proposta para você. Dez mil dólares, por tudo. À vista, pelos seus serviços prévios. Creio que querem comprar a sua parte. — O significado

143

daquilo foi claro para todos os três e houve um longo silêncio do outro lado da linha.

— Tenho de assinar alguma coisa? — Ele pareceu cauteloso.

— Não será necessário. — Bernie teria gostado disso mas Grossman já lhe dissera que a assinatura dele não teria o menor valor.

Chandler foi direto ao assunto e deu a Bernie a impressão de estar ansioso.

— Com eu faço para apanhar? — Numa sacola de papel castanha no ponto de ônibus. Bernie quase riu, mas não era engraçado. E queria livrar-se o mais rápido possível do filho da mãe, para o bem de todos, principalmente de Liz, que não precisava de uma amolação logo antes do nascimento do filho deles.

— Ficarei feliz em levá-lo para você.

— Em dinheiro?

— É claro. — Filho da mãe. Tudo que ele queria era o dinheiro. Não ligava a mínima para Jane. Nunca se importou, exatamente como Liz lhe contara.

— Terei prazer em entregá-lo a você amanhã.

— Onde vocês moram? — Pelo menos o endereço deles não constava do catálogo de telefone e Bernie subitamente ficou contente por terem-no omitido. E estava igualmente relutante em recebê-lo em seu gabinete. Queria encontrá-lo num bar, restaurante ou na porta de algum lugar. Estava começando a parecer um filme de terceira categoria. Mas Bernie tentava pensar num lugar para o encontro.

— Eu o encontrarei no Harry's, na Union Street, na hora do almoço. Meio-dia. — O banco ficava a apenas um quarteirão. Poderia entregar o dinheiro a Chandler e depois voltar para casa para ver Liz.

— Ótimo. — Chandler Scott pareceu satisfeito, como se não tivesse nenhuma preocupação no mundo. — Eu o vejo amanhã. — Desligou rapidamente e Bernie voltou-se para Liz.

— Ele vai aceitar.

— Você acha que isso é tudo que ele quer?

— Por enquanto. Acho que para ele é muito dinheiro e neste momento não consegue enxergar nada além. O único problema, como diz Grossman, é que ele pode voltar, mas só teremos de encarar isso quando o fizer. — Não poderia custeá-lo se aquilo se tornasse um arranjo mensal. — Com alguma sorte, estaremos vivendo em

144

Nova York quando ele ficar novamente com fome e nunca nos encontrará. Acho que da próxima vez não diremos à sua antiga senhoria quando nos mudarmos, ou talvez você simplesmente devesse dizer a ela para não dar nenhuma informação. — Liz assentiu com a cabeça. Bernie estava certo. Uma vez que estivessem em Nova York, Chandler provavelmente não conseguiria achá-los. — Não queria encontrá-lo na loja porque ele sempre saberia onde nos achar. — Liz ergueu os olhos para ele, grata. Balançou a cabeça.

— Lamento tanto tê-lo metido nisto, querido. Prometo que te pagarei quando economizar o dinheiro.

— Não seja ridícula. — Ele colocou um braço ao redor dela. — Isso é apenas um detalhe e resolvemos tudo amanhã.

Ela o encarou com olhos tristes e sérios, lembrando-se da dor que Chandler Scott lhe causara. Depois sentiu um tremor percorrê-la e estendeu uma mão para Bernie.

— Você me promete uma coisa?

— Qualquer coisa que quiser. — Bernie nunca a amara tanto, enquanto sentava-se olhando para a enorme barriga.

— Se algum dia alguma coisa me acontecer, protegerá Jane dele? — Os olhos dela estavam enormes em seu rosto e Bernie franziu as sobrancelhas.

— Não diga esse tipo de coisa. — Era suficientemente judeu para ser supersticioso, não tanto quanto sua mãe, mas bastante. — Não vai acontecer nada com você. — Apesar do médico tê-lo prevenido de que as mulheres às vezes ficavam exageradamente medrosas ou até mesmo mórbidas no período final da gestação. Talvez aquilo significasse que o bebê nasceria em breve.

— Mas você me promete? Não quero que ele chegue perto dela nunca. Jure para mim... — Estava ficando agitada e ele prometeu.

— Gosto dela como se fosse minha filha, você sabe disso. Não precisa nunca se preocupar. — Mas Liz teve pesadelos enquanto deitava-se nos braços dele naquela noite. O próprio Bernie estava nervoso quando foi ao Harry's encontrar Scott com um envelope contendo notas de cem dólares. Liz dissera-lhe para procurar um homem alto, magro e de cabelos dourados. Preveniu-o de que Chandler poderia não se parecer com ninguém que ele esperasse encontrar para aquela finalidade.

— Ele se parece mais com alguém que você esperaria ver num iate ou que adoraria apresentar à sua irmã mais nova.

145

— Isto é extraordinário. Provavelmente caminharei na direção de um sujeito normal, entregarei o envelope e ele me dará um soco... ou pior ainda, o pegará e sairá correndo.

Mas enquanto ficava em pé no bar do Harry's, sentindo-se um pouco como um espião russo em missão, observando a multidão da hora do almoço chegar, imediatamente o viu, quando ele entrou. Como Liz dissera, Chandler era bonito e elegante. Usava um paletó e calças cinzas, mas quando alguém olhava mais de perto o paletó era barato, os punhos da camisa estavam puídos e os sapatos quase gastos. Seus trajes de trapaceiro estavam em péssimo estado e ele parecia um homem decadente enquanto caminhava para o bar, pedia um *Scotch* puro e o segurava com a mão trêmula, olhando para a multidão. Bernie não lhe dissera como era, por isso estava em vantagem. E tinha quase certeza de que aquela era a pessoa certa. Observou Scott conversar com o garçom do bar. Disse que acabara de voltar do Arizona. Depois de alguns minutos, com o copo já pela metade, ele o ouviu admitir que estivera preso lá. Deu de ombros, com um sorriso infantil.

— Eles que se fodam se não agüentam uma brincadeira. Inferno, passei uns poucos cheques sem fundo e o juiz ficou maluco. É bom estar de volta na Califórnia. — Foi um triste comentário sobre as leis do estado. Mais uma vez Bernie lamentou que não estivessem de volta em Nova York, enquanto finalmente decidia aproximar-se dele.

— Sr. Scott? — Ele falou com uma voz calma e se aproximou discretamente de Chandler, que estava parado com seu segundo drinque na mão. Estava obviamente muito nervoso. Vendo-o de perto, tinha os mesmos olhos azuis de Jane, mas Liz também, então era difícil dizer de quem Jane os herdara. O rosto era bonito, mas ele parecia mais velho que seus 29 anos. Tinha uma vasta cabeleira loura que lhe caía sobre os olhos. Bernie pôde facilmente descobrir porque Liz se apaixonara por ele. Possuía aquele ar inocente, infantil, que lhe tornava fácil corromper as pessoas e fazê-las envolver-se em suas trapaças. Estivera enganando-as desde os 18 anos e suas freqüentes prisões não pareciam fazê-lo parar. Mas ele ainda tinha o ar ingênuo de um garoto do Meio-Oeste. Dava para perceber como um dia ele deveria ter tentado dar-se uma aura de bem-nascido apesar de agora parecer estar em decadência. Olhou para Bernie com olhos nervosos e ávidos, no momento em que falou.

— Sim? — Ele sorriu, mas apenas a boca se mexeu. Seus olhos eram frios como gelo e eles examinaram Bernie.

— Meu nome é Fine. — Sabia que era tudo que tinha a dizer.

— Ótimo. — Chandler sorriu, radiante. — Trouxe alguma coisa para mim?

Bernie fez um sinal afirmativo com a cabeça, mas não se apressou a entregar o envelope, enquanto os olhos de Chandler Scott registravam cada detalhe das roupas que usava.

— Sim. — Os olhos então vislumbraram seu relógio, mas ele tomara o cuidado de não usar um Patek Philippe nem mesmo o seu Rolex. Usava um relógio que seu pai lhe dera há anos, quando estava na faculdade de comércio, mas mesmo esse não era barato e Scott sabia. Suspeitou que esbarrara com um homem importante.

— Parece que desta vez a pequena Liz encontrou um ótimo marido.

Bernie não fez nenhum comentário. Tirou silenciosamente o envelope do bolso interno do paletó.

— Creio que é isso que você quer. Pode contar. Está tudo aí.

Durante uma fração de segundo ele olhou de relance para Bernie.

— Como vou saber que são verdadeiras?

— Está falando sério? — Bernie estava chocado. — Onde afinal você pensa que eu conseguiria dinheiro falso?

— Isso já foi feito antes.

— Leve para o banco e faça-os dar uma olhada. Esperarei aqui. — Bernie não quis parecer preocupado. Scott não dava a impressão de que ia a lugar algum enquanto folheava com o polegar as notas de cem dólares dentro do envelope. Estava tudo lá. Dez mil dólares. — Quero deixar uma coisa bem clara antes de você ir. Não volte mais. Da próxima vez não lhe daremos nem um centavo. Está claro?

Seus olhos cravaram-se nos de Chandler e o louro bonito sorriu.

— Entendi a mensagem. — Terminou seu drinque, pousou o copo, escorregou o envelope para dentro de seu paletó e olhou uma última vez para Bernie. — Dê lembranças a Liz. Sinto não tê-la visto. — Bernie sentiu vontade de dar um soco no estômago dele, mas sentou-se em silêncio. Era curioso ele não ter mencionado Jane nem uma vez desde que tinham se encontrado. Ele a vendera por dez mil dólares. Com um aceno casual para o garçom, saiu a passos largos

147

do restaurante e dobrou vagarosamente a esquina, enquanto Bernie ficava sentado tremendo no bar. Nem mesmo queria o drinque. Desejava apenas ir para casa encontrar Liz e certificar-se de que ela estava bem. Tinha um certo receio de que, apesar do acordo, Chandler aparecesse para incomodar Liz ou tentar ver Jane. Mas achava difícil acreditar que Chandler se importava com a criança. Não mostrara absolutamente nenhum interesse nela.

Bernie precipitou-se para fora, entrou novamente no carro e dirigiu para Buchanan e Vallejo. Deixou o automóvel em frente à garagem e subiu correndo as escadas íngremes. Sentia-se perturbado pelo encontro e não entendia bem por quê, mas tudo que sabia era que tinha de ver Liz. Lutou com a chave e a princípio pensou que não havia ninguém em casa, mas, quando olhou para a cozinha, pôde vê-la. Estava afastando os cabelos dos olhos e preparando mais guloseimas para ele e Jane.

— Olá. — Seu rosto irrompeu num sorriso fleumático. Estava tão aliviado em vê-la que poderia ter chorado. Liz sentou-se pesadamente numa cadeira e sorriu para ele. Parecia uma princesa num conto de fadas, exceto pela enorme barriga.

— Olá, querido. — Bernie tocou gentilmente seu rosto e ela apoiou a cabeça nele. Estivera preocupada com o marido durante toda a manhã, sentindo-se culpada pelo aborrecimento e despesa que lhe causara.

— Correu tudo bem?

— Otimamente. E ele era exatamente como você disse. Desconfio de que precisava urgentemente de dinheiro.

— Se isso é verdade, logo vai voltar para a prisão. Aquele homem fez mais trapaças e coisas sujas do que alguém possa imaginar.

— Para que ele precisa do dinheiro?

— Para sobreviver, eu acho. Simplesmente nunca soube se sustentar de outro modo. Eu costumava pensar que se ele canalizasse tanto esforço para alguma coisa honesta, a essa altura seria o diretor da General Motors. — Bernie sorriu. — Ele disse alguma coisa sobre Jane?

— Nenhuma palavra. Apenas pegou o dinheiro e se mandou, como diz o ditado.

— Ótimo. E espero que não volte nunca mais. — Ela deixou escapar um suspiro de alívio e sorriu para Bernie. Sentia-se tão grata por tê-lo, principalmente depois dos tempos difíceis que passara antes dele. Nunca se esquecia de como era feliz agora.

— Eu também, Liz. — Mas não estava convencido de que haviam se livrado de Chandler Scott. Ele era decididamente muito esperto e estava alegre demais. Mas não o disse a Liz. Ela tinha muito com que se preocupar. Também desejava propor adotar Jane agora, mas não queria sobrecarregá-la com nada até o bebê nascer. Liz andava a maior parte do tempo muito cansada e inquieta. — Seja como for, simplesmente tire isso da cabeça. Terminou tudo, acabou, adeus. Como está nosso amiguinho? — Esfregou a barriga dela, como se fosse um Buda. Liz riu.

— Ele certamente chuta muito. Parece que vai vir a qualquer minuto. — O bebê estava ficando tão pesado e baixo que agora mal podia andar. Bernie não teria ousado tentar fazer amor com ela. Comprimindo-se a pélvis dela podia-se sentir a cabeça do bebê. Liz dizia que a sentia constantemente, apertando a bexiga. De fato, naquela noite ela teve várias dores agudas e Bernie a fez telefonar para o médico. Mas o médico não ficou impressionado com o que Liz disse e eles voltaram para a cama pelo resto da noite, apesar dela não conseguir dormir.

As próximas três semanas se arrastaram. Dez dias depois da data prevista, Liz estava tão exausta que se sentou e chorou quando Jane não comeu o jantar.

— Está bem, querida. — Bernie se oferecera para sair com elas mas Jane estava resfriada e Liz cansada demais. Não queria mais vestir roupas sofisticadas e seus quadris doíam constantemente. Naquela noite Bernie leu uma história para Jane e, no dia seguinte, ele mesmo a levou à escola, dispensando a condução escolar. Acabara de entrar em seu gabinete quando sua secretária o chamou pelo interfone, enquanto ele dava uma olhadela em alguns relatórios de Nova York sobre o volume de vendas de março, que era notável

— Sim?

— É a sra. Fine na linha quatro.

— Obrigado, Irene. — Bernie pegou a linha, ainda examinando os relatórios e perguntando-se por que ela telefonara. — O que é, querida? — Não achava que tivesse esquecido nada em casa. Perguntou a si mesmo se o resfriado de Jane piorara e se Liz queria que ele a buscasse na escola agora. — Está tudo bem?

Ela deu uma risadinha, o que representava uma grande mudança no humor em que ele a deixara, naquela manhã. Estivera distraída, mal-humorada e reagira agressivamente quando ele sugerira que saíssem aquela noite para jantar. Mas compreendeu o quanto se sentia nervosa e não ficou aborrecido quando Liz gritou com ele.

— Tudo está simplesmente ótimo. — Ela subitamente pareceu excitada e feliz.

— Bem, você certamente parece animada. Há alguma coisa de especial acontecendo?

— Talvez.

— O que isso quer dizer? — Subitamente ele ligou as antenas.

— Minha bolsa d'água acabou de estourar.

— Aleluia! Vou imediatamente para casa.

— Não é preciso, nada de mais importante aconteceu ainda, apenas algumas contrações fracas. — Mas ela parecia tão vitoriosa que Bernie não poderia ficar de fora. Tinham esperado nove meses e meio por isto e queria estar lá com ela.

— Já chamou o médico?

— Sim. Ele me disse para telefonar-lhe quando as coisas começarem a acontecer.

— Quanto tempo ele acha que vai demorar?

— Lembre-se do que disseram na aula. Pode demorar uma hora e meia a partir de agora, ou talvez até amanhã de manhã. Mas também pode ser logo.

— Estarei aí em alguns minutos. Quer alguma coisa?

Ela sorriu ao telefone.

— Apenas meu querido... sinto ter sido tão horrível durante estas últimas semanas... é que simplesmente estava me sentindo péssima. — Ainda não contara a ele como suas costas e quadris doíam o tempo todo.

— Sei disso. Não se preocupe, garota. Está quase terminando.

— Mal posso esperar para ver o bebê. — Mas subitamente também se sentia amedrontada. Quando Bernie voltou para casa, encontrou-a muito tensa, por isso esfregou suas costas e conversou com ela enquanto Liz tomava banho. E o chuveiro pareceu precipitar as coisas. Mais tarde ela sentou-se com um olhar sério e estremeceu quando teve as primeiras contrações fortes. Bernie a fez respirar e tirou do pulso seu relógio favorito enquanto media o intervalo de tempo entre elas. — Você tem de usar esta coisa? — Liz estava ficando novamente mal-humorada, mas ambos sabiam por quê, pelo que tinham aprendido na aula. Estava pro-

150

vavelmente entrando em trabalho de parto. — Por que você tem de usar este relógio? É tão espalhafatoso. — Bernie sorriu consigo mesmo, sabendo que ela estava chegando perto. Sua irritabilidade o revelava.

Bernie telefonou para Tracy na escola e pediu-lhe que, naquela tarde, levasse Jane para casa com ela. Tracy ficou excitada ao ouvir que Liz estava em trabalho de parto. Perto de uma hora as contrações eram mais fortes e vinham a intervalos menores. Liz mal conseguia tomar fôlego entre elas. Era definitivamente hora de ir. Quando chegaram no hospital, o médico os esperava. Bernie empurrou Liz numa cadeira de rodas enquanto uma enfermeira caminhava atrás deles. Liz fazia sinal para ele parar todas as vezes em que tinha uma contração. De repente começou a acenar freneticamente, sem conseguir respirar, enquanto uma contração tornava-se duas, depois três e quatro, sem cessar. Começou a chorar quando, na sala de parto, eles a ajudaram a sair da cadeira de rodas e a subir na cama. Bernie a ajudou a tirar as roupas.

— Está tudo bem, garota... está tudo bem... — Subitamente ele não sentia mais medo. Não podia imaginar outro lugar para estar que não fosse com ela, enquanto o bebê deles chegava. Quando a próxima contração veio, Liz deixou escapar um grito horripilante e um pior ainda quando o médico a examinou. Bernie segurou suas mãos e disse-lhe para respirar, mas era difícil para ela concentrar-se. Estava perdendo o controle enquanto o médico a olhava, satisfeito com seu progresso.

— Você está indo bem, Liz. — Ele era um homem bondoso com cabelos grisalhos e olhos azuis. Bernie e Liz tinham gostado dele desde o princípio. Exalava competência e simpatia... como o fazia agora. Mas Liz não o ouvia. Apertava o braço de Bernie e gritava a cada contração. — Está com oito centímetros de dilatação... faltam mais dois... e pode começar a fazer força.

— Não quero fazer força... quero ir para casa... — Bernie sorriu para o médico e insistiu em que ela praticasse a respiração. E os próximos dois centímetros vieram mais depressa que o médico esperava. Perto das quatro horas ela estava na sala de parto fazendo força. Haviam se passado oito horas desde que o trabalho de parto começara, o que para Bernie não parecia muito. Conversava com Liz e repetidamente a acalmava, mas para ela parecia uma eternidade, enquanto as dores continuavam a dilacerá-la. — Não agüento

151

mais! — Ela subitamente gritou, recusando-se a continuar a praticar a respiração. Mas agora colocavam suas pernas nos estribos e o médico falava sobre fazerem uma episiotomia. — Não me importa o que o senhor faça... apenas tire esse bebê de dentro de mim... — Agora ela soluçava como uma criança. Bernie sentiu um nó na garganta ao observá-la. Não podia agüentar vê-la continuar a contorcer-se de dor. A respiração não parecia ajudá-la em nada, mas o médico não dava a impressão de estar preocupado.

— Não pode lhe dar alguma coisa? — Bernie sussurrou e o médico balançou a cabeça, enquanto as enfermeiras começavam a correr para todos os lados e duas mulheres com roupas cirúrgicas verdes entravam empurrando um berço de vime com uma lâmpada. Subitamente tudo tornou-se real. O berço era para o bebê. Ele estava chegando e Bernie inclinou-se para perto do ouvido de Liz e a encorajou a respirar e depois fazer força quando o médico ordenasse.

— Eu não posso... não posso... dói demais... — Ela não podia agüentar muito mais. Bernie ficou espantado quando olhou para o relógio e viu que passavam de seis horas. Ela estivera fazendo força durante mais de duas horas.

— Vamos. — Desta vez o médico foi firme. — Empurre com mais força... vamos, Liz! Novamente... Agora!... Isso mesmo... isso mesmo... vamos... a cabeça está aparecendo... está passando... vamos! — Então, junto com o grito de angústia de Liz, subitamente ouviu-se outro mais fraco. Bernie olhou atentamente enquanto a cabeça do bebê saía de entre as pernas de Liz para as mãos do médico. Escorou os ombros de Liz para que ela pudesse observar e fazer novamente força. Subitamente ele estava lá. O filho deles. Liz chorava e ria e Bernie a beijava e chorava também. Era uma celebração da vida, e, exatamente como haviam prometido, a dor estava quase esquecida. Assim que a placenta saiu o médico cortou o cordão umbilical e entregou a Bernie seu filho. Liz observava, tremendo e sorrindo na mesa de parto, enquanto a enfermeira assegurava-lhe que o tremor também era uma reação normal. Eles a limparam ao mesmo tempo em que Bernie segurava o rosto do bebê perto do dela. Liz beijou a bochecha acetinada do filho.

— Qual é o nome dele? — O médico sorriu para ambos enquanto Bernie também sorria, radiante, e Liz continuava a tocar o bebê, maravilhada.

Trocaram um olhar e Liz disse o nome do filho pela primeira vez.

— Alexander Arthur Fine.

— Arthur foi o meu avô — explicou Bernie. Nenhum deles era maluco pelo segundo nome do bebê, mas Bernie prometera à sua mãe. — Alexander A. Fine — repetiu ele e inclinou-se, com o bebê nos braços, para beijar sua mulher, as lágrimas deles misturando-se enquanto se beijavam e o bebê dormia feliz no colo de Bernie.

Capítulo 16

A chegada de Alexander Arthur Fine provocou um alvoroço sem precedentes na história recente da família. Os pais de Bernie chegaram carregando sacolas de compras cheias de presentes e brinquedos — para Jane, Liz e o bebê. Vovó Ruth tomou especial cuidado para não negligenciar Jane. Fez uma enorme farra com ela, pelo que ele e Liz ficaram gratos.

— Você sabe, às vezes justamente quando chego à conclusão de que não posso suportá-la, minha mãe faz alguma coisa tão bonita que não consigo acreditar que é a mesma mulher que sempre me pôs maluco.

Liz sorriu para ele. Estavam ainda mais próximos agora que tinham compartilhado do nascimento de Alexander. Ambos ainda estavam perturbados pela experiência.

— Talvez Jane diga isso de mim um dia.

— Eu não creio.

— Gostaria de ter certeza. — Liz riu novamente dele. — Não estou certa de estar livre disso... acho que uma mãe é sempre uma mãe...

— Nunca sinta medo. Não vou deixar você... — Ele deu um tapinha nas costas de Alexander que dormia no peito da mãe depois dela tê-lo amamentado. — Não se preocupe, garoto, se ela revelar alguns sinais precoces eu farei o diabo por você. — Mas Bernie inclinou-se para beijá-la enquanto Liz se sentava confortavelmente na cama deles, com um brilhante roupão de cetim azul que a mãe dele trouxera.

— Ela me estraga com mimos, você sabe.

— Está certa. Você é sua única filha. — E ela dera a Liz o anel que Lou tinha lhe dado quando Bernie nasceu, há 36 anos. Era uma esmeralda contornada por pequenos e perfeitos brilhantes. E ambos tinham se sensibilizado pela importância do gesto.

Os pais de Bernie ficaram três semanas, novamente no Huntington. Ruth a ajudou todos os dias com o bebê, enquanto Jane estava na escola. Na parte da tarde saía com a garota para programas especiais e aventuras secretas. Foi um enorme alívio para Liz, que não tinha ninguém para ajudá-la e recusara-se a deixar que Bernie contratasse alguém. Queria ela mesma tomar conta do bebê e sempre limpara a própria casa e fizera sua própria comida.

— Não toleraria ter outra pessoa fazendo isso para mim. — Foi tão irredutível a respeito daquilo que ele concordou. Mas percebeu que ela não estava realmente recuperando suas forças. E sua mãe disse-lhe o mesmo antes de partir para Nova York.

— Não creio que ela devesse amamentar o bebê. Exige muito dela. Está simplesmente exausta. — O médico a prevenira de que aquilo aconteceria e Liz não se impressionou quando Bernie lhe disse que achava que ela se recuperaria mais depressa se desistisse de amamentar.

— Você é igualzinho a sua mãe. — Ela o olhou da cama, carrancudamente. Depois de quatro semanas, ainda ficava a maior parte do dia na cama. — A amamentação faz toda a diferença do mundo para o bebê. Adquirem todas as imunidades de que precisam... — Ela recitou-lhe os lemas dos entusiastas da amamentação, mas Bernie ainda não estava convencido. Sua mãe o preocupara ao mencionar como Liz estava cansada e questionando se aquilo era ou não normal.

— Não seja tão californiana.

— Trate de sua própria vida. — Liz riu dele e não quis ouvir falar em desistir de amamentar o bebê. A única coisa que realmente a incomodava era que seus quadris ainda doíam, o que a surpreendia.

Bernie foi para Nova York e Europa em maio, depois que seus pais partiram. Liz estava cansada demais para acompanhá-lo e recusou-se a se afastar do bebê. Mas Bernie ficou aborrecido quando a encontrou igualmente exausta assim que voltou e ainda mais em Stinson Beach, naquele verão. E achou que ela estava andando com dificuldade, mas Liz não o admitiria para ele ou o médico.

— Acho que você deve voltar ao médico, Liz. — Ele começava a insistir. Alexander estava com quatro meses. Era um bebê robusto, com os olhos verdes do pai e os cachos de cabelos dourados da mãe. Mas Liz estava pálida e abatida, mesmo depois de dois meses na praia. A gota d'água foi quando ela recusou-se a acompanhá-lo à estréia da ópera. Disse que dava muito trabalho ir e escolher um vestido e que, seja como for, não tinha tempo. Precisava começar novamente a lecionar em setembro. Mas Bernie soube exatamente o quanto ela estava exausta quando a ouviu combinar com Tracy para substituí-la durante meio período até que se sentisse melhor.

— O que quer dizer tudo isso? Você não quer ir à cidade para escolher um vestido e não vai comigo à Europa no próximo mês. — Liz recusara aquilo também apesar dele saber o quanto ela adorara Paris quando foi com ele. — E agora só quer trabalhar meio período. O que está acontecendo afinal? — Ele estava assustado e, naquela noite, telefonou para o pai. — O que você acha que é, papai?

— Eu não sei. Ela foi ao médico?

— Não quer ir. Diz que é normal as mães que amamentam viverem cansadas. Mas, pelo amor de Deus, o bebê está com quase cinco meses e ela se recusa a desmamá-lo!

— Talvez tenha de fazer isso. Pode ser que esteja apenas anêmica. — Era uma solução simples para o problema. Bernie sentiu-se aliviado depois de ter falado com o pai, mas insistiu em que assim mesmo ela procurasse o médico. Começava secretamente a perguntar-se se ela não estaria grávida. Fingindo resmungar o tempo todo, ela marcou uma hora para a semana seguinte, mas seu obstetra não encontrou nada de errado ginecologicamente com ela. Pelo menos não estava novamente grávida. Ele a enviou a um clínico para exames de rotina. Um eletrocardiograma, alguns exames de sangue, um raio X e o que mais ele achou que era indicado. Liz tinha uma hora com o clínico às três da tarde e Bernie estava imensamente aliviado por ela ir. Dentro de poucas semanas ele partiria para a Europa e antes disso queria saber o que estava acontecendo. Se os médicos de San Francisco não conseguissem descobrir ele a levaria a Nova York, a deixaria com o pai e veria se ele conseguiria encontrar alguém que descobrisse o que estava errado com ela.

O clínico que a examinou pareceu achar que ela estava bem. Fez vários exames de rotina. A pressão sangüínea estava boa e o eletrocardiograma parecia bom. Como a contagem sangüínea estava baixa ele procedeu a mais alguns testes elaborados e, quando auscultou o peito dela, suspeitou que poderia tratar-se de um caso brando de pleurisia.

— E isso é provavelmente o que a está fazendo sentir-se cansada. — Ele sorriu. Era um nórdico alto de mãos grandes e voz grossa

156

e Liz sentia-se à vontade com ele. Ele a enviou a um laboratório para tirar um raio X do peito. Às cinco e meia ela voltou para casa e beijou Bernie, que lia uma história para Jane enquanto esperavam por ela. Naquela tarde Liz deixara as duas crianças com uma *babysitter*, o que era raro nela.

— Está vendo... eu estou bem... eu lhe disse.

— Então como é que anda tão cansada?

— Pleurisia. Ele me mandou tirar um raio X do peito apenas para certificar-se de que não tenho alguma doença esquisita. Fora isso estou ótima.

— E cansada demais para ir à Europa comigo. — Ele ainda não estava convencido. — Seja como for, qual é o nome desse sujeito?

— Por quê? — Ela o olhou desconfiada. O que ele iria fazer agora? O que mais esperava que ela fizesse?

— Eu quero que meu pai se informe sobre ele.

— Oh, pelo amor de Deus... — O bebê estava chorando para mamar e ela foi para o quarto buscá-lo enquanto Bernie preenchia o cheque para a *babysitter*. Alexander era gordo, louro, lindo e tinha olhos verdes. Emitiu um guincho de prazer no minuto em que Liz se aproximou e refugiou-se contente no seio dela dando-lhe tapinhas com uma mão enquanto Liz o segurava perto de si. E mais tarde, quando o colocou novamente para dormir, ela saiu do quarto na ponta dos pés e encontrou o marido de pé lá, esperando-a. Ela sorriu e tocou a bochecha de Bernie, erguendo os olhos para ele. — Não se preocupe tanto, querido — sussurrou-lhe. — Está tudo bem.

Ele a tomou nos braços e a apertou fortemente.

— É como eu quero que esteja. — Jane estava brincando em seu quarto e o bebê dormia. Bernie olhou para a mulher mas ela parecia pálida demais. Havia círculos debaixo dos olhos dela que nunca sumiam e estava muito, muito magra. Bernie desejava acreditar que tudo estava bem, mas um medo insistente dentro dele continuava a dizer-lhe que não. Abraçou-a durante um longo tempo. Depois ela foi fazer o jantar e ele brincou com Jane. Naquela noite, enquanto ela dormia, Bernie a olhou temerosamente. E quando o bebê acordou, às quatro horas, ele não a despertou, preparou uma das mamadeiras com o suplemento que Alexander tomava e o segurou junto a si.

Alexander ficou satisfeito com a mamadeira e arrulhou alegre-

157

mente nos braços do pai enquanto ele sorria para a criança, trocava suas fraldas e depois o deitava novamente. Estava tornando-se perito nesse tipo de coisa. Naquela manhã foi ele quem atendeu o telefone quando o dr. Johanssen ligou. Liz ainda estava dormindo.

— Alô?

— A sra. Fine, por favor. — A voz não era rude, mas lacônica. Bernie foi despertá-la.

— É para você.

— Quem é? — Ela o olhou sonolentamente. Eram nove horas de uma manhã de sábado.

— Não sei. Ele não disse. — Mas Bernie desconfiou que era o médico e aquilo o assustou, enquanto Liz via o medo em seus olhos.

— Um homem? Para mim?

O homem rapidamente identificou-se e pediu-lhe que fosse às dez horas. Era o dr. Johanssen.

— Há alguma coisa errada? — perguntou ela, olhando de relance para o marido.

Mas o médico demorou muito para responder. Não podia ser. Ela andava cansada, mas não tão cansada. Olhou involuntariamente de relance para Bernie e poderia ter se beliscado para acreditar.

— Não pode esperar um pouco? — Mas Bernie estava fazendo um sinal negativo com a cabeça.

— Não creio que deva, sra. Fine. Por que a senhora e seu marido não vêm ver-me daqui a pouco? — Ele parecia calmo demais e aquilo a assustou. Liz desligou o telefone e tentou não levar aquilo a sério, por amor a Bernie.

— Meu Deus, ele age como se eu tivesse sífilis.

— O que ele disse que é?

— Ele não disse. Apenas falou para irmos dentro de uma hora.

— Está bem, nós iremos. — Ele pareceu apavorado, embora tentasse disfarçá-lo. Telefonou para Tracy enquanto Liz se vestia. Tracy disse que terminaria em meia hora. Estivera trabalhando um pouco no jardim e estava numa bagunça, mas ficaria feliz em sentar-se com as crianças durante uma hora ou duas. Pareceu tão preocupada quanto Bernie mas, quando chegou, não fez nenhuma pergunta. Foi animada e eficiente enquanto os apressava.

Eles mal se falaram durante todo o trajeto para o hospital, onde iriam encontrar o médico. Acharam facilmente o consultório. Quando entraram, ele tinha duas radiografias presas a uma caixa

158

luminosa. Sorriu para eles, mas, por alguma razão, o sorriso não foi suficientemente animador. De repente, sentindo um aperto de pânico na garganta, Liz desejou sair correndo e não ouvir o que ele tinha a dizer-lhes.

Bernie apresentou-se e o dr. Johanssen pediu que se sentassem. Hesitou durante apenas um segundo e então falou sem rodeios. Era sério. Liz estava apavorada.

— Quando eu a vi ontem, sra. Fine, pensei que tinha pleurisia. Um caso brando, talvez. Hoje quero discutir isso com vocês — Ele girou a cadeira e indicou com a ponta de uma caneta as duas manchas nos pulmões dela. — Não gosto do aspecto destas. — Ele foi honesto com ela.

— O que significam? — Ela mal conseguia tomar fôlego.

— Não sei com certeza. Mas gostaria de reconsiderar outro sintoma que mencionou ontem. A dor em seus quadris.

— O que isso tem a ver com os meus pulmões?

— Acho que um exame minucioso dos ossos poderá nos dizer mais do que desejamos saber. — Explicou-lhes o procedimento e já providenciara as coisas para ela no hospital. Era um exame simples, envolvendo uma injeção de isótopos radioativos para revelar lesões no esqueleto.

— O senhor acha que é isso? — Ela estava se sentindo aterrorizada e confusa e não estava certa de que queria saber. Mas era preciso.

— Não tenho certeza. As manchas em seus pulmões podem indicar um problema noutra parte de seu organismo.

Ela mal pôde pensar durante todo o caminho para o hospital, apertando distraidamente a mão de Bernie. Tudo que ele queria era afastar-se dela e telefonar para o pai, mas não havia nenhum meio de poder deixá-la. Estava com ela quando administraram a injeção Liz estava cinza e apavorada e foi apenas moderadamente doloro so. Mas aterrador quando eles se sentaram e esperaram que o médico conversasse com eles sobre suas descobertas.

E as descobertas dele foram profundamente deprimentes. Acreditavam que Liz tinha osteossarcoma — câncer do osso — e que já se disseminara por metástase para os pulmões. Aquilo explicava a dor que ela sentira nas costas e quadris durante o último ano e a freqüente falta de ar. Mas tudo fora atribuído à gravidez. E, ao invés disso, ela tinha câncer. Uma biópsia teria de confirmá-lo, ex-

159

plicaram os médicos, enquanto Liz e Bernie apertavam-se as mãos e lágrimas rolavam por suas faces. Ela ainda estava usando a roupa verde do hospital quando Bernie a tomou nos braços e a abraçou com uma sensação de desespero.

Capítulo 17

— Eu não ligo a mínima! Eu *não vou* fazer isso! — Ela estava quase histérica.

— *Escute-me!* — Ele a estava sacudindo e ambos choravam enquanto caminhavam. — Quero que vá comigo a Nova York... — Ele tentou lutar por manter-se calmo... tinham de ser sensatos... câncer nem sempre tinha de significar o fim... seja como for, o que este sujeito sabia?... Ele próprio recomendara que fossem a quatro outros especialistas. Um ortopedista, um pneumologista, um cirurgião e um oncologista. Recomendara uma biópsia, talvez seguida de cirurgia e depois radiação ou quimioterapia, dependendo do conselho dos outros médicos. Admitira que ele próprio sabia muito pouco sobre isso.

— Eu não farei quimioterapia. É horrível. Os cabelos caem, eu vou morrer.. vou morrer... — Ela soluçava nos braços dele e Bernie sentia-se como se tivesse levado um soco no estômago. Ambos precisavam se acalmar. *Tinham* de se acalmar.

— Você não vai morrer. Vamos lutar contra esta coisa. Agora acalme-se, droga, e escute-me! Quando eu for levaremos as crianças conosco para Nova York e você poderá ir ao melhor médico de lá.

— O que eles vão fazer comigo? Não quero quimioterapia.

— Apenas escute-os. Ninguém disse que você tinha de fazer isso. Este sujeito não sabe com certeza do que você precisa. Como você sabe, tem artrite e ele pensa que é câncer. — Seja como for, teria sido bom acreditar nisso.

Mas não foi o que o pneumologista ou o ortopedista disseram. Ou o cirurgião. Queriam fazer uma biópsia. E quando Bernie fez o pai telefonar-lhes, Lou disse para irem em frente. De qualquer modo, os médicos de Nova York iriam querer aquela informação. E a biópsia lhes disse que Johanssen estava certo. Era osteossarcoma. Mas as

161

notícias eram ainda piores que essa. Dada à natureza das células que encontraram e à extensão do câncer que agora descobriram estar disseminado por metástase para os dois pulmões, não fazia sentido operar. Sugeriram uma breve e intensa radiação, seguida de quimioterapia logo que possível. E Liz sentiu-se como se tivesse mergulhado num pesadelo e não conseguisse acordar. Não disseram nada a Jane, exceto que a mamãe não estava se sentindo muito bem depois do bebê nascer e que os médicos queriam fazer alguns exames. Não tinham a menor idéia de como contar-lhe o que descobriram.

Depois que o resultado da biópsia chegou, Bernie ficou acordado até tarde conversando com Liz, enquanto ela sentava-se na cama hospitalar com esparadrapos sobre os dois seios, onde as biópsias foram feitas. E agora ela não tinha escolha, precisava parar de amamentar o bebê. Alexander chorava em casa e ela estava no hospital, chorando nos braços de Bernie, tentando expressar a tristeza que sentia, a culpa, o remorso e o terror.

— Eu sinto... sinto como se fosse envenená-lo se o amamentasse agora... isso não é terrível? Pense no que eu tenho lhe dado este tempo todo.

Bernie disse o que de qualquer modo ambos sabiam.

— Câncer não é contagioso.

— Como é que você sabe? Como é que sabe que eu não o peguei de alguém na rua... algum louco e maldito germe que invadiu meu corpo... ou no hospital quando tive o bebê... — Assoou o nariz e olhou para ele. Nenhum dos dois podia acreditar na gravidade da situação. Era uma coisa que acontecia com outras pessoas, não com gente como eles, com uma criança de sete anos e um bebê.

Nessa época Bernie telefonava cinco vezes por dia para o pai, que já tinha tudo preparado para Liz em Nova York. Falou novamente com ele na manhã seguinte, antes de ir buscá-la no hospital.

— Eles a verão logo que você a trouxer. — Lou parecia sério e Ruth chorava a seu lado.

— Ótimo. — Bernie tentou fingir para si mesmo que teriam boas notícias, mas estava assustado. — Eles são os melhores?

— Sim. — O pai dele estava muito contido. Sofria pelo seu único filho e a garota que ele amava. — Bernie... não vai ser fácil... eu mesmo conversei com Johanssen ontem. Parece estar bastante disseminado por metástase. — Era uma palavra que ele odiava. Mas aquilo era novo para Bernie. — Ela está sofrendo?

— Não. Apenas se sente muito cansada.

— Dê-lhe o nosso carinho. — Ela precisava disso. E das preces deles. Quando desligou o telefone, Bernie viu Jane em pé na porta do quarto.

— O que está errado com a mamãe?

— Ela... ela está apenas muito cansada, querida. Como nós lhe dissemos ontem. Ter o bebê simplesmente a derrubou. — Ele sorriu, engolindo um grande nó na garganta, mas de qualquer modo colocou um braço ao redor dela. — Ela estará bem.

— As pessoas não vão para o hospital porque estão cansadas.

— Às vezes sim. — Ele deu-lhe um sorriso jovial e um beijo na ponta do nariz. — Mamãe virá para casa hoje. — Ele tomou fôlego. Era hora de prepará-la. — E na próxima semana iremos todos visitar vovó e vovô em Nova York. Não vai ser divertido?

— A mamãe vai para o hospital de novo? — Ela sabia demais. Estivera escutando. Bernie podia senti-lo, mas não enfrentá-lo.

— Talvez. Apenas por um dia ou dois.

— Por quê? — Os lábios dela tremeram e seus olhos encheram-se de lágrimas. — O que é que ela tem? — Foi um triste gemido, como se alguma coisa dentro dela soubesse exatamente o quanto a mãe estava doente.

— Nós apenas temos de amá-la muito — disse Bernie, ele próprio chorando enquanto abraçava a criança. As lágrimas penetravam em sua barba. — Muito, muito, querida...

— Eu a amo.

— Eu sei que sim. Eu também. — Ela o viu chorando e enxugou os olhos dele com sua mãozinha. Foi um toque suave como um pousar de borboletas em sua barba.

— Você é um pai maravilhoso. — Aquilo trouxe novamente as lágrimas aos olhos dele e Bernie a abraçou durante um tempo muito longo. Foi bom para ambos. Naquela tarde compartilhavam de um segredo especial quando ele a apanhou. Um segredo repleto de união, amor e coragem. Jane esperava no carro com um ramalhete de adoráveis rosas cor-de-rosa. Liz abraçou-se a ela durante todo o caminho para casa, enquanto a filha e o marido lhe contavam todas as coisas engraçadas que Alexander fizera naquela manhã. Era como se ambos soubessem que tinham de ajudá-la agora, que tinham de mantê-la viva com seu amor, brincadeiras e histórias engraçadas. Era um laço que os unia ainda mais do que antes e uma terrível responsabilidade.

163

Liz entrou no quarto do bebê. Alexander acordou e deixou escapar um grito de êxtase quando a viu. Jogou as perninhas para o alto e agitou os braços. Liz o apanhou e estremeceu quando ele bateu no local das biópsias.

— Você vai dar de mamar a ele, mamãe? — Jane estava em pé na porta, observando-a, os grandes olhos azuis arregalados e preocupados.

— Não. — Liz balançou tristemente a cabeça. — Ainda tinha o leite que ele desejava mas não ousava continuar a amamentá-lo, não importa o que eles dissessem. — Ele é um garotão agora. Não é, Alex? — Liz tentou lutar contra as lágrimas que assim mesmo vieram enquanto segurava o bebê e dava as costas à Jane para que ela não pudesse vê-las. A menina voltou silenciosamente para o quarto e sentou-se segurando sua boneca, olhando para fora da janela.

Bernie estava na cozinha fazendo o jantar com Tracy. A porta estava fechada e a torneira aberta. E ele chorava com um pano de pratos no rosto. Tracy de vez em quando dava tapinhas em seu ombro. Ela própria chorara quando Liz lhe contara, mas agora sentia que tinha de ter forças para Bernie e a criança.

— Posso te trazer uma bebida? — Ele sacudiu a cabeça e Tracy tocou novamente seu ombro, enquanto Bernie tomava um profundo fôlego e erguia os olhos para a amiga.

— O que vamos fazer por ela? — Ele se sentia tão indefeso, enquanto as lágrimas rolavam por suas faces.

— Tudo que pudermos — respondeu Tracy. — E talvez haja um milagre. Às vezes isso acontece. — O oncologista também o dissera, talvez porque não tivesse muito mais para oferecer. Falara com eles sobre Deus, milagres e quimioterapia... e Liz novamente insistira em afirmar que não a queria.

— Ela não quer fazer quimioterapia. — Bernie estava desesperado e sabia que tinha de readquirir o domínio de si mesmo. Era apenas o choque. A inacreditável brutalidade do golpe que fora desferido contra eles.

— Pode culpá-la por isso? — Tracy o olhou enquanto fazia a salada.

— Não... mas às vezes funciona... pelo menos por um tempo.

— O que eles queriam, Johanssen dissera, era uma regressão. Uma longa regressão. Que durasse cinqüenta anos talvez, ou dez, vinte... ou cinco, dois... ou um...

— Quando vocês vão para Nova York?

— No final desta semana. Meu pai tem tudo preparado. E eu disse a Paul Berman, meu chefe, que não poderia ir à Europa. Ele entendeu perfeitamente bem. Todos têm sido maravilhosos. — Ele não fora à loja durante dois dias e não sabia quanto tempo ficaria fora, mas seus gerentes tinham prometido tomar conta de tudo.

— Talvez sugiram alguma coisa diferente em Nova York.

Mas não o fizeram. Os médicos de lá disseram exatamente a mesma coisa. Quimioterapia. E preces. E milagres. Bernie sentou-se olhando para Liz na cama do hospital. Já parecia estar definhando. As olheiras tinham escurecido e ela estava perdendo peso. Parecia inacreditável, como um feitiço diabólico que tivesse sido lançado sobre eles. Bernie aproximou-se e pegou a mão dela. Os lábios de Liz tremiam terrivelmente e ambos estavam assustados. Desta vez Bernie não escondeu as lágrimas. Eles se sentaram, deram-se as mãos, choraram e conversaram sobre como se sentiam. Ajudava o fato de terem um ao outro.

— É como um pesadelo, não é? — Ela jogou os cabelos para trás, por cima do ombro, e então deu-se conta de que em breve eles não estariam mais lá. Concordara em começar a quimioterapia quando voltassem para San Francisco. Bernie estivera falando em deixar a Wolff's e voltar para Nova York, se eles não o trouxessem de volta, para que ela pudesse ser tratada lá. Mas o pai lhe disse que não, na verdade aquilo não fazia nenhuma diferença. Os médicos eram igualmente bons em San Francisco e a cidade era familiar a Liz. Isso tinha de ser considerado. Ela não teria de se preocupar em encontrar um apartamento, ou uma casa nova, ou em colocar Jane numa nova escola. E justamente agora eles precisavam agarrar-se ao que tinham... sua casa... seus amigos... até mesmo ao emprego dela. Ela também falara sobre isso com Bernie. Continuaria a trabalhar. E o médico não fizera nenhuma objeção. No princípio ela iria fazer quimioterapia uma vez por semana, durante um mês. Depois uma vez a cada duas semanas e finalmente uma vez a cada três. O primeiro mês seria terrível, mas depois ela se sentiria enjoada apenas durante um dia ou dois e Tracy poderia substituí-la. A escola estava querendo deixá-la fazer isso. E ambos achavam que Liz se sentiria melhor se não ficasse sentada em casa fazendo serviços domésticos.

— Quer ir à Europa comigo, quando começar a se sentir melhor? — Liz sorriu. Bernie era bom para ela. E a loucura era que agora ela não se sentia mal. Tudo o que sentia era cansaço. E estava morrendo.

— Sinto tanto fazer isso com você... fazê-lo passar por tudo isso...

Ele riu através das lágrimas.

— Agora eu sei que você é minha mulher. — Ele riu. — Está começando a falar como uma judia.

Capítulo 18

— Vovó Ruth? — A voz foi muito baixa no quarto na penumbra, enquanto Ruth segurava a mão da criança. Tinham acabado de rezar para a mãe dela. Bernie estava passando a noite no hospital e Hattie, a velha governanta de Ruth, ajudava com o bebê. — Acha que a mamãe vai ficar boa? — Os olhos dela ficaram marejados e apertou a mão de Ruth. — Você não acha que Deus vai levá-la, não é? — Ela deixou escapar um horrível soluço enquanto chorava e Ruth inclinou-se para abraçá-la, as próprias lágrimas caindo sobre o travesseiro, ao lado da cabeça da criança. Era tão errado, tão injusto... estava com 64 anos e teria tão alegremene ido no lugar de Liz... tão jovem e bonita, tão apaixonada por Bernie... com estas duas crianças que precisavam tão desesperadamente dela.

— Apenas temos de pedir a Ele que a deixe aqui conosco, não é?

Jane concordou com a cabeça, esperando que isso desse resultado. Então olhou novamente para vovó Ruth.

— Posso ir com você ao templo amanhã? — Sabia que o dia deles era sábado, mas Ruth só ia uma vez por ano, no Yom Kippur. Mas por aquele motivo, ela abriria uma exceção.

— Vovô e eu vamos levá-la.

E, no dia seguinte, os três foram para o Westchester Reform Temple em Scarsdale. Deixaram o bebê em casa com Hattie. Quando Bernie chegou em casa naquela noite, Jane lhe contou solenemente que ela, a vovó e o vovô tinham ido ao templo. Aquilo fez Bernie chorar novamente, mas tudo o fazia agora. Tudo era tão doce, triste e terno... Segurou o bebê nos braços. Parecia-se tanto com Liz que Bernie quase não podia suportar.

No entanto, quando ela estava novamente com eles, as coisas não pareceram tão trágicas. Liz voltou do hospital dois dias depois

167

e subitamente havia as mesmas piadas picantes, a voz rouca que ele adorava, as risadas, o senso de humor. Nada parecia tão terrível e ela não o deixaria ficar triste. Liz estava apavorada com a quimioterapia, mas determinada a não pensar nisso antes do tempo

Certa vez foram jantar em Nova York e dirigiram-se ao La Grenouille numa limusine que ele alugara, mas Bernie pôde perceber durante quase todo o jantar que ela estava totalmente exausta. E a mãe dele insistiu em que ele interrompesse o jantar e a levasse para casa. Ficaram em silêncio durante o caminho de volta. Naquela noite, na cama, Liz desculpou-se novamente. Depois começou lenta e suavemente a tocá-lo e Bernie timidamente a tomou nos braços, querendo fazer amor com ela mas com medo de prejudicá-la.

— Está tudo certo... os médicos disseram que podemos... — sussurrou Liz. Bernie ficou horrorizado consigo mesmo quando a abraçou com força e paixão, mas estava tão ávido pela mulher, tão ansioso por unir-se a ela, por puxá-la para perto dele, como se estivesse lentamente escapando-lhe. Mais tarde chorou e agarrou-se a ela. Depois odiou-se por isso. Queria ser corajoso, forte e másculo e no entanto sentia-se como um garotinho, aninhado no seio de Liz, precisando tão terrivelmente dela. Tal como Jane, queria agarrar-se a ela para fazê-la ficar, implorar por um milagre. Talvez a quimioterapia fizesse isso por eles.

Antes de partirem, vovó Ruth levou Jane mais uma vez à Schwarz. Comprou-lhe um enorme urso e uma boneca e a fez escolher algo que talvez Alexander gostasse. Jane escolheu um grande palhaço que revirava os olhos e tocava música. Quando chegaram em casa, Alexander o adorou.

A última noite que passaram juntos foi afetuosa, agradável e comovente. Liz insistiu em ajudar Ruth a preparar o jantar. Parecia em melhor forma do que estivera num longo tempo — calma, quieta e mais forte. Mais tarde ela tocou a mão de Ruth e olhou dentro dos olhos da sogra.

— Obrigada por tudo...

Ruth balançou a cabeça, desejando não chorar na frente dela, mas era tão difícil... Depois de uma vida inteira chorando por tudo, como parar quando uma coisa era realmente importante? Mas desta vez sabia que tinha de controlar-se.

— Não me agradeça, Liz. Apenas faça o que tem de ser feito.

— Eu farei. — Ela parecia ter envelhecido nas últimas semanas, tornando-se de certo modo mais madura. — Agora me sinto melhor sobre isso. — Ruth fez um sinal afirmativo com a cabeça, sem conseguir dizer mais nada. No dia seguinte ela e Lou os levaram ao aeroporto. Bernie carregava o bebê e Liz segurava a mão de Jane. Entrou no avião sem ser ajudada, enquanto os Fine mais velhos lutavam contra as lágrimas. Mas assim que o avião partiu, Ruth caiu soluçando nos braços do marido, incapaz de acreditar na coragem deles e no destino trágico que atingira pessoas que ela amava tanto. Não era o neto dos Rosengarden... ou o pai do sr. Fishbein... era sua nora... e Alex e Jane... e Bernie. Era tão errado, injusto e cruel... Enquanto chorava nos braços do marido, pensou que seu coração iria se partir. Não podia suportá-lo.

— Vamos, Ruth. Vamos para casa, querida. — Ele a pegou gentilmente pela mão e voltaram para o carro. Subitamente Ruth o olhou, dando-se conta de que um dia seriam eles.

— Eu te amo, Lou. Te amo tanto... — Começou novamente a chorar. Lou tocou em sua bochecha enquanto abria a porta para a mulher. Era um momento terrível para todos eles e sentia imensamente por Liz e Bernie.

Quando chegaram em San Francisco, Tracy esperava-os com o carro. Entrou na cidade com eles, conversando, rindo e abraçando o bebê.

— É bom tê-los de volta. — Sorriu para seus amigos mas percebeu facilmente que Liz estava exausta. No dia seguinte ela deveria ir ao hospital para começar a quimioterapia.

E naquela noite, deitada na cama depois de Tracy ter ido para casa, Liz virou-se, apoiou a cabeça no cotovelo e olhou para Bernie.

— Gostaria de ser normal de novo. — Ela o disse como uma adolescente desejando livrar-se das espinhas.

— Eu também. — Ele sorriu-lhe. — Mas você será, um dia destes. — Ambos estavam pondo muita fé na quimioterapia. — E se isso não funcionar, sempre há a ciência cristã.

— Escute, não os critique — disse ela seriamente. — Um dos professores da escola é dessa seita e realmente às vezes ela funciona... — Sua voz tornou-se entrecortada, pensando naquilo.

— Vamos tentar isto primeiro. — Afinal de contas ele era judeu e filho de médico.

— Você acha que será realmente horrível? — Ela parecia amedrontada, Bernie lembrou-se de como ela estivera assustada e do quanto sentira dor quando Alexander nasceu, mas isto era muito diferente. Era para sempre.

— Não será ótimo. — Não queria mentir para ela. — Mas eles disseram que vão lhe dar drogas para colocá-la fora de combate. Valium ou algo no gênero. Eu estarei lá com você. — Liz inclinou-se e beijou a bochecha dele.

— Sabe, você é um dos últimos bons maridos.

— Ah, sim?... — Ele virou-se e escorregou a mão por baixo do roupão dela. Naqueles dias Liz andava sempre com frio e usava as meias dele na cama. E desta vez Bernie fez amor suavemente com ela, sentindo toda sua força e amor penetrarem-na, querendo dar-lhe uma dádiva de si mesmo. Mais tarde ela sorriu, sonolenta.

— Gostaria de ficar novamente grávida...

— Talvez fique, um dia. — Mas era pedir muito. Teria feito qualquer coisa para evitar que tudo aquilo acontecesse, e agora Alexander era ainda mais precioso para eles. Naquela manhã, antes de ir para o hospital, Liz abraçou-se a ele durante um longo tempo. E ela mesma preparara o café da manhã de Jane e embrulhara sua merenda favorita. De certo modo era cruel estar fazendo tanto por eles. Sentiriam mais sua falta se alguma coisa acontecesse.

Bernie a levou de carro para o hospital. Depois que ela registrou-se, colocaram-na numa cadeira de rodas. Uma estudante de enfermagem a empurrou para o andar de cima enquanto Bernie caminhava, segurando sua mão. O dr. Johanssen os esperava. Liz despiu-se e colocou uma roupa do hospital. O mundo parecia tão ensolarado do lado de fora... Era uma bonita manhã de novembro e ela virou-se para Bernie.

— Gostaria de não ter de fazer isso.

— Eu também. — Era como ajudá-la a sentar-se na cadeira elétrica, enquanto ela se deitava. Bernie segurou a mão dela. Uma enfermeira entrou, usando o que pareciam ser luvas de amianto. A droga que usavam era tão poderosa que teria queimado as mãos dela e iriam colocar aquilo dentro da mulher que ele amava. Era quase mais do que Bernie podia suportar. Primeiro deram a ela um Valium de IV. Quando estava semi-adormecida, a quimioterapia começou. E Johanssen ficou para supervisionar o tratamento. Quando terminou, Liz ficou deitada dormindo tranqüilamente, mas por volta de meia-noite vomitou e sentiu-se terrivelmente mal. Durante os próximos cinco dias a vida dela foi um pesadelo.

170

O resto do mês foi igualmente ruim. Naquele ano, o Dia de Ação de Graças não foi festivo para eles. Era quase Natal quando ela se sentiu novamente um pouco melhor. A essa altura não tinha mais cabelos e estava extremamente magra. Mas estava novamente em casa e agora tinha de enfrentar o pesadelo apenas uma vez a cada três semanas. O oncologista prometera que aquilo a faria sentir-se enjoada durante apenas um dia ou dois. Depois do feriado de Natal ela poderia voltar à escola para lecionar novamente. Jane parecia uma criança diferente com ela em casa e Alexander estava engatinhando.

Os dois últimos meses haviam exaurido todos eles. A professora disse que Jane chorava muito na escola. Bernie andava gritando com todos na loja e constantemente distraído. Contratava *babysitters* para ajudar a tomar conta do bebê durante todo o dia, mas nem mesmo isso estava dando resultado. Uma delas se perdeu com o bebê. A outra nunca apareceu e ele teve de levar o bebê a uma reunião. Nenhuma delas sabia cozinhar e ninguém parecia estar comendo, exceto Alexander. Mas enquanto o Natal se aproximava e Liz sentia-se novamente melhor, as coisas lentamente voltaram ao normal.

— Meus pais querem vir. — Bernie a olhou uma noite, enquanto se sentavam na cama. Liz usava um lenço na cabeça para cobrir a calvície e o olhou de relance, com um suspiro e um sorriso. — Sente-se capaz de enfrentar isso, querida? — Ela não se sentia, mas queria vê-los e sabia o quanto aquilo significaria para Jane e, mesmo que ele não o admitisse, para Bernie. Pensou em apenas um ano antes, quando os avós tinham levado Jane à Disneylândia e dado-lhes a chance de comemorarem seu aniversário de casamento. Nessa época estava grávida... e toda a vida deles dirigida para viver, não para morrer.

Ela o disse a Bernie e ele a olhou irritadamente.

— Agora também.

— Não exatamente.

— Besteira! — Toda sua raiva impotente foi subitamente canalizada para ela e ele não conseguia parar. — Para que você acha que é toda essa quimioterapia, ou vai desistir agora? Deus, nunca pensei que você fosse uma covarde. — Seus olhos encheram-se de lágrimas e ele bateu com a porta ao entrar no banheiro. E saiu vinte minutos depois, enquanto Liz ficava deitada na cama em silêncio, esperando por ele. Pareceu encabulado quando veio sentar-se ao seu lado e encostou a mão dela na sua. — Sinto ter sido uma besta. — Mas você não é. E eu te amo. Sei que é difícil para você também. — Ela tocou o lenço em sua cabeça, sem pensar. Odiava sentir-se tão feia. Sua cabeça estava tão redonda e cheia de protuberâncias... Sentia-se como um monstro num filme de ficção científica. — Isto é terrível para todos. Se eu ia morrer, deveria ter sido atropelada por um caminhão ou me afogado na banheira. — Ela tentou sorrir, mas nenhum deles achou graça. Então subitamente os olhos dela encheram-se de lágrimas. — Odeio estar careca. — Mas mais do que isso, odiava saber que estava morrendo.

Bernie estendeu a mão para o lenço e ela esquivou-se.

— Eu te amo com ou sem cabelos. — Havia lágrimas em seus olhos e também nos dela.

— Não.

— Não há nenhuma parte de você que eu não ame, ou que é feia. — Descobrira isso quando ela dera à luz o filho. A mãe dele estivera errada. Não ficara chocado ou enojado. Sentira-se comovido e a amara ainda mais, como agora. — Não é nada tão sério. Então você está careca. Um dia eu vou ficar também. Estou apenas me preparando para isso agora. — Bernie acariciou a barba e ela sorriu.

— Eu te amo.

— Eu também te amo... e isso diz respeito à vida também. — Eles trocaram um sorriso. Ambos sentiram-se novamente melhor. Era uma batalha contínua para enfrentar. — O que vou dizer a meus pais?

— Diga-lhes que venham. Podem ficar novamente no Huntington. O que você acha?

— Minha mãe pensou que talvez Jane gostasse de viajar novamente com eles. Que tal?

— Não creio que ela vá querer. Diga-lhes que não se ofendam. — Jane estava agarrando-se a Liz como para salvar a própria vida. Agora chorava às vezes quando ela deixava o quarto.

— Ela compreenderá. — A mãe, que durante toda a vida dele fora um monumento à culpa, agora estava usando uma auréola. Bernie falava com ela várias vezes por semana e Ruth demonstrava uma capacidade de compreensão que nunca encontrara nela antes. Em vez de torturá-lo era uma fonte de conforto.

E Ruth o foi mais uma vez quando chegaram — logo antes do Natal — e ela trouxe montanhas de brinquedos para as duas crianças. Comoveu Liz até as lágrimas ao dar-lhe a única coisa que ela desejava. Na verdade, trouxe meia dúzia delas. Fechou a porta do quarto e caminhou para Liz carregando duas enormes caixas de chapéu.

— O que é isso? — Liz estivera descansando. Como sempre, as lágrimas haviam escorregado de seus olhos para o travesseiro. Mas ela rapidamente as enxugou enquanto sentava-se e Ruth olhava-a nervosamente, temendo que ficasse ofendida.

— Eu trouxe um presente para você.

— Um chapéu?

Ruth balançou a cabeça.

— Não. Outra coisa. Espero que não fique zangada. — Tentara encontrar o mesmo tom dos adoráveis cabelos dourados de que se lembrava mas não fora fácil. Enquanto ela tirava as tampas das caixas, Liz subitamente viu uma profusão de perucas de diferentes cortes e estilos, todas da mesma cor familiar. Começou ao mesmo tempo a rir e chorar. Ruth a olhou cautelosamente.

— Você não está zangada, está?

— Como poderia estar? — Ela estendeu os braços para a sogra. Depois tirou as perucas das caixas. Havia de tudo, desde um corte curto e infantil até um pajem comprido. Eram muito bem-feitas e Liz ficou indescritivelmente comovida. — Eu queria comprar uma, mas estava com medo de entrar na loja.

— Eu achei que talvez estivesse... e que isso poderia ser mais divertido. — Divertido... o que poderia haver de divertido em perder os cabelos com a quimioterapia? Mas Ruth suavizara aquilo.

Liz dirigiu-se ao espelho e tirou lentamente o lenço, enquanto Ruth desviava os olhos. Era uma moça tão linda e jovem. Não era justo. Nada mais era. Mas naquele momento ergueu os olhos para Liz, enquanto ela olhava fixamente para o espelho usando uma das perucas louras. Experimentara primeiro a pajem e ficara perfeita nela.

— Está maravilhosa! — Ruth bateu palmas e riu. — Você gosta?

Liz fez um gesto afirmativo com a cabeça e seus olhos moviam-se de um lado para outro, enquanto olhava-se no espelho. Estava novamente apresentável... melhor que apresentável. Talvez até mesmo bonita. Na verdade, sentia-se maravilhosa — novamente feminina. Subitamente ela riu, sentindo-se saudável e jovem. Ruth lhe entregou outra.

— Você sabe, a minha avó era careca. Todas as mulheres ortodoxas o são. Raspam suas cabeças. Isso apenas a torna uma boa esposa judia. — Então tocou gentilmente o braço de Liz. — Quero que saiba... o quanto a amamos... — Se o amor pudesse tê-la curado, ela teria tido a regressão que todos desejavam tão desesperadamente. Ruth ficara chocada ao constatar quanto peso Liz perdera, como o rosto estava magro e os olhos fundos. Ainda assim disse que voltaria a lecionar depois do Natal.

Liz experimentou o resto das perucas. Escolheram a pajem para sua primeira aparição. Ela a colocou e trocou de blusa. A peruca pedia algo mais sofisticado do que estava usando. Liz entrou na sala de estar, tentando parecer casual, enquanto Bernie tinha uma reação tardia e a fitava, pasmo.

— Onde conseguiu isso? — Ele sorria. Gostava da peruca.

— Vovó Ruth. O que você acha? — perguntou, baixo.

— Está maravilhosa. — E foi sincero.

— Espere até ver as outras. — Foi um presente que levantou imensuravelmente o moral dela, Bernie ficou grato à mãe e ainda mais quando Jane entrou saltitando na sala e parou estupefata.

— Você recuperou seus cabelos! — Ela bateu palmas, deliciada. Liz sorriu para a sogra.

— Não exatamente, querida. Vovó me trouxe alguns cabelos novos de Nova York. — Riu e subitamente Jane deu uma risadinha.

— É? Posso ver? — Liz assentiu com a cabeça e a levou para olhar as caixas. Jane experimentou duas ou três. Ficaram engraçadas nela e mãe e filha riram. De repente parecia uma festa.

Naquela noite todos saíram para jantar. Como um presente de Deus, Liz sentiu-se melhor durante os feriados. Conseguiram sair mais duas vezes e ela até mesmo foi ao centro da cidade com Jane e Bernie para ver as árvores de Natal da Wolff's. Ruth fingiu desaprovar, mas Liz sabia que na verdade ela concordava. Também comemoraram o Chanukah e, na sexta-feira, acenderam as velas antes do jantar. E a voz solene do sogro, enquanto entoava as preces, pareceu a todos eles adequada. Liz fechou os olhos e rezou para o Deus deles e o seu próprio para que alguma coisa a salvasse.

Capítulo 19

O segundo aniversário de casamento deles foi muito diferente do primeiro. Tracy convidou Jane e Alexander para passarem a noite com ela. Os pais de Bernie foram jantar por sua própria conta. Liz e Bernie ficaram sozinhos e tiveram uma noite tranqüila. Bernie quisera sair com ela, mas no final Liz admitira que estava cansada demais. Em vez disso abriu uma garrafa de champanhe. Serviu-lhe uma taça que ela mal tocou enquanto sentavam-se perto do fogo e conversavam.

Foi quase como se tivessem feito um voto silencioso de não falarem sobre a doença. Essa noite Liz não queria pensar naquilo ou na quimioterapia à qual tinha de voltar dentro de uma semana. Já era bastante difícil fazê-la não ficar falando nisso o tempo todo. Ansiava por ser igual a todo mundo — reclamando do emprego, rindo dos filhos, planejando um jantar para os amigos e preocupada em saber se a costureira poderia consertar seu zíper. Ansiava por problemas simples. Deram-se as mãos em silêncio enquanto olhavam fixamente para o fogo, movendo-se cuidadosamente através dos obstáculos de todos os assuntos difíceis a evitar... até mesmo doía falar na lua-de-mel deles, dois anos atrás, apesar de certa vez Bernie tê-la lembrado de como Jane estivera engraçadinha na praia. Naquela época ela tinha apenas cinco anos. E agora subitamente estava com quase oito. E Liz surpreendeu-o ao mencionar novamente Chandler Scott.

— Não vai se esquecer do que me prometeu, não é?

— Que promessa foi essa? — Ele estava servindo mais champanhe, apesar de saber que Liz não o beberia.

— Não quero nunca que aquele miserável veja Jane. Você promete?

— Eu te prometi, não foi?

— Eu falava sério. — Liz pareceu preocupada. Bernie beijou

175

seu rosto e desfez com dedos meigos o vinco em suas sobrancelhas.

— Eu também. — Nos últimos tempos andava pensando muito em adotar Jane, mas temia que Liz não estivesse suficientemente bem para enfrentar toda a disputa legal. Decidiu adiar até a doença regredir e ela sentir-se mais forte.

Naquela noite não fizeram amor, mas ela adormeceu em seus braços — perto do fogo — e ele a carregou muito gentilmente para a cama. Depois deitou-se olhando para ela, sentindo seu coração despedaçar-se ao pensar nos meses pela frente. Ainda rezavam por uma regressão.

No dia 5 de janeiro os pais dele voltaram de Nova York. A mãe ofereceu-se para ficar, mas Liz disse que, seja como for, voltaria a lecionar e que, mesmo se fossem por apenas três manhãs por semana, aquilo iria mantê-la muito ocupada. Já fizera sua quimioterapia, logo depois dos feriados. Desta vez tudo correra bem. Foi um alívio para todos e ela mal podia esperar para voltar a dar aulas.

— Tem certeza de que ela deveria? — perguntou a mãe quando foi vê-lo na loja, um dia antes de partirem.

— É isso que ela quer. — Também não estava muito empolgado com a idéia mas Tracy disse que faria bem a ela e talvez tivesse razão. Pelo menos não a prejudicaria e, se fosse demais para ela, teria de desistir. Mas Liz era muito insistente.

— O que o médico diz?

— Que não lhe fará mal nenhum.

— Ela deveria descansar mais. — Bernie assentiu com a cabeça. Ele mesmo dissera a mesma coisa para Liz, mas ela o olhara com olhos zangados, sabendo do pouco tempo que lhe restava. Queria fazer tudo, não passá-lo dormindo.

— Temos de deixá-la fazer o que sente vontade, mãe. Eu lhe prometi isso. — Atualmente Liz estava arrancando muitas promessas dele. Bernie desceu as escadas com a mãe, em silêncio. Não havia muito mais a ser dito e ambos temiam falar. Era tudo tão terrível, tão inacreditavelmente doloroso.

— Não sei o que te dizer, querido. — Ela ergueu os olhos marejados de lágrimas para seu único filho, enquanto ficavam parados na porta da Wolff's, com a multidão passando por eles.

— Eu sei, mãe... eu sei... — Os olhos dele estavam úmidos. A mãe assentiu com a cabeça, enquanto as lágrimas vinham e ela não conseguia controlá-las. Algumas pessoas olharam para eles, perguntando-se que tragédia os atingira, mas tinham de viver suas próprias vidas e seguiram apressadamente em frente, enquanto Ruth erguia os olhos para Bernie.

— Eu sinto tanto...

Bernie fez um gesto afirmativo com a cabeça, incapaz de responder. Tocou o braço dela e subiu as escadas em silêncio e com a cabeça baixa. De repente sua vida tornara-se um pesadelo que não acabaria, não importa o que ele fizesse.

Foi ainda pior naquela noite, quando levou os pais de volta ao hotel, depois de Liz ter insistido em preparar o jantar. Iriam embora na manhã seguinte e queria cozinhar para eles. Como sempre, a comida estivera maravilhosa, mas foi horrível observá-la lutando para fazer tudo que antes fizera com tanta facilidade. Nada era fácil para ela agora, nem mesmo respirar.

No hotel, Bernie deu um beijo de boa-noite na mãe. No dia seguinte os pais iriam sozinhos para o aeroporto. Em seguida virou-se para apertar a mão do pai e os olhos deles se encontraram. Subitamente ele não conseguiu agüentar nem mais um minuto. Lembrou-se de quando fora um garotinho e amara este homem... de quando erguera os olhos para ele em seu jaleco branco de médico... do verão em que foram pescar na Nova Inglaterra... Num instante tudo voltou como um relâmpago e ele estava novamente com cinco anos... E o pai, percebendo isso, colocou os braços ao redor dele, enquanto Bernie começava a soluçar e a mãe virava de costas, quase sem poder suportá-lo.

O pai o conduziu lentamente para fora. Ficaram em pé no ar da noite durante muito tempo, abraçados.

— Está tudo bem, filho, é bom chorar... — E, enquanto dizia as palavras, as lágrimas escorregaram de seu próprio rosto para os ombros do filho.

Não havia nada que alguém pudesse fazer por ele. E finalmente os dois lhe deram um beijo de boa-noite e Bernie agradeceu-lhes. Quando voltou para casa, Liz já estava na cama, esperando por ele, usando uma das perucas que Ruth trouxera. Agora as usava o tempo todo. Às vezes Bernie caçoava dela por causa daquilo, secretamente desapontado por não ter tido ele mesmo a idéia de comprá-las. Liz as adorava. Claro que não tanto como aos próprios cabelos, mas elas haviam lhe devolvido sua vaidade e eram assunto de freqüentes conversas entre ela e Jane.

177

— Não, mamãe, eu gosto da outra... da comprida... Esta é bem bonita. — Jane deu um sorriso largo. — Você fica engraçada com cabelos cacheados. — Mas pelo menos Jane não estava mais alarmada.

— Sua mãe e seu pai estavam bem, querido? — Quando ele voltou, Liz o olhou indagadoramente. — Demorou muito para levá-los ao hotel.

— Nós tomamos uma bebida. — Ele sorriu, fingindo parecer culpado em vez de triste. — Você sabe como minha mãe é, nunca quer largar o seu bebê. — Deu um tapinha na mão dela e foi trocar de roupa Um minuto depois foi para a cama, para o lado dela. Mas Liz já tinha sido vencida pelo sono. Prestou atenção à respiração difícil ao seu lado. Tinham se passado três meses desde que descobriram que ela estava com câncer. Liz estava lutando bravamente e o médico achava que a quimioterapia estava ajudando. Mas apesar disso tudo, Bernie achava que ela estava piorando. Dia após dia seus olhos ficavam maiores e mais fundos, os traços mais marcados e ela emagrecia mais. Agora não havia como negar que ela estava com dificuldade de respirar. Mas, seja como for, queria agarrar-se o máximo de tempo possível a ela, fazendo qualquer coisa que tivessem de fazer, não importa o quanto fosse difícil para Liz. Dizia-lhe constantemente que tinha de lutar... nunca permitiria que o deixasse.

Naquela noite Bernie não dormiu direito, sonhando que Liz estava partindo numa viagem e ele tentava impedi-la.

As aulas pareceram reanimá-la um pouco. Liz adorava "suas" crianças, como as chamava. Este ano estava apenas ensinando-lhes literatura. Tracy cuidava da matemática e outra professora substituta estava encarregada do resto do currículo. A escola fora inacreditavelmente flexível ao deixar Liz reduzir sua carga horária. Preocupavam-se muito com ela e tinham ficado pasmos com a notícia que Liz lhes dera, tão direta e tranqüilamente. E a notícia se espalhara relativamente rápido pela escola, mas ainda era discretamente sussurrada. Por enquanto, Liz não queria que Jane soubesse e rezava para que nenhuma das crianças a ouvissem de seus professores. Não era segredo para seus colegas, mas Liz ainda não queria que as crianças soubessem. Sabia que não poderia voltar no ano seguinte. Era muito difícil subir e descer as escadas, mas estava determinada a concluir o ano, não importa como. Prometera à di-

178

retora que o faria. Mas, em março, a notícia vazou e uma de suas alunas a olhou tristemente, chorando e com as roupas em desalinho.

— O que há, Nance? — Ela tinha quatro irmãos e adorava uma boa briga. Liz a olhou com um sorriso amigo e ajeitou a blusa para ela. Era um ano mais nova que Jane, que agora estava na terceira série. — Você brigou com alguém?

A criança fez um gesto afirmativo com a cabeça e a encarou.

— Dei um soco no nariz do Billy Hitchcock.

Liz riu. As crianças a reanimavam todos os dias em que estava lá com elas.

— Por que você fez uma coisa dessas?

Ela hesitou e então empinou o queixo, pronta para enfrentar o mundo inteiro.

— Ele disse que você está morrendo... e eu respondi que ele era um grande e estúpido mentiroso! — Ela começou novamente a chorar e usou os dois punhos para enxugar os olhos. As lágrimas se misturaram com a sujeira e deixaram duas grandes listras em suas bochechas. Ergueu os olhos para Liz, implorando por uma negativa.

— Não vai morrer, não é?

— Venha cá, vamos conversar sobre isso. — Liz pegou uma cadeira na sala vazia. Era hora do almoço e estivera examinando alguns papéis. Sentou a garotinha perto dela e segurou sua mão. Quisera que aquilo acontecesse mais tarde. — Você sabe, todos nós temos de morrer um dia. Sabe disso, não é? — A mãozinha que Liz segurava apertou a dela, como que tentando certificar-se de que ela nunca os deixaria. No ano passado Nancy tinha sido a primeira a fazer um presente para Alexander. Tricotara um pequeno cachecol azul, com buracos e laçadas e o enchera de bordados. Liz tinha adorado.

Nancy assentiu com a cabeça, novamente chorando.

— Nosso cachorro morreu no ano passado, mas ele era realmente velho. Papai disse que se ele fosse uma pessoa teria cem ou noventa anos. E você não é assim tão velha. — Por um minuto ela pareceu preocupada. — É?

Liz riu.

— Não tanto. Tenho trinta anos. E isso não é ser muito velha... Mas às vezes... às vezes as coisas simplesmente acontecem de outro modo. Todos temos de ir ao encontro de Deus em épocas diferentes... algumas pessoas até mesmo vão quando são bebês. E daqui a muito, muito tempo, quando você for muito velha e for para o Céu, estarei lá esperando por você. — Ela começou a sufocar e lutou contra as próprias lágrimas Não queria chorar, mas era tão difícil... Não queria estar esperando por ninguém. Queria ficar lá com eles, com Bernie, Jane e Alexander.

Nancy compreendeu isso perfeitamente bem. Chorou mais alto e atirou os braços em volta do pescoço de Liz, apertando-a com força.

— Não quero que vá para longe de nós... não quero que... — A mãe dela bebia e o pai viajava muito. Desde o jardim de infância que tinha paixão por Liz e agora iria perdê-la. Não era justo. Nada mais era. Liz deu-lhe algumas guloseimas que preparara, enquanto tentava explicar o que era a quimioterapia que supostamente iria ajudá-la.

— E pode ser que funcione, Nance. Pode ser que deste modo eu fique por aqui realmente muito tempo. Algumas pessoas ficam anos. — E algumas não, pensou consigo mesma. Via as mesmas coisas que Bernie. E agora odiava olhar-se no espelho. — E vou ficar aqui na escola este ano todo... e isso é bastante tempo, você sabe. Por que não deixa de se preocupar um pouco com isso? Está bem? — A pequena Nancy Farrell fez um gesto afirmativo com a cabeça. Finalmente foi para fora pensar no que Liz tinha dito, com um punhado de amendoins com cobertura de chocolate.

Mas naquela tarde, no carro a caminho de casa, Liz sentia-se esgotada. Jane olhava silenciosamente para fora da janela. Era quase como se estivesse zangada com a mãe. Pouco antes de chegarem em casa ela virou de repente a cabeça olhou fixamente para a mãe, com olhos cheios de acusação.

— Você vai morrer, não é, mamãe?

Liz ficou chocada com o ímpeto e veemência da palavras dela, mas imediatamente soube de onde aquilo viera. Nancy Farrell.

— Todo mundo vai um dia, querida. — Mas com ela era mais difícil usar de evasivas do que com Nancy. Entre elas havia mais coisas envolvidas.

— Você sabe o que eu quero dizer... esse troço... não está adiantando, não é? A quimioterapia. — Ela o disse como se fosse um palavrão, enquanto Liz a observava.

— Está ajudando um pouquinho. — Mas não o suficiente. Todos sabiam disso. E estava fazendo-a sentir-se terrivelmente enjoada... Às vezes achava que aquilo a estava matando mais rápido.

— Não, não está. — Os olhos dela diziam que achava que a mãe não estava tentando.

Liz suspirou enquanto estacionava o carro em frente à casa. Ainda dirigia o mesmo Ford velho que tinha quando casou-se com Bernie e o deixava na rua. Bernie usava a garagem para seu BMW.

— Querida, isto é duro para todos nós. Estou tentando melhorar muito, muito mesmo.

— Então por que não está melhorando? — Os enormes olhos azuis no rosto da criança encheram-se de lágrimas. Subitamente ela se encolheu no banco ao lado da mãe. — Por que você ainda não está melhor?... Por quê? — E então ergueu os olhos para ela, apavorada. — Nancy Farrell disse que você está morrendo...

— Eu sei, querida, eu sei. — As próprias lágrimas rolavam pelo seu rosto enquanto abraçava fortemente Jane. E Jane pôde ouvir a respiração difícil. — Não sei o que te dizer. Um dia todo mundo tem de morrer. Talvez não aconteça comigo durante um longo tempo. Mas pode ser que sim. Pode acontecer com qualquer um. Alguém poderia atirar uma bomba em nós enquanto estamos sentadas aqui.

Ela ergueu os olhos para a mãe e soluçou descontroladamente.

— Eu ia preferir isso... quero morrer com você...

Liz a abraçou com tanta força que doeu.

— Não, você não vai... Nunca diga uma coisa dessas... Você tem muita, muita vida pela frente... — Mas Liz tinha apenas trinta anos.

— Por que isso tinha de acontecer conosco? — Ela repetiu a pergunta que todos faziam a si mesmos, mas não havia resposta.

— Eu não sei... — A voz de Liz foi pouco mais que um murmúrio, enquanto sentavam-se juntas no carro e abraçavam-se fortemente, esperando pela resposta.

Capítulo 20

Em abril Bernie teve de decidir se iria ou não à Europa. Quisera levar Liz com ele, mas era óbvio que ela não podia acompanhá-lo. Agora não tinha forças para ir a parte alguma. Era uma grande aventura ir a Sausalito visitar Tracy. Ainda ia à escola, mas apenas duas vezes por semana.

E Bernie telefonou a Paul Berman para contar-lhe.

— Odeio decepcioná-lo, Paul. Só que não quero partir justamente agora.

— Compreendo perfeitamente bem. — Berman pareceu desolado por ele. Era uma tragédia que não podia ser descrita com palavras e ele sofria todas as vezes em que falava com Bernie. — Mandaremos outra pessoa. — Era a segunda vez que ele cancelava a viagem à Europa, mas eles estavam lhe dando muito apoio. Apesar do trauma que enfrentava, estava fazendo um belo trabalho na loja de San Francisco. Paul o disse, cheio de gratidão. — Não sei como você consegue, Bernard. Se precisar de uma licença, avise-nos.

— Eu o farei. Talvez daqui a alguns meses, mas não agora. — Não queria estar trabalhando quando ela se aproximasse do fim, se isso acontecesse em breve, apesar de em certos momentos aquilo ser difícil de se prever. Às vezes durante alguns dias Liz parecia melhor, ou estava mais animada mesmo. Depois subitamente voltava a ter uma grande recaída. E justamente quando Bernie começava a entrar em pânico, ela o enganava parecendo quase normal. Era uma tortura lidar com aquilo. Nunca podia saber se a quimioterapia estava adiantando, se ela finalmente entrara numa fase de regressão e ficaria com eles durante muito, muito tempo, ou se não duraria mais de algumas semanas ou meses. E o médico também não podia lhe dizer isso.

— Como você se sente estando aí agora? Sob tais circunstâncias não quero pressioná-lo a ficar, Bernard. — Tinha de ser justo com eles. Durante anos Bernie fora como seu filho. Não tinha direito de forçá-los a ficar na Califórnia se a mulher dele era terminal. Mas Bernie o surpreendeu. Desde o princípio fora franco com ele e lhe contara quando descobriram que Liz tinha câncer. Tinha sido um choque terrível para todos. Era impossível acreditar que a linda loirinha com quem ele dançara no dia do casamento — há apenas dois anos — estava morrendo.

— Para ser honesto com você, Paul, neste momento não quero ir a lugar nenhum. Se você puder mandar outra pessoa ficar de olho nas linhas importantes para mim e ir lá duas vezes por ano será ótimo. Mas agora não queremos ir à parte alguma. San Francisco é um lar para Liz e eu não quero arrancá-la de suas raízes. Não creio que seria justo para com ela. — Tinham pensado muito sobre isso e aquela foi a conclusão a que chegaram. Liz lhe dissera sem rodeios que não queria deixar San Francisco. Não queria ser um fardo para os pais dele, ou para ele próprio; e não desejava que Jane tivesse de encarar uma nova escola e novos amigos.

Era confortador para ela ficar perto das pessoas com quem se relacionava agora, principalmente Tracy. Até mesmo encontrava consolo em visitar Bill e Marjorie Robbins mais do que de costume.

— Compreendo muito bem. — Bernie estava na Califórnia exatamente há três anos, o dobro do tempo que esperava ficar, mas agora não se importava com isso.

— Simplesmente não posso ir a parte alguma agora, Paul.

— Está ótimo. Avise-me se mudar de idéia e eu começarei a procurar alguém para assumir a loja de San Francisco. Sentimos sua falta em Nova York. Aliás — ele olhou de relance para seu calendário, esperando que Bernie pudesse comparecer — há alguma chance de você vir à reunião do conselho na próxima semana?

Bernie franziu as sobrancelhas.

— Tenho de falar com Liz. — Ela não faria quimioterapia naquela semana, mas ainda assim detestava deixá-la. — Veremos. Quando é? — Paul disse as datas e ele tomou nota.

— Não precisa ficar na cidade mais do que três dias. Pode tomar o avião na segunda-feira e voltar para casa quarta-feira à noite, ou na quinta, se puder ficar até lá. Mas eu compreendo, seja lá o que for que decidir.

— Obrigado, Paul. — Como sempre, Paul Berman estava sen-

183

do maravilhoso com ele. Apenas frustrava a todos haver tão pouco que pudessem fazer. Naquela noite ele perguntou a Liz como ela se sentia sobre sua ida a Nova York por uns poucos dias. Até mesmo perguntou-lhe se iria com ele, mas Liz balançou a cabeça, com um sorriso cansado.

— Não posso, querido. Tenho muito o que fazer na escola. — Mas não era isso, ambos sabiam. Dentro de duas semanas seria o aniversário de Alexander e, de qualquer modo, Liz veria a mãe dele. O pai não poderia deixar novamente a clínica, mas Ruth prometera aparecer. Iria para o grande evento e para ver Liz.

Mas quando Bernie voltou de Nova York viu o mesmo que a mãe dele quando chegou. Como Liz estava mudando rapidamente. Ao deixá-la durante apenas uns poucos dias, Bernie ficou suficientemente distante para perceber o quanto era realmente grave. E na noite em que voltou para casa trancou-se no banheiro e chorou com a cabeça enfiada nas grandes toalhas brancas que Liz mantinha tão imaculadas para ele. Aterrorizava-o a idéia de que ela pudesse ouvir, mas simplesmente não podia suportá-lo. Liz estava pálida, fraca e perdera mais peso. Bernie implorava-lhe que comesse e trazia para casa, da loja gastronômica da Wolff's, todas as delícias de que conseguia se lembrar, de tortas de morango a salmão defumado. Mas era tudo em vão. Liz estava perdendo o apetite e, quando chegou o aniversário de Alexander, seu peso tinha bruscamente caído para menos de quarenta quilos. Ruth ficou chocada quando a viu e teve de fingir que não notara.

Mas os pequeninos ombros pareciam ainda mais frágeis do que antes quando as duas mulheres se beijaram no aeroporto. Bernie teve de arranjar um carrinho motorizado para levá-la até a seção de bagagens. Ela nunca teria conseguido caminhar aquela distância e recusava-se a ser empurrada numa cadeira de rodas.

No caminho para casa conversaram sobre tudo, exceto o que realmente importava. Ruth sentiu-se como se estivesse desesperadamente tentando manter-se à tona. Comprara um enorme cavalo de balanço de molas para Alexander e uma boneca para Jane, ambos da Schwarz. Mal podia esperar para ver as crianças, mas estava profundamente preocupada com Liz. E ficou pasma quando, naquela noite, a observou preparando o jantar. Ainda estava cozinhando, limpando a casa e lecionando. Era a mulher mais notável que Ruth jamais conhecera e partia-lhe o coração ver a luta diária de Liz, ape-

184

nas para manter-se viva. Ruth ainda estava lá quando Liz teve a sua próxima sessão de quimioterapia e ficou com as crianças enquanto Bernie passava a noite com ela no hospital. Colocaram uma cama de campanha no quarto e Bernie dormiu ao seu lado.

Alexander lembrava muito Bernie quando criança e era um bebê gorducho e feliz. Parecia impossível acreditar que nascera há apenas um ano. E agora esta tragédia se abatera sobre ele. Naquela noite, depois de colocá-lo no berço, Ruth saiu do quarto com as lágrimas escorrendo dos olhos, pensando que ele nunca conheceria sua mãe.

— Quando você vai novamente nos visitar em Nova York? — perguntou Ruth a Jane enquanto jogavam uma partida de gamão. Jane sorriu, hesitante. Adorava vovó Ruth. Mas por um tempo não podia conceber ir a parte alguma. "Só depois que mamãe melhorar" seria a resposta, mas Jane não o disse.

— Não sei, vovó. Vamos para Stinson Beach logo que começarem as férias. Mamãe quer ir para lá descansar. Está cansada de dar aulas. — Ambas sabiam que ela estava cansada porque estava morrendo, mas era muito assustador dizê-lo.

Bernie alugara a mesma casa de antes. Este ano o plano era ficar três meses, para ajudar Liz a recuperar as forças o máximo possível. O médico sugerira que não renovasse seu contrato na escola porque era demais para ela. Liz não discutiu com ele. Apenas disse a Bernie que achava uma boa idéia. Teria mais tempo para ficar com ele, Jane e o bebê. Mas estavam todos ansiosos por ir para a praia. Era como se indo para lá pudessem retroceder os ponteiros do relógio. No hospital, Bernie a observou enquanto dormia e tocou em seu rosto. Depois segurou delicadamente sua mão, enquanto ela se mexia sonolentamente e sorria-lhe. Por um minuto seu coração deu um pulo. Ela parecia estar morrendo.

— Há alguma coisa errada? — Liz franziu as sobrancelhas e ergueu a cabeça. Bernie lutou contra as lágrimas enquanto sorria despreocupadamente.

— Você está bem, querida?

— Sim. — Ela deixou a cabeça cair novamente no travesseiro, mas ambos sabiam que os produtos químicos que eles usavam eram tão poderosos que o tratamento em si poderia provocar um ataque cardíaco fatal. Tinham sido prevenidos desde o princípio. Mas não havia escolha. Ela tinha de fazê-lo.

185

Liz voltou a dormir. Bernie saiu para o corredor e telefonou para casa. Não quis ligar do quarto temendo acordá-la. E deixara uma enfermeira observando-a. A essa altura estava acostumado com o hospital. Até demais. Aquilo quase lhe parecia normal. As coisas não o chocavam mais como antes. E ansiava por estar onde tinham ficado há apenas um ano, um andar ou dois abaixo, tendo outro bebê...não aqui entre os agonizantes.

— Olá, mamãe. Como vão as coisas?

— Está tudo bem, querido. — Ruth olhou de relance para Jane. — Sua filha está me dando uma surra no gamão. Alexander acabou de dormir. Ele é tão engraçadinho... Tomou toda a mamadeira, deu um grande sorriso e caiu no sono em meus braços. Nem se mexeu quando o coloquei no berço. — Era tudo tão normal, exceto que Liz deveria estar lhe contando isso, não sua mãe. Deveria ter chegado de uma reunião na loja e ela deveria estar lhe dizendo que tudo estava bem em casa. Ao invés disso, estava no hospital sendo envenenada pela quimioterapia e a mãe dele tomando conta das crianças. — Como ela está se sentindo? — Ruth abaixou a voz para Jane não ficar muito inteirada da conversa. Mas seja como for, ela ouvia atentamente, tanto que moveu a peça de Ruth na tábua de gamão em vez da dela. Mais tarde Ruth a provocou por causa daquilo e a acusou de estar trapaceando. Sabia por que aquilo acontecera mas Jane precisava de um pouco de frivolidade em sua vida. Não havia muito disso naqueles dias. E ela estava com apenas oito anos. Mas havia uma profunda tristeza na criança, por trás da aparência... e era quase impossível animá-la.

— Ela está bem. Está dormindo agora. Devemos voltar para casa amanhã, na hora do almoço.

— Estarei aqui. Bernie, você precisa de alguma coisa? Está com fome? — Era estranho ver a mãe tão doméstica. Em Scarsdale ela deixava tudo por conta de Hattie. Mas aqueles eram tempos incomuns para todos eles. Principalmente para Liz e Bernie.

— Estou bem. Dê um beijo em Jane por mim. Eu te vejo amanhã, mamãe.

— Boa noite, querido. Dê lembranças a Liz quando ela acordar.

— Mamãe está bem? — Jane virou-se para Ruth com os olhos cheios de pânico, enquanto a avó atravessava a sala para abraçá-la.

— Ela está bem, querida. Mandou um beijo para você. Virá

para casa de manhã. — Achou que seria mais tranqüilizador se o beijo viesse de Liz e não de Bernie.

Mas, pela manhã, Liz acordou com uma nova dor. De repente teve a impressão de que todas as costelas de um lado estavam se quebrando. Foi uma dor súbita e aguda que nunca sentira antes e ela a descreveu ao dr. Johanssen, que chamou o oncologista e o ortopedista. E antes de voltar para casa eles enviaram-na ao andar de cima para mais uma radiografia e outro exame minucioso dos ossos.

As notícias não foram boas quando eles as receberam, poucas horas depois. A quimioterapia não estava surtindo efeito. O câncer se disseminara mais. Eles a deixaram ir para casa, e Johanssen disse a Bernie que era o princípio do fim. De agora em diante a dor aumentaria. Fariam o possível para controlá-la, mas eventualmente muito pouco iria ajudá-la. Johanssen o disse num pequeno consultório no corredor do lado oposto ao quarto dela. Bernie deu um murro na escrivaninha, bem debaixo do nariz do médico.

— O que quer dizer com poder fazer muito pouco para ajudá-la? Que quer dizer com isso, merda? — O médico entendeu perfeitamente bem. Ele tinha todo o direito de estar zangado com o destino que inesperadamente se abatera sobre ela e os médicos que não podiam ajudá-la. — O que vocês, seus merdas, fazem o dia inteiro? Tiram estilhaços e espremem furúnculos no traseiro das pessoas? Minha mulher está morrendo de câncer e você está me dizendo que pode fazer muito pouco para aliviar a dor? — Ele começou a soluçar, sentando-se do outro lado da escrivaninha e olhando fixamente para Johanssen. — O que vamos fazer por ela... Oh, Deus... alguém a ajude... — Estava tudo terminado. E ele sabia. E estavam lhe dizendo que podiam fazer muito pouco por ela. Teria uma morte horrível. Não era direito. Era a pior caricatura de tudo que ele acreditava já ter ouvido falar. Queria sacudir alguém até que lhe dissessem que algo poderia ser mudado, que Liz poderia ser ajudada, que ela viveria, que tudo era um terrível erro e ela não tinha câncer.

Bernie deitou a cabeça na escrivaninha e chorou. Lamentando profundamente por ele e totalmente impotente, o dr. Johanssen esperou.

Em dado momento, foi buscar um copo d'água. Entregou-o a Bernie. Seus olhos nórdicos estavam tristes e ele balançou a cabeça.

— Sei o quanto é terrível e sinto muito, sr. Fine. Faremos tu do que estiver ao nosso alcance. Apenas queria que compreendesse nossas limitações.

— O que quer dizer? — Os olhos de Bernie eram os de um homem agonizante. Sentia-se como se seu coração estivesse sendo arrancado do peito.

— Começaremos com comprimidos de Demerol, ou Percodan, se ela preferir. E eventualmente passaremos a dar injeções. Dilaudid, Demerol, morfina se surtir mais efeito. Receberá doses cada vez maiores e nós a manteremos o máximo possível sem dor.

— Posso eu mesmo dar as injeções? — Ele faria tudo para aliviar-lhe a dor.

— Se preferir, ou pode eventualmente querer uma enfermeira. Sei que tem duas crianças pequenas.

Bernie subitamente pensou nos planos deles para o verão.

— Acha que poderemos ir a Stinson Beach ou deveríamos ficar mais perto da cidade?

— Não vejo mal nenhum em ir para a praia. Pode ser bom para todos uma mudança de cenário, especialmente para Liz... e estará a apenas uma hora daqui. Eu mesmo às vezes vou para lá. Faz bem para o espírito.

Bernie assentiu carrancudamente e pousou o copo d'água que o médico lhe dera.

— Ela adora o lugar.

— Então sem dúvida leve-a.

— E quanto às aulas? — Subitamente toda a vida deles tinha de ser reavaliada. E ainda estavam na primavera. Faltavam semanas para as aulas terminarem. — Ela deve parar agora?

— Isso fica totalmente a critério dela. Não lhe fará mal nenhum, se é isso que o está preocupando. Mas Liz pode não se sentir disposta, se a dor incomodá-la muito. Por que não a deixa decidir? — Ele levantou-se e Bernie suspirou.

— O que vai dizer para ela? Vai contar que já está em seus ossos?

— Não creio que isso seja necessário. Acho que ela sabe, pela dor, que a doença está avançando. Não creio que devamos confundi-la com esses relatórios — ele o olhou indagadoramente — a não ser que ache necessário contar-lhe. — Bernie foi rápido em balançar a cabeça, perguntando-se quantas outras notícias más poderiam suportar, ou se estavam fazendo a coisa errada. Talvez ele devesse levá-

188

la para o México para tratamento místico, submetê-la a uma dieta macrobiótica, ir a Lourdes ou recorrer à Igreja da Ciência Cristã. Continuava a ouvir histórias incríveis de pessoas que tinham se curado de câncer com dietas exóticas, hipnose ou fé. E o que tentavam obviamente não estava adiantando. Mas também sabia que Liz não queria tentar as outras coisas. Não queria ficar desesperada e percorrer o mundo todo numa caçada selvagem. Queria estar em casa com seu marido e filhos, lecionando na escola, como o fazia há anos. Não desejava ir mais longe que isso e queria que sua vida permanecesse o máximo possível semelhante ao que tinha sido quando tudo era normal.

— Olá, querida, tudo pronto? — Liz estava vestida e esperava em seu quarto, usando uma nova peruca que a mãe dele trouxera. Esta parecia tão real que nem mesmo Bernie podia dizer que não eram os cabelos dela. Apesar dos círculos escuros ao redor dos olhos e o fato de estar tão magra, Liz estava muito bonita. Usava um camisão azul-claro com sapatilhas combinando. Os cabelos louros da peruca caíam em cascata sobre seus ombros, lembrando muito os fios dourados do cabelo original.

— O que eles disseram? — Ela pareceu preocupada. Sabia que alguma coisa estava errada. As costelas doíam demais. Era uma dor aguda, diferente de todas que ela sentira antes.

— Não muita coisa. Nada de novo. A quimioterapia parece estar adiantando.

Liz ergueu os olhos para o médico.

— Então por que minhas costelas doem tanto?

— Você tem carregado muito o bebê? — O dr. Johanssen sorriu-lhe e ela assentiu com a cabeça, lembrando-se. Ela o carregava o tempo todo. Alexander ainda não estava andando e queria sempre ficar no colo.

— Sim.

— Quanto ele pesa?

Ela sorriu com a pergunta.

— O pediatra quer colocá-lo numa dieta. Pesa 12 quilos.

— Isso responde à sua pergunta? — Não respondia, mas foi uma nobre tentativa e Bernie ficou-lhe grato.

A enfermeira a empurrou na cadeira de rodas até o saguão e Liz partiu de braço dado com Bernie. Mas agora caminhava mais lentamente e Bernie percebeu que ela se encolheu quando entrou no carro.

— Está doendo muito, querida? — Liz hesitou e depois assentiu com a cabeça. Mal podia falar. — Você acha que o método de respiração Lamaze pode ajudar? — Foi uma idéia genial. Eles o tentaram durante todo o caminho para casa e Liz disse que conseguia algum alívio. E tinha as pílulas que o médico prescrevera.

— Não quero tomá-las até que seja preciso. Talvez à noite.

— Não seja uma heroína.

— O senhor é o herói, sr. Fine. — Ela inclinou-se e o beijou suavemente.

— Eu te amo, Liz.

— Você é o melhor homem do mundo... sinto muito fazê-lo passar por isso... — Era tão difícil para todos... e ela o sabia. Era igualmente difícil para ela e Liz detestava estar doente, por si própria e por eles. Às vezes até mesmo os odiava porque não estavam morrendo.

Bernie a levou para casa e a ajudou a subir as escadas. Quando chegaram, Jane e Ruth estavam esperando. Jane parecia preocupada porque era tão tarde e eles ainda não estavam em casa, mas o exame dos ossos e as radiografias tinham tomado um longo tempo. Eram quatro horas quando chegaram e Jane falava insistentemente com a mãe de Bernie.

— Ela *sempre* vem de manhã, vovó. Alguma coisa está errada, eu *sei* disso. — Fez Ruth telefonar, mas àquela altura Liz estava a caminho de casa. Ruth olhou intencionalmente para Jane quando a porta da frente se abriu.

— Veja! — Mas o que ela viu... e Jane não... foi que Liz dava a impressão de estar muito mais fraca que antes. Parecia sentir dor, apesar de não tê-lo admitido.

Mas Liz recusou-se a reduzir o número de aulas. Estava determinada a terminar o ano, não importa como. Bernie não discutiu com ela apesar de Ruth dizer-lhe que era loucura, quando apareceu na loja em seu último dia em San Francisco.

— Ela não tem forças. Será que não enxergou isso?

Ele gritou com a mãe em seu gabinete.

— Droga, mamãe, o médico disse que não lhe faria mal.

— Vai matá-la!

E então subitamente a raiva que sentia foi descarregada na mãe.

— Não, não vai! O *câncer* vai matá-la! É isso que vai matá-la, essa maldita doença que está destruindo todo o corpo dela... é isso que vai matá-la e não fará a mínima diferença se ela se sentar em casa e esperar, for para a escola, fizer quimioterapia ou não for a Lourdes, *ainda assim* vai *matá-la*. — As lágrimas jorraram de seus olhos como um dique se rompendo. Bernie deu-lhe as costas e andou compassadamente pela sala. Finalmente parou, olhando cegamente para fora da janela. — Sinto muito. — Foi a voz de um homem destruído e partiu o coração da mãe ouvi-lo. Ruth caminhou lentamente na direção dele e colocou as mãos em seus ombros.

— Sinto muito... sinto tanto, querido... isto não deveria acontecer com ninguém, principalmente com pessoas que amamos...

— Não deveria acontecer nem mesmo com pessoas que odiamos. — Não desejava aquilo para ninguém. Ninguém. Virou-se lentamente para encará-la. — Fico o tempo todo pensando no que vai acontecer com Jane e o bebê... O que faremos sem ela? — Os olhos dele encheram-se novamente de lágrimas. Sentia-se como se estivesse chorando há meses, e estava. Haviam se passado seis meses desde que tinham descoberto, seis meses em que escorregavam para dentro do abismo, rezando para que alguma coisa os salvasse.

— Quer que eu fique aqui um pouco? Eu posso. Seu pai compreenderia perfeitamente bem. Na verdade sugeriu isso na noite passada, quando telefonei para ele. Ou posso levar as crianças para casa comigo, mas não creio que isso seria justo para com elas ou Liz. — Tornara-se uma mulher tão tolerante e sensível, aquilo o surpreendia. Não existia mais a mulher que durante toda sua vida lhe dera boletins dos cálculos biliares da sra. Finklestein, a mulher que ameaçara ter um ataque cardíaco todas as vezes em que ele namorava uma garota que não era judia. Bernie sorriu, lembrando-se da noite em Côte Basque quando ele lhe dissera que iria se casar com uma católica chamada Elizabeth O'Reilly.

— Lembra-se disso, mamãe? — Ambos sorriram. Aquilo tinha sido há dois anos e meio e parecia uma eternidade.

— Sim. E continuo a esperar que você se esqueça. — Mas a lembrança apenas o fez sorrir novamente. — Que tal eu ficar aqui para dar uma mão para vocês, crianças? — Bernie estava com 37 anos e não se sentia uma criança. Sentia-se como se tivesse cem anos.

— Eu aprecio sua oferta, mãe, mas acho que é importante para Liz manter as coisas o máximo possível normais. Vamos para a praia logo que as férias começarem e eu viajarei diariamente para o trabalho. Na verdade, vou tirar seis semanas de licença até meados de julho e tirarei mais se for preciso. Paul Berman tem sido muito compreensivo.

— Está bem. — Ela sensatamente assentiu com a cabeça. — Mas se precisar de mim virei no primeiro avião. Está claro?

— Sim, senhora. — Ele bateu continência e depois lhe deu um abraço. — Agora vá fazer algumas compras. E se tiver tempo, talvez possa escolher alguma coisa bonita para Liz. Ela está usando números bem menores agora. — Nada mais restava dela. Seu peso normal era 54 quilos, mas agora estava com 38. — Mas ela adoraria alguma coisa nova. Agora não tem energia para comprar as próprias roupas. — Nem as de Jane, mas ele trouxe para casa várias caixas de roupas para as crianças. O gerente do departamento tinha uma queda por Jane e não parara de mandar presentes para Alexander, desde antes dele nascer. E naquele momento Bernie apreciava a atenção que estavam recebendo. Ele próprio andava tão distraído que tinha a impressão de que não estava sendo justo com nenhum deles. Sentia-se como se mal tivesse olhado para o bebê desde que ele estava com seis meses. Irritava-se constantemente com Jane apenas porque ela estava lá e ele a amava... e ambos sentiam-se tão impotentes. Era uma hora difícil para todos e Bernie lamentava que não tivessem ido a um psicanalista, como Tracy sugerira. Liz rejeitara terminantemente a idéia e agora ele estava arrependido.

O pior momento de todos veio no dia seguinte, quando Ruth dirigiu-se ao aeroporto. Primeiro ela parou na casa, pela manhã, antes de Liz sair para a escola. Agora Tracy buscava Jane todos os dias e Bernie já fora para o trabalho. Mas Liz esperava a *babysitter* para poder sair e Alexander estava no andar de baixo tirando a soneca da manhã. Liz caminhou para a porta e por um momento as duas mulheres ficaram paradas, sabendo por que ela viera. Não havia disfarces quando seus olhos se encontraram. Então Liz a abraçou.

— Obrigada por ter vindo...

— Queria te dizer adeus. Estarei rezando por você, Liz.

— Obrigada. — Liz não conseguiu dizer mais nada enquanto seus olhos enchiam-se de lágrimas e ela olhava para Ruth. — Cuide deles para mim, vovó... — Foi apenas um sussurro... — E tome conta de Bernie.

— Eu prometo. Cuide-se. Faça tudo que eles mandarem. — Ruth apertou os frágeis ombros. Subitamente percebeu que Liz estava usando o vestido que comprara para ela na véspera. — Nós a amamos, Liz... muito, muito...

— Eu também os amo. — Ela a abraçou durante mais um minuto e depois virou-se para partir, com um último aceno, enquanto Liz ficava parada na porta, observando o táxi afastar-se. Ruth acenou até quando não pôde mais vê-la.

Capítulo 21

Liz conseguiu persistir com suas aulas até o final do ano letivo. Bernie e o médico ficaram surpreendidos. Agora tinha de tomar Demerol todas as tardes. Jane reclamava que ela dormia o tempo todo, mas não sabia como verbalizar as queixas que realmente tinha. A única real era que sua mãe estava morrendo.

O encerramento das aulas foi em 9 de junho e Liz foi com um dos vestidos novos que Ruth trouxera antes de partir. Conversara o tempo todo com eles pelo telefone e Ruth contava histórias engraçadas sobre as pessoas em Scarsdale.

No último dia de aula a própria Liz levou Jane de carro para a escola e a garota a olhou alegremente. A mãe parecia viva, alerta e bonita, exatamente como fora antes, apenas mais magra. No dia seguinte iriam para Stinson Beach. Jane mal podia esperar. Disparou para sua própria sala usando um vestido cor-de-rosa e sapatos de verniz preto que vovó Ruth a ajudara a escolher para a ocasião. Antes do encerramento haveria uma festa com bolos, guloseimas e leite.

Quando Liz entrou em sua sala, fechou tranqüilamente a porta e virou-se para olhar para seus alunos. Estavam todos lá, 21 rostinhos limpos e brilhantes, olhos espertos e sorrisos ansiosos — e soube com certeza que a amavam. E agora tinha de lhes dizer adeus. Não podia simplesmente deixá-los, desaparecer sem explicações. Virou-se, desenhou um grande coração no quadro-negro com giz cor-de-rosa e eles riram.

— Feliz Dia dos Namorados para todos! — Hoje ela parecia feliz. E estava. Completara uma coisa que significava muito para ela. Era o seu presente para eles, para si própria e para Jane.

— Não é Dia dos Namorados! — anunciou Bill Hitchcock. — É Natal! — Sempre o garoto esperto. Liz riu.

— Não. Hoje é Dia dos Namorados para vocês. Esta é a minha chance de lhes dizer o quanto os amo. — Sentiu um nó subir em sua garganta e sabia que não podia demonstrá-lo. — Quero que todos façam muito silêncio durante um pouquinho de tempo. — Tenho um cartão para todos... e depois teremos uma festa particular... antes da outra! — Ela os chamou, um por um. Entregou-lhes um cartão que fizera, que lhes dizia o que gostava mais em cada um deles, suas habilidades, melhores características e façanhas. Lembrou a todos como haviam se saído bem, mesmo que tivesse sido apenas em varrer o *playground*, e o quanto tinham se divertido. Cada cartão fora enfeitado com figuras, desenhos e frases engraçadas que eram importantes para cada criança. Eles voltaram a seus lugares um pouco admirados, segurando seus cartões como presentes raros.. e eram. Fazê-los havia tomado meses e o resto das forças de Liz.

Depois ela exibiu duas bandejas de bolinhos em formato de coração e outra com biscoitos lindamente decorados. Ela os fizera para todos e não contara nem mesmo para Jane. Apenas dissera-lhe que eram para a festa principal. E fizera para eles também, mas estes eram especiais. Apenas para "suas" crianças da segunda série.

— E a última coisa que vou lhes dizer é o quanto os amo, como estou orgulhosa de vocês terem sido tão maravilhosos durante todo este ano... e como sei que se sairão bem no ano que vem, na terceira série com a sra. Rice.

— Não vaí mais estar aqui, sra. Fine? — uma vozinha fina falou da última fila. Um garotinho de cabelos pretos e olhos escuros a olhou tristemente, apertando numa mão o seu cartão e na outra um bolinho.

Era tão bonito que nem mesmo queria comê-lo.

— Não, Charlie. Não vou. Vou me ausentar por um tempo. — De qualquer modo as lágrimas vieram. — E sentirei muita falta de todos vocês. Mas eu os verei novamente um dia. Cada um de vocês. Lembrem-se disso... — Ela suspirou profundamente e não tentou mais esconder as lágrimas. — E quando virem Jane, minha menininha, dêem a ela um beijo por mim. — Houve um soluço alto na fila da frente. Era Nancy Farrell, que correu e atirou os braços ao redor do pescoço de Liz.

— Por favor, não vá, sra. Fine... Nós a amamos...

— Eu não quero ir, Nancy. Realmente não quero... mas acho que preciso... — E então eles vieram um por um e ela os beijou e abraçou. — E com isso a campainha tocou. Liz suspirou e olhou para eles. — Acho que isso significa que é hora de irmos para a festa. — Mas eles eram um pequeno e solene grupo e Billy Hitchcock perguntou se ela iria visitá-los. — Se eu puder, Billy. — O garotinho fez um sinal afirmativo com a cabeça e eles entraram em fila no corredor, mais organizados do que foram durante o ano todo, com suas guloseimas em pequenas sacolas e seus cartões. Ela seria uma parte deles para sempre. E enquanto Liz estava parada observando-os, Tracy apareceu e percebeu o que acontecera. Na pior das hipóteses sabia que o último dia de Liz na escola seria difícil para ela.

— Como foi? — sussurrou Tracy.

— Bem, eu acho. — Liz assoou o nariz e enxugou os olhos e a amiga lhe deu um forte abraço.

— Contou para eles?

— Mais ou menos. Disse que ia embora. Mas acho que contei. Alguns entenderam.

— Esse é um bonito presente para dar a eles, Liz, em vez de simplesmente desaparecer de suas vidas.

— Não poderia ter feito isso. — Não poderia fazer aquilo com ninguém. Foi por isso que apreciara Ruth ter passado em sua casa a caminho do aeroporto. Era hora de dizer adeus e não queria ser privada da chance de despedir-se deles. Ao sair da escola, foi difícil deixar os professores. Quando ela e Jane voltaram para casa, mais tarde, naquela manhã, Liz sentia-se exausta. Jane estava tão calada que ela ficou assustada. Suspeitou que a filha ouvira sobre sua festa dos Namorados e ficara ressentida. Ainda tentava não encarar o que estava por vir.

— Mamãe? — foi o rostinho mais solene que Liz jamais vira, enquanto entrava com o carro e olhava para ela, do lado de fora da casa.

— Sim, querida?

— Você ainda não está melhorando, não é?

— Talvez um pouco. — Queria fingir, para o bem de Jane, mas ambas sabiam que ela estava mentindo.

— Eles não podem fazer nada de especial? — Afinal de contas, ela era uma pessoa tão especial... Jane tinha oito anos e estava perdendo a mãe que adorava. Por que ninguém a ajudava?

— Eu me sinto bem. — Jane fez um sinal afirmativo com a

cabeça, mas as lágrimas rolaram por suas bochechas enquanto Liz sussurrava roucamente. — Sinto tanto deixá-la... Mas estarei sempre ao seu lado, tomando conta de você, papai e Alex. — Jane aninhou-se nos braços de Liz. Passou-se um longo tempo antes que elas saíssem do carro e entrassem de braços dados. Jane quase parecia maior que a mãe.

E naquela tarde Liz sentou-se com quatro folhas de papel e escreveu uma carta para cada um deles, não uma carta comprida, mas disse a todos o quanto os amava e por quê, o quanto significavam para ela e como lamentava deixá-los. Escreveu cartas para Bernie, Ruth, Jane e Alexander. A de Alexander foi a mais difícil de todas porque ele nunca iria conhecê-la.

Liz colocou as cartas dentro de sua Bíblia, que guardava numa gaveta da cômoda. Sentiu-se melhor depois de tê-las escrito. Aquilo estivera em sua mente há muito tempo. E agora estava feito. Naquela noite, quando Bernie voltou para casa, eles fizeram as malas para ir a Stinson Beach. Todos estavam alegres quando partiram, na manhã seguinte.

Capítulo 22

Três semanas depois, no dia 1? de julho, Liz tinha de voltar à cidade para outra sessão de quimioterapia. Pela primeira vez ela recusou. Na véspera disse a Bernie que não queria ir. A princípio ele entrou em pânico. Depois telefonou para Johanssen e perguntou-lhe o que fazer.

— Diz que está feliz aqui e quer ser deixada sozinha. Acha que ela está entregando os pontos? — Bernie esperara até Liz sair para dar um passeio com Jane. Costumavam caminhar até a água e sentar-se para olhar o *surf*. Às vezes Jane carregava o bebê. Liz não quisera nenhuma ajuda na praia. Ainda cozinhava e tomava conta de Alexander, do melhor modo que podia. Bernie estava lá o tempo todo para ajudá-la e Jane adorava dar uma mão com o bebê.

— Pode ser — respondeu o médico. — E não posso realmente afirmar que forçá-la a vir irá fazer muita diferença. Talvez não lhe faça nenhum mal faltar a uma sessão. Por que não adiamos para a próxima semana?

Bernie o sugeriu a Liz aquela tarde, admitindo que telefonara para o médico. Liz ralhou com ele, mas ao mesmo tempo riu.

— Depois de velho você está ficando fofoqueiro, sabia disso? — Ela inclinou-se e o beijou. Bernie lembrou-se dos tempos felizes e da primeira vez em que fora à praia para vê-la.

— Lembra-se de quando você me mandou as roupas de banho, papai? Eu ainda as tenho! — Gostava tanto delas que nunca as tinha dado, apesar de há muito não servirem mais nela. Iria fazer nove anos. Era uma hora tão difícil para perder sua mãe... Alexander estava com 14 meses. No dia em que Liz deveria estar fazendo quimioterapia ele começou a andar.

Cambaleou para a frente na praia e veio hesitante na direção da mãe dando gritinhos em meio à brisa do mar. Todos riram. E ela olhou para Bernie, vitoriosa.

— Está vendo? Eu estava certa em não querer ir hoje! — Mas concordava em ir na próxima semana, "talvez". Agora sentia dores a maior parte do tempo. Mas ainda as controlava com comprimidos. Ainda não queria recorrer a injeções. Temia que se usasse os medicamentos mais fortes muito cedo eles não surtissem efeito quando precisasse. Fora sincera com Bernie a respeito daquilo.

Naquela noite, depois que o bebê andou, Bernie perguntou-lhe se queria ver Bill e Marjorie Robbins. Telefonou, mas eles haviam saído e então Liz ligou para Tracy, apenas para conversar. Conversaram durante um longo tempo e riram muito. E ela sorria quando desligou. Adorava Tracy.

Na noite de sábado, Liz fez o jantar favorito deles: bife. Bernie preparou o churrasco e ela fez batatas assadas, aspargos e molho holandês. Como sobremesa serviu sorvete com calda de chocolate quente. Alexander mergulhou na calda e lambuzou todo o rosto, enquanto eles riam. Liz não servira a dele quente para que não se queimasse. Jane lembrou a Bernie da *banana split* que ele lhe comprara quando tinha se perdido na Wolff's. Parecia ser um tempo de recordações para todos eles. Havaí... a lua-de-mel a três... o casamento... o primeiro verão em Stinson Beach... a primeira estréia da ópera... a primeira viagem a Paris... Liz conversou com ele durante aquela noite toda, lembrando tudo. No dia seguinte sentia dor demais para se levantar. Bernie implorou a Johanssen que viesse vê-la. Solidariamente ele veio e Bernie ficou-lhe grato. O médico lhe deu uma injeção de morfina. Ela adormeceu com um sorriso e só acordou à noitinha. Tracy viera para ajudar com as crianças e estava lá fora, correndo com elas na praia, com Alexander às costas numa sacola para carregar bebês que trouxera especialmente para a ocasião.

O médico deixara mais medicação e Tracy sabia como administrar as injeções. Era uma bênção tê-la lá. E Liz nem mesmo despertou na hora do jantar. As crianças comeram silenciosamente e depois foram para a cama. À meia-noite ela subitamente chamou Bernie.

— Querido?... Onde está Jane? — Ele estava lendo e ficou surpreso por ela estar tão alerta. Parecia que estivera acordada o dia inteiro e que não sentira dor. Era um alívio vê-la tão bem. Nem mesmo a achou tão magra quanto antes e Bernie subitamente perguntou a si mesmo se seria o começo da regressão. Mas era o começo de outra coisa e ele não sabia.

— Jane está na cama, querida. Quer comer alguma coisa? — Parecia tão bem que ele lhe teria trazido o jantar que perdera. Mas Liz balançou a cabeça, sorrindo.

— Quero vê-la.

— Agora?

Liz fez um sinal afirmativo com a cabeça, como se fosse urgente. Sentindo-se um pouco tolo, Bernie colocou o roupão e passou na ponta dos pés por Tracy, adormecida no sofá. Afinal ela decidira não ir para casa, prevendo que talvez Liz precisasse de uma injeção durante a noite ou Bernie a quisesse de manhã, para ajudar com as crianças.

Por um momento Jane se mexeu, enquanto ele beijava-lhe os cabelos e depois a bochecha. Depois ela abriu um olho e avistou Bernie.

— Olá, papai — murmurou sonolentamente. Depois sentou-se rapidamente. — Mamãe está bem?

— Sim. Mas sente falta de você. Quer vir e dar a ela um beijo de boa-noite? — Jane pareceu satisfeita por ser chamada para uma coisa tão importante. Saiu imediatamente da cama e o seguiu até o quarto, onde Liz dava a impressão de estar muito desperta e esperava por ela.

— Olá, querida. — Falou numa voz forte e clara e seus olhos estavam vívidos quando Jane inclinou-se para beijá-la. Achou que a mãe nunca estivera mais bonita e também que parecia melhor.

— Olá, mamãe. Está se sentindo melhor?

— Sim. — Nem mesmo sentia mais dor. Naquele momento nada a incomodava. — Só queria dizer que te amo.

— Posso ficar na cama com você? — Ela parecia esperançosa Liz sorriu e afastou as cobertas.

— Claro. — Naquele momento deu para ver o quanto ela estava magra. Mas seu rosto parecia... pelo menos naquela noite... estar novamente se enchendo.

Elas sussurraram e conversaram um pouco. Finalmente Jane começou a adormecer. Abriu uma última vez um dos olhos e sorriu para Liz, que a beijou novamente e lhe disse o quanto a amava. E então ela adormeceu nos braços da mãe e Bernie a carregou de volta para seu quarto. Quando voltou, Liz não estava na cama. Procurou no banheiro e ela não estava lá. Depois ele a ouviu no quarto perto do deles e a encontrou inclinada sobre

200

o berço de Alexander, acariciando os cachos macios e louros. —
— Boa noite, coisinha linda... — Ele era um bebê tão bonito... Liz voltou na ponta dos pés para o quarto, enquanto Bernie
a observava.

— Você precisa dormir um pouco, querida. Vai se sentir exausta
amanhã. — Mas ela parecia tão alerta, tão viva... Aninhou-se nos
braços dele enquanto sussurravam. Bernie a abraçou e acariciou seu
seio enquanto ela gemia e lhe dizia o quanto o amava. Era como
se precisasse estender os braços para cada um deles para agarrar-se
à vida, ou talvez despedir-se dela. Estava adormecendo quando o
sol nasceu. Ela e Bernie tinham conversado durante quase toda a
noite e ele adormeceu do mesmo modo que ela, abraçando-a e sentindo o calor a seu lado. Liz abriu os olhos mais uma vez e o viu
adormecendo feliz. Sorriu para si mesma e fechou os olhos. E quando
na manhã seguinte Bernie acordou, ela se fora. Morreu tranqüilamente, dormindo, em seus braços. E dissera adeus a cada um deles
antes de deixá-los. Bernie ficou parado olhando para ela durante
muito tempo, enquanto ela ficava na cama, dormindo. Era difícil
acreditar que não dormia. Primeiro ele a sacudira... Tocara sua
mão... depois o rosto... e soubera, enquanto deixava escapar um
grande soluço. Trancou a porta do quarto por dentro para que ninguém pudesse entrar e abriu as vidraças que davam para a praia.
Saiu, fechou silenciosamente a porta e correu durante bastante tempo, sentindo-a perto dele... correndo... correndo... e correndo...

Quando voltou, entrou na cozinha e encontrou Tracy servindo
o café da manhã para as crianças. Bernie a olhou. Ela começou a
conversar e então subitamente compreendeu e parou, olhando-o. Ele
fez um gesto afirmativo com a cabeça. Olhou para Jane e sentou-se
perto dela. Tomou-a nos braços e lhe disse a pior coisa que ela jamais ouviria dele ou de qualquer outra pessoa.

— Mamãe se foi, querida...

— Foi para onde? Novamente para o hospital?... — Ela
afastou-se para ver o rosto dele e então deu um gemido enquanto
compreendia e começava a chorar em seus braços. Era uma manhã
que eles lembrariam para sempre.

201

Capítulo 23

Depois do café da manhã Tracy levou as crianças para casa. O pessoal da funerária Halsted veio ao meio-dia. Bernie sentou-se sozinho na sala, esperando-os, a porta do quarto ainda trancada. Finalmente tornou a passar pelas portas de correr e sentou-se lá com ela, segurando sua mão, esperando por eles. Era a última vez que ficariam a sós, a última vez que estariam na cama — a última vez que fariam qualquer coisa — mas repetia para si mesmo que não levava a nada agarrar-se a isso. Ela já se fora. Mas enquanto a olhava e beijava seus dedos, Liz não lhe parecia ausente. Era parte de sua alma e seu coração — e sua vida. E sabia que ela sempre o seria. Ouviu o carro da Halsted chegar, destrancou a porta e saiu para encontrá-los. Não conseguiu olhar enquanto eles a cobriam e levavam para fora. Falou com o homem na sala de estar e determinou o que queria que fosse providenciado. Disse que voltaria para a cidade no final da tarde. Tinha de fechar a casa. O homem respondeu que compreendia e deu a Bernie o seu cartão. Tudo seria feito do modo mais fácil para ele. Fácil. O que havia de fácil em perder a esposa, a mulher que ele amava, a mãe de seus filhos?

Tracy telefonara para o dr. Johanssen e Bernie ligou para os donos da casa. Partiria naquela tarde. Não queria voltar novamente para a praia. Teria sido muito doloroso. Subitamente havia tantos detalhes para providenciar... e no entanto nenhum deles importava. O homem se preocupou tanto em definir se o caixão era de mogno, metal ou pinho, com forro cor-de-rosa, azul ou verde... Quem ligava? Ela se fora... três anos e tinha terminado... ele a perdera. O coração parecia de pedra em seu peito, enquanto Bernie atirava as coisas de Jane em sua mala e as de Alexander em outra e abria a gaveta, onde encontrou as perucas de Liz. Sentou-se repentinamente e começou a chorar. Teve a impressão de que nunca mais iria parar. Olhou para fora, para o céu e o mar e gritou: — Por quê, meu Deus? *Por quê?* — Mas ninguém respondeu. E agora a cama estava vazia. Ela se fora. Partira na noite anterior, depois de beijá-lo e agradecer-lhe pela vida e o bebê que tinham compartilhado. E não conseguira agarrar-se a ela, apesar do muito que tentara.

Depois que tudo estava arrumado, ele telefonou para os pais. Eram duas horas e a mãe atendeu. Fazia um calor infernal em Nova York e nem mesmo o ar-condicionado ajudava. Iriam ao encontro de amigos na cidade e Ruth pensou que eram eles ligando para dizer que estavam atrasados para ir buscá-los.

— Alô?

— Olá, mamãe. — Havia subitamente uma enorme desilusão. Bernie nem mesmo tinha certeza de que conseguiria reunir forças suficientes para falar com a mãe.

— Querido, há alguma coisa errada?

— Eu... — Bernie negou com a cabeça, depois confirmou. E então as lágrimas vieram novamente. — Eu... queria que soubesse... — Não conseguia dizer as palavras. Parecia indefeso e seu mundo terminara. — Liz... ah, mamãe... — Ele soluçava como uma criança. A mãe começou a chorar, apenas ouvindo-o. — Ela morreu... ontem à noite... — Não pôde continuar. Ruth fez um gesto para Lou, de pé ao seu lado com olhos preocupados.

— Iremos imediatamente. — Olhava para o relógio, para o marido e o vestido de noite e ao mesmo tempo chorava, pensando na garota que Bernie amara, a mãe de seu neto. Era tão inconcebível ela ter partido... tão errado. Tudo que queria era abraçar o filho. — Tomaremos o primeiro avião. — Gesticulou incoerentemente para Lou e ele entendeu. Quando Ruth deixou, Lou tomou o telefone dela.

— Nós o amamos, filho. Iremos o mais rápido que pudermos.

— Ótimo... ótimo... eu... — Não sabia como lidar com aquilo, o que alguém disse, o que alguém fez... queria chorar, gritar, espernear e trazê-la de volta. E Liz nunca voltaria para ele. Nunca. — Não posso... — Mas ele podia. Tinha de poder. Era preciso. Agora tinha duas crianças em quem pensar. E estava só. Elas eram tudo que tinha agora.

— Onde você está, filho? — Lou estava terrivelmente preocupado com ele.

— Na praia. — Bernie suspirou profundamente. Queria sair

da casa onde ela morrera. Não podia esperar enquanto olhava ao redor. Estava satisfeito pelas malas já estarem no carro. — Aconteceu aqui.

— Você está sozinho?

— Sim... mandei Tracy para casa com as crianças e... eles levaram Liz há pouco tempo. — A voz de Bernie ficou embargada ao pensar naquilo. Eles a tinham coberto com um pano... haviam-no colocado sobre seu rosto e cabeça... a lembrança lhe deu náuseas. — Tenho de ir agora. Para cuidar de tudo.

— Tentaremos chegar esta noite.

— Quero ficar com ela na funerária. — Exatamente como ficara no hospital. Não iria deixá-la até que fosse enterrada.

— Está bem. Estaremos aí o mais rápido possível.

— Obrigado, papai.

Ele parecia novamente como um garotinho e aquilo partiu o coração do pai, enquanto desligava e virava-se para Ruth. A mulher soluçava baixinho e ele a tomou nos braços. Subitamente as lágrimas rolaram por suas faces também. Chorava por seu garoto e a tragédia que o atingira. Liz fora uma moça tão adorável e todos eles a tinham amado.

Tomaram o avião das nove, depois de cancelar o jantar com os amigos. Chegaram a San Francisco à meia-noite, hora local. Para eles eram três horas da manhã, mas Ruth descansara no avião e queria ir direto para o endereço que Bernie lhes dera.

Bernie estava sentado com sua mulher na funerária, o caixão fechado. Não teria conseguido ficar olhando para ela. Assim já era bastante ruim. Estava completamente só. Todos os outros enlutados haviam voltado para casa há horas. Apenas dois homens, solenes com seus ternos pretos, estavam lá para abrir a porta quando os Fines chegaram, à uma hora da manhã. Os pais tinham deixado as malas no hotel. Ruth usava um sóbrio costume preto, blusa e sapatos pretos que comprara na Wolff's anos atrás. O pai usava terno cinza-escuro e gravata preta. Bernie, com terno cinza-chumbo, camisa branca e gravata preta parecia mais velho que seus 37 anos. Mais cedo ele fora em casa por algumas horas, para ver as crianças. Depois voltara. E naquele momento mandou a mãe para casa, para estar lá quando elas acordassem. O pai anunciou que queria passar a noite com ele na Halsted.

Conversaram muito pouco. De manhã Bernie foi para casa to-

204

mar um banho e trocar de roupa, enquanto Lou ia para o hotel fazer a mesma coisa. A mãe já estava preparando o café da manhã das crianças, enquanto Tracy falava ao telefone. Tinha um recado de Paul Berman, dizendo que chegaria à cidade às sete para estar no funeral ao meio-dia. Conforme a tradição judaica, enterrariam Liz naquele dia.

Ruth escolhera um vestido branco para Jane. Alexander ficaria em casa com uma *babysitter* que Liz às vezes chamava. Ele não compreendia o que estava acontecendo e cambaleava ao redor da mesa da cozinha, gritando "Mamã Mamã Mamã", que era como chamava Liz, o que fez Bernie desfazer-se novamente em lágrimas. Ruth deu um tapinha no braço dele e disse-lhe que deveria se deitar um pouco, mas ele sentou-se à mesa, perto de Jane.

— Olá, querida. Você está bem? — Quem estava? Mas alguém tinha de perguntar. Também não estava bem e Jane sabia disso. Ninguém estava. Ela deu de ombros e escorregou a pequenina mão para dentro da dele. Pelo menos não perguntavam mais um ao outro por que aquilo acontecera com Liz e com eles. Acontecera. E tinham de conviver com isso. Liz se fora. E queria que eles continuassem. Disso Bernie tinha certeza. Mas como? Esse era o problema.

Bernie entrou no quarto deles, lembrando-se da Bíblia que Liz lia de vez em quando. Pensou em ler o 23.º salmo no funeral. E enquanto a pegava notou que ela estava mais grossa do que esperara. As quatro cartas caíram a seus pés. Inclinou-se para apanhá-las e viu do que se tratavam. As lágrimas rolaram despudoradamente por suas faces enquanto lia a sua. Chamou Jane para ler a dela e depois entregou à mãe a carta que Liz escrevera para ela. A de Alexander ele guardaria para muito, muito mais tarde. Planejava guardá-la num cofre até Alexander ter idade suficiente para entendê-la.

Foi um dia de contínua dor, ternura e lembranças. No funeral, Paul Berman ficou em pé perto de Bernie, que apertava a mão de Jane. Lou segurava o braço de Ruth e todos choravam enquanto amigos, vizinhos e colegas entravam, em fila. A diretora da escola disse que todos sentiriam falta dela e Bernie ficou comovido ao constatar o grande número de vendedoras da Wolff's que comparecera. Havia tantas pessoas que a tinham amado e que agora sentiriam sua falta... mas ninguém tanto quanto ele ou as crianças que deixara para trás. "Eu os verei novamente um dia", prometera a todas. Dissera aquilo no último dia de aulas... prometera-lhes... no que ela

205

chamara de Dia dos Namorados. E Bernie esperava que estivesse certa... queria tornar a vê-la... desesperadamente... mas primeiro tinha duas crianças para criar... Apertou a mão de Jane enquanto ficavam em pé ouvindo o 23º salmo, desejando que Liz estivesse lá com eles... desejando que tivesse ficado... e cegos pelas lágrimas sentindo saudades dela. Mas Elizabeth O'Reilly Fine se fora para sempre.

Capítulo 24

O pai de Bernie teve de voltar para Nova York, mas a mãe ficou três semanas. Ao partir, insistiu em levar as crianças para passar um tempo com ela. Estavam quase em agosto e não tinham mais nada para fazer. Bernie eventualmente teria de voltar a trabalhar e, particularmente, Ruth achava que isso lhe faria bem. Seja como for, haviam entregue a casa em Stinson Beach, e tudo o que as crianças podiam fazer era sentarem-se em casa com a *babysitter*, enquanto ele ia trabalhar.

— Além do mais, você precisa se organizar, Bernard. — A mãe tinha sido maravilhosa com ele, mas Bernie estava começando a irritar-se com ela. Estava com raiva da vida e do destino que lhe coubera. Procurava descontar em todos e ela era o alvo mais próximo.

— Afinal, o que isso significa? — As crianças estavam na cama e ela acabara de chamar um táxi para levá-la de volta ao hotel. Ainda estava hospedada no Huntington. Sabia que Bernie precisava diariamente de um tempo para si mesmo... e ela também. Era um alívio voltar para o hotel todas as noites, depois que as crianças estavam na cama. Mas agora ele a olhava enraivecidamente. Estava morrendo de vontade de brigar e Ruth não queria participar dessa forma de desespero.

— Quer saber o que significa? Acho que você deveria sair desta casa e agir. Pode ser uma boa hora de voltar para Nova York. Se ainda não puder fazer isso pode pelo menos sair daqui. Este lugar está muito cheio de lembranças para todos vocês. Jane fica diariamente na frente do armário da mãe, cheirando seu perfume. Todas as vezes em que você abre uma gaveta lá está um chapéu, uma bolsa ou uma peruca. Não pode fazer isso a você mesmo. Saia daqui.

— Não vamos a parte alguma. — Ele dava a impressão de que iria bater o pé, mas a mãe não estava brincando.

207

— Você é um tolo, Bernard. Está torturando-os. E a si mesmo. — Estavam tentando agarrar-se a Liz... e não podiam.

— Isso é ridículo. Esta é a nossa casa e não iremos a parte alguma.

— Tudo que tem a fazer é alugá-la. O que há de tão maravilhoso nesta casa? — O maravilhoso era que Liz vivera lá e ele ainda não estava preparado para desligar-se disso. Não importa o que todos diziam ou o quanto era doentio. Não queria que as coisas dela fossem tocadas, que sua máquina de costura fosse mexida. As panelas continuavam exatamente no mesmo lugar. Tracy experimentara a mesma sensação... explicara a Ruth alguns dias antes, quando passara por lá. Demorara dois anos para dar as roupas do marido, mas Ruth estava preocupada com aquilo. Não era bom para nenhum deles. E estava certa. Mas Bernie não se renderia a ela. — Pelo menos deixe-me levar as crianças para passar umas semanas em Nova York. Até as aulas de Jane começarem.

— Vou pensar nisso. — Ele o fez e os deixou ir. Partiram no final da semana, ainda parecendo em estado de choque. Bernie trabalhava todas as noites até nove ou dez horas. Depois voltava para casa e se sentava numa cadeira na sala de estar, olhando para o vazio, pensando em Liz. Só atendia ao telefone no 14º toque, quando a mãe ligava.

— Precisa encontrar uma *babysitter*, Bernard. — A mãe queria reorganizar a vida dele e Bernie queria que ela o deixasse em paz. Se tivesse sido um beberrão, naquela altura já seria um alcoólatra, mas nem mesmo bebia. Apenas se sentava lá, sem fazer nada, entorpecido, e só ia para a cama às três da manhã. Agora odiava a cama deles porque ela não estava lá. A muito custo ia diariamente ao escritório e então também se sentava lá. Estava em choque. Tracy foi a primeira a reconhecer os sinais, mas havia muito pouco que se pudesse fazer por ele. Disse-lhe para telefonar sempre que quisesse, mas nunca teve notícias dele. Ela o fazia lembrar-se muito de Liz. E, como Jane, agora ele ficava na frente do armário, sentindo o perfume dela.

— Eu mesmo cuidarei das crianças. — Insistia em dizer aquilo para a mãe. E ela insistia em dizer-lhe que estava maluco.

— Está planejando abandonar seu emprego? — Ruth foi sarcástica, esperando sacudi-lo um pouco. Era perigoso deixá-lo permanecer assim, mas o pai achava que mais cedo ou mais tarde ele ficaria bom. Lou estava mais preocupado com Jane, que tinha pesadelos o tempo todo e perdera dois quilos em três semanas. Na Califórnia, Bernie perdera cinco. Apenas Alexander ia bem, apesar de exibir um olhar intrigado quando alguém dizia o nome de Liz, como se perguntando a si mesmo onde ela estava e quando voltaria. Agora não havia resposta para os seus "Mamã... Mamã... Mamã".

— Não preciso deixar o meu emprego para tomar conta das crianças, mamãe. — Estava sendo irracional e sentindo prazer nisso.

— É? Então vai levar Alexander para o escritório com você? Ele se esquecera daquilo. Estivera pensando em Jane.

— Posso chamar a mesma mulher que Liz chamou quando lecionou no ano passado. — E Tracy o ajudaria.

— E vai preparar o jantar todas as noites, fazer as camas e passar o aspirador? Não seja ridículo, Bernard. Você precisa de ajuda. Isso não é vergonha. Tem de contratar alguém. Quer que eu vá e faça as entrevistas para você quando as crianças voltarem para casa?

— Não, não. — Ele pareceu novamente aborrecido. — Eu cuidarei disso. — Estava zangado o tempo todo. Zangado com todos e às vezes até mesmo com Liz, por tê-lo abandonado. Não era justo. Ela lhe prometera tudo. Fizera tudo por ele. Por todos eles. Cozinhou, assou, costurou, ela os amou tanto, chegara a lecionar até quase o final. Como se pode substituir uma mulher dessas por uma criada ou uma babá? Odiou a idéia, mas no dia seguinte telefonou para as agências e explicou do que precisava.

— É divorciado? — perguntou uma mulher com voz atrevida. Sete cômodos, nenhum cachorro, duas crianças, sem esposa.

— Não, não sou. — Sou um seqüestrador e preciso de ajuda com duas crianças. Merda. — As crianças não têm... — Estivera para dizer que as crianças "não tinham mãe", mas que coisa horrível para se dizer de Liz. — Eu sou só. Isso é tudo. Tenho dois filhos. Um de um ano e quatro meses e outra de quase nove. Isso mesmo, nove anos. Um menino e uma menina. A de nove freqüenta a escola.

— Obviamente. Dorme em casa ou não?

— Dorme. É muito nova para o internato.

— A criança não. A babá.

— Ah... eu não sei... não tinha pensado nisso. Creio que ela poderia entrar por volta das oito horas e ir embora à noite, depois do jantar.

— Tem um quarto para uma criada? — Ele pensou no assunto. Ela poderia dormir no quarto do bebê, se não se importasse.

— Acho que poderia dar um jeito.

— Faremos o melhor possível. — Mas o melhor deles não era muito bom. Mandaram um punhado de candidatas para a Wolff's e Bernie ficou horrorizado com o tipo das pessoas que estavam enviando. A maioria nunca cuidara de crianças, ou estava ilegalmente no país, ou realmente não ligava a mínima. Eram uma droga, algumas nem mesmo simpáticas. Bernie finalmente decidiu-se por uma norueguesa sem atrativos. Tinha seis irmãos e irmãs. Parecia séria e afirmou que queria ficar no país durante um ano ou mais. Disse que poderia cozinhar e o acompanhou ao aeroporto quando as crianças vieram para casa. Jane não pareceu entusiasmada e Alexander a olhou curiosamente. Depois sorriu e bateu palmas, mas ela o deixou correr livremente no aeroporto, enquanto Bernie tentava encontrar as malas e armava o carrinho. Estava saindo sozinho pela porta quando Jane o trouxe de volta, com um olhar zangado para a garota. Bernie irritou-se.

— Quer fazer o favor de ficar de olho nele, Anna?

— Claro. — Sorria para um rapaz com uma mochila e longos cabelos louros, enquanto Jane sussurrava para Bernie.

— Onde a encontrou?

— Não importa. Pelo menos vamos comer. — E então baixou os olhos e sorriu para ela. Jane se atirara em seus braços quando chegaram, espremendo Alexander entre eles, enquanto ele ronronava deliciado. Bernie o atirara para o alto e depois fizera o mesmo com Jane. — Senti falta de vocês, crianças. — Ruth lhe contara sobre os pesadelos. Todos referiam-se a Liz. — Principalmente de você.

— Eu também. — Ela ainda parecia triste. Mas ele também.

— Vovó foi tão boa para mim...

— Ela te ama muito. — Sorriram e ele encontrou um carregador para ajudar com as malas. Alguns minutos depois tudo estava no carro e partiam em direção à cidade, Jane no banco dianteiro perto dele e Alexander e a criada atrás. Ela usava *jeans* desbotados e uma blusa roxa. Os cabelos eram louros, longos e desgrenhados. Jane não pareceu muito impressionada com ela enquanto conversavam, durante o percurso. Parecia responder a maioria das vezes com monossílabos e grunhidos e não estava muito interessada em fazer amizade com as crianças. Quando chegaram em casa, o

210

jantar que ela preparou consistiu em flocos de cereal e torradas francesas murchas. Desesperado, Bernie encomendou uma *pizza*, na qual a criada mergulhou antes deles. Então de repente Jane a olhou fixamente.

— Onde conseguiu essa blusa? — Jane a fitava como se tivesse visto um fantasma.

— O quê? Isto? — O rosto dela ficou vermelho. Trocara a blusa roxa por uma bonita blusa de seda verde, que agora tinha marcas de transpiração debaixo dos braços que não estavam lá antes. — Encontrei num armário lá dentro. — Ela apontou na direção do quarto de Bernie.

Os olhos dele ficaram tão arregalados quanto os de Jane. Usava a blusa de Liz.

— Nunca mais faça isso. — Ele falou entredentes e ela deu de ombros.

— Que diferença faz? Ela não vai voltar mesmo. — Jane levantou-se e deixou a mesa. Bernie a seguiu e desculpou-se.

— Sinto muito, querida. Pensei que ela era melhor quando a entrevistei. Parecia limpa e jovem. Pensei que seria mais divertido para você que alguma coruja velha. — Jane sorriu tristemente. A vida era tão difícil para eles agora... E esta era apenas sua primeira noite em casa. Mas nada jamais voltaria a ser fácil para ela. Instintivamente, sabia disso. — Que tal a gente fazer uma experiência com ela durante alguns dias e, se não gostarmos, despedi-la? — Jane fez um gesto afirmativo com a cabeça, aliviada por nada estar sendo imposto a ela. Seria eternamente difícil para todos. E Anna em poucos dias os pôs malucos. Continuou a pegar as roupas de Liz e às vezes até mesmo as de Bernie. Apareceu com um de seus suéteres favoritos de casimira e uma vez até mesmo usou as meias dele. Ela nunca se lavava e a casa cheirava terrivelmente mal. À tarde, quando Jane voltava da escola, encontrava Alexander correndo pela casa com calças sujas e camiseta, as fraldas despencando, os pés sujos e o rosto todo lambuzado do lanche, enquanto Anna conversava com o namorado pelo telefone, ou ouvia *rock* no estéreo. A comida era intragável e a casa estava indigna. A própria Jane tomava conta de Alexander quase em tempo integral. Ela o banhava quando voltava da escola, vestia-o com esmero antes de Bernie chegar e dava-lhe de comer. À noite o colocava na cama e acudia quando ele chorava. Anna nunca ao menos acordou. Não cuidava da roupa, as camas não eram trocadas, as roupas das crianças não eram lavadas. Anna os enlouqueceu e em menos de dez dias a despediram. Bernie o anunciou numa noite de sábado, enquanto os bifes queimavam numa grande e imunda panela e ela se sentava no chão da cozinha, conversando ao telefone. E deixara Alexander sozinho na banheira. Jane o encontrou lá, escorregadio como um peixe, tentando subir na borda. Ela o libertou mas poderia ter se afogado, o que aterrorizou a todos, exceto Anna. Bernie lhe disse para arrumar suas coisas e ir embora e ela o fez, sem desculpar-se e usando o suéter favorito dele, de casimira vermelha.

— Tanta amolação para isso. — Bernie colocou a panela cheia de bifes queimados dentro da pia e despejou água quente. — Que tal uma *pizza* esta noite? — Andavam comendo *pizza* com muita freqüência e decidiram convidar Tracy para unir-se a eles.

Quando ela chegou, ajudou Jane a colocar o bebê na cama. Limparam a cozinha juntas. Era quase como nos velhos tempos, exceto pelo fato de que alguém muito importante estava faltando e todos o sentiam. E para tornar as coisas piores, Tracy lhes disse que estava se mudando para a Filadélfia. Jane pareceu chocada. Era como perder sua segunda mãe. Ficou deprimida durante semanas, depois que se despediram dela no aeroporto.

E a próxima babá não ajudou. Era suíça e tinha sido treinada para tomar conta de bebês, o que pareceu perfeito para Bernie na primeira entrevista. Mas o que ela não disse foi que provavelmente fora treinada no exército alemão. Era austera, inflexível e dura. A casa era imaculada, os jantares parcos, as muitas regras rígidas. E ela batia em Alexander o tempo todo. A pobre criança chorava constantemente e Jane odiava voltar da escola e encontrá-la lá. Leite e biscoitos não eram permitidos, nem tampouco prazeres de qualquer tipo. Não deviam falar às refeições, exceto quando o pai estava presente. Televisão era pecado, música um crime contra Deus. Bernie concluiu que a mulher era meio maluca. Quando Jane riu inadvertidamente dela, numa tarde de sábado, duas semanas depois dela ter chegado, ela atravessou a sala e deu um forte tapa em seu rosto. Jane ficou tão aturdida que a princípio nem mesmo chorou, mas Bernie tremia quando se levantou e apontou um dedo para ela.

— Saia desta casa, srta. Strauss. *Imediatamente!* — Tomou o bebê dela, colocou um braço ao redor de Jane para consolá-la e, uma hora depois, a porta batia ruidosamente atrás da srta. Strauss. E depois disso foi desencorajador. Bernie sentia-se como se tivesse entrevistado todo mundo na cidade. Não confiava em ninguém. A primeira coisa que fez foi arranjar uma faxineira, mas nem mesmo isso adiantou. Seu grande problema era Alexander e Jane. Queria alguém que cuidasse deles direito. Estavam começando a parecer-lhe infelizes e sujos. Ficava fora de si quando diariamente voltava correndo do trabalho para cuidar de Alex e Jane. Contratou temporariamente uma *sitter* que podia ficar apenas até as cinco horas. E sua mãe estava certa. Era difícil trabalhar o dia inteiro e depois cuidar durante toda a noite das crianças, casa, roupa, compras, comida e quintal.

A sorte deles mudou seis semanas depois do início das aulas. A agência telefonou novamente e Bernie ouviu a história de sempre. Mary Poppins aparecera e esperava por ele. Segundo a agência, ela era perfeita para o emprego.

— A sra. Pippin é perfeita para o senhor, sr. Fine. — Ele pareceu entediado enquanto anotava o nome dela. — Tem sessenta anos, é inglesa e ficou dez anos no último emprego, com duas crianças, um menino e uma menina. E — a mulher da agência parecia vitoriosa — não havia mãe.

— Há algum motivo de orgulho nisso? — Não era da maldita conta deles.

— Isso apenas significa que ela está familiarizada com esse tipo de situação.

— Ótimo. Qual é o empecilho?

— Não existe nenhum. — Ele não fora um cliente fácil e estavam francamente aborrecidos com as suspeitas que tinha de todas que enviavam-lhe. De fato, enquanto desligava, a mulher anotou mentalmente que, se ele não gostasse da sra. Pippin, eles não lhe mandariam mais ninguém.

A sra. Pippin tocou a campainha da porta às seis horas de uma quinta-feira. Bernie acabara de chegar em casa e tirar seu paletó e gravata. Estava com Alexander nos braços e Jane o ajudava nos primeiros preparativos para o jantar. Teriam hambúrgueres, pela terceira noite consecutiva, com batatas fritas, pãezinhos e alface. Mas desde o fim de semana ele não tivera tempo de ir ao armazém e de algum modo o resto da carne se perdera no caminho de casa, ou eles a tinham esquecido no primeiro estabelecimento.

213

Bernie abriu a porta e viu-se encarando uma mulher miúda, com cabelos brancos e curtos e brilhantes olhos azuis. O chapéu e sobretudo eram azuis-marinhos e ela usava discretos sapatos pretos que pareciam ser de golfe. E a mulher da agência estava certa. Ela realmente parecia Mary Poppins. Até mesmo carregava um guarda-chuva hermeticamente fechado.

— Sr. Fine?

— Sim.

— Sou da agência. Meu nome é Mary Pippin. — A pronúncia era escocesa e ele riu consigo mesmo. Parecia brincadeira. Não Mary Poppins. Mas Mary Pippin.

— Olá. — Ele deu um passo para trás, com um sorriso. Indicou-lhe um assento na sala de estar, enquanto Jane saía da cozinha, com um sanduíche de hambúrguer nas mãos. Estava curiosa para ver o que tinham enviado desta vez. A mulher era pouco mais alta que ela, mas sorriu e perguntou-lhe o que estava cozinhando.

— Como é gentil de sua parte cuidar do seu pai e irmãozinho. Eu mesma não cozinho lá essas coisas, você sabe. — Deu um sorriso largo e quase instantaneamente Bernie gostou dela. E então subitamente reconheceu os sapatos. Não eram de golfe. Eram *brogues*, tipo de calçado pesado e grosseiro, de couro cru, usado na Irlanda e Escócia. Ela era inteiramente escocesa. A saia era de *tweed*, a blusa branca e engomada. Quando tirou o chapéu, Bernie viu que ela até mesmo usava um alfinete de chapéu.

— Aquela é a Jane. — Bernie explicou, enquanto ela voltava para a cozinha. — Tem nove anos, ou fará nove em breve. E Alexander está com quase dezoito meses. — Bernie o colocou no chão enquanto se sentavam. Alexander precipitou-se em alta velocidade para a irmã que estava na cozinha, enquanto Bernie sorria para a sra. Pippin. — Ele não pára o dia inteiro e acorda a noite toda. Jane também. — Abaixou a voz. — Ela tem pesadelos. E eu preciso de alguém para me ajudar. Agora estamos sozinhos. — Esta era a parte que odiava e normalmente elas apenas o fitavam estupidamente, mas esta mulher assentiu sensatamente com a cabeça, com um olhar compreensivo. — Preciso de alguém para cuidar de Alexander o dia inteiro, para estar aqui quando Jane voltar da escola, acompanhá-los e ser amiga deles. — Foi a primeira vez que ele disse aquilo, mas, por alguma razão, ela parecia aquele tipo de mulher —... para cozinhar para nós, manter as roupas deles em ordem...

comprar seus sapatos de colégio se eu não tiver tempo...

— Sr. Fine — ela sorriu gentilmente —, o senhor quer uma governanta.

— Sim. É isso. — Pensou brevemente na desleixada norueguesa que vivia pegando as roupas de Liz e olhou de relance para a gola engomada da sra. Pippin. Decidiu ser honesto com ela. — Temos tido momentos difíceis, ou melhor, eles têm. — Ele olhou de relance na direção da cozinha. — Minha mulher ficou doente durante quase um ano antes... — Ele nunca conseguia dizer as palavras, nem mesmo agora. — E ela se foi há três meses. É uma adaptação tremendamente difícil para as crianças.

E para mim. Ele não o acrescentou, mas os olhos da sra. Pippin diziam que sabia. Bernie subitamente sentiu vontade de relaxar e dormir, deixando-a cuidar de tudo. Alguma coisa lhe dizia que ela era absolutamente perfeita.

— O trabalho não é fácil, mas também não é terrível. — Ele lhe contou sobre as duas mulheres que empregara e as outras que entrevistara. Descreveu exatamente o que desejava. Miraculosamente, ela pareceu achar aquilo totalmente normal.

— Parece maravilhoso. Quando posso começar? — Sorriu radiante e Bernie não conseguia acreditar no que ouvia.

— Imediatamente, se quiser. Ah, esqueci de mencionar. Terá de dormir com o bebê. Isso é problema?

— De modo algum. Prefiro assim.

— Eventualmente poderemos nos mudar, mas não tenho quaisquer planos no momento. — Ele foi vago e a sra. Pippin assentiu com a cabeça. — E de fato... — Havia tantas coisas na cabeça de Bernie que agora estava confuso. Queria ser totalmente honesto com ela. — Um dia pode ser que eu volte para Nova York, mas também não tenho nada definido agora.

— Sr. Fine — ela sorriu-lhe gentilmente. — Eu compreendo. Neste exato momento o senhor está sem rumo e as crianças também... e isso é perfeitamente normal. De repente perderam o esteio de suas vidas. Precisam de tempo para curar as feridas e de alguém que zele por vocês enquanto isso acontece. Ficaria honrada em ser essa pessoa, emocionada se me deixasse cuidar de seus filhos. E caso se mudem para outra casa, apartamento... Nova York ou Quênia... isso não é problema. Sou viúva, não tenho filhos e minha casa é com a família para quem trabalho. Para onde forem eu vou, se

215

me quiserem. — Sorriu para Bernie como se estivesse falando com uma criança e ele sentiu vontade de rir.

— Isso parece maravilhoso, sra. Poppin... quero dizer, Pippin... Desculpe.

— Não faz mal. — Ela riu com ele e o seguiu até a cozinha. Era pequena, mas tinha algo de poderoso e surpreendentemente as crianças gostaram dela. Jane a convidou para jantar e, quando a sra. Pippin aceitou, ela acrescentou: mais um hambúrguer. Alexander sentou-se no colo dela até tomar banho. Então a sra. Pippin foi discutir a parte financeira com Bernie. Ela nem mesmo cobrava muito caro. E era exatamente o que ele precisava.

Prometeu voltar no dia seguinte com suas coisas — tal como elas são — desculpou-se. Deixara a outra família em junho. As crian-ças estavam crescidas e simplesmente não precisavam mais dela. Fora em férias para o Japão e voltara por San Francisco. Na verdade estava a caminho de Boston mas decidira parar na agência porque tinha achado a cidade encantadora. E *voilà*. O arranjo foi feito no Paraíso.

Naquela noite, depois que a sra. Pippin voltou para o hotel e enquanto Jane colocava o bebê na cama, Bernie telefonou para a mãe.

— Eu encontrei. — Ele parecia mais feliz do que andava há meses. Na verdade sorria. Podia-se quase ouvi-lo e percebia-se algo de diferente em sua voz. Alívio.

— Quem? — A mãe estivera cochilando. Eram sete horas em Scarsdale.

— Mary Poppin... na verdade, Mary Pippin.

— Bernie — ela parecia firme e muito mais desperta agora — você andou bebendo? — Olhou de relance e com reprovação para o marido, que estava acordado a seu lado, na cama, lendo seus jornais de medicina. Ele não pareceu preocupado. Bernie tinha o direito de beber naqueles dias. Quem não o faria?

— Não. Encontrei uma governanta. Uma legítima escocesa. E ela é fantástica.

— Quem é ela? — A mãe ficou imediatamente desconfiada e ele lhe contou todos os detalhes. — Pode ser que seja boa. Você verificou as referências?

— Farei isso amanhã. — Mas as referências confirmaram exatamente o que ela lhes contara. A família em Boston desmanchou-se em elogios à sua querida "governanta". Eles lhe disseram o quanto era sortudo e sugeriram que a mantivesse para sempre. E quando ela chegou, no dia seguinte, Bernie sentiu-se inclinado a isso. Ela organizou a casa, lavou e passou as roupas, leu para Alexander, encontrou um conjunto novo em folha para ele vestir e o lavou e penteou para esperar o pai. E na hora do jantar Jane exibia um vestido cor-de-rosa, fitas do mesmo tom nos cabelos e um sorriso. Subitamente Bernie sentiu um nó na garganta ao lembrar-se da primeira vez que a vira, perdida na Wolff's, com longas tranças e fitas cor-de-rosa exatamente iguais às que a sra. Pippin colocara nela naquela noite.

O jantar não foi maravilhoso, mas decente e simples. A mesa estava bem arrumada e mais tarde ela acompanhou as duas crianças num jogo no quarto. Às oito horas a casa estava em ordem, a mesa posta para o café da manhã seguinte e as duas crianças na cama — os cabelos penteados, limpas, bem-alimentadas e acarinhadas. E enquanto Bernie dava boa-noite a cada uma delas e agradecia à sra. Pippin, apenas desejava que Liz pudesse tê-los visto.

Capítulo 25

Foi no dia seguinte ao Dia das Bruxas que Bernie voltou para casa e sentou-se no sofá, dando uma olhadela em sua correspondência e depois erguendo os olhos para a sra. Pippin que emergia da cozinha, limpando a farinha das mãos para entregar-lhe um recado.

— Alguém acabou de telefonar para o senhor, sr. Fine. — A sra. Pippin sorriu-lhe. Era um prazer voltar para casa e encontrá-la; e as crianças a amavam. — Era um senhor. Espero que tenha anotado o nome certo.

— Tenho certeza de que sim. Obrigado. — Bernie pegou o pedaço de papel e o olhou de relance, enquanto a sra. Pippin se afastava. A princípio o nome não significou nada para ele. Entrou na cozinha para preparar uma bebida e interrogou-a, quando preparava peixe para o jantar. Jane a ajudava e Alexander brincava no chão com uma pilha de pequenas caixas vivamente coloridas. Era o tipo de cena que Liz teria criado ao seu redor enquanto trabalhava. O coração de Bernie ficou apertado ao observá-los. Tudo ainda o fazia sentir falta dela. — Esse era o primeiro ou último nome do homem, sra. Pippin?

— Não tive oportunidade de anotar o primeiro nome, apesar dele tê-lo dito. — Ela estava ocupada preparando peixe e não ergueu os olhos para Bernie. — O último nome era Scott. — Ainda não significava nada para Bernie. — O primeiro, Chandler.

O coração de Bernie pareceu parar de bater quando ela o disse. Voltou à sala de estar e olhou para o número. Pensou bastante tempo naquilo e não comentou nada a respeito durante o jantar. Era um número local. Obviamente Chandler voltara atrás de mais dinheiro. Bernie estava pensando em ignorar o recado quando, às dez horas da noite, o telefone tocou. Bernie teve uma premonição e o atendeu. Estava certo. Era Chandler Scott.

218

— Olá. — Havia nele o mesmo ar de animação forçada de antes e Bernie não ficou impressionado.

— Pensei que tivesse sido claro da última vez. — Não havia hospitalidade na voz dele.

— Estava apenas passando pela cidade, meu amigo.

— Não pare por nossa causa.

Chandler riu, como se Bernie tivesse dito uma coisa engraçadíssima.

— Como está Liz? — Bernie não queria dizer-lhe o que tinha acontecido. Não era da maldita conta dele.

— Bem.

— E a minha menina?

— Ela não é a sua menina. Agora é minha. — Foi um erro dizer aquilo e Bernie pôde senti-lo empertigar-se.

— Não é disso que eu me lembro.

— É mesmo? Como está a sua memória a respeito dos dez mil dólares? — A voz de Bernie foi dura, pois Chandler era repugnante.

— Minha memória está ótima, mas meus investimentos não se revelaram tão bons.

— Lamento ouvir isso. — Então ele voltara atrás de mais dinheiro.

— Eu também. Pensei que talvez pudéssemos ter outra pequena conversa, você sabe, sobre minha filha. — A boca de Bernie retesou-se por baixo da barba e ele lembrou-se do que prometera a Liz. Queria livrar-se do sujeito para sempre e não tê-lo de volta uma vez por ano. Na verdade, passara-se um ano e meio desde que eles tinham lhe dado o dinheiro.

— Pensei que tinha dito da última vez que não repetiria a dose, Scott.

— Talvez, meu amigo, talvez. — Alguma coisa na voz fez Bernie sentir vontade de esmurrá-lo. — Mas talvez tenhamos de repeti-la mais uma vez.

— Eu não creio.

— Está me dizendo que toda aquela grana acabou? — Bernie odiava o modo dele falar. Chandler soava exatamente como o que era. Um cafajeste barato.

— Estou lhe dizendo que não vou entrar novamente neste jogo com você. Entendeu bem, companheiro?

219

— Então que tal se eu fizer uma pequena visita à minha filha? — Ele jogava uma fria mão de pôquer.

— Ela não está interessada.

— Ficará se eu o levar aos tribunais. Que idade ela tem agora? Sete, oito? — Ele não tinha certeza.

— Que diferença isso faz? — Jane estava com nove anos e Chandler nem ao menos sabia.

— Por que não pergunta a Liz como ela se sente a respeito?

Era chantagem no mais puro sentido da palavra. Bernie ficou enojado. Queria que ele soubesse que agora o jogo com Liz terminara.

— Liz não sente nada a respeito, Scott. Ela morreu em julho. — Fez-se um longo silêncio.

— Lamento ouvir isso. — Por um momento ele pareceu sério.

— Isso coloca um ponto final em nossa conversa? — Estava subitamente feliz por ter lhe contado. Talvez agora o filho da mãe fosse embora, mas estivera dolorosamente enganado.

— Não totalmente. A criança está viva, não é? Afinal, de que Liz morreu?

— Câncer.

— Isso é muito ruim. Suponho que apenas terei de ir ao tribunal e conseguir autorização para visitá-la.

Bernie lembrou-se de sua promessa a Liz e decidiu de qualquer modo blefar com ele.

— Faça isso, Scott. Faça tudo que quiser. Não estou interessado.

— Eu desaparecerei por mais dez mil dólares. Vou lhe dizer uma coisa. Faço um acordo com você. Que tal oito?

O simples fato de pensar nele fez a pele de Bernie formigar.

— Vá se foder. — E então desligou. Teria gostado de dar um soco no estômago do sujeito. Mas, em vez disso, três dias depois, foi Chandler quem deu o soco nele. Uma notificação chegou pelo correio, através de um advogado em Market Street, comunicando que Chandler Scott, pai de Jane Scott, ex-marido de Elizabeth O'Reilly Scott Fine, estava requerendo o direito de visita à sua filha. As mãos de Bernie tremeram quando leu a carta. Estava intimado a comparecer ao tribunal no dia 17 de novembro, felizmente sem a criança. Mas seu coração bateu com força enquanto lia as palavras e ele telefonou para o escritório de Bill Grossman.

— O que eu faço agora? — Bernie parecia desesperado. Grossman atendera imediatamente. Lembrava-se do primeiro telefonema de Bernie para tratar daquele assunto.

— Parece que terá de ir ao tribunal.

— Ele tem algum direito?

— Você já adotou a criança?

A pergunta fez Bernie ficar com o coração apertado. Sempre havia alguma coisa acontecendo, o bebê, Liz adoecendo, os últimos nove meses, depois a adaptação deles...

— Não... não adotei... Merda, eu pretendia fazer isso, mas não havia motivo. Depois que o subornei, calculei que nos livraríamos dele por algum tempo.

— Você o subornou? — O advogado pareceu preocupado.

— Sim. Há um ano e meio paguei dez mil dólares para ele desaparecer. — Na verdade foram vinte meses. Bernie lembrava-se perfeitamente bem, foi pouco antes de Liz ter tido o bebê.

— Ele pode provar?

— Não. Eu me lembrei do que você disse sobre ser ilegal. — Grossman dissera que aquilo era considerado igual a comprar bebês no mercado negro. Não se podia comprar ou vender uma criança para ninguém e, com efeito, Chandler Scott vendera Jane a Bernie por dez mil dólares. — Eu paguei em dinheiro, dentro de um envelope.

— Tanto esforço para nada. — Grossman parecia melancólico. — O problema é que, quando você faz esse tipo de coisa, cedo ou tarde eles voltam para pedir mais dinheiro. É isso que ele quer agora?

— Foi assim que tudo começou. Ele telefonou algumas noites atrás e pediu mais dez mil dólares para desaparecer novamente. Na verdade, ele me ofereceu um desconto, deixava por oito.

— Meu Deus! — A voz de Grossman soou aborrecida. — Ele parece encantador.

— Quando eu disse que minha mulher tinha morrido pensei que ele desistisse. Calculei que se pensasse que estava tratando apenas comigo imaginaria que eu tinha perdido o interesse em participar do jogo.

Grossman ficou estranhamente quieto do outro lado da linha.

— Não sabia que sua esposa tinha falecido nesse meio tempo. Lamento ouvir isso.

221

— Foi em julho. — A voz de Bernie foi muito serena, pensando em Liz e na promessa que insistira que ele fizesse, que manteria Jane longe de Chandler Scott a todo custo. Talvez afinal ele devesse ter pago os oito mil dólares. Talvez tivesse sido tolice tirar sua máscara.

— Ela deixou um testamento com respeito à criança? — Haviam conversado sobre aquilo mas Liz não tinha bens, exceto as coisas que Bernie tinha lhe dado e estava deixando tudo para ele e as crianças.

— Não. Na verdade ela não tinha bens.

— Mas e quanto à tutela da criança? Ela a destinou a você?

— É claro. — Bernie pareceu quase ofendido. — Com quem mais ela deixaria seus filhos?

— Deixou isso por escrito?

— Não.

Grossman suspirou silenciosamente do outro lado da linha. Bernie acabara de arranjar para si mesmo um grande problema.

— A lei está do lado dele, você sabe, agora que sua esposa se foi. Ele é o pai legítimo da criança. — Bernie quase estremeceu.

— Está falando sério? — O sangue gelou em suas veias.

— Sim.

— O sujeito é um escroque, na verdade um ex-presidiário. Provavelmente acabou de sair novamente da prisão.

— Isso não faz qualquer diferença. O estado da Califórnia acha que os pais legítimos têm direitos, não importa o que mais eles são. Até mesmo os assassinos têm direito de ver seus filhos.

— E agora?

— Pode ser que eles lhe concedam uma permissão temporária para visita, enquanto esperam a audiência. — Grossman não lhe disse que poderia perder completamente a custódia. — Ele já se relacionou com a filha?

— Nunca. Jane não sabe que ele está vivo. Pelo que minha esposa disse, a última vez em que Chandler a viu ela estava com um ano. Ele não pode se defender, Bill.

— Sim, pode. Não se iluda. Ele é o pai legítimo da criança... Que tipo de história conjugal eles tiveram?

— Foi quase inexistente. Casaram-se poucos dias depois da criança nascer e acho que ele desapareceu depois disso. Voltou durante um mês ou dois, pouco antes de Jane completar um ano e en-

222

tão desapareceu novamente, desta vez para sempre. Liz pediu o divórcio alegando abandono, imagino que sem anuência ou notificação, uma vez que não sabia onde Chandler se encontrava até ele aparecer, no ano passado.

— É uma grande lástima você não ter adotado a criança antes disso.

— Isso é ridículo.

— Concordo com você, mas isso não significa que o juiz concordará. Acha que ele tem um interesse verdadeiro pela criança?

— Você acha, se ele a vendeu por dez mil dólares e o teria feito novamente há três dias, por oito? Scott apenas a considera algum tipo de máquina registradora. Da última vez, quando fui ao seu encontro com o dinheiro, ele não disse uma palavra ou fez nenhuma pergunta sobre ela. Nem uma. O que isso lhe diz?

— Que ele é um astuto filho da mãe que quer pressioná-lo. Desconfio que voltará a ter notícias dele antes de irmos ao tribunal, no dia 17. — E Grossman estava certo. Scott telefonou três dias antes da data em que deveriam comparecer ao tribunal e propôs sumir novamente. Mas desta vez o preço era mais alto. Queria cinqüenta mil dólares.

— Você está maluco?

— Andei pesquisando um pouco a seu respeito, meu velho colega.

— Não me chame assim, seu filho da mãe.

— Ouvi dizer que você é um judeu rico de Nova York e que dirige um elegante magazine. Pelo que parece, você é o dono.

— Nem tanto.

— Seja como for, colega. Desta vez este é o meu preço. Cinqüenta mil dólares ou esqueça.

— Pago dez, mas isso é tudo. — Teria pago vinte, mas não queria dizer-lhe. Mas Scott riu dele.

— Cinqüenta ou nada. — Era revoltante negociar o preço de uma criança.

— Não vou entrar nesse jogo com você, Scott.

— Talvez tenha de fazer isso. Com Liz morta, o tribunal vai me conceder tudo que eu quiser. Podem até mesmo me dar a custódia... Pense nisso, acho que meu preço acabou de subir para cem. — Bernie sentiu o sangue gelar nas veias. Assim que Scott desligou, ele telefonou para Grossman.

— Ele sabe do que está falando? Isso é possível?

— Poderia ser.

— Meu Deus... — Ele estava apavorado. E se perdesse Jane para ele? E prometera a Liz... Além disso, agora Jane era como sua própria carne e sangue.

— Legalmente, você não tem direitos sobre a criança. Mesmo se sua mulher tivesse deixado um testamento, designando-o tutor, ele ainda poderia ter direitos sobre ela. Agora, se conseguir provar o quanto ele é inadequado, provavelmente ganhará, a menos que o juiz seja um completo lunático. Mas se vocês dois fossem banqueiros, advogados ou homens de negócios, Chandler ganharia. Neste caso, tudo que ele pode fazer é assustá-lo por um período e traumatizar muito a criança.

— Para poupá-la disso — disse Bernie amargamente — ele agora quer cem mil dólares.

— Você tem uma gravação disso?

— Claro que não! O que você pensa que eu faço? Gravo minhas conversas? Pelo amor de Deus, não sou um traficante, dirijo uma loja de departamentos. — Ele estava ficando impaciente. Era uma situação ultrajante. — Então, o que eu faço agora?

— Se não quer dar os cem mil dólares... e eu sugiro que não o faça, porque ele voltará pedindo mais na próxima semana... então vamos ao tribunal e provamos que pai inadequado ele é. Eles podem conceder-lhe uma permissão temporária para visita, até a audiência, mas isso não é muito.

— Para você talvez não. A criança nem mesmo o conhece. Para dizer a verdade — a voz dele foi lúgubre — Jane nem mesmo sabe que ele está vivo. Sua mãe lhe contou que o pai morreu há muito tempo. E ela já sofreu traumas demais este ano. Tem tido pesadelos desde que a mãe morreu.

— Se um psiquiatra testemunhá-lo, então pode ser que isso influa negativamente sobre sua petição para visita permanente.

— E a petição para visita temporária?

— Isso de qualquer modo será aprovado. Os tribunais entendem que nem mesmo Átila, o Huno, pode fazer qualquer mal num período temporário.

— Como justificam isso?

— Não precisam justificar. Eles dirigem o espetáculo. O sr. Scott agora colocou você, e a si próprio, nas mãos deles. — E Jane.

224

Ele a colocara nas mãos do tribunal. A idéia lhe deu náuseas e Bernie sabia o quanto Liz teria ficado perturbada. Aquilo a teria matado. E a ironia do fato não o fez sorrir. Era uma situação terrível.

O dia da primeira audiência amanheceu escuro e cinzento e combinou perfeitamente com o humor de Bernie. A condução escolar veio buscar Jane, e a sra. Pippin estava ocupada com Alexander quando Bernie saiu para o tribunal. Não contara a ninguém o que estava fazendo. Ainda tinha esperanças de que tudo terminasse. E enquanto ficava em pé ao lado de Grossman, na sala do tribunal em City Hall, rezava para que toda a situação deixasse de existir. Mas reparou em Chandler Scott apoiado na parede do outro lado da sala, com um paletó diferente — desta vez melhor — e novos sapatos Gucci. Os cabelos estavam bem cuidados e quem não o conhecesse melhor o teria achado totalmente respeitável.

Bernie apontou para Scott e Bill olhou casualmente na direção dele.

— Ele parece bem.

— Era isso que eu temia.

Grossman disse que a questão demoraria vinte minutos para ser ouvida. Quando o juiz ouviu o que tinha a dizer, Grossman explicou que a criança não conhecia seu pai legítimo e passara por um grave e recente choque, causado pela morte da mãe. Parecia ser melhor não conceder a permissão temporária até que todo o assunto estivesse resolvido. E o réu achou que havia certas questões que eram cruciais para a decisão final da corte.

— Estou certo de que sim — entoou o juiz, sorrindo para ambos os pais e advogados. Esta era uma coisa que ele fazia todos os dias e nunca se deixou levar pelas emoções. Felizmente, quase nunca tinha de ver as crianças afetadas por suas decisões. — Mas não seria justo negar ao sr. Scott o direito de ver a sua filha. — Ele sorriu benevolentemente para Scott, e depois complacentemente para Grossman. — Estou certo de que isso é penoso para seu cliente, sr. Grossman, e claro que estaremos muito interessados em ouvir todos os pontos de divergência quando a questão for a julgamento numa audiência completa. Nesse meio tempo, a corte gostaria de conceder ao sr. Scott uma autorização para visita semanal à sua filha. — Bernie pensou que ia desmaiar e imediatamente sussurrou ao ouvido de Grossman que Scott era um criminoso sentenciado.

— Não posso contar-lhes isso agora — sussurrou Grossman de

volta. Bernie sentiu vontade de chorar. Desejou ter pago os oito mil dólares da primeira vez. Ou até mesmo os cinqüenta da segunda. Os cem eram impossíveis para ele. Agora estava fora do páreo.

Grossman elevou a voz para dirigir-se ao juiz.

— Onde serão as visitas?

— Onde o sr. Scott escolher. A criança está com... — O juiz examinou alguns autos e depois olhou de relance para as duas partes interessadas, com um sorriso compreensivo. — Vejamos... Ela está com aproximadamente nove anos... Não há razão pela qual não possa sair com o pai. O sr. Scott poderia pegá-la em casa e levá-la de volta. Sugiro sábado, digamos, das nove da manhã às sete da noite. Isso parece razoável para ambas as partes?

— Não! — Bernie sussurrou ao ouvido de Grossman, num cochicho audível.

E Grossman sussurrou quase imediatamente em resposta.

— Você não tem escolha neste caso. Se cooperar com o juiz agora, pode ser que mais tarde ele ofereça um negócio melhor para você. — E quanto a Jane? Que tipo de negócio ela ganhou?

Bernie estava furioso quando saíram novamente para o corredor.

— Afinal, que tipo de jogo é este?

— Mantenha a sua voz baixa. — Grossman falou com ele em tons baixos, seu rosto uma máscara, enquanto Chandler Scott e seu advogado passavam por eles. Mais tarde Grossman contou a Bernie que o advogado de Chandler era um dos mais inconsistentes da cidade. Tinha certeza de que iriam processar Bernie e empurrar as despesas para ele, pedindo à corte para fixar os honorários, numa data posterior. Mas Bill nem ao menos mencionou aquilo agora. Já tinham muito com que se preocupar. — Você apenas tem de cooperar.

— Por quê? Está errado. Por que tenho de fazer uma coisa que sei que é errada para minha filha? — Ele falou do fundo do coração, sem pensar no que acabara de dizer. Mas Bill Grossman balançou a cabeça.

— Ela não é sua filha, é filha dele... e é aí que reside todo o problema.

— A grande merda é que tudo que aquele filho da mãe quer é dinheiro. Só que agora quer tanto que não posso pagar.

— Seja como for, você nunca poderia. Pessoas desse tipo vivem aumentando seu preço. É melhor lidar com isso aqui. De qual-

226

quer modo, a audiência está marcada para o dia 14 de dezembro. Portanto, tem de se conformar com um mês inteiro de visitas temporárias e depois terá uma decisão definitiva. Você realmente acha que ele continuará com as visitas?

— Pode ser que sim. — Mas Bernie esperava que não. — E se ele a seqüestrar? — Era um pensamento que o estivera alarmando desde que Scott aparecera novamente. Aquela era sua paranóia particular. E Grossman foi rápido em reprimi-la.

— Não seja ridículo. O homem é ganancioso. Não é doido para seqüestrá-la numa visita.

— O que aconteceria se ele o fizesse? — Queria perseguir a idéia até o fim, para saber qual era seu recurso.

— As pessoas só fazem esse tipo de coisa em filmes.

— Espero que tenha razão. — Bernie apertou os olhos e o encarou. — Porque neste exato momento eu lhe digo que, se ele algum dia tentar fazer uma coisa dessas, eu vou matá-lo.

Capítulo 26

As visitas deveriam começar no sábado, o que não dava a Bernie muito tempo. Depois da manhã no tribunal, levou Jane para jantar fora. Suspirou profundamente antes de contar a ela. Ele a levara ao Hippo, que sempre fora o restaurante favorito dela, mas naquela noite Jane parecia calada. Finalmente olhou para ele. Sabia que alguma coisa estava errada e não podia imaginar o que era. Talvez fosse se mudar para Nova York ou estivesse acontecendo uma nova desgraça. E teve certeza quando Bernie tomou sua mão, com os olhos cheios de tristeza.

— Querida, preciso te contar uma coisa. — O coração de Jane bateu horrivelmente e ela teve vontade de fugir dele. Parecia tão assustada que Bernie ficou com o coração partido. Perguntou a si mesmo se algum dia Jane voltaria a ser o que era. Apesar de que, graças à sra. Pippin, ela estava melhorando. Agora não chorava tanto e algumas vezes até mesmo ria. — Não é tão ruim assim, querida. Não fique tão preocupada.

Ela o olhou apavorada.

— Pensei que você ia me dizer... — Não conseguiu pronunciar as palavras e Bernie olhou para ela, ainda segurando sua mão.

— Dizer o quê, querida?

— Que você tinha câncer. — A voz dela foi tão fraca e triste que Bernie balançou a cabeça, enquanto seus olhos se enchiam de lágrimas. Aquela era a pior coisa que qualquer um deles podia imaginar.

— Não é nada parecido com isso. É uma coisa totalmente diferente. Está bem... agora... você se lembra de que sua mãe foi casada antes? — Parecia estranho dizer-lhe aquilo, mas ele tinha de explicar do princípio.

— Sim. Ela disse que foi casada com um ator muito bonito que morreu quando eu era bebê.

228

— Algo assim. — Bernie nunca ouvira aquela versão.

— E ela disse que o amava muito. — Jane ergueu os olhos inocentemente para ele e alguma coisa revirou o estômago de Bernie.

— É?

— Foi o que ela me disse.

— Está bem. Ela me contou uma coisa um pouco diferente, mas não vem ao caso. — De repente ele se perguntou se não a estaria envenenando contra alguém que Liz verdadeiramente amara. Talvez realmente o tivesse amado e não tivera coragem de contar-lhe. Mas então subitamente lembrou-se da solenidade da promessa que Liz arrancara dele. — Ela me contou que aquele homem, seu pai verdadeiro, desapareceu logo depois de você ter nascido e que a desapontou muito. Acho que ele fez alguma coisa estúpida, como roubar dinheiro de alguém ou algo no gênero e foi para a cadeia. — Jane pareceu chocada.

— Meu pai?

— Hum... sim... Seja como for, ele desapareceu por um tempo. Depois voltou quando você estava com nove meses e fez de novo a mesma coisa. Dessa vez desapareceu quando você tinha um ano. E ela nunca o viu novamente. Fim da história.

— Foi aí que ele morreu? — Estava confusa com a história que Bernie lhe contara, mas ele balançou a cabeça enquanto o garçom tirava os pratos e ela sorvia pensativamente a sua soda.

— Não. Ele não morreu, querida. É essa a razão de tudo isso. Seu pai simplesmente desapareceu e finalmente sua mãe divorciouse dele. E alguns anos depois eu apareci e nós nos casamos.

Bernie sorriu e apertou um pouco mais a mão da criança. Ela sorriu em resposta.

— Isso foi quando nós tiramos a sorte grande... era isso que mamãe costumava dizer. — E era óbvio que ela compartilhava da opinião da mãe no que dizia respeito àquilo, como em tudo. E naquela altura Jane idolatrava Liz ainda mais do que quando ela estava viva. Mas ainda parecia chocada por ouvir que o pai estava vivo, segundo Bernie.

— Isso foi quando *eu* tirei a sorte grande. Seja como for, o sr. Chandler Scott sumiu e apareceu há algumas semanas... aqui, em San Francisco...

— Como é que ele nunca me telefonou?

— Eu não sei. — Bernie decidiu ser direto com ela. — Final-

229

mente, há cerca de um ano, ele telefonou, porque queria dinheiro de sua mãe. E quando ela deu, foi embora novamente. Mas desta vez está de volta e eu não achei que devíamos lhe dar nada, por isso não o fiz. — Foi tudo simplificado, mas basicamente o que acontecera. Bernie não contou que eles o tinham subornado para que não a visse, ou que Liz o odiava. Decidiu deixar Jane concluir aquilo sozinha, quando o visse. Mas preocupava-o o fato de que poderia gostar dele.

— Ele quis me ver? — Jane parecia intrigada a respeito do belo ator.

— Agora quer.

— Ele pode vir para o jantar? — Tudo era muito simples para ela, mas Bernie estava balançando a cabeça e Jane pareceu surpresa com a reação dele.

— Não é assim tão simples. Ele e eu fomos ao tribunal hoje.

— Por quê? — Ela pareceu ainda mais surpresa e um pouco assustada. O tribunal soava ameaçador para ela.

— Eu fui ao tribunal porque não creio que ele seja uma pessoa correta e quero protegê-la dele. E sua mãe queria que eu fizesse isso. — Ele prometera a Liz e fizera tudo a seu alcance para cumprir sua palavra.

— Você acha que ele me faria algum mal?

Bernie não queria assustá-la muito. Afinal, ela tinha de sair com ele dali a dois dias, durante dez horas.

— Não. Mas acho que ele está um pouco interessado demais em dinheiro. E nós realmente não sabemos muito a seu respeito.

Jane o olhou bem dentro dos olhos.

— Por que mamãe me disse que ele estava morto?

— Creio que foi porque ela achou que seria mais fácil você pensar isso que viver se perguntando onde ele estava, ou por que tinha ido embora. — Jane fez um sinal afirmativo com a cabeça. Fazia sentido, mas ela parecia desapontada.

— Pensei que ela nunca tivesse mentido para mim.

— Acho que nunca mentiu, exceto desta única vez. E ela pensou que seria melhor para você. — Jane assentiu com a cabeça, tentando compreender.

— Então o que eles disseram no tribunal? — Agora ela estava curiosa.

— Que dentro de um mês teremos de voltar novamente, mas

nesse meio tempo ele tem direito de vê-la. Todos os sábados, das nove da manhã até a hora do jantar

— Mas eu nem ao menos o conheço! O que vou dizer a ele durante todo o dia?

Aquilo pareceu a Bernie uma preocupação engraçada e ele sorriu.

— Você pensará em alguma coisa. — Esse era o menor dos seus problemas.

— E se eu não gostar dele? Ele não pode ter sido tão bom se vivia fugindo da mamãe.

— Isso é o que eu sempre pensei. — Bernie decidiu ser honesto com ela. — E não gostei dele da única vez em que o encontrei.

— Você o encontrou? — Ela pareceu ainda mais surpresa, enquanto Bernie assentia com a cabeça. — Quando?

— Daquela vez em que ele veio para conseguir dinheiro de sua mãe. Foi logo antes do nascimento de Alexander e ela me enviou para entregar-lhe o dinheiro.

— Ela não quis vê-lo? — Aquilo dizia a Jane muita coisa, enquanto Bernie balançava a cabeça.

— Não.

— Talvez ela não o amasse tanto.

— Talvez não. — Não queria discutir aquilo com ela.

— Ele realmente foi para a prisão? — Ela pareceu horrorizada e Bernie fez um sinal afirmativo com a cabeça. — E se eu não quiser ir no sábado?

Aquela era a parte difícil.

— Querida, receio que você tenha de ir.

— Por quê? — Os olhos dela subitamente encheram-se de lágrimas. — Eu nem ao menos o conheço. E se não gostar dele?

— Nesse caso você tem apenas de deixar o tempo passar. São apenas quatro vezes até voltarmos ao tribunal.

— Quatro vezes? — As lágrimas começaram a rolar por suas bochechas.

— Todos os sábados. — Bernie sentiu-se como se tivesse traído sua única filha e odiou Chandler Scott, seu advogado, Grossman, o tribunal e o juiz por obrigarem-no a fazer aquilo. E principalmente Grossman por dizer-lhe tão friamente para não entornar o caldo. Chandler Scott não iria à sua casa no sábado para levar sua filha.

231

— Papai, eu não quero ir. — Jane gemeu e ele lhe disse a feia verdade.

— Você tem de ir. — Bernie entregou-lhe seu lenço, sentou-se na banqueta perto dela e colocou um braço ao redor de seus ombros. Jane apoiou a cabeça nele e chorou mais alto. Tudo era tão difícil para ela agora. Não era justo acrescentar mais. E Bernie odiou todos eles por aquilo. — Encare isto sob este prisma, são apenas quatro vezes. E vovó e vovô virão de Nova York para o Dia de Ação de Graças. Isso nos dará muito em que pensar.

Ele adiara novamente a viagem à Europa, devido a todas as dores de cabeça que estivera tendo na época para conseguir ajuda. Berman não o pressionou. Haviam se passado meses desde que vira os pais. Desde agosto, quando sua mãe levara as crianças para casa com ela. E a sra. Pippin prometera fazer o peru do Dia de Ação de Graças. Ela se transformara na dádiva de Deus que prometera ser e Bernie estava encantado por ela. Apenas esperava que a mãe gostasse dela. As duas eram quase da mesma idade e tão diferentes como a noite e o dia. Sua mãe usava roupas caras, penteava-se com esmero, era um pouco frívola, difícil como o diabo quando escolhia ser. A sra. Pippin tinha energia, era modesta e tão pouco frívola quanto uma mulher pode ser. Mas era decente, afetuosa, competente e maravilhosa para seus filhos — e muito britânica. Seria uma combinação interessante.

Naquele momento ele pagou a conta no Hippo e caminhou para o carro com Jane. Quando chegaram em casa, a sra. Pippin os esperava para fazer companhia a Jane durante o banho, ler uma história para ela e colocá-la na cama. E a primeira coisa que Jane fez quando entrou pela porta foi olhar para Nanny, como todos a chamavam agora, atirar os braços ao redor de seu pescoço e entoar tragicamente.

— Nanny, eu tenho outro pai. — Bernie sorriu com o drama contido nas palavras e a sra. Pippin torceu o nariz enquanto conduzia Jane à banheira.

Capítulo 27

O "outro" pai, como Jane referira-se a ele, apareceu quase pontualmente, às 9h15min da manhã de sábado. Era o sábado antes do Dia de Ação de Graças. E todos se sentaram na sala de estar, esperando. Bernie, Jane, a sra. Pippin e Alexander.

O relógio em cima da lareira prosseguia sem misericórdia com o seu tique-taque. Todos esperavam. Bernie começou a rezar para que Chandler não aparecesse. Mas não tiveram aquela sorte. A campainha da porta tocou e Jane pulou, enquanto Bernie ia atender. Ela ainda não queria sair com o pai e sentia-se extremamente nervosa enquanto ficava perto de Nanny e brincava com Alexander, de olho no homem em pé na porta, conversando com Bernie. Ainda não o podia ver. Mas podia ouvi-lo. Tinha uma voz alta e parecia amistoso, talvez porque era — ou tinha sido — um ator.

Então ela viu Bernie dar um passo para o lado, enquanto o homem entrava na sala de estar e olhava para ela e Alexander, quase como se não soubesse quem era quem. Depois olhou de relance para Nanny e novamente para Jane.

— Olá, eu sou seu pai. — Foi uma observação desastrada. Mas aquele era um momento extremamente embaraçoso. Chandler não estendeu a mão para ela e não se aproximou. Jane não teve certeza de que gostou dos olhos dele. Eram da mesma cor dos seus, mas eles examinavam demais a sala. Ele parecia mais interessado em seu verdadeiro pai... que era como ela chamava Bernie... do que nela. Olhava para o grande Rolex de ouro e parecia estar examinando toda a sala e a mulher simples de uniforme e *brogues* azul-marinho, que estava sentada com Alexander ao colo, observando-o. Não pediu para ser apresentado. — Você está pronta?

Jane retraiu-se e Bernie deu um passo para a frente.

— Por que antes de sair, vocês não conversam um pouco aqui,

para conhecer melhor um ao outro? — Scott não pareceu satisfeito com a sugestão. Olhou para seu relógio e depois para Bernie, com irritação.

— Acho que não temos tempo. — Por quê? Para onde eles iam? Bernie não gostou do som daquilo, mas não quis dizê-lo e fazer Jane ficar ainda mais nervosa.

— Tenho certeza de que podem perder alguns minutos. Gostaria de uma xícara de café? — Bernie odiava ser tão gentil com ele, mas era tudo pelo bem de Jane. Scott recusou o café e Jane sentou-se no braço da cadeira de Nanny e o observou. Usava um suéter de gola virada e *jeans* azuis e carregava uma jaqueta de couro castanho. Era bonito... mas não de um modo que ela gostasse. Parecia polido, em vez de afetuoso e conversador como o pai. E concluiu que ele parecia comum demais sem uma barba como a de Bernie.

— Como é o nome do garoto? — Ele olhou de relance para o bebê, mas sem muito interesse. Nanny disse que era Alexander. Ela observava o rosto do homem, especialmente seus olhos. Não gostou do que viu lá... e tampouco Bernie. Os olhos dele esquadrinhavam tudo e ele não prestava a mínima atenção em Jane. — Muito ruim o que aconteceu com Liz — comentou com Jane e ela quase se engasgou quando ele disse. — Você se parece muito com Liz.

— Obrigada — respondeu Jane polidamente. E, com aquilo, ele se levantou e olhou novamente para o relógio.

— Vejo vocês mais tarde, colegas. — Ele não estendeu a mão para Jane ou disse a ela para onde estavam indo. Apenas caminhou em direção à porta e esperou que ela o seguisse, como um cachorro. Jane dava a impressão de que ia chorar. Bernie sorriu-lhe encorajadoramente e abraçou-a antes dela partir, segurando um pequeno suéter cor-de-rosa que combinava com o vestido que usava. Parecia que estava vestida para uma festa.

— Vai correr tudo bem, querida — sussurrou Bernie. — É apenas por algumas horas.

— Adeus, papai. — Ela se pendurou no pescoço dele. — Adeus, Nanny... adeus, Alex. — Acenou para ambos e jogou um beijo para o bebê, enquanto dirigia-se para a porta. De repente parecia novamente uma garotinha e Bernie lembrou-se da primeira vez em que a viu. E alguma coisa em seu íntimo fez com que sentisse vontade de correr e fazê-la parar, mas não o fez. Em vez disso ele os observou da janela. Ao entrar no velho e surrado carro, Chandler Scott

234

disse alguma coisa para ela. Como se estivesse com um mau pressentimento, Bernie anotou o número da licença, enquanto Jane acomodava-se cautelosamente no banco do passageiro e a porta batia. Um minuto depois eles partiram. Bernie virou-se e viu a sra. Pippin franzindo as sobrancelhas para ele.

— Há alguma coisa errada com aquele homem, sr. Fine. Não gosto dele.

— Nem eu. E concordo com você. Mas o tribunal não quer ouvir isso, pelo menos, não antes de um mês. Apenas espero ardentemente que nada aconteça a ela. Eu mato aquele filho da mãe...
— Ele não completou o pensamento e Nanny foi para a cozinha servir-se de uma xícara de chá. Estava quase na hora da soneca matutina de Alexander e ela precisava trabalhar, mas durante todo o dia afligiu-se pensando em Jane... e também Bernie. Ele ficou perambulando pela casa, apesar de ter trabalhos de escrita para fazer lá e outros projetos esperando-o na loja, mas não conseguia concentrar-se em nada. Não saiu o dia inteiro, caso ela telefonasse. E às seis horas ele estava sentado na sala de estar, batendo com os pés no chão, esperando por ela. Deveria chegar dali a uma hora e Bernie aguardava ansioso.

Nanny levou-lhe o bebê antes de colocá-lo na cama, mas Bernie não pôde ao menos concentrar-se nele e ela balançou a cabeça enquanto o levava para o quarto. Não queria dizer nada, mas tinha uma sensação horrível a respeito do homem que viera para levar Jane embora. E ela estava com o mais terrível pressentimento de que alguma coisa acontecera. Mas não disse nada a Bernie, que esperava.

Capítulo 28

— Entre no carro — foi tudo que Scott disse a Jane enquanto desciam as escadas da frente. Por um momento ela se sentiu tentada a subir novamente correndo. Não queria ir à parte alguma com ele e não conseguia imaginar como sua mãe podia tê-lo amado. Ele lhe parecia assustador. Tinha olhos mesquinhos e unhas das mãos sujas. Havia alguma coisa no modo dele falar que a amedrontava. Chandler abriu a porta do carro, entrou e logo em seguida repetiu a ordem. Com um último olhar para a janela onde Bernie estava, ela obedeceu.

Quase imediatamente o carro partiu em alta velocidade. Jane teve de agarrar-se à porta para não cair do banco, enquanto ele fazia curvas e dirigia apressadamente para o sul, na direção da autoestrada.

— Onde estamos indo?

— Buscar um amigo no aeroporto. — Ele tinha tudo planejado e não iria discutir aquilo com a filha. Não era da maldita conta dela.

Jane quis pedir para ele não ir tão rápido, mas temia falar qualquer coisa e Chandler não lhe disse absolutamente nada. Colocou o carro no estacionamento e apanhou uma maleta no assento traseiro. Agarrou o braço dela e nem mesmo se deu ao trabalho de trancar a porta. Apenas a conduziu firmemente pelo caminho que descia até os terminais.

— Onde estamos indo? — Ela não pôde mais reprimir as lágrimas. Não gostava nem um pouco dele e queria ir para casa. Agora. Não mais tarde.

— Eu lhe disse, garota. Para o aeroporto.

— Para onde seu amigo vai?

— Você é o meu amigo. — Scott virou-se e olhou para ela. — E nós vamos para San Diego.

236

— Passar o dia? — Sabia que havia um zoológico lá, mas o pai dissera que eles voltariam para casa às sete. Ele era o tipo de homem com quem os pais teriam dito para não falar na rua, mas de repente estava ali sozinha com ele... e indo para San Diego.

— Sim. Voltaremos na hora do jantar.

— Será que eu não devia telefonar para o papai e avisar?

Chandler riu com a inocência dela.

— Não, querida. Eu sou o seu pai agora. E você não tem de telefonar para ele. Eu telefono por você quando chegarmos lá. Acredite em mim, querida, vou telefonar. — Tudo nele era assustador. Ele apertou rudemente seu braço e a fez apressar-se enquanto atravessavam a via dentro do prédio do terminal. Jane sentiu uma súbita e urgente necessidade de fugir, mas a pressão em seu braço era muito forte e ela percebeu claramente que ele não a teria deixado ir.

— Por que estamos indo para San Diego, sr. ... er... uh... papai? — Parecia querer que ela o chamasse assim. Talvez se o fizesse, ele fosse mais simpático com ela

— Para visitar amigos meus.

— Ah. — Ela perguntou a si mesma por que ele não podia ter feito isso outro dia e então pensou que era estupidez sua não estar gostando da aventura. Teria um assunto excitante para comentar naquela noite. Mas enquanto entravam no setor de segurança, Scott agarrou o braço dela com força, seu rosto tornou-se tenso e ele lhe disse para apressar-se. E então, subitamente, ela teve uma idéia. Se lhe dissesse que precisava ir ao banheiro talvez encontrasse um telefone e pudesse avisar Bernie. Estava com aquela estranha sensação de que ele gostaria de saber que ela estava indo para San Diego com seu "outro" papai. Quando viu a porta com o sinal familiar afastouse de Chandler Scott, que deu um salto e a puxou de volta, enquanto ela se sobressaltava.

— Não, não, belezinha.

— Mas eu tenho de ir ao banheiro. — Agora havia lágrimas em seus olhos. Sabia que ele estava fazendo alguma coisa errada. Não a deixava ficar longe de suas vistas. Nem mesmo para ir ao banheiro.

— Você pode ir no avião.

— Eu realmente acho que deveria telefonar para papai e dizer a ele para onde estamos indo.

Mas Chandler apenas riu-se dela.

— Não se preocupe. Eu lhe disse. Telefonarei para ele. — E enquanto segurava rapidamente seu braço, parecia estar olhando ao redor. Subitamente uma mulher com cabelos louros tingidos e óculos escuros aproximou-se deles. Usava *jeans* apertados, camisa roxa e comprida com capuz, boné de beisebol, botas de vaqueiro. Havia algo de muito agressivo nela. — Conseguiu as passagens? — Scott fez a pergunta com um sorriso e ela assentiu com a cabeça. Entregou-as sem uma palavra e eles começaram a caminhar lado a lado, com Jane no meio, perguntando-se o que estava acontecendo.

— É ela? — perguntou finalmente a mulher. Scott apenas fez um gesto afirmativo com a cabeça e Jane ficou apavorada. Pararam na máquina de tirar retratos, tiraram quatro por um dólar. Para grande surpresa de Jane, Chandler sacou um passaporte e colocou uma das fotografias nele. Era um passaporte falsificado que não resistiria a um exame minucioso, mas Scott sabia que os passaportes das crianças raramente eram inspecionados. E no portão ela subitamente se esquivou e tentou fugir. Chandler agarrou seu braço com tanta força que Jane quase chorou e ele lhe disse exatamente o que estava fazendo.

— Se você disser uma palavra, ou tentar novamente fugir de nós, até as cinco horas seu pai... como você o chama... e seu irmãozinho estarão mortos. Entendeu isso, benzinho? — Scott sorria diabolicamente para ela. Falou com uma voz macia, enquanto a mulher acendia um cigarro e olhava ao redor. Parecia estar muito nervosa.

— Para onde vocês estão me levando? — Ela estava com medo de falar, depois do que ele acabara de dizer. A vida de Bernie e do bebê estavam em suas mãos e ela não teria feito nada que os prejudicasse. Perguntou a si mesma se eles iriam matá-la. Seu único consolo era que, se o fizessem, iria unir-se à mãe. Tinha certeza disso, o que tornava tudo um pouco menos assustador.

— Nós vamos fazer uma pequena viagem.

— Posso ir ao banheiro no avião?

— Talvez. — Ele a olhou evasivamente e ela mais uma vez perguntou-se como sua mãe podia tê-lo achado bonito. Scott parecia perverso e desregrado e não havia nada de nobre nele. — Seja o que for que você fizer, benzinho — rosnou ele entredentes — não vai a parte alguma sem nós. Você, minha querida filha, é nossa pequena mina de ouro. — Jane ainda não compreendia o que eles faziam e estava convencida de que iriam matá-la. Então Scott foi descrever para a amiga a enormidade do Rolex de ouro de Bernie.

— Talvez ele lhe dê o relógio, se você me levar de volta — disse ela esperançosamente, enquanto ambos riam e a empurravam para o avião à frente deles. As aeromoças não pareceram notar nada de errado e Jane nunca teria ousado falar, depois da ameaça que fizeram contra Bernie e o bebê. Em nenhum momento eles se deram ao trabalho de responder-lhe e, logo que o avião levantou vôo, pediram uma cerveja. Deram uma Coca-Cola para ela, mas Jane não a tocou. Não sentia fome ou sede. Apenas sentou-se muito quieta em seu banco, perguntando a si mesma para onde eles iam com o passaporte falso e se ela algum dia veria novamente Bernie, o bebê ou a sra. Pippin. Por enquanto, isso parecia muito improvável.

Capítulo 29

Passava de oito horas quando Bernie finalmente telefonou para Grossman. Durante uma hora dissera para si mesmo que talvez eles estivessem atrasados. Talvez Scott tivesse tido um pneu furado no caminho de volta, naquele seu carro caindo aos pedaços, talvez... mas até as oito horas eles podiam ter telefonado. Subitamente soube que alguma coisa terrível acontecera.

Grossman estava em casa, jantando com amigos e Bernie desculpou-se por incomodá-los.

— Não faz mal. Como correu tudo hoje? — Esperava que não tivessem havido empecilhos. Seria mais fácil para todos se aceitassem o inevitável. Sua experiência lhe dizia que seria difícil eles se livrarem de Chandler Scott.

— Foi por isso que telefonei, Bill. Sinto muito. Eles deveriam ter chegado há uma hora e ainda não voltaram. Estou ficando preocupado. Não, estou ficando *muito* preocupado. — Grossman achou que ele estava sendo precipitado e superestimando Scott como um vilão.

— Talvez o pneu tenha furado.

— Ele teria telefonado. E quando foi a última vez que furou um pneu seu?

— Quando eu tinha 16 anos e roubei o Mercedes de meu pai.

— Certo. Tente de novo. O que faremos agora?

— Em primeiro lugar, relaxe. Ele provavelmente está apenas tentando fazer uma grande figura com ela. Provavelmente aparecerão lá pelas nove horas, depois de um programa duplo e dez sorvetes de casquinha. — Grossman ainda estava convencido daquilo e não iria deixar Bernie arrastá-lo em sua paranóia. — Apenas relaxe um pouco.

Bernie olhou para seu relógio.

240

— Vou dar a ele mais uma hora.

— E depois? Vai sair dando tiros de revólver pelas ruas?

— Não acho isso tão engraçado quanto você, Bill. É com a minha filha que ele está.

— Eu sei, eu sei, sinto muito. Mas também é filha dele. E teria de ser um maníaco em delírio para fazer uma loucura, principalmente na primeira vez em que saem juntos. O homem pode ser desagradável, mas não creio que seja burro.

— Tomara que você esteja certo.

— Olhe. Espere até as nove horas e então volte a me telefonar. Aí vamos ver o que nos ocorre.

Bernie telefonou às cinco para as nove, sem querer adiar novamente.

— Vou chamar a polícia.

— E o que vai dizer a eles?

— Em primeiro lugar, eu anotei o número da placa. Em segundo, vou dizer-lhes que acho que ele seqüestrou minha filha.

— Deixe que eu lhe diga uma coisa, Bernie. Sei que você está aborrecido, mas quero que pense profundamente sobre isto. Em primeiro lugar, Jane não é sua filha, é dele, pelo menos legalmente. Em segundo, se Chandler realmente a levou, o que eu sinceramente duvido, isso é considerado subtração de incapaz e não seqüestro.

— Que diferença isso faz? — Bernie não compreendia.

— Subtração de incapaz é uma contravenção e consiste na remoção de uma criança por parte de um dos pais.

— Neste caso não seria "remoção", mas seqüestro. O sujeito é um criminoso comum. Deus, ele nem mesmo dirigiu duas palavras a Jane quando a apanhou. Apenas esquadrinhou a casa e saiu, esperando que ela o seguisse. Depois afastou-se naquela ratoeira e só Deus sabe onde eles estão agora. — Ficou histérico só de pensar naquilo e sentiu-se como se tivesse traído sua promessa a Liz. Sabia que sim. Ela lhe implorara para não deixar Chandler colocar as mãos em Jane e isso era exatamente o que ele fizera.

Às dez horas Bernie telefonou para a polícia. Eles foram compreensivos, mas não ficaram excessivamente preocupados. Como Bill, tinham certeza de que Chandler finalmente apareceria.

— Talvez ele tenha exagerado na bebida — sugeriram. Mas às onze horas, quando Bernie beirava as lágrimas, finalmente concor-

241

daram em ir e obter um relatório dele. A essa altura Grossman estava ficando preocupado.

— Ainda não tem notícias? — A polícia ainda estava lá.

— Não Agora acredita em mim?

— Deus, espero que não. — Bernie estivera descrevendo para a polícia o que Jane usava. Nanny estava com ele, sentada em silêncio na sala de estar, de roupão e chinelos. Parecia extremamente decente e exercia um efeito calmante sobre Bernie, o que foi uma sorte, porque meia hora depois a polícia descobriu que a placa que ele anotara era de um carro que fora roubado naquela manhã. Agora era sério. Pelo menos para Bernie. Para a polícia era exatamente o que Grossman previra. Subtração de incapaz e nada mais, uma contravenção e não um delito grave. Nem ligaram a mínima para o fato de que Scott tinha uma ficha criminal do comprimento de um braço. Estavam mais contrariados com o roubo do carro e passaram um aviso pelo rádio sobre ele, não sobre sua filha.

À meia-noite Bernie telefonou para Grossman e deu aquelas poucas notícias. No momento em que desligou, o telefone tocou. Era finalmente Chandler.

— Olá, colega. — Bernie quase ficou histérico quando ouviu a voz. A polícia se fora e aqui estava ele, sozinho. E Scott tinha sua filha.

— Onde afinal você está?

— Janie e eu estamos bem.

— Eu perguntei onde você está.

— Fora da cidade, para umas férias. E ela está bem, não é, querida? — Scott deu uma pancadinha embaixo do queixo de Jane, um pouco rudemente, enquanto ela tremia na cabine telefônica. Levara apenas uma suéter e era novembro.

— O que você pretende, fora da cidade?

— Queria lhe dar tempo suficiente para reunir o dinheiro, colega.

— Que dinheiro?

— Os quinhentos mil dólares que você vai me dar para levar a pequena Janie para casa. Certo, querida? — Ele a olhou mais uma vez, mas não a viu realmente. — Na verdade, a pequena Janie até mesmo achou que você gostaria de dar de lambujem aquele relógio elegante que estava usando hoje e eu acho que essa é uma grande idéia. Pode ser até que queira dar outro de presente para minha amiga aqui.

242

— Que amiga? — Bernie pensava desesperadamente e não chegava a nenhuma conclusão.

— Não importa. Vamos falar sobre o dinheiro. Quando é que você pode conseguir?

— Está falando sério? — O coração de Bernie batia descompassadamente.

— Muito.

— Nunca... Meu Deus, você sabe quanto é isso? Uma fortuna. Não posso arranjar essa quantia. — Subitamente havia lágrimas nos olhos de Bernie. Não perdera apenas Liz. Também perdera Jane. Possivelmente para sempre. E só Deus sabia onde ela estava ou o que fariam com ela.

— É melhor conseguir esse dinheiro, Fine, ou não verá Jane. Posso esperar bastante tempo. E calculo que você a queira de volta.

— Você é um filho da puta nojento.

— E você um filho da puta rico.

— Como faço para encontrá-lo?

— Eu telefono amanhã. Não ocupe o telefone e não chame os tiras ou eu a mato. — Jane ficou parada, olhando-o com interesse e pavor, mas ele não percebeu. Estava concentrado em sua conversa com Bernie.

— Como vou saber se já não a matou? — A idéia o aterrorizou. Era mais do que ele podia suportar, enquanto pronunciava as palavras. Sentia-se como se houvesse uma mão apertando o seu coração.

Do outro lado, Chandler Scott empurrou o telefone para o rosto de Jane.

— Aqui, fale com o seu velho. — Jane sabia o bastante para não dizer a Bernie onde estava. Ela própria não tinha certeza. Vira os revólveres e sabia que eles falavam sério.

— Olá, papai. — Sua voz foi muito baixa e ela começou a chorar no minuto em que pegou o aparelho. — Eu amo você... eu estou bem...

— Eu vou trazer você para casa, querida custe o que custar... eu prometo... — Mas Chandler Scott não a deixou responder. Arrancou o telefone dela e prontamente desligou na cara de Bernie.

Bernie telefonou para Grossman com as mãos trêmulas. Era meia-noite e meia.

— Ele está com ela.

243

— Eu sei disso. Onde ele está?

— Não quis me dizer. E quer quinhentos mil dólares. — Bernie parecia sem fôlego, como se tivesse estado correndo. Houve um silêncio interminável.

— Ele a seqüéstrou? — Grossman soou estupefato.

— Sim, seu idiota. Não foi isso que eu te disse?... Desculpe. O que eu faço agora? Não tenho esse dinheiro. — Conhecia a única pessoa que poderia ter, mas nem mesmo tinha certeza. E certamente não teria aquela quantia disponível em espécie, mas ele tentaria.

— Vou chamar a polícia.

— Já chamei.

— Isto é diferente. — Mas não era. Eles não ficaram mais impressionados do que tinham ficado há uma hora. No que lhes dizia respeito, aquele era um assunto particular, entre dois homens lutando por uma criança que ambos achavam que lhes pertencia, e a polícia não queria se envolver. Ele provavelmente não quis dizer a respeito do dinheiro.

E durante toda a noite a sra. Pippin sentou-se lá com Bernie, servindo-lhe chá e eventualmente um conhaque. Ele precisava. Estava branco como uma folha de papel. E em dado momento, entre chamadas telefônicas, ela o olhou diretamente nos olhos e falou com ele como o teria feito com uma criança assustada.

— Nós os encontraremos.

— Como é que você sabe?

— Porque você é um homem inteligente e a razão está do nosso lado.

— Gostaria de ter certeza disso, Nanny. — Ela deu um tapinha em sua mão e ele telefonou para Paul Berman em Nova York. Eram quase cinco horas da manhã e Berman disse que não tinha o dinheiro. Ficou horrorizado com o que acontecera. Mas explicou que nunca conservava uma quantia tão grande em espécie. Teria de vender ações... e ele as possuía em sociedade com sua mulher. Precisaria da permissão dela para vender e nesse caso também perderia uma fortuna porque o mercado andava péssimo. Explicou que levaria tempo, se conseguisse vender. E Bernie soube que ele não era a resposta.

— Você chamou a polícia?

— Eles não ligaram a mínima. Aparentemente "subtração de incapaz", que é o nome que dão a isso, não é muito importante neste estado. O pai legítimo da criança não pode fazer nada de errado.

— Eles deveriam matá-lo.

— Eu o farei, se o encontrar.

— Avise-me se eu puder ser útil.

— Obrigado, Paul. — E ele desligou.

Depois disso ele telefonou novamente para Grossman.

— Não posso conseguir o dinheiro. E agora?

— Eu tenho uma idéia. Conheço um investigador. Trabalhamos juntos.

— Podemos telefonar para ele agora?

Houve apenas uma fração de segundo de hesitação, mas basicamente Bill Grossman era um sujeito decente, apenas confiante demais.

— Vou telefonar para ele. — Cinco minutos depois chamou novamente e prometeu que o investigador estaria lá em meia hora. E ele também.

Eram três horas da madrugada quando o grupo se reuniu na sala de estar de Bernie. Bill Grossman, Bernie, o investigador, que era um homem atarracado e comum no final dos trinta, uma mulher que ele trouxera cuja idade Bernie não conseguiu calcular e Nanny, com seu roupão e chinelos. Ela serviu chá e café para todos. E levou outro conhaque para Bernie. Decidiu que os outros não precisavam. Teriam de ficar sóbrios, se iriam encontrar Jane para eles.

O nome do investigador era Jack Winters. A mulher, sua esposa e sócia, chamava-se Gertie. Ambos eram ex-alcagüetes. Depois de anos trabalhando secretamente para a polícia de San Francisco tinham decidido abrir o seu próprio negócio. E Bill Grossman jurava que eles eram extraordinários.

Bernie contou-lhes tudo que sabia sobre o passado de Chandler Scott, o relacionamento dele com Liz, suas detenções, seu tempo na prisão e seu relacionamento, ou a falta dele, com Jane. E então ele lhes deu o número da licença do carro roubado e voltou a sentar-se. Olhou para eles, apavorado.

— Vocês podem encontrá-la?

— Talvez. — O investigador tinha um bigode que pendia dos lados e um jeito que sugeria que ele não era muito brilhante, mas seus olhos eram os mais penetrantes que Bernie já tinha visto. E a mulher parecia ter a mesma combinação do parceiro. Era simples, mas não estúpida. — Desconfio que ele foi para o México ou algum lugar desse tipo.

245

— Por quê?

Os olhos dele perscrutaram os de Bernie.

— Apenas uma intuição. Dê-me algumas horas e eu apresentarei algumas possibilidades para você. Não tem nenhuma fotografia dele, tem? — Bernie balançou a cabeça. Achava que Liz também não e se tivesse, ele nunca tinha visto.

— O que eu digo a Scott quando ele telefonar?

— Que está reunindo o dinheiro para ele. Mantenha-o ocupado... esperando... e não pareça muito assustado. Isso o fará pensar que você tem o dinheiro.

Bernie pareceu preocupado.

— Eu já disse a ele que não tinha.

— Está bem. Ele provavelmente não acredita em você.

Eles prometeram entrar em contato com Bernie até o final do dia e sugeriram que ele tentasse relaxar enquanto esperava. Mas Bernie tinha de perguntar-lhes algo antes de partirem. Odiava fazer a pergunta, mas era preciso.

— Vocês acham... será que ele poderia... vocês acham que ele poderia machucá-la? — Ele não conseguiu dizer a palavra matar. Às cinco horas da manhã, aquilo era demais para ele. E Gertie falou com uma voz macia, enquanto o fitava com olhos astutos. Era uma mulher que vira muitas coisas e Bernie sabia disso.

— Esperamos que não. Faremos tudo ao nosso alcance para encontrá-lo antes disso. Confie em nós.

Bernie o fez e eles voltaram 12 horas depois. Tinha sido uma espera interminável. Andara de um lado para o outro, bebera mais café, conhaque, chá e finalmente caíra na cama às dez horas da manhã seguinte, histérico e exausto. Nanny em momento algum tinha ido para a cama, mas cuidara de Alexander durante todo o dia. Estava dando-lhe o jantar quando a campainha da porta tocou e os investigadores voltaram. Bernie não sabia como, mas eles tinham reunido uma fascinante pasta com informações. Também não poderiam ter dormido muito.

Tinham todas as fotografias de Scott e registros de prisão. Ele cumprira penas em sete estados, sempre por roubo, invasão de domicílio, e trapaças. Também tinha muitas detenções por emissão de cheques sem fundos, mas na maioria destas as queixas haviam sido retiradas, talvez porque ele tivesse devolvido o dinheiro para as pessoas envolvidas, mas eles não tinham certeza e aquilo não importava.

— Aqui o padrão interessante é que tudo que este homem faz é por dinheiro. Não por drogas, sexo ou paixão... mas dinheiro. Pode-se dizer que é o seu passatempo.

Bernie os olhou pesarosamente.

— Eu não chamaria quinhentos mil dólares de passatempo.

Winters fez um sinal afirmativo com a cabeça.

— Agora ele encontrou a sua grande oportunidade.

Eles haviam checado com o seu agente da condicional, porque descobriram que ele era um velho amigo de Jack. Logo de primeira tinham esbarrado com o homem certo, o que era uma grande sorte num domingo. E eles sabiam onde Scott estivera hospedado. Ele verificara no dia anterior. Scott dissera alguma coisa a alguém sobre ir para o México. O carro roubado fora localizado no aeroporto. E três passagens roubadas tinham sido apresentadas num vôo para San Diego. Naquela altura o trio já estava longe e a aeromoça com quem Gertie conversara entre vôos naquele dia achava que se lembrava de uma garotinha, mas não tinha certeza.

— Meu palpite é de que eles foram para o México. Vão cuidar de Jane até você aparecer com o dinheiro. E para dizer a verdade, eu me sinto melhor agora olhando para o arquivo desse sujeito. Não há um único ato de violência aqui. Pelo menos isso é alguma coisa. Se tivermos sorte, ele não irá machucá-la.

— Mas como vamos encontrá-lo?

— Começaremos a procurar hoje. Se você quiser, poderíamos partir esta noite. Gostaria de começar por San Diego e ver se consigo encontrar a pista deles lá. Provavelmente roubaram outro carro, ou alugaram um que não irão devolver. Não são tão profissionais quanto você pensa. Acho que Scott sabe que não corre nenhum perigo real. Não está sendo acusado de seqüestro aqui. Estamos falando em subtração de incapaz... aos olhos da lei isso é insignificante.

— Bernie ficou irritado só de ouvir aquilo, mas sabia que era verdade. E estava disposto a fazer qualquer coisa para encontrá-la.

— Quero que comecem imediatamente. — Ambos assentiram com a cabeça. Já tinham ensaiado providências, para o caso dele falar aquilo. — O que eu digo quando ele telefonar? — Scott ainda não o fizera.

— Diga-lhe que está se esforçando para conseguir o dinheiro. Isso pode demorar algum tempo, uma semana ou duas. Dê-nos um pouco de tempo para chegarmos lá e começarmos a procurar. Duas

247

semanas devem ser suficientes. A essa altura nós já devemos tê-los localizado. — Era um cálculo otimista, mas eles também tinham uma descrição acurada da amiga de Scott, que também era fichada. Estava sob condicional e estivera hospedada com ele no hotel que deixara na manhã anterior.

— Vocês realmente acham que o encontrarão em duas semanas?

— Faremos o diabo para isso. — E Bernie acreditava que sim.

— Quando vão partir?

— Talvez por volta das dez da noite. Temos de tomar mais algumas providências. — Estavam trabalhando em mais três casos, mas este era o mais importante e tinham empregados para assumir a direção dos outros. — Falando nisso... — Ele mencionou o preço dos seus serviços e era alto, mas Bernie não iria desistir. De algum modo ele o conseguiria. Tinha de conseguir.

— Está bem. Onde eu posso encontrá-lo se ele telefonar?

Eles lhe deram o número de onde estariam até a hora de partirem e vinte minutos depois que eles se foram Bernie recebeu outro telefonema de Chandler.

— Como vão as coisas, meu velho?

— Bem. Estou tentando conseguir o dinheiro.

— Ótimo. Fico contente em ouvir isso. Quando você acha que será?

Bernie teve um súbito lampejo de genialidade.

— Talvez não antes de uma semana ou duas. Tenho de ir buscá-lo em Nova York.

— Merda, homem. — Scott deu a impressão de estar embriagado e Bernie pôde ouvi-lo consultar a amiga durante um longo tempo. Então finalmente ele voltou. Haviam engolido a história. — Está bem. Mas só duas semanas. Eu te telefono daqui a duas semanas, a contar desta noite. Esteja aí. Ou eu vou matá-la. — E, com isso, ele desligou, sem ao menos deixá-lo falar com Jane. Bernie ficou em pânico, mas discou o número de Winters.

— Por que você disse a ele que iria para Nova York? — Winters estava intrigado.

— Porque quero ir com você. — Houve um breve silêncio.

— Tem certeza? Pode ser duro. E ele o reconhecerá se chegar perto.

— Quero estar perto de Jane, se ela precisar de mim, quando você chegar lá. Eu sou tudo que lhe resta agora. E não conseguiria ficar sentado aqui esperando. — Bernie não viu Nanny em pé na porta, prestando atenção ao que ele dizia. Ela desapareceu silenciosamente. Aprovava a idéia dele ir ao México para ajudar a encontrar Jane. — Posso ir? Continuarei a pagar a você os mesmos honorários.

— Não estou preocupado com isso. Estou pensando em você. Não ficará em melhor situação aqui, tentando continuar sua vida normal?

— Minha vida deixou de ser normal às sete horas da noite passada e não o será novamente enquanto vocês não encontrarem minha filha.

— Nós o pegaremos aí dentro de uma hora. Leve pouca bagagem.

— Vejo vocês daqui a pouco. — Ele desligou, sentindo-se melhor. Telefonou para Grossman, que prometeu relatar todo o desastre ao tribunal na manhã seguinte. Telefonou para Paul Berman em Nova York e para seu assistente na loja. E então ligou para a mãe.

— Mamãe, tenho más notícias. — A voz dele tremeu à perspectiva de contar a ela. Mas tinha de dizer alguma coisa. O Dia de Ação de Graças acabara de ir para o inferno e talvez até mesmo o Natal e o Ano-Novo... e o resto da vida dela...

— Aconteceu alguma coisa com o bebê? — O coração de Ruth parou.

— Não. É Jane. — Ele suspirou profundamente e foi em frente. — Não tenho tempo de explicar tudo agora. Mas há alguns dias o ex-marido de Liz apareceu. Ele é um verdadeiro filho da mãe e passou a maior parte dos últimos dez anos entrando e saindo da prisão. Seja como for, tentou fazer chantagem comigo e eu não lhe paguei. Então ele seqüestrou Jane. Está pedindo quinhentos mil dólares de resgate.

— Oh, meu Deus. — A mãe exclamou como se ela tivesse acabado de morrer e Bernie ressentiu-se. — Oh, meu Deus... Bernie...

— Não podia acreditar. Que tipo de pessoa fazia uma coisa dessas? Que tipo de lunático era ele? — Ela está bem? Você sabe?

— Achamos que sim. E a polícia não irá realmente se envolver, porque sendo ele o pai legítimo, trata-se apenas de subtração de incapaz, que não é uma coisa grave e nem seqüestro. Não estão realmente preocupados.

— Ah, Bernie... — Ela começou a chorar.

— Não chore, mamãe, por favor. Não posso suportar isso. Estou telefonando porque vou para o México esta noite, com dois investigadores que contratei, para tentar encontrá-la. Acham que ela pode estar lá... e o Dia de Ação de Graças acabou.

249

— Esqueça o Dia de Ação de Graças. Apenas a encontre. Oh, meu Deus... — Por uma vez na vida, ela realmente pensou que teria um ataque cardíaco, mas Lou estava fora, em alguma maldita conferência de medicina. Nem mesmo se lembrava de onde ele estava agora.

— Telefono para você, se puder. O investigador acha que pode ser que a achemos em duas semanas... — Para Bernie, aquilo parecia uma esperança. Para ela, um pesadelo. Ruth começou a soluçar ao telefone.

— Meu Deus, Bernie...

— Preciso ir, mamãe. Amo você. — Depois ele foi arrumar uma pequena bolsa de viagem. Colocou uma camisa, uma suéter quente de esqui, *jeans* azuis, um casaco longo com capuz e botas de excursionista. Enquanto virava-se para pegar sua maleta, viu Nanny em pé na porta, com o bebê nos braços. E ele contou-lhe o que estava fazendo. Partiria imediatamente para o México. Prometeu telefonar para ela com a maior freqüência possível. E queria que ficasse atenta ao bebê. Estava subitamente preocupado com todos, depois do que acontecera a Jane, mas a sra. Pippin assegurou-lhe que eles ficariam bem.

— Apenas traga logo Jane de volta. — Aquilo soou como uma ordem e Bernie riu à visão do *brogue*, enquanto beijava seu filho.

— Tome cuidado, sr. Fine. Precisamos do senhor são e salvo.

Ele a abraçou em silêncio e depois caminhou para a porta, sem olhar para trás. Havia muitas pessoas faltando agora... Jane e Liz... mas ele desceu apressadamente as escadas, enquanto Winters buzinava lá fora, numa velha caminhonete que um de seus empregados dirigia.

Capítulo 30

No trajeto para o aeroporto, Bernie não pôde evitar de pensar no quanto a sua vida se tornara estranha. Há pouco mais de um ano ela fora tão normal... uma esposa que ele amava, um novo bebê e a criança que ela tivera antes. Agora subitamente Liz se fora, Jane tinha sido seqüestrada, pediam um resgate por ela e estava prestes a viajar por todo o México com dois estranhos que contratara para encontrá-la. E enquanto olhava pela janela, seus pensamentos em Jane rapidamente o dominaram. Apavorava-o pensar que Chandler Scott e seus aliados pudessem fazer alguma coisa que a machucasse. E a idéia deles molestarem-na estivera em sua mente a noite toda. Ele a mencionou a Gertie no aeroporto, mas ela parecia ter certeza de que Scott estava interessado exclusivamente no dinheiro e Bernie deixou-se convencer.

Do aeroporto telefonou novamente para Grossman e prometeu avisá-lo do progresso deles. E depois disso foi uma longa noite. Chegaram a San Diego às 11h 30min e alugaram um grande carro com tração nas quatro rodas. Winters o providenciara de San Francisco e seguiram viagem diretamente do aeroporto. Não queriam perder tempo parando num hotel e atravessaram a fronteira em Tijuana. Dirigiram velozmente através de Rosarito e Descanso e, uma hora depois, chegaram em Ensenada. Winters estava com a impressão de que eles teriam ido lá e, com apenas uma nota de cinqüenta dólares na mão, o policial da fronteira lembrou-se deles em Tijuana.

Naquela altura passava de uma hora, mas os bares ainda fervilhavam e eles ficaram uma hora em Ensenada entrando numa dúzia deles, todos apinhados, pedindo uma cerveja e depois mostrando a fotografia de Scott. Desta vez foi Gertie quem encontrou a mina, um garçom do bar que se lembrava até mesmo da criança. Disse que era muito loura e parecia ter medo do casal que a acompanhava.

A namorada de Scott lhe perguntara sobre a barca para Guayamas, em Cabo Haro.

Gertie voltou apressadamente para o carro com a informação e eles seguiram a rota que o garçom sugerira, para o sul através de San Vicente, San Telmo e Rosario e depois leste, atravessando Baja para El Marmol. Eram quase 350 quilômetros e a viagem demorou cinco horas em estradas acidentadas, apesar da tração nas quatro rodas. Às sete horas da manhã de segunda-feira pararam em El Marmol para abastecer e às oito horas fizeram uma pausa para comer alguma coisa, enquanto desciam a costa leste de Baja. Tinham de percorrer 350 quilômetros até Santa Rosalia. Foi um dia longo e cansativo antes deles chegarem lá, pouco antes das três horas. E então tiveram de esperar duas horas pela barca para Guayamas. Mas encontraram novamente a mina quando o imediato da barca, que os ajudou a carregar o carro, lembrou-se de Scott, da mulher e da criança que se sentou entre eles.

— O que você acha, Jack? — Ele e Bernie ficaram em pé no convés observando Baja desaparecer, enquanto Gertie ficava a alguma distância deles.

— Até agora está tudo bem, mas não espero que continue assim. Não funciona desse modo, como regra. Pelo menos começamos bem.

— Talvez tenhamos sorte rápido. — Bernie queria acreditar naquilo, mas Jack Winters sabia que não era provável.

Eram 350 quilômetros de Santa Rosalia até Empalme e quatrocentos de Empalme até Espiritu Santo, onde o homem achava que Scott desembarcara. Mas em Espiritu Santo os homens no cais estavam certos de que ele fora para Mazatlan, que ficava a outros quatrocentos quilômetros. E lá a pista esfriou. Até quarta-feira não sabiam nada além do que souberam em San Francisco. Passada outra semana de trabalho exaustivo cobrindo quase todos os bares, restaurantes, lojas e hotéis em Mazatlan, a pista continuou para Guadalajara. Tinham percorrido apenas quinhentos quilômetros de Mazatlan até Guadalajara e lhes tomara oito dias de trabalho incessante para seguir Scott até lá.

Em Guadalajara souberam que ele tinha se hospedado num pequeno hotel chamado Rosalba, que ficava numa ruela e muito pouco além disso. Jack tinha um palpite de que eles haviam ido para o interior, talvez para uma das pequenas cidades no caminho para

Aguascalientes. Demoraram mais dois dias para seguir naquela direção. A essa altura era sexta-feira e o tempo de Bernie se esgotara. Dali a dois dias teria de estar em San Francisco para receber o telefonema de Scott.

— O que fazemos agora? — Desde o princípio tinham combinado que, caso ainda não a tivessem encontrado, Bernie voaria para San Francisco de Guadalajara para atender ao telefonema de Scott e que os Winters ficariam no México para conseguir notícias dele. Telefonavam diariamente para Grossman, e Bernie para Nanny e Alexander. Estava tudo bem com eles e Bernie sentia uma enorme falta do filho. Mas até sexta-feira Jane e o filho da mãe que a tinha como refém ocuparam todos os seus pensamentos.

— Acho melhor você voltar amanhã. — Winters estava pensando enquanto falava e ambos bebiam uma cerveja, de volta ao hotel. — Acho que você deveria dizer-lhe que está com o dinheiro. — Os olhos de Winters se estreitaram, formulando um plano, mas Bernie não gostou.

— Quinhentos mil dólares? E o que eu faço quando tiver de dar a ele? Digo que foi tudo uma brincadeira?

— Apenas combine um lugar para se encontrarem. Vamos deixar para nos preocuparmos depois. Se ele marcar o encontro em algum lugar por aqui isso vai nos dizer muita coisa. Você pode explicar que demorará um dia ou dois para chegar ao local e a essa altura, com sorte, nós já o teremos.

Winters pensava o tempo todo. Mas também Bernie.

— Você acha que neste momento eles podem ter voltado para os Estados Unidos?

— Não há a menor chance disso. — Winters tinha certeza. — Se Scott tiver um pouco de juízo estará com muito medo dos tiras. Não fariam muita coisa contra ele por causa disso, mas com os seus antecedentes, aquele carro roubado vai no mínimo mandá-lo de volta para a cadeia, por violação da condicional.

— Surpreendente, não é? — Bernie o olhou amargamente. — Ele rapta uma criança, a ameaça, causa-lhe talvez um enorme dano emocional para o resto da vida e eles se preocupam com um carro caindo aos pedaços. Bonito o nosso sistema, não é? É o suficiente para fazer de você um maldito comunista. Gostaria de ver o filho da mãe enforcado por isto!

253

— Não será. — Winters foi incisivo. Vira muitas coisas desse tipo... e piores. Suficientes para fazer com que nunca quisesse filhos e sua mulher concordava com ele. Nem mesmo tinham mais um cachorro, depois que o último foi roubado, envenenado e atirado no degrau da porta deles por alguém que uma vez tinham mandado para a prisão.

Não descobriram mais nada no dia seguinte. Na noite de sábado Bernie partiu para San Francisco. Chegou por volta das nove horas e correu para casa, sentindo-se subitamente muito aflito para ver o bebê. Agora Alexander era tudo que lhe restava. Não apenas Liz se fora, mas também Jane, e Bernie perguntava a si mesmo se voltaria a ouvir a voz dela ecoando pelo corredor, quando chegava e corria para ele gritando "Olá, papai!" Pensar naquilo foi demais para ele. Depois que colocou as malas no quarto de Nanny, saiu discretamente e sentou-se na sala de estar, o rosto nas mãos, chorando baixinho. Era demais perder as duas e Jane deste modo. Sentia-se como se tivesse traído Liz na única coisa com que ela sempre se importara.

— Sr. Fine? — Nanny vira o olhar no rosto dele e deixara Alexander dormindo no berço para ir ao encontro do pai. Entrou silenciosamente na sala na penumbra, sabendo que terríveis duas semanas haviam sido para ele... na verdade 14 meses terríveis... O sr. Fine era um homem tão decente e lamentava tanto por ele... Apenas a sua fé em Deus a fazia ter certeza de que encontrariam Jane e a trariam de volta. Tentou dizer-lhe isso da porta, mas a princípio ele não respondeu. — Ela voltará em breve. Deus nos dará a sabedoria de que precisamos para encontrá-la. — Mas em vez disso, Bernie se viu pensando no caso Lindbergh, um seqüestro ocorrido há anos, e no profundo sofrimento que aquelas pessoas deveriam ter suportado.

— E se nunca os encontrarmos? — Ele parecia uma criança, convencido de que tudo estava perdido, mas a sra. Pippin se recusava a acreditar nisso. E lentamente Bernie levantou a cabeça para olhá-la, a luz brilhando na porta por trás dela. — Nanny, eu não ia agüentar isso.

— Com a graça de Deus, não será necessário. — Ela aproximou-se, deu uma pancadinha em seu ombro e acendeu a luz. E alguns minutos depois ela lhe trouxe uma caneca de chá quente e um sanduíche. — Deveria ir dormir cedo esta noite. Pensará melhor pela manhã, sr. Fine. — Mas o que havia para pensar? Como fingir que tinha quinhentos mil dólares? Estava assustadíssimo e quase não dormiu durante toda a noite, dando voltas na cama e pensando.

E pela manhã Bill Grossman foi visitá-lo. Conversaram incessantemente sobre onde tinham estado, o que haviam encontrado e como a pista esfriara em Guadalajara. Winters telefonou-lhes naquela manhã para apresentar o seu relatório e não havia nada novo desde o dia anterior, exceto uma sugestão que Gertie fizera.

— Ela acha que devemos tentar Puerto Vallarta. — Tinham conversado sobre aquilo antes, mas concluíram que Scott ficaria muito visível lá e que era mais provável que tivesse ido para o interior.

— Talvez ela tenha razão. Talvez ele seja pretensioso o bastante para tentar alguma coisa desse tipo. E sabemos que gosta de boa vida. Talvez esteja testando um iate. — Mas Bernie não achava aquilo muito provável.

— Faça uma tentativa. — Ele ficaria em casa o dia inteiro, para o caso de Scott telefonar mais cedo do que prometera. Apavorava-o a idéia de não conseguir falar com ele. E Grossman sentou-se fazendo-lhe companhia até o final da tarde. Já lhe dissera naquela manhã que o tribunal "lamentava" a falta de bom senso do sr. Scott.

— "Lamentava?" — Bernie gritara. — "*Lamentam*?" Eles perderam o juízo? Minha filha agora está só Deus sabe onde, graças à estupidez deles... e *lamentam*? Que comovente. — Grossman sabia o quanto Bernie estava irritado e tinha todo o direito. Não contou lhe que a assistente social encarregada do caso dissera que provavelmente fora porque o sr. Scott estava ansioso para recuperar o tempo perdido e conhecer melhor a sua filha. Havia uma grande chance, se Grossman tivesse lhe dito isso, dele ir a City Hall e matá-la. Não verdadeiramente, mas algo parecido. E seus nervos estavam em frangalhos quando o telefone tocou, às cinco horas. Bernie teve certeza de que era Scott. Suspirou profundamente antes de atender.

— Sim?

Não era. Era Winters.

— Temos uma coisa para você. Ele já telefonou? — Era como brincar de polícia e ladrão, exceto que o que haviam roubado era o seu coração... sua criança...

— Não. Ainda estou esperando. O que há?

— Ainda não tenho certeza... mas pode ser que o tenhamos

encontrado Gertie tinha razão. Ele tem andado por toda Puerto Vallarta.

— Jane está com ele? — Oh, Deus... por favor, Deus... não deixe que eles a tenham matado... Ele estivera pensando cada vez mais nos pais, em casos como esse, que nunca viam novamente seus filhos. Milhares todos os anos... as estatísticas eram terríveis, algo em torno de cem mil...

— Não tenho certeza. Ele tem passado muito tempo num lugar chamado Carlos O'Brien's. — E também todos em Vallarta. Era o bar mais popular da cidade e Scott era um tolo por ter ido lá. Mas ninguém parecia se lembrar da mulher ou da criança. Ele provavelmente as deixara num hotel. — Veja se consegue arrancar alguma coisa dele quando telefonar. Talvez possam conversar um pouco... amigavelmente. — Bernie, segurando o aparelho, sentiu a palma da mão suar ao pensar naquilo.

— Tentarei.

— E marque um encontro com ele. Finja que tem o dinheiro.

— Sim.

Os nervos de Bernie estavam em frangalhos quando desligou e explicou a Grossman. E o telefone tocou novamente menos de cinco minutos depois. Desta vez era Scott, numa ligação interurbana muito distante.

— Como está passando, meu velho chapa? — Ele parecia feliz e relaxado e Bernie desejou colocar as mãos nele e estrangulá-lo até ele sufocar.

— Bem. Tenho boas notícias para você. — Ele tentou parecer relaxado, controlado e despreocupado enquanto as interferências o faziam gritar.

— Que tipo de notícias?

— No valor de quinhentos mil dólares. — Bernie representou bem o seu papel. — Como está Jane?

— Essas são ótimas notícias! — Scott pareceu deliciado, mas não tanto quanto Bernie teria gostado.

— Eu perguntei como está Jane. — A mão dele apertou o aparelho enquanto esperava. Grossman o observava.

— Ela está bem. Mas eu tenho más notícias para você. — O coração de Bernie parou. — O preço subiu. Ela é tão engraçadinha que eu acabo de calcular que vale muito mais do que originalmente pensei.

— Realmente?

— Sim. Creio que agora ela vale um milhão, você não acha?

— Meu Deus.

— Isso não vai ser fácil. — Ele rabiscou a quantia num pedaço de papel para Grossman ver. Mas aquilo poderia dar a eles mais tempo. — Vou ter de voltar às minhas fontes.

— Você está com os quinhentos mil agora?

— Sim — mentiu Bernie.

— Então por que não fazemos isso em parcelas?

— Eu recebo Jane de volta depois da primeira parcela? Scott riu dele.

— Isso não é provável, cara. — Filho da mãe. Bernie nunca odiara tanto alguém, ou tivera tanta razão para isso. — Você a terá de volta quando tiver tudo.

— Ótimo, então você não recebe em parcelas.

A voz de Scott tornou-se mais áspera.

— Eu vou lhe dar mais uma semana para conseguir a outra metade, Fine. E se eu não a receber... — Ele era o filho da mãe mais ganancioso da face da Terra. Mas agora tinham mais uma semana para encontrar Jane. Com sorte, em Puerto Vallarta.

— Quero falar com ela. — A voz de Bernie foi igual à de Scott.

— Ela não está aqui.

— Onde ela está?

— A salvo. Não se preocupe.

— Quero deixar uma coisa bem clara para você, Scott. Se tocar um fio de cabelo da cabeça dela eu vou matá-lo. Entendeu? E você não vai receber um mísero centavo enquanto eu não constatar que ela está viva e com saúde.

— Ela estará bem. — Ele riu. — Diabos, está até bronzeada. — Puerto Vallarta.

— Onde ela está?

— Não importa. Ela pode te contar tudo a esse respeito quando voltar para casa. Eu te telefono daqui a uma semana a contar desta noite e é melhor você ter o dinheiro, Fine.

— Eu terei. É melhor você ter Jane.

— Você fechou um negócio. — Ele riu. — Por um milhão de dólares. — E com aquelas palavras ele desligou, enquanto Bernie sentava-se novamente, sentindo falta de ar. Havia uma camada fina de suor em sua testa. Quando olhou para Grossman, o advogado tremia.

257

— Sujeito simpático. — Grossman sentia náuseas.

— Não é mesmo? — Bernie foi amargo. Sentia-se como se nunca fosse se recuperar daquilo, mesmo se a tivesse de volta.

O telefone tocou novamente meia hora depois. Era Winters. Ele falou sem rodeios.

— Nós o pegamos.

— Oh, meu Deus. Está falando sério? Acabei de falar com ele. — A mão e a voz de Bernie tremiam.

— Quero dizer que sabemos onde ele está. Uma garçonete do Carlos O'Brien's tem cuidado de Jane. E eu tive de lhe pagar mil dólares para ela ficar com a boca fechada, mas valeu a pena. Diz que ela está bem. Jane contou à moça que Scott não era realmente o pai dela mas que "tinha sido". Um dia fora casado com sua mãe, mas Scott lhe disse que se ela fugisse ou tentasse conseguir ajuda ele mataria você e o bebê. Aparentemente a namorada de Scott ficou cansada de tomar conta de Jane à noite enquanto ele saía para jogar, por isso contrataram essa garçonete.

— Cristo! Como ele pode ter dito uma coisa dessas?

— Isso não é estranho. Normalmente eles dizem às crianças que seus pais morreram ou que não querem mais vê-las. É surpreendente como elas acreditam em tudo quando estão apavoradas.

— Por que a moça não foi à polícia?

— Ela diz que não queria se envolver, nunca se sabe se as crianças estão falando a verdade. E de qualquer modo Scott estava lhe pagando. Nós apenas lhe pagamos mais. E pode ser que esteja dormindo com ele, mas eu não creio que isso tenha muito peso para ela. — Ela oferecera a Winters um outro serviço por mais cem dólares. Mas ele não o incluíra na conta das despesas e rira quando contou a Gertie. Ela não achou tanta graça. — O que ele disse ao telefone? — Winters temia que depois da conversa eles se mudassem novamente naquela noite e poderia ser difícil segui-lo sem ser notado.

— Agora ele quer um milhão. E me deu uma semana para conseguir o dinheiro.

— Ótimo. Isso significa que ele vai relaxar. Quero pegar a menina esta noite. Está bem para você? Por outros mil dólares a garota vai me ajudar. Esperam que ela cuide de Jane esta noite. Então eu vou pegá-la. — O coração de Bernie se agitou com a idéia. Por favor, Deus, cuide dela. — Não podemos tomar um avião aqui esta noite mas dirigiremos à toda para Mazatlan e pegaremos um avião pela manhã. — Ele pareceu muito meticuloso e profissional... e era. Mas Bernie teria preferido estar lá. Sabia o quanto seria assustador para Jane. E Jack e sua mulher eram apenas mais dois estranhos. Mas seria mais fácil para eles movimentarem-se rápido do que o teria sido para ele, Nanny e o bebê. — Com sorte, você a terá em casa amanhã.

— Mantenha-me informado.

— Deve ter notícias nossas lá pela meia-noite. — Foi a noite mais comprida de sua vida. Grossman voltou para casa por volta das sete horas e lhe disse para telefonar se tivesse alguma notícia, não importa o quanto fosse tarde. Bernie pensou em telefonar para a mãe também e então decidiu esperar até ter mais o que contar.

Não teve de esperar tanto quanto Winters pensara. Logo depois das dez horas recebeu uma chamada a cobrar de Valle de Banderas em Jalisco.

— Aceita a chamada? — perguntou a telefonista e Bernie imediatamente disse que sim. Por uma vez Nanny fora para a cama e ele estava sozinho na cozinha. Estava fazendo café fresco.

— Jack?

— Nós a pegamos. Ela está bem. Está dormindo no carro com Gertie. Está exausta. Sinto dizer, mas nós lhe demos um susto enorme. A moça nos deixou entrar e nós a pegamos. Ela vai dizer a Scott que os tiras levaram a criança. Pode ser até que você não tenha notícias dele durante um período. Seja como for, temos reservas num vôo que sai às nove da manhã de Mazatlan e ficaremos no Holiday Inn quando chegarmos lá. E agora ninguém vai tocar nela. — Bernie sabia que eles estavam armados. Lágrimas rolavam por suas faces enquanto ele segurava o telefone. Tudo que pôde dizer para o homem que salvara Jane foi "obrigado". Desligou, sentou-se à mesa da cozinha, apoiou a cabeça nos braços e soluçou de alívio, saudade e terror reprimido. Sua filha estava voltando para casa... Se ao menos Liz pudesse estar vindo com ela...

Capítulo 31

O avião pousou às 11h, hora local. E Bernie estava no aeroporto esperando com Nanny, Grossman e o bebê. Jane segurava a mão de Gertie enquanto saía do avião. Bernie deu um salto para a frente e a ergueu do chão, abraçando-a. Ela soluçava abertamente. E por uma vez nem mesmo Nanny manteve sua compostura. As lágrimas escorriam de seus olhos azuis quando ela beijou a criança e até mesmo Bill Grossman a beijou.

— Ah, querida... eu sinto tanto... — Bernie mal podia falar e Jane não conseguia parar de chorar e rir enquanto beijava o pai, o bebê e Nanny.

— Eles disseram que se eu contasse alguma coisa ou tentasse fugir... — Começou novamente a chorar. Não conseguia dizer as palavras, mas Winters contara tudo a Bernie. — Disseram que tinham alguém seguindo você o tempo todo.

— Era mentira, querida. Como tudo o mais que eles te disseram.

— Ele é um homem terrível. Não sei por que um dia mamãe casou com ele. E *não* é bonito. É feio e sua amiga era horrível... — Mas Gertie disse que, pelo que deduziu conversando a sós com Jane, tinha certeza de que não fora molestada. Estavam interessados exclusivamente no dinheiro. Deviam ter ficado loucos de raiva ao descobrirem que ela se fora, quando voltaram do Carlos O'Brien's.

Quando voltaram para casa, Jane olhou ao redor como se tivesse ido para o Paraíso. Fazia exatamente 16 dias que saíra de casa e o pesadelo começara para todos eles. Dezesseis dias e quarenta mil dólares para encontrá-la. Os pais de Bernie tinham vendido ações para ajudá-lo a pagar os honorários de Winters, mas cada centavo valera a pena. E naquele momento telefonaram para eles, para que

260

a própria Jane pudesse falar com vovó Ruth, mas ela só conseguiu soluçar ao telefone e finalmente teve de entregá-lo a Lou. Estivera certa de que eles a matariam. Também se lembrara do caso Lindbergh. Era jovem quando acontecera e aquilo a impressionara durante toda a vida.

Naquele dia Bernie segurou Jane nos braços durante horas. Contaram à polícia que ela tinha sido encontrada, mas ninguém pareceu muito excitado. O tribunal também foi notificado. Declararam-se felizes em saber. Bernie sentia-se amargo em relação a todos, exceto Jack Winters. Fez Winters arranjar seguranças para ele. Jane e Alexander não poderiam deixar a casa sem um guarda armado e Bernie queria um em casa com ela sempre que estivesse ausente. E então telefonou para Paul Berman e lhe disse que estaria de volta à loja pela manhã. Ausentara-se apenas durante duas semanas, mas parecia uma eternidade.

— Ela está bem? — Berman ainda estava horrorizado com o que acontecera. Aquela pobre gente tinha tido um pesadelo atrás do outro, com Liz morrendo e agora isto. Sentia muito por Bernie e já começara a procurar alguém para substituí-lo na Califórnia. Até mesmo Berman percebia então que não era justo deixá-lo mais tempo em San Francisco. O amigo já passara por coisas suficientes, apesar de saber que poderia levar meses, ou até mesmo um ano para encontrar um substituto para dirigir a loja de San Francisco. Mas pelo menos a procura começara.

— Jane está bem.

— Todos rezamos por ela, Bernie.

— Obrigado, Paul.

Ele desligou, sentindo-se grato por terem-na encontrado. Pensou novamente nas pessoas que nunca voltavam a ver seus filhos. Pais e mães que passavam a vida inteira perguntando a si mesmos se seus filhos estavam vivos e acariciando fotografias de suas crianças de cinco anos que àquela altura estavam com vinte ou trinta e que talvez nem mesmo soubessem que eles permaneciam vivos, depois das mentiras que os seqüestradores tinham lhes contado. Para Bernie, subtração de incapaz parecia quase tão horrível quanto assassinato.

O telefone tocou naquela noite enquanto eles jantavam. Nanny preparara bifes e aspargos com molho holandês, porque era o prato favorito de Jane. E como sobremesa fizera um enorme bolo de chocolate, que Alexander olhava com cobiça, enquanto Bernie erguia-se e ia atender. O telefone tocara durante toda a tarde e anoitecer. Eram amigos emocionados e aliviados pelo horror deles ter terminado.

— Alô? — Bernie sorria para Jane. Não tinham tirado os olhos um do outro durante todo o dia e ela adormecera um pouco em seu colo, logo antes do jantar.

Havia interferência na linha e uma voz familiar. Bernie não podia acreditar. Mas ligou o mecanismo de gravação que Grossman lhe dera no dia anterior. Também gravara o pedido de um milhão de dólares de resgate.

— Pegou sua menina de volta, hein? — Scott não parecia satisfeito enquanto Bernie ouvia atentamente e observava a máquina gravá-lo. — Imagino que os tiras ajudaram você. — A moça dissera a Scott justamente o que deveria e Bernie estava deliciado.

— Não tenho muito a te dizer.

— Tenho certeza de que você encontrará alguma coisa para dizer ao juiz. — Era uma brincadeira. Ele sabia que Scott não ousaria levá-lo novamente ao tribunal.

— Não estou realmente preocupado com isso, Scott, e se algum dia você colocar novamente as mãos nela eu vou mandá-lo para a prisão. Na verdade, pode ser que de qualquer modo eu faça isso.

— Sob que acusação? Seja como for, subtração de incapaz é contravenção. Eles me colocarão na prisão por uma noite, se fizerem tanto.

— Não estou tão certo de que seqüestro com pedido de resgate é muito popular nas cortes locais.

— Tente provar isso, meu chapa. Você nunca recebeu nada por escrito de mim e se foi otário o bastante para gravar as nossas conversas, isso não vai adiantar nada. Gravações não são aceitas no tribunal. — O sujeito certamente sabia o que estava fazendo. — Você não se livrou de mim, Fine. Não existe só um modo de se tirar o couro de um gato. — Mas com aquilo Bernie desligou e fez parar o mecanismo de gravação. Depois do jantar telefonou para Grossman e Bill confirmou o que Chandler Scott dissera. Gravações não eram aceitas.

— Então por que você fez eu me dar a esse trabalho? — A lei estava definitivamente contra ele naquele caso. Desde o princípio não tinham feito nada para ajudar.

— Porque, mesmo se não pode ser usado como evidência, o tribunal da família ainda prestará atenção e saberá o que você enfrentou. — Mas quando Bill lhes entregou as gravações, eles não se revelaram nada solidários. Declararam que provavelmente Scott estivera brincando, ou talvez sob alguma terrível tensão, depois de ficar tanto tempo sem ver a filha e saber que sua ex-mulher morrera de câncer.

— Eles estão loucos, ou apenas brincando? — Bernie o encarara. — O sujeito é um criminoso, raptou-a, pediu um resgate de um milhão de dólares e a manteve como refém no México durante 16 dias. E acham que ele estava "brincando"? — Bernie não podia acreditar. Primeiro a polícia não ligou a mínima quando Scott a levou e agora o tribunal não ligava a mínima para o pedido de resgate.

Mas as piores notícias chegaram na semana seguinte, quando receberam uma notificação do tribunal avisando que Scott queria uma audiência para pedir a custódia.

— Uma audiência para pedir a *custódia*? — Bernie quase arrancou o telefone da parede quando Bill lhe contou. — Custódia de quem?

— Da filha dele. Está alegando para a corte que o único motivo de tê-la levado é que a ama desesperadamente e quer que fique com ele, onde é o seu lugar.

— Onde? Na prisão? Aceitam crianças em San Quentin? Esse é o lugar do filho da mãe. — Bernie ficou histérico em seu gabinete. Naquele exato momento Jane estava no parque com Nanny, o bebê e um segurança negro que há dez anos fora atacante do Redskins, tinha 1,90m de altura e pesava 130 quilos. Bernie rezava que Scott o irritasse.

— Acalme-se. Ele ainda não tem a custódia. Está apenas pedindo.

— Por quê? Por que está fazendo isto comigo?

— Quer saber? — Aquele era o pior caso que Grossman já enfrentara e estava começando a odiar Scott tanto quanto Bernie, mas aquilo não os levaria a nenhum lugar. Tinham de ser racionais. — Está fazendo isto porque se conseguir a custódia, que Deus não permita, ou até mesmo autorização para visitá-la, iria vendê-la de volta para você. Se não pode fazer isso por meio de seqüestro ele o fará legalmente. Porque os direitos são dele, que é o pai legítimo. Mas você tem o dinheiro e é isso que Scott quer.

— Então vamos dá-lo a ele. Por que fazer papel de tolo enfrentando o tribunal e observando as regras? Ele quer dinheiro. Vamos oferecê-lo agora. — Parecia-lhe muito simples. Scott não precisava torturá-lo para conseguir o que desejava.

— Não é tão simples assim. É ilegal você oferecer qualquer quantia de dinheiro a ele.

— Ah. Eu entendo — disse Bernie raivosamente. — Mas ele pode raptar a criança e pedir um resgate de um milhão de dólares. Isso está certo, mas eu tentar subornar o filho da mãe não. Deus... — ele deu um murro na escrivaninha e derrubou o telefone no chão, ainda segurando o gancho enquanto o resto ficava pendurado. — O que há de errado com este país?

— Acalme-se, Bernie! — Grossman tentou acalmá-lo mas foi inútil.

— Não me diga para ficar calmo. Scott quer a custódia da minha filha e agora você quer que eu fique calmo? Há três semanas ele a raptou e eu andei como um idiota por todo o México pensando que ela estava morta... e devo manter a calma?! Você ficou maluco também? — Ele estava em pé e gritava a plenos pulmões em seu gabinete. Depois bateu o telefone, sentou-se em sua escrivaninha e chorou. Seja como for, era tudo culpa *dela*. Se ela não tivesse morrido nada daquilo teria acontecido. Mas pensar nisso apenas o fez chorar mais. Sentia tanta falta de Liz... Cada suspiro que ele dava era doloroso e até mesmo estar com as crianças tornava tudo mais difícil. Nada era como antes... nada... nem a casa... nem as crianças... nem a comida que comiam... ou o modo como a roupa deles era dobrada... Nada mais era familiar e nada jamais seria igual novamente. Nunca se sentira tão desolado em sua vida. Sentou-se em sua escrivaninha e chorou. E, pela primeira vez, compreendeu que Liz nunca voltaria novamente. Nunca.

Capítulo 32

A nova audiência foi marcada para o dia 21 de dezembro e foi lhe dada prioridade por ser uma audiência de custódia. Aparentemente o assunto do carro roubado fora esquecido. Como resultado, não poderia haver violação de condicional. Os donos do carro não queriam dar queixa porque, segundo Winters, eram traficantes de drogas e Chandler Scott voltou para o país sem qualquer problema.

Ele parecia respeitável e submisso enquanto entrava na sala da audiência com seu advogado. E Bernie entrou no tribunal usando terno azul-escuro e camisa branca, com Bill Grossman. O segurança negro estava em casa com a sra. Pippin e as crianças. Naquela manhã Bernie rira consigo mesmo do quadro que eles representavam, ela tão pequena, branca e britânica com seus cintilantes·olhos azuis e sapatos convencionais. Ele tão enorme, negro e ameaçador até dar o seu surpreendente sorriso cor de marfim e atirar Alexander para o ar, ou pular corda com Jane. E certa vez até mesmo jogou Nanny para o ar, enquanto ela e as crianças riam. As razões para precisar dele eram infelizes, mas sua presença, uma verdadeira bênção. Seu nome era Robert Blake e Bernie sentia-se grato por tê-lo.

Mas enquanto entrava na sala de tribunal, Bernie pensava apenas em Chandler Scott e no quanto o odiava. O juiz era o mesmo de antes, o único disponível para eles, o juiz das relações domésticas, como era chamado. Era um homem com ar sonolento, cabelos brancos e sorriso amigo. Parecia achar que todos se amavam, ou poderiam, com algum esforço, ser ensinados a isso.

Ele repreendeu Scott por "excesso de entusiasmo por ficar sozinho prematuramente com sua filha" e Grossman teve de apertar o braço de Bernie para mantê-lo sentado em sua cadeira. E então o juiz virou-se para Bernie e pediu insistentemente que ele compreendesse como eram fortes os impulsos de um pai legítimo em relação a sua filha. E desta vez Bill não conseguiu contê-lo.

— Os impulsos naturais dele não se manifestaram durante nove anos, meritíssimo. E seu impulso natural mais forte foi tentar extorquir-me um milhão de dólares, em troca do retorno a salvo de minha filha quando ele...

O juiz sorriu benevolentemente para Bernie.

— Estou certo de que o sr. Scott estava apenas brincando, sr. Fine. Por favor, fique sentado. — Bernie sentiu vontade de chorar enquanto ouvia o processo. Telefonara para a mãe na noite anterior para mantê-los informados e Ruth estava convencida de que o estavam perseguindo porque ele era judeu. Bernie sabia que esse não era o caso. Mas o perseguiam porque não era o pai legítimo de Jane, apesar daquilo fazer diferença. O único mérito de Chandler Scott era ter dormido com a mãe de Jane e tê-la engravidado. Aquela tinha sido sua única contribuição para a vida e bem-estar de Jane enquanto que, durante metade da vida de Jane, Bernie fora tudo para ela. E Grossman fez tudo que pôde para salientar isso.

— Meu cliente tem uma impressão muito forte de que neste momento o sr. Scott não está preparado emocional ou financeiramente para assumir a responsabilidade de uma criança. Talvez numa data posterior, meritíssimo... — Bernie deu novamente um salto para a frente e Bill o encarou em silêncio. — Pelo que pudemos apurar, o sr. Scott transgrediu várias vezes a lei e não tem um emprego regular há vários anos. E atualmente vive num motel em East Oakland. — Scott contorceu-se em seu assento, mas apenas ligeiramente.

— Isso é verdade sr. Scott? — O juiz sorriu para ele, ansioso por uma verdade que o tornaria um bom pai aos seus olhos e Scott estava ansioso para ajudá-lo.

— Não exatamente, meritíssimo. Tenho vivido de um dinheiro que a minha família me deixou há algum tempo. — Novamente a aura de bem-nascido, mas Grossman rapidamente o contestou.

— Pode provar isso, sr. Scott? — interpôs ele.

— É claro... receio que o dinheiro agora acabou. Mas vou começar a trabalhar no Atlas Bank esta semana.

— Com os antecedentes dele? — sussurrou Bernie a Grossman.

— Não importa. Nós o forçaremos a prová-lo.

— E ontem aluguei um apartamento na cidade. — Ele olhou triunfantemente para Grossman e Bernie e o juiz assentiu com a ca-

266

beça. — É claro, eu não tenho tanto dinheiro assim como o sr. Fine, mas espero que Jane não se importe muito com isso.

O juiz assentiu novamente, ansioso por agradar Chandler.

— Bens materiais não são o que importam aqui, e claro que estou certo de que ficará feliz em concordar com um horário para o sr. Fine visitar Jane.

Bernie subitamente olhou apavorado para Grossman e inclinou-se para cochichar-lhe.

— De que ele está falando? Está realmente cogitando de um "horário de visitas" para mim? Está maluco?

Grossman esperou um momento e então perguntou ao juiz qual era sua intenção, este pediu que Bill esperasse um momento, mas então a explicou a todas as partes envolvidas.

— Não há nenhuma dúvida aqui, exceto que o sr. Fine ama sua enteada e esse não é o problema, mas permanece o fato de que uma criança deve ficar com seu pai legítimo, na ausência da mãe. Com o infortúnio da morte da sra. Fine, Jane deve voltar a morar com o pai. A corte compreende muito bem como isto deve ser doloroso para o sr. Fine e continuaremos abertos para discutir o assunto, enquanto vemos como o novo acordo funciona. — Ele sorriu benignamente para Scott, enquanto Bernie sentava-se tremendo em sua cadeira. Ele a decepcionara. Decepcionara completamente Liz. E agora iria perder Jane. Era como ouvir que eles iriam arrancar o seu braço. E de fato ele o teria preferido. Se pudesse escolher, teria ficado contente em dar qualquer membro para ficar com a criança, mas não lhe tinham oferecido aquela opção. O juiz olhou para os dois homens e seus advogados e concluiu o seu pronunciamento. — A custódia está pela presente sendo dada a Chandler Scott, com um satisfatório horário de visitas para Bernard Fine, talvez duas vezes por semana — sugeriu, enquanto Bernie ficava boquiaberto em sua cadeira. — A criança deve ser entregue ao sr. Scott em 48 horas, em sua residência, ao meio-dia do dia 23 de dezembro. Acho que aquele pequeno e infeliz incidente no México apenas demonstra o quanto o sr. Scott está ansioso para começar uma vida normal com sua filha e a corte gostaria de vê-lo fazer isso o mais rápido possível. — Pela primeira vez em sua vida adulta Bernie achou que ia desmaiar, enquanto o juiz batia o martelo. Estava branco como um lençol e fitava a mesa quando Bill Grossman olhou para ele. A sala girava na frente de seus olhos e ele sentiu-se como se Liz tivesse acabado de morrer novamente. Quase podia ouvir a voz dela em seus ouvidos... jure para mim, Bernie... jure que nunca o deixará chegar perto de Jane...

— Você está bem? — Grossman o olhava assustado. Estava inclinado sobre Bernie e fez um sinal para que o escrevente lhe trouxesse um copo d'água. Entregaram a ele um copo de papel úmido cheio de água tépida e um gole o ajudou a recobrar o juízo. Levantou-se silenciosamente e seguiu Bill Grossman para fora da sala de tribunal.

— Eu tenho algum recurso? Posso apelar disto? — Parecia muito abalado.

— Pode pedir outra audiência, mas nesse meio tempo terá de desistir da criança. — Ele falou casualmente, tentando esconder seus sentimentos, mas não havia meio de fazer isso. Bernie o encarava nitidamente com raiva. Raiva de Scott, do juiz e do sistema. E Grossman não estava certo de que Bernie não o odiava também. E nem de que o teria culpado por isso. Era uma paródia da justiça, e eles estavam impotentes.

— E se eu não a entregar para ele no dia 23? — perguntou ele à meia voz, do lado de fora da sala de tribunal.

— Mais cedo ou mais tarde eles o mandarão para a prisão. Mas ele terá de voltar com o representante do delegado para fazer isso.

— Ótimo. — Bernie cerrou os lábios numa fina linha e olhou para seu advogado. — E é melhor você se preparar para pagar a minha fiança porque eu não vou entregar Jane para ele. E quando Scott vier, vou me oferecer para suborná-lo. Ele quer me vender a criança? Ótimo. Que diga o preço. Estou comprando.

— Bernie, as coisas podem ser mais fáceis se você entregar-lhe Jane e depois tentar fazer um acordo com ele. O tribunal formará uma opinião obscurecida do caso se...

— Que o tribunal vá para o inferno! — Bernie foi agressivo com ele. — E você também. Nenhum de vocês, seus filhos da mãe, dão a mínima para a minha filha. Vocês apenas querem agradar uns aos outros e não virar a maldita mesa. Bem, vocês não estão falando de uma mesa, estão falando sobre minha filha e eu sei o que é bom para ela ou não. Um dia destes aquele filho da mãe vai matá-la e vocês vão me dizer o quanto lamentam. Eu te disse que Scott iria seqüestrá-la e você pensou que eu estava maluco. Bem, eu estava certo. E desta vez estou lhe dizendo que não vou entregá-la a ele

268

na quinta-feira. E se você não gostar, Grossman, pelo que me diz respeito pode sair do maldito caso. — Grossman sentia imensamente por ele. Era uma situação muito desagradável.

— Estou apenas tentando lhe explicar como o tribunal se sente a respeito desse tipo de situação.

— O tribunal tem merda na cabeça e nenhum sentimento. O "tribunal", como você o chama, é um velho baixote e gorducho que se senta naquela cadeira e nunca conseguiu nada como advogado, por isso agora passa seu tempo lá destruindo a vida das pessoas e sentindo-se importante. Ele nem mesmo deu a mínima para o fato de Scott ter seqüestrado Jane e provavelmente teria tido a mesma reação se ele a tivesse estuprado.

— Não tenho certeza disso, Bernie. — Ele tinha de defender o sistema para o qual trabalhava e no qual acreditava, mas muito do que Bernie dizia fazia sentido. Era muito deprimente.

— Você não tem certeza, Bill? Bem, eu tenho. — Bernie estava lívido e começou a descer o corredor na direção do elevador, enquanto Bill o seguia. Desceram em silêncio para o andar principal e Bernie olhou para ele enquanto saíam. — Eu apenas quero que você compreenda. Eu não vou entregar-lhe Jane quando ele vier na quinta-feira. Blake e eu vamos estar em pé na porta e eu vou dizer a ele para ir se foder, depois de lhe perguntar sem rodeios qual é o seu preço. Não vou mais observar as regras. E desta vez ele terá de assinar tudo quando eu lhe pagar. Não como da última vez. E se eu terminar na prisão espero que você pague a minha fiança ou contrate outro advogado para mim. Entendeu? — Grossman fez um sinal afirmativo com a cabeça e Bernie afastou-se sem dizer mais nenhuma palavra a seu advogado.

Naquela noite Bernie ligou para os pais e Ruth chorou ao telefone. Parecia que há aproximadamente um ano eles não tinham uma conversa agradável. Primeiro haviam sido as angústias e relatórios apressados sobre a doença de Liz e agora era esta confusão com Chandler Scott. Bernie contou-lhe o que iria fazer e que poderia terminar na cadeia. Ruth chorou abertamente do outro lado da linha, pensando na neta que talvez nunca mais visse e em seu filho como presidiário. Os pais haviam planejado aparecer naquela sexta-feira, mas Bernie achava que eles deviam esperar. Tudo estava muito no ar com a confusão que Scott estava aprontando. Mas quando desligou, a sra. Pippin discordou dele.

— Deixe a avó vir, sr. Fine. As crianças precisam vê-la e o senhor também. Fará bem a todos.

— E se eu estiver na prisão? — A perspectiva fê-la dar uma risadinha. Depois deu de ombros resignadamente.

— Imagino que terei de destrinchar o peru sozinha. — Bernie adorava o sotaque rude e o bom humor dela. Parecia não haver nada que a sra. Pippin não pudesse enfrentar. Enchentes, peste ou fome.

Mas naquela noite, quando aconchegou Jane sob as cobertas, Bernie percebeu o quanto ela temia ser entregue novamente a Scott. Tentara explicar aquilo à mulher no tribunal de família mas ela se recusara a acreditar nele. Só conversara com Jane durante cinco ou dez minutos e achou que ela apenas se sentia "acanhada" em relação a seu pai legítimo. Na verdade, Scott a horrorizava e os pesadelos que teve naquela noite foram os piores de sua vida. Bernie e a sra. Pippin se encontraram no quarto dela às quatro horas da manhã, enquanto Jane gritava apavorada. Bernie finalmente a levou para sua própria cama e a deixou ficar lá a seu lado, a pequena mão apertando a dele, enquanto dormia com uma expressão perturbada no rosto. Apenas Alexander não parecia afetado pelas tragédias que os tinham atingido desde sua chegada. Era uma criancinha alegre que agora começava a falar. Alexander era a única coisa que animava Bernie, em meio à angústia de preocupar-se em perder Jane. E na manhã de quinta-feira ele conversou novamente com Jack Winters.

— O apartamento existe. Ele se mudou para lá há alguns dias e o está dividindo com uma amiga. Mas não consigo entender o emprego no Atlas Bank. Disseram que o contrataram como parte de algum novo programa que estão desenvolvendo para dar uma chance a ex-presidiários. Não acho que seja bem um emprego e de qualquer modo ele ainda não começou. Creio que é apenas um trabalho de relações públicas que eles começaram a desenvolver para mostrar o quanto são liberais. Estamos pesquisando mais um pouco e eu o avisarei do que descobrir. — Não soou bem para Bernie o fato dele estar dividindo o apartamento. Tinha certeza de que, se tivessem chance, iriam desaparecer novamente com Jane. Mas Blake cuidaria para que isso não acontecesse. Bob estava sentado na cozinha desde aquela manhã, sem paletó e com um grande .38 dentro de um coldre em seu ombro.

270

Alexander apontava para a arma e dizia "Bang!" enquanto Nanny franzia as sobrancelhas em desaprovação. Mas Bernie queria que Blake o usasse e que Scott o visse quando aparecesse ao meiodia e eles se recusassem a deixá-lo levar Jane. Bernie não estava mais procedendo com lisura. Agora era para valer.

E exatamente como fizera antes, Scott se atrasou para buscar Jane. Ela estava se escondendo em seu quarto e Nanny tentava distraí-la.

A uma hora Scott não estava lá e tampouco às duas. Incapaz de agüentar mais a tensão, Grossman telefonou para eles e Bernie lhe disse que não tinham tido notícias. Às duas e meia, Jane saiu na ponta dos pés do quarto, mas Bernie e Bob Blake ainda estavam sentados na sala de estar, esperando, enquanto o relógio batia e Nanny preparava guloseimas na cozinha com Alexander.

— Não há sinal dele — disse Bernie a Grossman, quando ele telefonou novamente. Não conseguia entender. — Ele não pode ter esquecido.

— Talvez apenas tenha se embebedado no almoço. Afinal é quase Natal... talvez ele tenha ido a uma festa de repartição. — Às cinco horas Nanny começou a preparar o jantar e Bernie cogitou em mandar Bob para casa, mas Bob insistiu em ficar até eles terem alguma notícia. Não queria que Scott aparecesse dez minutos depois dele ter partido. Bernie concordou e foi preparar uma bebida para ambos. Jane ligou a televisão para ver se estavam passando desenhos animados ou bons espetáculos, mas não havia nada, exceto notícias. E então subitamente ela o viu.

Mostravam a imagem dele na tela. Primeiro em câmara lenta e depois numa fria moldura, enquanto Scott segurava um revólver num salão cheio de pessoas, no Atlas Bank. O filme então continuou e ele parecia alto, louro e bonito na tela. Sorria para alguém quando puxou o gatilho e destruiu uma lâmpada perto de onde estava uma pessoa. Então riu um pouco mais. Jane estava tão apavorada que nem mesmo conseguia chorar ou chamar Bernie. Apenas apontou quando Bernie e Bob voltaram com suas bebidas nas mãos. Bernie cravou os olhos na tela, enquanto o via. Era Chandler Scott. Assaltando o Atlas Bank em plena luz do dia.

— O homem do revólver, que naquele momento não tinha sido identificado, entrou esta manhã no Atlas Bank em Sutter e Mason, pouco antes das 11h. Tinha uma cúmplice que usava uma máscara de meia. Entregaram um bilhete para uma caixa, exigindo quinhentos mil dólares. — Aquele parecia ser o número mágico dele. — Quando ela lhe disse que não tinha ele ordenou que entregasse todo o dinheiro de que dispunha. — A voz continuou monótona enquanto eles exibiam o filme do banco e subitamente o viu começar a atirar. Finalmente, quando a polícia cercou o banco, porque a caixa acionara um botão de alarme, ele e sua cúmplice mantiveram todos como reféns. Nenhum deles fora ferido, apesar do que o segurança chamou de uma pequena "brincadeira de atirar por parte do homem do revólver e sua cúmplice". Ele lhes disse para se apressarem, porque tinha um compromisso ao meio-dia. Mas até a hora do almoço ficou óbvio que não iriam sair do banco sem se entregar ou ferir um refém. Por fim tentaram abrir caminho a bala e ambos foram mortos antes mesmo de chegarem ao meio-fio. O louro alto era um ex-presidiário chamado Chandler Anthony Scott, pseudônimo Charlie Antonio Schiavo e a mulher chamava-se Anne Stewart. — Jane olhava estupefata para a tela.

— Papai, aquela é a mulher que foi para o México conosco... O nome dela era Annie! — Os olhos de Jane estavam arregalados quando mostraram Scott e a mulher, deitados de bruços na calçada numa poça de sangue após o tiroteio, depois a ambulância levando os corpos e os reféns fugindo do banco, enquanto ouviam-se ao fundo cânticos de Natal. — Papai, eles o mataram. — Seus olhos estavam arregalados e ela sentou-se fitando Bernie, que olhou para ela e depois para Robert Blake. Estavam todos em choque e por um momento Bernie perguntou a si mesmo se poderia ter sido outro Chandler Scott, mas não era possível. Apenas parecia tão extraordinário... e agora tudo terminara. Bernie aproximou-se, tomou Jane nos braços e a manteve lá, fazendo sinal para que Bob desligasse a televisão.

— Sinto você ter tido de passar por isso, querida... mas agora tudo terminou.

— Ele era um homem tão horrível — Ela parecia tão pequena e disse aquilo com tanta tristeza... E então o fitou com olhos enormes. — Estou contente por mamãe nunca ter sabido. Teria ficado muito zangada.

Bernie riu da escolha das palavras.

— Sim, teria. Mas agora tudo terminou, querida... tudo... — Era surpreendente e ele ainda não podia acreditar, enquanto a realidade lentamente se impunha. Scott estava fora de suas vidas. Para sempre.

Um pouco depois telefonaram para vovó Ruth e disseram para eles tomarem o primeiro avião. Bernie explicou tudo antes de Jane atender, mas ela mesma forneceu à avó todos os detalhes sangrentos.

— E ele estava deitado naquela enorme poça de sangue, vovó... verdade... bem na calçada... foi realmente, realmente horrível. — Mas ela parecia muito aliviada. De repente parecia de novo uma garotinha. Bernie também contou a Grossman e Nanny convidou Bob Blake para jantar, mas ele estava ansioso por voltar para casa e encontrar sua mulher. Iriam a uma festa de Natal. E Bernie, Jane, Nanny e Alexander sentaram-se para jantar. Jane ergueu os olhos para Bernie, lembrando-se das velas que tinham acendido com o avô nas noites de sexta-feira, antes da mãe morrer. Queria fazê-lo de novo e subitamente havia tempo para tudo. Tinham uma vida inteira para antegozar. Juntos.

— Papai, amanhã podemos acender as velas?

— Que velas? — Ele estivera ajudando-a com a carne. De repente entendeu e sentiu-se culpado por não observar mais algumas das tradições com as quais crescera. — É claro, querida. — E então inclinou-se e a beijou, enquanto Nanny sorria e Alexander enterrava os dedos no purê de batatas. Era quase como se a vida fosse normal. E talvez um dia viesse a ser.

Capítulo 33

Voltar à mesma sala de tribunal quase fez Bernie tremer, mas aquilo significava muito para eles. Seus pais tinham vindo novamente de avião, especialmente para estarem presentes. Grossman perguntara ao juiz se ele o faria na sala de audiências. Tinham ido a City Hall para tratar da adoção de Jane.

Os papéis estavam esperando por eles. O juiz que Jane nunca vira antes sorriu-lhe e depois olhou de relance para a família que a acompanhara. Lá estavam Bernie, é claro, seus pais, Nanny com seu melhor uniforme azul de gola branca. Ela nunca tirava um dia de folga e jamais usava outra coisa além dos uniformes imaculados e engomados que encomendava da Inglaterra. E vestira em Alexander um pequeno conjunto de veludo azul. Ele murmurava alegremente enquanto tirava todos os livros do juiz de uma das prateleiras mais baixas, os empilhava e ficava em pé sobre eles para alcançar as outras. Bernie foi pegá-lo e o segurou, enquanto o juiz os olhava solenemente e explicava o motivo de estarem lá.

— Entendo que — ele olhou para Jane — você quer ser adotada e o sr. Fine também quer adotá-la.

— Ele é o meu pai — explicou ela tranqüilamente. Por um momento o juiz pareceu confuso e então olhou novamente de relance para seus papéis. Bernie teria preferido que alguma outra pessoa tratasse da adoção. Ainda se lembrava muito bem do fiasco em dezembro, quando ele dera a custódia a Chandler Scott, mas ninguém mencionou aquilo agora, enquanto continuavam.

— Ah, bem... vejamos. — Ele examinou os papéis de adoção. Pediu a Bernie para assinar e depois a Grossman, como testemunha. E Bernie pediu a seus pais que também o testemunhassem.

— Posso assinar também? — perguntou Jane, querendo participar. O juiz hesitou. Ninguém lhe pedira aquilo antes.

274

— Você não precisa assinar nada... er... uh... Jane... Mas suponho que poderia assinar também, se quisesse.

Jane sorriu para Bernie e depois novamente para o juiz.

— Gostaria de fazer isso, se fosse possível.

Ele fez um sinal afirmativo com a cabeça e passou um dos documentos para ela. Jane o olhou solenemente e assinou o seu nome. E então o juiz olhou para todos eles.

— Pela presente declaro, com o poder que me foi outorgado pelo estado da Califórnia, que Jane Elizabeth Fine é agora filha legítima de Bernard Fine, adotada neste dia 28 de janeiro. — Ele bateu um pequeno martelo que guardava em sua escrivaninha, levantou-se e sorriu para todos. Apesar da coisa horrível que fizera com Bernie antes, apertou a mão dele. E então Bernie ergueu Jane em seus braços, exatamente como fizera quando ela era muito menor, beijou-a e a colocou novamente no chão.

— Amo você, papai — sussurrou Jane.

— Eu também te amo. — Bernie sorriu-lhe, desejando que Liz pudesse ter estado lá. E também que tivesse feito tudo aquilo há muito tempo. Teria poupado a todos muito sofrimento. Chandler Scott não teria tido no que se apoiar. Mas era tarde demais para preocupar-se com aquilo. Agora tudo terminara. E uma nova vida começara para eles. Agora Jane era verdadeiramente sua filha e vovó Ruth chorava enquanto a beijava e vovô apertava a mão de Bernie.

— Parabéns, filho. — Era como casar-se novamente e eles foram almoçar no Trader Vic's, com exceção de Nanny e Alexander. E enquanto todos pediam o almoço, Bernie escorregou a mão para dentro da de Jane e sorriu-lhe. E sem dizer uma palavra colocou um pequeno anel de ouro no dedo dela. Era uma delicada trança de ouro com uma única pérola. Jane baixou a cabeça e o admirou com olhos arregalados, depois os ergueu novamente para Bernie.

— Papai, é lindo. — Era como ficar noiva dele. E agora sabia que ninguém poderia nunca tirá-la de Bernie. Ninguém. Nunca mais.

— Você é linda, querida. E é uma garota bastante corajosa. — Ambos pensavam nos dias no México, mas tudo aquilo terminara agora. Olharam um para o outro, pensando em Liz. Bernie sorriu para ela, sentindo no fundo de seu coração que agora Jane Elizabeth Fine era verdadeiramente sua filha.

Capítulo 34

Pela primeira vez em dois anos, Bernie assumiu novamente as linhas de importação. Foi doloroso voltar a Paris, Roma e Milão sem Liz. Lembrou-se da primeira vez em que a levara à Europa e no quanto ela ficara excitada com as roupas que comprara, os museus que visitara, os almoços no Fouquet's e jantares no Lipp's e Maxim's. E agora era tudo tão diferente... Mas este também era o seu terreno e ele rapidamente voltou a participar de tudo. Sentia-se como se tivesse estado afastado do caminho principal durante um tempo muito longo. Sentia-se novamente mais vivo, depois de ter visto todas as novas linhas de roupas finas e falado com seus costureiros favoritos. Sabia exatamente o que era bom para a Wolff's naquele ano. Na volta, quando parou em Nova York, ele e Paul Berman tiveram um longo e tranqüilo almoço no Le Veau d'Or e discutiram todos os planos de Bernie. Ele admirava o modo pelo qual Bernie lidara com tudo e estava ansioso por tê-lo de volta em casa. Não aparecera ninguém adequado para substituí-lo na loja de San Francisco, mas presumia que até o final do ano Bernie estaria de volta em Nova York.

— Isso está de acordo com os seus planos, Bernard?

— Acho que sim. — Ele não parecia mais se importar tanto e acabara de vender seu velho apartamento. Seja como for, teria sido muito pequeno para ele. E o inquilino que tivera durante anos desejara comprá-lo. — Antes de voltarmos terei de pensar em escolas para Jane, mas há tempo para isso. — Ele não tinha mais pressa. Não havia nenhum motivo para voltar apressadamente para casa, e apenas as crianças e Nanny para levar com ele.

— Eu o avisarei logo que tivermos alguma coisa em mente. — Não era fácil encontrar a pessoa certa para o emprego. Até agora falara com duas mulheres e um homem, mas todos eram muito li-

276

mitados. Não tinham a experiência de Bernard, ou seu olho sofisticado. E Berman não queria que a loja de San Francisco se transformasse em alguma insípida loja provinciana. Nas mãos de Bernie era o negócio mais lucrativo deles, depois da loja de Nova York. E Paul Berman gostava disso. E mais ainda o conselho de diretores.

Bernie viu brevemente os pais antes de voltar. A mãe quis que ele mandasse as crianças para passarem o verão com ela.

— Você não tem tempo para ficar com elas o dia inteiro e não há nada para elas fazerem na cidade. — Soubera, sem que Bernie o dissesse, que não voltariam a Stinson Beach. Teria sido muito doloroso para ele, mas Bernie não sabia para onde mais ir. Desde a primeira vez fora para lá com Liz, quando se mudara para a Califórnia. Agora não podia pensar em fazer nada sem ela.

— Vou pensar um pouco nisso quando voltar.

— Talvez este ano Jane gostasse de ir para uma colônia de férias. — Ela estava com mais de nove anos mas Bernie não estava preparado para soltá-la. Ambos tinham passado por coisas demais. Liz morrera há apenas nove meses. E o que o chocava mais do que tudo era sua mãe dizendo-lhe que a filha da sra. Rosenthal acabara de se divorciar e estava vivendo em Los Angeles, como se esperasse que ele fizesse alguma coisa a respeito.

— Por que você não vai visitá-la um dia desses? — Ele a encarara como se a mãe tivesse sugerido que ele caminhasse pela rua com roupas de baixo, mas também estava zangado com ela. Não tinha o direito de interferir em sua vida, ou de começar a empurrar mulheres para ele.

— Por que eu deveria fazer isso?

— Porque ela é uma moça muito bonita.

— E daí? — Ele estava furioso. O mundo estava cheio de moças bonitas, nenhuma tanto quanto Liz e ele não queria conhecê-las.

— Bernie — ela suspirou profundamente e arriscou. Quisera dizer aquilo desde a última vez em que tinham ido visitar San Francisco. — Você tem de sair algum dia.

— Eu saio sempre que preciso.

— Não é isso que eu quero dizer. Refiro-me a sair com moças. — Bernie teve vontade de dizer a ela para meter-se com a própria vida. Estava tocando em feridas abertas e ele não podia suportá-lo

— Tenho 39 anos. Não estou interessado em "moças".

— Você sabe o que eu quero dizer, querido. — A mãe o estava

277

aborrecendo e ele não queria ouvir nada daquilo. As roupas de Liz ainda estavam penduradas no armário, como tinham ficado. Apenas o perfume estava mais fraco agora. Bernie ia lá de vez em quando, apenas para lembrar-se. E o cheiro do perfume dela o esmagava... trazia de volta uma torrente de lembranças. Às vezes, tarde da noite, ele ainda se deitava na cama e chorava. — Você é um homem jovem. Está na hora de pensar em si mesmo. — Não, ele desejou gritar. Não! Ainda era hora de pensar nela. Se não o fizesse, ele a perderia para sempre. E ainda não estava preparado para deixá-la ir. Nunca estaria. Guardaria as roupas de Liz no armário para sempre. Tinha os filhos deles e suas lembranças. Não queria mais do que isso. E Ruth sabia.

— Não quero discutir esse assunto com você.

— Tem de começar a pensar sobre isso. — A voz dela foi gentil, mas Bernie a odiou por sentir pena dele e por pressioná-lo.

— Não tenho de pensar numa maldita coisa se não quero — ele foi agressivo.

— O que eu vou dizer para a sra. Rosenthal? Prometi que você telefonaria para Evelyne quando voltasse para a Costa Oeste.

— Diga-lhe que eu não consegui descobrir o número.

— Não seja tão mordaz... a pobre moça não conhece ninguém lá.

— Então por que ela se mudou para Los Angeles?

— Não sabia para onde mais ir.

— O que havia de errado com Nova York?

— Ela queria uma carreira em Hollywood... é uma moça muito bonita, você sabe. Foi modelo para Ohrbach's, antes de se casar. Você sabe...

— Mamãe! Não! — A voz dele foi mais alta do que deveria e lamentou ter sido tão rude com ela, mas não estava preparado para aquilo. Achava que nunca estaria. Não queria sair com ninguém. Nunca. Jamais.

Celebraram o segundo aniversário de Alexander quando chegaram em casa, em San Francisco. Nanny preparara uma festinha com todos os amigos dele do parque e ela mesma fizera o bolo, no qual Alexander mergulhou alegremente, a maior parte cobrindo todo seu rosto e mãos e uma quantidade razoável também em sua boca, enquanto dava um grande sorriso cheio de chocolate para a câmera. Mas quando Bernie largou novamente a câmera, sentiu-se

278

profundamente triste, pensando que Liz deveria ter estado lá para vê-lo... e subitamente foi esmagado pelas lembranças do dia em que ela dera à luz Alexander, há apenas dois anos. Estivera lá para olhar para a vida concedida a eles e depois novamente para olhar para a vida tirada deles. Era difícil compreender aquilo tudo. Deu um beijo de boa-noite em Alexander e voltou para seu próprio quarto, ainda mais solitário do que antes. Sem pensar, dirigiu-se ao armário de Liz. Foi quase como um soco enquanto ele fechava os olhos e inalava novamente o perfume dela.

Naquele fim de semana, sem saber o que mais fazer, Bernie levou as crianças para dar uma volta de carro. Jane estava sentada no banco dianteiro perto dele e Nanny tagarelava alegremente com Alexander, em sua cadeirinha. Seguiram numa direção diferente da que costumavam tomar quando iam passear. Geralmente, quando faziam coisas daquele tipo, dirigiam a esmo por Marin, seguiam para Paradise Cove, em Tiburon, percorriam os arredores de Belvedere, ou iam para Sausalito e compravam sorvetes de casquinha. Mas desta vez Bernie foi em direção norte para a região do vinho e tudo era fértil, exuberante, verde e lindo. E Nanny começou a contar-lhes sobre a vida numa fazenda na Escócia, quando ela era criança.

— Na verdade parecia-se muito com isto — observou ela, enquanto passavam por uma enorme indústria de laticínios. Bernie dirigiu por baixo de árvores majestosas e Jane sorriu todas as vezes em que viram cavalos, ovelhas e vacas. Alexander dava gritos agudos e apontava, fazendo todos os apropriados "muus" e "baas", o que fez com que todos rissem, até mesmo Bernie. A região ao redor deles parecia o Paraíso.

— Aqui é bonito, não é, papai? — Ela o consultava sobre tudo. E os tormentos que tinham passado nas mãos de Scott apenas os tornava mais unidos. — Gosto muito. — Às vezes Jane parecia mais velha do que era. Os olhos deles se encontraram, enquanto Bernie sorria. Ele também gostava.

Os estabelecimentos vinícolas tinham solidez, as pequenas casas vitorianas pelas quais passavam eram charmosas. E subitamente Bernie começou a perguntar a si mesmo se aquele era um lugar onde poderiam passar o verão, que logo chegaria. Era tão diferente de Stinson Beach que seria divertido. Naquele momento ele olhou para Jane e sorriu.

— O que você acha de nós um dia passarmos o fim de semana

aqui e conferir? — Ele a consultava sobre tudo, da mesma forma quanto teria consultado a mãe dela.

Jane ficou excitada com a idéia e Nanny conversou alegremente com eles do banco traseiro, enquanto Alexander gritava.

— Mais... mais vaca!... Muuu!!

Estavam passando por um rebanho inteiro. No fim de semana seguinte voltaram e ficaram num hotel em Yountville. Era perfeito para eles. O tempo estava perfumado e quente e nem mesmo havia o nevoeiro litorâneo que às vezes envolvia Stinson. A relva era viçosa, as árvores enormes, os vinhedos lindos. No segundo dia descobriram a casa de veraneio perfeita, em Oakville. Era uma adorável casa vitoriana, um pouco afastada da Rodovia 29, numa estrada estreita e sinuosa. Fora recentemente reformada por uma família que se mudara para a França. Queriam alugá-la durante alguns meses, mobiliada, até decidirem se desejavam ou não voltar para Napa Valley. O proprietário da pousada que servia café da manhã, onde estavam hospedados, a indicou para eles e Jane batia palmas excitadamente, enquanto Nanny a proclamava o lugar perfeito para se criar uma vaca.

— E podemos ter galinhas, papai? E uma cabra? — Jane estava fora de si de excitação.

— Agora esperem um minuto, crianças, não estamos começando a fazenda do velho MacDonald, estamos apenas procurando uma casa de veraneio. — Ela era exatamente o que lhes convinha. Naquela noite, antes de voltarem para a cidade, Bernie telefonou para o corretor. O preço lhe pareceu razoável. Poderia ficar com a casa de 1º de junho até o Dia do Trabalho. Bernie concordou com todos os termos, assinou o contrato e preencheu um cheque. Quando voltaram para a cidade, tinham uma casa de veraneio, o que o alegrava. Não desejara mandar as crianças para a mãe. Queria que ficassem perto dele. E de Napa podia ir diariamente para o trabalho, exatamente como fizera de Stinson. Era uma viagem apenas um pouco mais longa.

— Acho que isso encerra o assunto da colônia de férias — ele riu enquanto sorria para Jane.

— Ótimo. — Ela pareceu satisfeita. — De qualquer modo, eu não queria ir mesmo. Você acha que vovó e vovô virão aqui nos visitar? — Tinham um quarto para cada um deles e um vazio para hóspedes.

— Estou certo de que sim. — Mas Ruth achou todo o projeto um erro desde o princípio. O lugar ficava no interior, provavelmente era quente demais e sem dúvida havia cascavéis. Disse que as crianças ficariam muito melhor com ela, em Scarsdale. — Mamãe, elas estão excitadas com isso. E realmente é uma casa bonita.

— O que você fará com o trabalho?

— Viajarei diariamente. Fica a cerca de apenas uma hora daqui.

— Mais confusão. Exatamente do que você precisa. Quando é que vai criar juízo? — Ela quis pedir novamente que ele telefonasse para Evelyne Rosenthal, mas decidiu esperar um pouco. A pobre Evelyne estava tão só em Los Angeles que andava pensando em voltar para Nova York. Teria sido uma moça adequada para ele. Talvez não tanto quanto Liz, mas adequada. E boa para as crianças. Ela própria tinha duas, um menino e uma menina. Pensando naquilo, Ruth imprudentemente decidiu afinal tocar no assunto com Bernie. — Sabe, conversei com Linda Rosenthal hoje. A filha dela ainda está em Los Angeles.

Bernie não podia acreditar que a mãe estava fazendo aquilo com ele. Depois de fingir gostar tanto de Liz... aquilo o enfurecia. Como é que ela podia?

— Eu já disse. Não estou interessado. — A voz dele foi tensa. Seu peito doía só de pensar em outras mulheres.

— Por que não? É uma moça adorável. Ela...

Ele a interrompeu, com raiva na voz.

— Vou desligar agora. — Era um assunto perigoso para se abordar com Bernie e, como sempre, Ruth sentiu pena dele.

— Sinto muito. Apenas pensei...

— Não pense.

— Acho que não é o momento certo. — Ela suspirou e Bernie pareceu ainda mais zangado.

— Nunca será, mamãe. Nunca encontrarei alguém como ela. — Subitamente havia lágrimas em seus olhos. Ao ouvi-lo, em Scarsdale, a mãe sentiu as lágrimas arderem nos seus também.

— Não pode pensar assim. — A voz dela foi gentil e triste, enquanto as lágrimas rolavam lentamente por suas faces. Chorava pelo sofrimento com que sabia que ele convivia constantemente... e doía-lhe saber disso.

— Sim, eu posso. Liz era tudo que eu queria. Nunca poderia

encontrar novamente alguém como ela. — A voz de Bernie quase não foi audível, enquanto pensava na mulher.

— Poderia encontrar alguém diferente, a quem pudesse amar muito, de modo diferente. — Tentou ter bastante tato com o filho agora, sabendo o quanto estava sensível. Mas depois de dez meses achava que estava na hora, e ele não. — Pelo menos saia um pouco. — Pelo que a sra. Pippin dizia, ficava em casa com as crianças o tempo todo e aquilo não era bom para ele.

— Não estou interessado, mamãe. Prefiro ficar em casa com as crianças.

— Um dia elas vão crescer. Você cresceu. — Ambos sorriram, mas ela ainda tinha Lou e por um momento sentiu-se culpada.

— Faltam cerca de 16 anos para que aconteça. Não tenho de me preocupar com isso agora. — Por enquanto Ruth não queria pressioná-lo mais. Em vez disso, conversaram sobre a casa que ele alugara em Napa.

— Jane quer que vocês venham nos visitar neste verão, mamãe.

— Está bem, está bem... eu irei. — E quando ela foi, adorou. Era o tipo do lugar para se deixar os cabelos soltos, caminhar na relva e deitar na rede debaixo da sombra gigantesca das árvores, olhando para o céu. Havia até mesmo um pequeno córrego nos fundos da propriedade, onde podiam andar pelas pedras e molhar os pés, como Bernie fizera em Catskills, quando era criança. Sob alguns aspectos, Napa o fazia lembrar-se daquilo... e a Ruth também. Ela viu as crianças brincando no gramado e o olhar no rosto de Bernie enquanto as observava. E sentiu-se melhor do que se sentia há muito tempo. Antes de partir, admitiu que aquele era realmente o lugar perfeito para eles. Há muito tempo Bernie e as crianças não pareciam tão felizes.

E quando Ruth partiu, tomou um avião para Los Angeles para encontrar-se com Lou num congresso de medicina em Hollywood. De lá iriam com amigos para o Havaí. Ela o fez lembrar de Evelyne Rosenthal, que ainda estava disponível em Los Angeles. Desta vez Bernie riu da mãe. O humor dele estava muito melhor, apesar de ainda não estar interessado. Mas pelo menos não falou asperamente com ela.

— Você nunca desiste, não é, mamãe?

Ela lhe dera um sorriso largo.

— Está bem, está bem. — No aeroporto ela o beijou com força e olhou uma última vez para o filho. Ainda era alto e bonito, mas os cabelos estavam mais grisalhos que no ano anterior, as rugas mais profundas ao redor dos olhos e ele ainda parecia triste. Liz se fora há quase um ano e Bernie ainda chorava sua morte. Mas agora pelo menos a raiva se fora. Não estava mais zangado com ela por tê-lo deixado. Sentia-se apenas terrivelmente só sem ela. Além de ter perdido a amante e esposa, perdera sua melhor amiga. — Cuide-se, querido — sussurrou-lhe Ruth.

— Você também, mamãe. — Ele a abraçara novamente e acenou quando ela entrou no avião. Tinham ficado mais unidos no último ano ou dois, mas a que preço. Era difícil imaginar quantas coisas tinham acontecido com eles. E naquela noite, enquanto voltava de carro para Napa, Bernie pensou naquilo tudo... e em Liz... Ainda era difícil acreditar que ela morrera... que não fora embora e voltaria algum dia. "Para sempre" era tão impossível de compreender... E ainda pensava nela quando chegou na casa, em Oakville, e estacionou o carro. Mas Nanny o esperava acordada. Passavam de dez horas e a casa estava tranqüila e silenciosa. Jane dormira em sua cama lendo *Beleza Negra*.

— Acho que Alexander não está bem, sr. Fine.

Bernie franziu as sobrancelhas. As crianças eram tudo para ele.

— O que há de errado com ele? — Afinal Alexander só tinha dois anos. Praticamente era um bebê e mais ainda aos olhos de Bernie, porque não tinha mãe. Para Bernie, ele sempre seria um bebê.

Nanny parecia sentir-se culpada enquanto confessava.

— Acho que o deixei ficar tempo demais na piscina. Ele estava reclamando do ouvido quando foi para a cama. Coloquei um pouco de azeite morno, mas não pareceu ajudar. Se pela manhã ele não melhorar, pode ser que tenhamos de ir ao médico na cidade.

— Não se preocupe com isso. — Bernie sorriu para ela. A sra. Pippin era tão inacreditavelmente eficiente, às vezes era difícil de imaginar. Bernie agradecia às suas boas estrelas por tê-la encontrado. Ainda estremecia quando se lembrava da sádica preceptora suíça ou da suja *au pair* norueguesa que vivia pegando as roupas de Liz. — Ele vai ficar bom, Nanny. Volte para a cama.

— Gostaria de um pouco de leite morno para ajudá-lo a dormir?

Ele balançou a cabeça.

— Eu estou bem. — Mas há semanas ela notava que Bernie

283

ficava acordado até tarde da noite, sem conseguir dormir, andando a esmo. O aniversário da morte de Liz fora há apenas alguns dias e ela sabia que havia sido difícil para ele. Pelo menos Jane não tinha mais pesadelos. Mas naquela noite foi o pequeno Alexander quem acordou gritando às quatro horas da manhã. Bernie acabara de ir para a cama. Vestiu rapidamente um roupão e foi para o quarto do bebê, onde Nanny o embalava e tentava inutilmente confortá-lo. — É o ouvido? — Ela fez um sinal afirmativo com a cabeça, cantando para a criança o mais alto que podia. — Quer que eu telefone para o médico?

Ela balançou a cabeça.

— Receio que terá de levá-lo ao hospital. É muito perigoso fazê-lo esperar mais. Pobre rapazinho. — Nanny beijou a testa, a bochecha e o alto da cabeça de Alexander e ele agarrou-se a ela. Bernie ajoelhou-se no tapete e olhou para o bebê que ao mesmo tempo enternecia e despedaçava o seu coração, tudo porque se parecia tanto com a mãe.

— Sentindo-se mal, hein, garotão? — Alexander assentiu com a cabeça e parou de chorar, mas não por muito tempo. — Venha para o papai. — Bernie estendeu os braços e a criança foi para ele. Estava com uma febre altíssima e não suportava nem mesmo o mais leve toque no lado direito da cabeça. E Bernie soube que Nanny estava certa. Tinha de levá-lo ao hospital. O pediatra havia indicado o nome lá, para o caso de alguma das crianças sofrer um acidente ou adoecer. Bernie entregou novamente Alexander para Nanny, foi se vestir e olhar o cartão na gaveta da escrivaninha. Dr. M. Jones... estava escrito, com o número do telefone. Bernie chamou a central e uma voz atendeu. Ele explicou o que estava errado e pediu que transmitissem a ligação para o dr. Jones, mas a telefonista voltou para a linha e explicou que o dr. Jones já estava no hospital atendendo a uma emergência.

— Ele poderia nos atender lá? Meu filho está sentindo dores horríveis. — Alex já tivera problemas nos ouvidos antes e uma injeção de penicilina sempre havia ajudado. Aquilo e muito amor de Jane, papai e Nanny.

— Vou verificar. — A telefonista voltou quase imediatamente. — Tudo bem. — Ela lhe indicou como chegar ao hospital. Bernie foi pegar Alexander e, com jeito, o colocou na cadeirinha de carro que ainda usava. Nanny tinha de ficar em casa com Jane, por isso Bernie ia sozinho. Ela quase torceu as mãos ao cobrir Alex com um cobertor e entregar-lhe seu ursinho, enquanto ele chorava desesperadamente. Odiava deixá-lo ir sem ela.

— Detesto deixá-lo ir sozinho, Sr. Fine. — O sotaque dela sempre era mais forte tarde da noite, quando estava cansada, Bernie adorava ouvi-lo. — Mas o senhor sabe, não posso deixar Jane. Ela ficaria assustada se acordasse. — Ambos sabiam que, desde seu seqüestro, assustava-se com mais facilidade.

— Eu sei, Nanny. Ele vai ficar bom. Voltarei logo que pudermos. — Àquela altura eram quatro e meia da manhã e ele dirigiu para o hospital o mais rapidamente possível. Mas quando chegaram, faltavam dez minutos para as cinco. Era uma longa distância de Oakville até a cidade de Napa e Alexander ainda chorava quando Bernie entrou com ele no colo e o colocou suavemente sobre a mesa, na sala de emergência. As luzes eram tão fortes que irritaram os olhos do bebê. Bernie sentou-se na mesa e o segurou no colo, protegendo-o, enquanto uma mulher jovem, alta e de cabelos escuros entrava usando uma blusa de gola olímpica e *jeans*. Era quase tão alta quanto Bernie. Tinha um sorriso complacente e os cabelos de tão negros eram quase azuis. Quase como uma hindu, pensou Bernie consigo mesmo, com um sorriso cansado. Mas os olhos dela eram azuis, como os de Jane... e Liz... Ele esforçou-se por tirar aquilo da cabeça e explicou que estava esperando pelo dr. Jones. Não sabia ao certo quem era a mulher e presumiu que fosse uma funcionária da sala de emergência.

— Eu sou o "dr." Jones. — Ela sorriu para ele. Tinha uma voz afetuosa e rouca. As mãos que apertaram as dele eram serenas e fortes. Apesar de sua altura e óbvia competência, havia algo nela de muito afetuoso e sensual. Ela delicadamente tirou Alexander de Bernie e examinou o ouvido que doía, conversando com ele o tempo todo, contando-lhe pequenas histórias, tagarelando, entretendo-o e de vez em quando olhando para Bernie para tranqüilizá-lo também. — Infelizmente ele está com um ouvido muito inflamado e o outro está bastante vermelho também. — Ela examinou a garganta do bebê, as amígdalas e a barriga para certificar-se de que não havia problema lá. Então aplicou-lhe uma injeção de penicilina, o mais rápido que pôde. Alexander chorou mas não durante muito tempo. Depois ela soprou um balão para ele e com a permissão de Bernie ofereceu-lhe um pirulito, que foi um grande sucesso mesmo em seu

285

estado debilitado. Alexander aprumou-se no colo de Bernie e a olhou pensativamente. Ela sorriu-lhe e depois escreveu uma receita para Bernie mandar aviar no dia seguinte. Como medida de precaução, prescreveu antibióticos e deu a Bernie duas pequenas pílulas de codeína que deveriam ser dadas dissolvidas se a dor não diminuísse antes da manhã. — Aliás — ela olhou para o lábio inferior trêmulo de Alexander — por que não fazemos isso agora? Não há motivo para deixá-lo se sentir tão mal. — Ela desapareceu e voltou com a pílula dissolvida numa colher, os cabelos negros balançando sobre seus ombros enquanto se movia. O remédio foi engolido antes mesmo de Alexander poder fazer qualquer objeção. Ela fez daquilo uma espécie de brincadeira. E então, com um suspiro, a criança voltou a se acomodar nos braços do pai, ainda chupando o pirulito. Um minuto depois ele adormeceu, enquanto Bernie preenchia alguns formulários. Ele sorriu para o filho e então olhou para a médica com gratidão. Seus olhos afetuosos eram os de uma mulher profundamente dedicada.

— Obrigado. — Bernie sorriu para Alexander e acariciou os seus cabelos. Depois ergueu os olhos novamente para a dra. Jones.

— Você foi maravilhosa para ele. — Aquilo representava muito para Bernie. Os filhos eram tudo para ele.

— Cheguei há uma hora, para atender a outra dor de ouvido como essa. — A médica sorriu para ele, pensando em como era bom por uma vez o pai ter ido no lugar da mãe, parecendo exausta, aflita, sem ninguém para ajudá-la. Era muito bom ver homens se importando e agindo também. Mas não disse nada para ele. Talvez fosse divorciado e não tivesse escolha. — Você mora em Oakville? — Ele havia colocado o endereço da casa de veraneio no formulário.

— Não, normalmente vivemos na cidade. Apenas estamos passando o verão aqui. — Ela fez um sinal afirmativo com a cabeça e então sorriu para Bernie, enquanto preenchia sua parte do formulário para o seguro dele.

— Mas você é de Nova York?

Bernie deu um sorriso largo.

— Como você descobriu?

— Também sou do Leste. Boston. Mas ainda posso ouvir Nova York em sua voz. — E ele podia ouvir Boston na dela. — Há quanto tempo está aqui?

— Quatro anos.

Ela assentiu com a cabeça.

— Eu vim para freqüentar a Faculdade de Medicina Stanford e nunca mais voltei. E isso foi há 14 anos. — Estava com 36 anos, suas credenciais eram boas e Bernie gostava do estilo dela. Parecia inteligente e gentil e havia um brilho em seus olhos que sugeria senso de humor. Ela o olhava pensativamente. Gostava dos olhos dele também. — Este é um bom lugar para se viver. Quero dizer, Napa. De qualquer modo — ela afastou os formulários e olhou para os rosto angelical e adormecido de Alex — por que não o leva ao consultório daqui a um dia ou dois? Tenho um consultório em Santa Helena, que fica mais perto para você. — Ela olhou de relance para o anti-séptico hospital ao redor deles. Não gostava de atender crianças lá, a menos que fosse uma emergência como esta.

— É bom saber que está tão perto de nós. Com crianças, nunca se sabe quando vamos precisar de um médico.

— Quantos você tem? — Talvez fosse por isso que a esposa não tivesse vindo, ela pensou. Talvez tivessem dez filhos e ela precisasse ficar em casa com eles. De algum modo a idéia a divertiu Tinha um paciente com oito filhos e os adorava.

— Dois — acrescentou Bernie. — Alexander e uma garotinha de nove anos, Jane.

Ela sorriu. Ele parecia um homem bom. E seus olhos se iluminavam quando falava nos filhos. A maior parte do tempo eram tristes, como os de um São Bernardo, pensou. E então se censurou. De fato ele era um homem muito bonito. Gostava do modo dele andar... da barba... Fique fria, disse para si mesma, enquanto dava a Bernie as últimas instruções. Ele saiu, carregando Alex nos braços. E então ela deu um risinho para a enfermeira, enquanto se preparava para ir embora.

— Tenho de parar de atender a estas chamadas tarde da noite. A essa hora os pais começam a me parecer simpáticos. — Ambas riram. Claro que ela estava apenas brincando. Era sempre séria com relação aos pacientes e seus pais. Acenou para as enfermeiras, desejando-lhes boa-noite e caminhou para fora, para onde deixara o carro. Era um pequeno Austin Healy que tinha desde a faculdade de medicina. Dirigiu de volta a Santa Helena, com a capota abaixada, os cabelos esvoaçando. Acenou quando passou por Bernie, dirigindo mais cautelosamente. Ele fez um gesto com a mão. Havia alguma coisa nela da qual gostava, mas não sabia definir o quê. E Bernie estava feliz como há muito tempo não se sentia, enquanto entrava na rodovia em Oakville e o sol começava a nascer acima das montanhas.

Capítulo 35

Dois dias depois, Bernie levou Alexander novamente para ver a dra. Jones. Desta vez foi ao consultório, que ficava numa pequena e ensolarada casa vitoriana, na divisa da cidade. Ela o dividia com outro médico e morava no andar de cima. E Bernie ficou novamente impressionado com o modo dela lidar com a criança. Gostou dela tanto quanto antes, talvez mais ainda. Desta vez ela usava um jaleco branco e engomado sobre os *jeans*, mas seus modos eram tranqüilos, o toque suave e os olhos afetuosos, enquanto ria com naturalidade com Alexander e seu pai.

— Hoje os ouvidos dele estão muito melhores. — Ela sorriu para Bernie, depois para o bebê, sentado perto dela. — Mas é melhor você ficar fora da piscina por um tempo, meu amigo. — Ela arrepiou os cabelos de Alex e por um momento pareceu-se mais com uma mãe do que com uma médica. Aquilo tocou em alguma coisa no coração de Bernie, que ele rapidamente negou para si mesmo.

— Devo trazê-lo novamente? — A dra. Jones balançou a cabeça e Bernie quase lamentou ela não ter dito sim. E então ficou irritado consigo mesmo. Ela era agradável e inteligente, mas isso era tudo. E cuidara bem da criança. E se Alex tivesse de voltar, Nanny o traria da próxima vez. Era mais seguro. Ele surpreendeu-se olhando atentamente para os brilhantes cabelos negros e aquilo o aborreceu. Os olhos azuis o faziam lembrar-se tanto de Liz...

— Não creio que seja preciso tornar a vê-lo. No entanto, preciso de algumas informações, para meus arquivos. Qual é mesmo a idade dele? — Ela sorriu alegremente para Bernie e ele tentou parecer indiferente, apesar de estar pensando noutra coisa, enquanto evitava os olhos familiares. Eram tão azuis... exatamente iguais ao de Liz... Ele tentou se concentrar novamente na pergunta da médica.

— Está com dois anos e dois meses.

289

— Estado geral bom?

— Ótimo.

— Vacinas em dia?

— Sim.

— Pediatra na cidade? — Bernie disse o nome. Era mais fácil conversar de coisas daquele tipo. Se quisesse nem precisava olhar para ela.

— Nomes do resto da família? — Ela sorriu novamente enquanto anotava tudo. Depois ergueu os olhos novamente para Bernie.

— É o sr. Bernard Fine? — Ela achou que era isso que ouvira na outra noite e Bernie quase sorriu para ela.

— Certo. E ele tem uma irmã chamada Jane, que está com nove anos.

— Lembro-me disso. — Ela tornou a sorrir e depois o olhou ansiosamente. — E...?

— Isso é tudo. — Ele gostaria de ter tido mais um filho ou dois com Liz, mas não houvera tempo, antes de descobrirem que ela estava com câncer.

— Qual é o nome da sua mulher? — Alguma coisa nos olhos de Bernie sugeriu um profundo sofrimento e ela imediatamente suspeitou de um tumultuado divórcio.

Mas ele balançou a cabeça, a dor provocada pela pergunta desconcertando-o, como um golpe que não vira antes de atingi-lo.

— Bem... não... ela não é.

A médica pareceu surpresa. Era uma coisa estranha de se dizer e ele a olhava de modo esquisito.

— Não é o quê?

— Viva. — Mal deu para ouvir as palavras e ela subitamente se deu conta da dor que deveria ter lhe causado. Lamentou profundamente por ele. A dor da morte era uma coisa à qual ela nunca aprendera a ficar imune.

— Sinto muito... — A voz dela tornou-se entrecortada, enquanto olhava para a criança. Que coisa terrível para todos eles, principalmente para a garotinha. Pelo menos Alex era muito pequeno para entender. E o pai parecia tão arrasado enquanto falava com ela... — Sinto ter perguntado.

— Está tudo bem. Você não sabia.

— Quando foi isso? — Não podia fazer muito tempo, se Alexander estava apenas com dois anos. Ela compadeceu-se de todos

290

eles, enquanto seus olhos marejados de lágrimas encontravam-se com os de Bernie.

— Em julho último. — Era obviamente doloroso demais para ele dizer mais e ela continuou, sentindo o coração oprimido enquanto pensava no assunto. Depois que eles se foram, aquilo tornou a incomodá-la. Ele parecia sofrer tanto ao mencioná-lo... Pobre homem. Pensou nele o dia inteiro e ficou surpresa ao vê-lo no supermercado, naquela semana. Alexander estava sentado no carrinho, como sempre fazia. Bernie levara Jane. Ela tagarelava rapidamente e Alex apontava para alguma coisa, gritando a plenos pulmões — "Chiclete, papai, chiclete!" enquanto a dra. Jones quase se chocava com eles, subitamente parava e sorria. Pareciam bem menos tristes do que ela imaginara. Na verdade, pareciam muito felizes.

— Bem, olá, como está o nosso amigo? — Ela olhou de relance para Alex e viu no olhar de Bernie que era bem-vinda.

— Ele está muito melhor. Acho que os antibióticos ajudaram.

— Ainda os está tomando, não é? — Não conseguia se lembrar da duração do tratamento que prescrevera, mas devia estar.

— Sim. Mas voltou a ser o que era. — Bernie sorriu. Parecia normal, cansado e as pernas estavam bonitas com *shorts* de excursionista. Ela tentou não notar, mas não pôde evitar. Ele era um homem bonito. E Bernie estava notando as mesmas coisas nela. Usava novamente *jeans*, uma camisa de Oxford e alpargatas vermelhas. E seus cabelos eram tão limpos que brilhavam. Não estava com o jaleco de médico e Jane não conseguia imaginar quem ela era. Finalmente as apresentou e Jane estendeu a mão comedidamente, como se temesse expor-se demais. Observou a mulher com desconfiança e não tornou a mencioná-la até que voltaram para o carro.

— *Quem* era *aquela*?

— A médica que atendeu Alexander na outra noite. — Ele falou casualmente, mas era como ter cinco anos, estar lidando com a mãe e repetir tudo de novo. De fato aquilo o fez rir. Era tão semelhante... as mesmas perguntas que Ruth teria feito.

— Por que você o levou para *ela*? — O tom da voz disse a Bernie exatamente o que ela pensava e ele perguntou-se por que Jane a detestava tanto. Em nenhum momento lhe ocorreu que ela estava com ciúmes.

— O dr. Wallaby me deu o telefone dela antes de virmos para cá, para o caso de vocês sofrerem algum acidente ou adoecerem, como Alex, na outra noite. Realmente fiquei muito contente por encontrá-la. E ela foi muito amável indo nos atender no hospital, no meio da noite. Aliás, ela já estava lá atendendo outro paciente, o que diz muito a seu favor. — E Bernie se lembrava de que ela freqüentara Stanford.

Daquela vez Jane mal resmungou e não disse mais nada. Mas quando encontraram-se novamente com a médica, poucas semanas depois, Jane a ignorou totalmente. Nem mesmo a cumprimentou. E quando voltaram para o carro, Bernie a repreendeu.

— Foi muito grosseira com ela, você sabe.

— Bem, afinal, o que há de tão importante nela?

— O importante é que é uma médica e você algum dia pode precisar dela. Além do que, pelo amor de Deus, ela não te fez nada. Não há razão para você não ser gentil com ela. — Sentia-se grato porque pelo menos Alexander gostara dela. Ele deixara escapar um grande grito quando a viu no supermercado e imediatamente disse olá. Daquela vez lembrou-se dela, que lhe fez uma grande festa e tinha um pirulito no bolso para ele. Ela lhe disse que seu nome era dra. Meg. Mas Jane recusara o pirulito que ela oferecera. Megan pareceu enfrentar aquilo com calma e não perceber. — Apenas não seja tão grosseira com ela, querida. — Naqueles dias Jane andava tão sensível... Bernie perguntou a si mesmo se não estaria crescendo ou se ainda sentia muita falta de Liz. Nanny disse que provavelmente era um pouco das duas coisas e Bernie suspeitou que, como sempre, ela tinha razão. Nanny Pippin era o esteio de suas vidas e Bernie era devotado a ela.

Ele não se encontrou novamente com Megan até uma festa à qual o convenceram a ir, no Dia do Trabalho. Há quase três anos não ia a nenhuma festa — desde que Liz adoecera e muito menos depois dela morrer. Mas o corretor que lhe conseguira a casa fizera tanta questão de incluí-lo num churrasco que estavam dando naquela noite que Bernie achou que seria indelicado não ir pelo menos por algumas horas. E ele foi com a sensação de ser o novo rapaz na cidade, sem conhecer absolutamente nenhuma alma e sentindo-se vestido demais para a ocasião no momento em que saiu do carro. Todos usavam camisetas, calças e *shorts* de *jeans*, blusas de frente única — e ele calças esporte brancas e uma camisa azul-clara. Estava mais para Capri ou Beverly Hills do que para Napa Valley. Ficou constrangido quando seu anfitrião lhe entregou uma cerveja e perguntou para onde ele ia depois.

Bernie apenas riu e deu de ombros.

— Acho que simplesmente trabalhei tempo demais para uma loja de departamentos. — Então o seu amigo o levou para um canto e perguntou se ele estaria interessado em ficar durante algum tempo com a casa. As pessoas que a alugavam iriam se demorar mais em Bordeaux do que tinham planejado e estavam ansiosas para que ele continuasse lá. — Realmente eu gostaria disso, Frank. — O corretor ficou contente com a notícia e sugeriu que ele fizesse um contrato mensal, assegurando-lhe que o vale ainda era mais bonito no outono, com todas as folhas mudando de cor.

— Nem mesmo os invernos são ruins. Pode ser bom para você aparecer sempre que tiver uma chance e o aluguel é bastante razoável. — Sempre o vendedor. Bernie sorriu, ansioso por sair da festa.

— Acho que isso estaria bom para nós.

— O Frank acabou de te vender uma cantina? — perguntou a voz familiar. A risada dela tinha um tilintar que lembrava o de campainhas de prata. Bernie virou-se e viu os brilhantes cabelos negros e os olhos azuis que o surpreendiam onde quer que eles se encontrassem. Era Megan Jones e estava muito bonita. Naquele momento Bernie percebeu o quanto estava bronzeada. A pele dela era escura, contrastando muito com os olhos azuis-claros. Usava uma saia rústica branca e alpargatas da mesma cor, com uma blusa cigana vermelho vivo. Subitamente ele a achou muito bonita e aquilo o fez sentir-se pouco à vontade. Era mais fácil pensar nela usando *blue jeans* e jaleco engomado branco. Isto era acessível demais e a maciez sedosa dos ombros atraiu a atenção de Bernie, que se esforçou por olhar diretamente nos olhos azuis dela. Mas aquilo não era fácil para ele. Os olhos de Megan sempre o faziam pensar em Liz e no entanto eram diferentes. Mais destemidos, mais experientes, mais sábios. Ela era um tipo diferente de mulher. E havia uma compaixão lá que a fazia parecer mais velha e que era útil em sua profissão. Naquele momento Bernie tentou tirar os olhos dela, mas ficou surpreso ao descobrir que não conseguia.

— Frank apenas prolongou um pouco o meu contrato. — Bernie falou tranqüilamente e Megan percebeu que ele não sorria com os olhos, por mais que o fizesse com a boca. Seu olhar era sereno e triste e dizia às pessoas para manterem-se à distância. A dor de Bernard ainda era muito recente para ser dividida. Não foi difícil perceber aquilo enquanto o observava, pensando nos filhos dele.

293

— Isso significa que você vai ficar aqui? — Ela pareceu interessada, enquanto tomava um gole numa taça com vinho branco local.

— Acho que apenas nos fins de semana. As crianças adoram este lugar. E Frank diz que é lindo no outono.

— E é. Por isso que eu fico grudada aqui. É o único lugar nas redondezas que tem um fantástico outono. As folhas se transformam como no interior do Leste, todo o vale fica vermelho e amarelo. É realmente maravilhoso. — Bernie tentou concentrar-se no que ela dizia, mas tudo que via eram os ombros nus e olhos azuis... e ela parecia estar olhando bem dentro dos olhos dele, como se quisesse lhe dizer mais alguma coisa. Aquilo o fez sentir-se curioso a respeito dela. Ele o estivera desde a primeira vez em que a vira.

— O que fez você ficar aqui?

Ela deu de ombros. Quando Bernie esticou a mão para pegar outra cerveja, a pele perfeita e bronzeada chamou sua atenção. Ele ficou carrancudo tentando negar a atração que sentia por ela.

— Não sei. Não podia imaginar voltar para Boston e ser séria pelo resto de minha vida. — A malícia da qual Bernie suspeitara dançou nos olhos de Megan, e ele prestou atenção ao som da risada dela.

— Imagino que Boston possa ser assim. Na verdade, muito séria. — Ele estava terrivelmente bonito enquanto conversavam e Megan decidiu arriscar perguntar-lhe alguma coisa pessoal, apesar do que já sabia sobre ele.

— E por que você está em San Francisco e não em Nova York?

— Um golpe do destino. A loja para a qual trabalho me mandou para abrir uma nova filial aqui. — Bernie sorriu pensando naquilo e então seus olhos se anuviaram, refletindo sobre os motivos pelos quais ficara depois disso... porque Liz estava morrendo. — E então eu fiquei grudado aqui. — Os olhos se encontraram e não se desviaram. Megan o compreendeu perfeitamente bem.

— Então está aqui para ficar?

Bernie balançou a cabeça e sorriu novamente.

— Creio que não vou ficar por muito tempo. Provavelmente no próximo ano voltarei para Nova York. — No mesmo instante ela pareceu triste e, apesar de si mesmo, aquilo o agradou.

— Como as crianças se sentem a respeito da mudança?

— Eu não sei. — Ele pareceu sério. — Pode ser difícil para

Jane. Ela sempre viveu aqui e não será fácil para ela ir para uma nova escola e fazer novas amizades.

— Ela se adaptará. — Megan o olhava indagadoramente, desejando saber mais. Ele era um homem que fazia com que se sentisse vontade de saber de onde ele viera e para onde ia. Era o tipo de homem difícil de se encontrar. Afetuoso, forte e real... mas intangível. E depois de vê-lo da última vez em seu consultório, ela soube por quê. Teria gostado de saber tudo sobre Bernard, de realmente conversar com ele, mas não sabia exatamente como. — A propósito, que loja o trouxe para cá?

— A Wolff's. — Ele o disse modestamente, como se fosse uma loja sem importância. Megan riu, com os olhos arregalados. Não admira que ele fosse daquele jeito. Tinha o bom gosto instintivo de um homem que lidava diariamente com a alta costura, porém de um modo muito masculino e espontâneo que a agradava. Na verdade gostava de muitas coisas nele.

Naquele momento ela sorriu afetuosamente para Bernie.

— É uma loja maravilhosa. De vez em quando eu vou lá apenas para ficar em pé na escada rolante e apreciar tudo. Viver aqui não nos dá muita chance de pensar em coisas desse tipo.

— Tenho pensado sobre isso este verão. — Ele pareceu interessado e pensativo, como se estivesse dividindo um projeto secreto com ela. — Sempre quis ter uma loja num lugar como este. Uma espécie de loja campestre, pequena e simples, com tudo. Desde botas de montaria até trajes de noite, mas mercadorias realmente lindas, da melhor qualidade. As pessoas daqui não têm tempo para dirigir trezentos quilômetros para comprar um vestido bonito. E entrar numa loja enorme não condiz com este lugar. Mas uma coisa pequena, simples e realmente boa seria excitante aqui... não seria? — Ele pareceu empolgado e Megan também. Os dois achavam a idéia fantástica. — No entanto só o melhor — continuou ele — e em pouca quantidade. Talvez pegar uma das casas vitorianas e transformá-la numa loja. — Quanto mais Bernie pensava mais gostava da idéia e então ele riu. — Sonhos. Acho que quando se é um comerciante eles corroem o nosso pensamento onde quer que a gente esteja.

Bernie riu e Megan sorriu para ele. Gostava do seu olhar quando falava naquilo.

— Por que você não faz alguma coisa desse tipo? Não temos absolutamente nenhum lugar para fazer compras, exceto algumas lojas horríveis com as quais não vale a pena se preocupar. E há muito dinheiro aqui, principalmente nos meses de verão. E agora, com as cantinas, na verdade há dinheiro aqui o ano todo.

Bernie apertou os olhos e então balançou a cabeça. Pensou melhor sobre aquilo, mas inutilmente.

— Não sei onde eu encontraria tempo. E voltarei muito em breve. Mas é divertido sonhar. — Há muito tempo que não sonhava. Com nada. Ou ninguém. E ela podia perceber isso. Gostava de conversar com Bernie e de sua idéia. Mas, acima de tudo, gostava dele. Era um homem incomum. Afetuoso, forte e decente.

Tinha a delicadeza dos muito fortes e ela gostava disso.

Então Bernie notou o bip preso na parte de trás do cinto dela e indagou sobre ele. Conversar a respeito de loja parecia-lhe frívolo, apesar de que interessava mais a Megan do que ele imaginava.

— Dou plantão quatro noites por semana e atendo no consultório seis dias por semana. Isso me mantém em pé, quando não estou bocejando na cara das pessoas. — Ambos riram e Bernie ficou impressionado. Era consciencioso da parte de Megan trabalhar tanto e ainda levar o bip com ela para a festa. E notou que ela recusara o segundo copo de vinho. — Estamos com falta de médicos aqui, não apenas de lojas. — Ela sorriu. — Meu sócio e eu somos os únicos pediatras num trecho de trinta quilômetros. Pode não parecer muito, mas às vezes fica terrivelmente movimentado, como na noite em que eu os atendi no hospital. Era a minha terceira dor de ouvido naquela noite. Atendi à primeira em casa e a outra deixou o hospital logo antes de vocês chegarem. Isso não contribui para uma tranqüila vida caseira. — Mas ela não parecia infeliz com isso. Parecia contente e satisfeita. Era óbvio que gostava muito de seu trabalho. Ficava excitada quando falava nele. E Bernie gostara do modo dela tratar Alexander.

— O que fez você fazer medicina? — Ela precisava ser muito dedicada. Aquele tipo de vida sempre o impressionara, mas nunca o atraíra. E desde que era criança soubera que não queria seguir os passos do pai.

— Meu pai é médico — explicou Megan. — Ele é obstetra e ginecologista, o que não me atraiu. Mas a pediatria sim. E meu irmão é psiquiatra. Minha mãe queria ser enfermeira durante a guerra, mas só conseguiu ser voluntária para a Cruz Vermelha. Acho que todos nós temos o micróbio da medicina. Congênito — proferiu ela. Ambos riram. Todos também tinham ido para Harvard. Mas ela não o mencionou. Raramente o fazia. Fora para Radcliffe, depois para a Faculdade de Medicina Stanford. Formara-se em segundo lugar na sua classe, um fato que agora importava muito pouco. Estava ocupada fazendo o seu trabalho, curando ouvidos inflamados, dando injeções, colocando ossos no lugar, tratando de tosses e estando lá para as crianças que adorava e das quais cuidava.

— Meu pai é médico. — Bernie pareceu satisfeito por terem alguma coisa em comum. — Ouvido, nariz e garganta. Por alguma razão isso nunca me pareceu excitante. Para falar a verdade queria ensinar literatura numa escola preparatória na Nova Inglaterra. — Aquilo parecia tolice agora. A era de sua paixão por literatura russa parecia estar há milênios e ele riu, pensando naquilo. — Eu muitas vezes desconfio de que a Wolff's me salvou de um destino pior que a morte. Queria trabalhar para uma pequena escola numa cidade pacata, como eu a imaginava, e graças a Deus nenhuma delas me quis, pois a essa altura poderia ter me tornado um alcoólatra. — Ambos riram da idéia. — Ou ter me enforcado. É muito melhor vender sapatos, casacos de pele e pão francês do que viver num lugar desses.

Megan riu com a descrição que ele fez da Wolff's.

— É assim que você se vê?

— Mais ou menos. — Os olhos deles se encontraram e sentiram uma súbita e inexplicável união.

Estavam conversando tranqüilamente sobre a loja quando o bip dela tocou. Megan pediu licença, foi telefonar e voltou para informar que teria de ir encontrar com alguém no hospital.

— Nada de terrível, eu espero. — Bernie pareceu preocupado e ela sorriu. Estava acostumada com aquilo. Na verdade, era óbvio que adorava seu trabalho.

— Só uma pancada na cabeça, mas quero dar uma olhada nele, apenas por precaução. — Ela era cuidadosa, racional e tão boa médica quanto ele suspeitara. — Foi bom vê-lo de novo, Bernard. — Ela estendeu a mão que foi serena e firme dentro da dele. Quando se aproximou, Bernie notou pela primeira vez o perfume que usava. Era sensual e feminino como ela, sem ser excessivamente forte.

— Da próxima vez em que for na loja vá me visitar. Eu mesmo vou lhe vender um pouco de pão francês, para provar que sei onde ele está.

Megan riu.

— Ainda acho que você deveria abrir a loja de seus sonhos aqui em Napa.

— Eu adoraria. — Mas era apenas um sonho. E seu tempo na Califórnia estava quase esgotado. Então os olhos deles se encontraram e ela partiu, lamentando deixá-lo. Agradeceu ao anfitrião deles e se foi. Bernie ouviu o Austin Healy arrancando e logo em seguida viu os cabelos dela esvoaçando. Pouco tempo depois Bernie saiu da festa e foi para casa, pensando em Megan, perguntando a si mesmo se a veria de novo e surpreso por ter gostado tanto dela e por ela estar tão bonita com a blusa cigana e os ombros nus.

Capítulo 36

Um mês depois, num sábado chuvoso, Bernie estava em Santa Helena resolvendo algumas coisas para Nanny quando saiu da loja de ferragens e deu de cara novamente com Megan. Ela usava uma capa de chuva amarela e comprida e botas de borracha vermelhas, com um lenço vermelho-claro sobre seus cabelos negros. Pareceu surpresa quando eles colidiram, os braços cheios de embrulhos. Sorriu amigavelmente para ele. Pensara em Bernie muitas vezes desde o último encontro deles e obviamente estava feliz em vê-lo.

— Bem, olá novamente. Como tem passado? — Seus olhos se iluminaram como safiras azuis e Bernie a olhou satisfeito, enquanto ficavam em pé lá.

— Ocupado... bem... o de sempre... e você?

— Trabalhando muito. — Mas ela parecia feliz. — Como estão os seus filhos? — Era uma pergunta que ela fazia a todo mundo, mas era visível que realmente se importava.

— Estão bem. — Bernie sorriu para ela, sentindo-se novamente um garotinho e gostando da sensação.

Estavam em pé sob a chuva torrencial. Bernie usava um velho chapéu de *tweed* e, por cima dos *jeans*, uma capa de chuva inglesa que vira melhores dias. De repente a olhou de soslaio na chuva.

— Posso te oferecer uma xícara de café ou você está correndo para algum lugar? — Ele se lembrou do bip e da pancada na cabeça que ela fora atender às pressas no Dia do Trabalho, quando saiu da festa.

— Na verdade eu adoraria. Já terminei tudo por hoje. — Ela apontou para o café-restaurante rua abaixo e Bernie correu atrás dela, perguntando-se por que a convidara. Sempre gostava de Megan quando se encontravam e depois irritava-se consigo mesmo por se sentir atraído por ela. Aquilo não lhe parecia certo. Não tinha

299

esse direito. Houve o costumeiro embaraço, enquanto procuravam uma mesa e se sentavam. Megan pediu um chocolate quente e Bernie um *cappuccino*. Depois ele recostou-se e olhou para ela. Era extraordinário. Simples como estava, ela era bonita. Era uma dessas mulheres que a princípio parecem comuns. E então lentamente percebemos que há muito mais nelas, que seus traços são bonitos, os olhos notáveis, a pele excepcional... e tudo isso somado torna alguém muito especial. Mas essas qualidades não são tão evidentes para atrair o nosso olhar no primeiro momento. — Para o que está olhando? — Ela o viu encarando-a e tinha certeza de que estava horrível. Mas Bernie sorriu e virou a cabeça para o lado, sorrindo-lhe.

— Estava pensando em como você está bonita com essa capa de chuva, botas e o lenço vermelho em seus cabelos pretos. — Ele parecia realmente extasiado. Megan corou violentamente com o elogio e riu dele.

— Você deve estar cego ou bêbado. Eu fui provavelmente a garota mais alta de minha classe desde o jardim de infância. Meu irmão dizia que as minhas pernas pareciam postes de luz e meus dentes teclas de piano. — E os cabelos seda... os olhos cor de safira clara e... Bernie esforçou-se por tirar aquilo da cabeça e por dizer alguma coisa comum para ela.

— Acho que os irmãos sempre dizem coisas desse tipo, não é? Não tenho certeza, sou filho único, mas me parece que o papel preferido deles na vida é atormentar suas irmãs o melhor que puderem.

Megan riu com as lembranças que ele evocou.

— O meu era bom nisso. Para dizer a verdade, sou louca por ele. Tem seis filhos. — Megan sorriu pensativamente. E Bernie riu. Outra católica. Sua mãe estremeceria com as novidades. Subitamente a idéia o divertiu. Esta definitivamente não era a filha da sra. Rosenthal, a modelo da Ohrbach's. Mas era uma médica. Sua mãe teria gostado e seu pai também. Se isso tivesse importância. E então ele se lembrou de que era apenas chocolate quente e café numa tarde chuvosa em Napa.

— Seu irmão é católico? — Católicos irlandeses explicariam os cabelos dela, mas Megan balançou a cabeça e riu da pergunta.

— Não. É episcopal. Simplesmente adora crianças. E sua mulher diz que quer vinte. — Megan pareceu invejá-los. E Bernie também.

— Sempre achei que famílias grandes eram ótimas — disse Bernie, enquanto as bebidas quentes chegavam. A dela coberta com creme batido e o café de Bernie com leite fumegante e noz-moscada. Bernie deu um gole e ergueu os olhos para Megan, perguntando-se quem ela era, de onde vinha e se tinha filhos. Percebeu que sabia muito pouco sobre ela. — Você não é casada, é Megan? — De qualquer modo não achava que fosse, mas se deu conta de que nem mesmo tinha certeza.

— Receio que não haja muito espaço para isso, com chamadas noturnas e dias de 18 horas. — O que ela amava acima de tudo era seu trabalho e ele não explicava realmente sua condição de solteira. E subitamente Megan decidiu ser honesta com ele. Como Liz, há muito tempo, viu nele um homem com quem podia ser aberta, honesta e falar sem rodeios.

— Há muito tempo eu fui noiva. Ele também era médico. — Ela sorriu para Bernie e a sinceridade que ele viu o pegou desprevenido, como um golpe físico. — Depois da residência mandaram-no para o Vietnã e ele morreu logo antes de eu começar a minha residência na Universidade da Califórnia.

— Que terrível para você. — Bernie foi muito sincero. Sabia melhor do que ninguém a dor que ela deveria ter enfrentado. Mas para Megan fora há muito tempo. Ainda sentia falta de Mark, mas não da mesma forma. Não era mais a mesma dor aguda com que Bernie convivia desde que Liz morrera, há pouco mais de um ano. Mas para Bernie era como se Megan o compreendesse melhor agora e ele sentiu que tinha uma afinidade especial com ela, que não estivera lá antes.

— Foi bastante duro. Já estávamos noivos há quatro anos e ele estava esperando eu me formar. Freqüentava a Faculdade de Medicina de Harvard, quando eu fiz o curso pré-médico lá. Seja como for — Megan desviou os olhos e então olhou novamente para Bernie —, foi quase como ter levado um soco, é o mínimo que se pode dizer. Eu ia me retirar durante um ano e adiar minha residência, mas meus pais me dissuadiram da idéia. Cheguei a pensar em desistir completamente da medicina ou me dedicar à pesquisa. Fiquei bastante confusa durante um período. Mas minha residência me colocou novamente no meu caminho. Depois eu vim para cá. — Megan sorriu tranqüilamente para ele, como se tentasse dizer-lhe que era possível sobreviver a uma perda, por mais que fosse dolorosa. — É difícil acreditar, mas já faz dez anos que ele morreu. Acho que desde então eu realmente não tenho tido tempo para ninguém em minha vida. — Ela corou e depois riu. — Isso não quer dizer que eu não saí com ninguém. Mas nunca mais tive um relacionamento sério assim com alguém. Surpreendente, não é? — Ela dava a impressão de achar notável o fato de terem sido dez anos. Parecia que havia sido ontem que eles tinham deixado Boston juntos. Fora para Stanford por causa de Mark e depois ficou no Oeste porque era um modo de ficar mais perto dele. E agora não podia se imaginar vivendo novamente em Boston. — Às vezes lamento não ter me casado e tido filhos. — Megan sorriu e tomou um gole de seu chocolate quente, enquanto Bernie a olhava com admiração. — É quase tarde demais agora, mas tenho meus pacientes para preencher essas necessidades. Todos esses carinhos e atitudes maternais de que eles precisam. — Megan sorriu mas Bernie não estava convencido de que aquilo bastava para ela.

— Isso não pode ser a mesma coisa. — Ele falou tranqüilamente, observando-a, intrigado por tudo que vira nela.

— Não, não é a mesma coisa, mas a seu próprio modo é muito gratificante. E o homem certo nunca apareceu novamente. A maioria não consegue lidar com uma mulher que tem uma carreira séria. Não adianta querer o impossível. A gente tem de tirar o melhor partido das coisas. — Bernie assentiu com a cabeça. Também estava tentando, sem Liz, mas ainda era terrivelmente difícil para ele. Finalmente encontrara alguém a quem podia dizer aquilo e que o compreendia.

— Sinto-me assim sobre Liz... minha mulher... como se nunca mais fosse haver alguém como ela. — Os olhos de Bernie foram tão sinceros que a fizeram sofrer por ele.

— Provavelmente não haverá. Mas pode haver outra pessoa, se você ficar aberto para isso.

Ele balançou a cabeça, sentindo que encontrara uma amiga.

— Eu não estou. — Ela era a primeira pessoa para quem ele conseguira contar aquilo e sentiu-se aliviado.

— Eu também não estava. Mas você acaba se sentindo melhor sobre isso.

— Então por que não se casou com outra pessoa? — As palavras a atingiram como um soco e ela o olhou seriamente.

— Acho que nunca quis. — Foi totalmente honesta com ele.

— Achava que éramos um par perfeito. E nunca encontrei isso no-

vamente. Mas sabe de uma coisa? Pode ser que eu estivesse errada.
— Nunca admitira aquilo para ninguém e muito menos para sua família. — Eu queria alguém exatamente igual a Mark. E talvez alguém diferente tivesse sido igualmente bom para mim, se não melhor. Talvez o Homem Certo não tivesse de ser outro pediatra, igual a mim, que como eu queria uma clínica rural. Talvez eu pudesse ter me casado com um advogado, um carpinteiro ou um professor, ter sido feliz do mesmo jeito e a essa altura estar com seis filhos. — Ela olhou indagadoramente para Bernie. A voz dele foi grave e gentil quando respondeu.

— Não é tarde demais, você sabe.

Megan sorriu e recostou-se novamente na cadeira, sentindo-se menos emotiva, mais relaxada e feliz por estar conversando com ele.

— A essa altura estou muito arraigada a meus hábitos. No fundo, sou uma solteirona.

— E orgulhosa disso — Bernie riu, por um momento duvidando dela. — Sabe, o que você disse me ajuda. As pessoas estão começando a me pressionar para sair e eu simplesmente não estou preparado. — Era um modo de desculpar-se pelo que ao mesmo tempo queria e não queria, pelo que acima de tudo não compreendia, quando a olhava e sentia coisas que despertavam velhas lembranças. Lembranças que o confundiam.

— Não deixe ninguém lhe dizer o que fazer, Bernard. Você saberá quando for o momento certo. E será mais fácil para as crianças se você souber o que quer. Há quanto tempo foi? — Ela referia-se à morte de Liz, mas agora Bernie podia lidar com a pergunta.

— Pouco mais de um ano.

— Dê a si mesmo um tempo.

Os olhos deles se encontraram e Bernie a fitou indagadoramente.

— E depois? O que acontece depois disso, quando você nunca encontra novamente a mesma coisa?

— Você aprende a amar outra pessoa. — Megan aproximou-se e tocou sua mão. Era a mulher mais generosa que ele conhecera num longo tempo. — Você tem esse direito.

— E você? Por que não teve esse direito também?

— Talvez eu não quisesse... talvez não tivesse sido suficientemente corajosa para descobrir o amor de novo. — Foram palavras sábias. Depois eles conversaram sobre outras coisas. Boston, Nova York, a casa que Bernie estava alugando, o pediatra com quem ela

303

dividia seu consultório. Bernie até mesmo contou-lhe sobre Nanny Pippin e eles riram de algumas aventuras que ela tinha tido. Foi uma tarde deliciosa. Bernie ficou triste quando ela disse que tinha de ir. Naquela noite Megan iria dirigir até Calistoga para jantar com um amigo. Subitamente Bernie ficou curioso em saber quem era, mulher ou homem, amizade ou romance. Aquilo o fez lembrar de coisas que ela dissera, enquanto a observava partir de carro em meio à chuva, com um último aceno para ele... — Talvez eu não tivesse sido suficientemente corajosa para descobrir o amor de novo. — ... Bernie gostaria de saber se algum dia voltaria a ser o que era, enquanto dava partida no carro e dirigia de volta para a casa onde Nanny e as crianças o esperavam.

Capítulo 37

A cabeça de Bernie estava ocupada com outras coisas quando, na semana seguinte, sua secretária entrou e lhe disse que havia uma senhora lá que queria vê-lo.

— Uma senhora? — Ele pareceu surpreso e não pôde imaginar quem era. — Que senhora?

— Eu não sei. — A secretária pareceu tão surpresa quanto Bernie. Via de regra ele não recebia visitas femininas, a menos que fossem membros da imprensa, quisessem planejar desfiles de moda para a Liga Jovem ou sair de Nova York enviadas por Paul Berman. Mas em todas estas situações elas tinham hora marcada e esta mulher não. Em todo o caso ela era atraente. A secretária percebera isso, mas ela não parecia se enquadrar em nenhuma daquelas categorias. Não tinha a aparência estereotipada da Liga Jovem, mechas louras nos cabelos, insignificantes brincos dourados que ela tinha há dez anos e sapatos atravessados por pequenas correntes douradas. Também não tinha a aparência deselegante da matrona planejando o evento de caridade, o ar ladino dos compradores de Nova York ou da imprensa. Parecia saudável e limpa e também de certo modo bem vestida, apesar de suas roupas não serem sensuais ou excessivamente elegantes. Ela usava um costume azul-marinho, uma blusa de seda bege, brincos de pérolas e sapatos de salto alto azul-marinho. E tinha pernas muito bonitas, apesar de ser alta. Quase tão alta quanto Bernie.

Naquele momento Bernie estava sentado encarando sua secretária, incapaz de compreender por que ela não podia lhe dar maiores informações.

— Você perguntou quem ela era? — Geralmente a mulher não era estúpida, mas desta vez parecia atrapalhada.

— Ela apenas falou que veio comprar pão... Eu lhe disse que

estava no departamento errado, sr. Fine, que estes eram os gabinetes dos executivos, mas ela insistiu em que o senhor lhe disse... — E então subitamente ele deu uma gargalhada, saiu da cadeira e caminhou para a porta, enquanto a secretária o observava. Bernie a abriu e lá estava ela. Megan Jones, muito elegante e não se parecendo em nada com uma médica. O jaleco branco e os *jeans* haviam desaparecido e ela sorria maliciosamente. Da porta, Bernie deu-lhe um sorriso largo.

— Você fez a minha secretária ficar apavorada — disse ele com voz macia. — O que está fazendo aqui?... Eu sei... eu sei... comprando pão. — A secretária desapareceu discretamente pela outra porta e ele convidou Megan a entrar em seu gabinete. Ela o seguiu e olhou ao redor. Ele tinha todos os equipamentos de um homem importante e ela pareceu devidamente impressionada enquanto se sentava numa das grandes poltronas de couro e sorria para Bernie, sentado na beira de sua escrivaninha. Parecia muito satisfeito em vê-la. — O que a trouxe aqui, doutora?... Além do pão, é claro.

— Uma velha amiga da faculdade de medicina. Ela largou tudo para casar e ter bebês. Na época eu achei revoltante... agora não tenho tanta certeza. Ela acabou de ter o quinto e eu prometi ir visitá-la. Também achei que deveria comprar algumas roupas novas. Vou passar as férias em casa e minha mãe vai chorar se eu aparecer com as minhas roupas de Napa. Preciso me lembrar que as pessoas não andam assim em Boston. — Megan sorriu timidamente para ele. — Pelo menos tenho de começar a parecer decente. Lá pelo final do terceiro dia geralmente eu já descambei para os *jeans*. Mas desta vez achei que deveria fazer um esforço. — Ela olhou para o seu costume azul e depois novamente para o amigo. — Hoje eu estava praticando. Que tal eu estou? — Por um minuto ela pareceu pouco segura de si e aquilo o comoveu, vindo de alguém tão competente quanto ela.

— Está adorável, muito elegante e bonita.

— Eu me sinto nua sem os meus *blue jeans*.

— E o jaleco branco... por alguma razão minha imagem mental de você é com seu jaleco branco ou sua capa de chuva. — Megan sorriu. Também se via assim. E sempre se lembrava de Bernie com a camisa azul aberta e as calças brancas que usara na festa do Dia do Trabalho. Ele estivera muito bonito mas também o estava de terno. Era quase assustador... mas não totalmente, porque ela o conhecia. — Quer que eu te leve para visitar a loja? — Megan pôde ver pelas montanhas de papéis na escrivaninha que ele estava ocupado e não queria interrompê-lo. Mas de qualquer modo fora bom vê-lo por alguns minutos.

— Posso ir sozinha. Apenas quis dizer olá.

— Estou feliz por você ter dito. — Mas ainda não queria deixála ir. — A que horas vai ver sua amiga com o novo bebê?

— Eu disse a ela que iria lá pelas quatro horas, se já tivesse terminado minhas compras.

— Que tal um aperitivo depois disso? — Ele pareceu esperançoso. Havia ocasiões em que se sentia como um garotinho com ela. Queria ser seu amigo... e no entanto queria mais... mas ele não... Ele não sabia o que queria dela além da amizade. Mas ainda não tinha de se preocupar com isso. Pareciam gostar de serem apenas amigos e Megan não queria nada mais dele. Ela pareceu satisfeita com o convite.

— Eu adoraria. Não tenho de voltar para Napa antes das 11. Até lá Patrick vai me substituir.

— E depois você volta para o plantão? — Bernie pareceu horrorizado. — Quando é que você dorme?

— Nunca. — Ela deu um amplo sorriso. — Fiquei acordada esta manhã até as cinco horas, atendendo a um bebê de cinco meses com crupe. No final você se acostuma.

Bernie gemeu.

— Eu não me acostumaria. É por isso que trabalho para a Wolff's e não sou um médico, como minha mãe queria. Sabe — ele deu um sorriso largo — você é o sonho de qualquer mãe judia. Se ao menos fosse minha irmã, minha mãe seria feliz para sempre.

Ela riu.

— E a minha mãe me implorou para não ir para a faculdade de medicina. Vivia me dizendo para ser uma enfermeira, professora ou até mesmo secretária. Algum bom emprego onde eu conhecesse um homem e me casasse.

Bernie riu da descrição.

— Aposto que agora ela está muito orgulhosa de você, não está?

Megan deu de ombros modestamente.

— Às vezes. Pelo menos ela tem netos, graças ao meu irmão, ou ela realmente me poria maluca. — Naquele momento ela olhou

307

de relance para o relógio e depois sorriu para Bernie. — É melhor eu ir andando. Onde é que devo encontrá-lo para os aperitivos?

— L'Étoile às seis? — Ele falou sem pensar e depois perguntou a si mesmo se deveria tê-lo feito. Além da mãe, ela era a primeira mulher que levara lá, desde Liz. Mas que se dane, ele decidiu. Era um ótimo lugar para se tomar aperitivos e Megan merecia o melhor. Tinha um toque de qualidade que o intrigava. Bernie sabia que ela não era nenhuma garota comum que ele conhecera. Era uma mulher brilhante, uma boa amiga e uma grande médica.

— Eu o verei lá. — Megan sorriu-lhe da porta do gabinete e o dia de Bernie pareceu melhor depois dela ter estado lá. Deixou o gabinete às cinco e meia e foi com toda a calma para o L'Étoile. Estava de bom humor e levou para ela uma bisnaga de pão francês e um vidro de seu perfume favorito. Megan ficou surpresa quando ele os entregou por cima da mesa. — Pelo amor de Deus, o que é tudo isso? — Pareceu deliciada e Bernie pôde ver em seus olhos que o dia não tinha sido muito bom para ela.

— Alguma coisa errada? — perguntou finalmente Bernie, enquanto provavam seu *kir*. Descobriram que os dois o adoravam... e que ela passara seu penúltimo ano em Provence e falava francês fluentemente, o que o impressionou.

— Eu não sei... — Ela suspirou e recostou-se na cadeira. Era sempre sincera com ele e Bernie ouviu calmamente sua confissão. — Hoje aconteceu uma coisa quando eu olhei para o bebê. — Bernie esperou para ouvir o que ela ia dizer. — Foi a primeira vez que senti a terrível dor da qual as mulheres falam... aquela dor que faz você perguntar a si mesma se fez a coisa certa com sua vida. — Megan deu um gole na bebida e então o olhou, quase tristemente. — Seria terrível nunca ter filhos, não é? E nunca senti isso antes. Talvez eu esteja apenas cansada depois da última noite com aquele bebê doente.

— Não creio que seja isso. Ter filhos foi a melhor coisa que já me aconteceu. E você é esperta o bastante para saber disso. Sabe o que está perdendo, a maioria das mulheres não.

— E agora? Eu saio correndo e rapto um bebê... ou fico grávida do meu açougueiro do mercado de Napa? — Ela sorriu, mas era óbvio que também estava preocupada e Bernie sorriu de volta, apenas parcialmente solidário.

— Acho que deve haver candidatos melhores do que esse. —

Era impossível acreditar que não e ela corou discretamente sob a luz fraca da sala, enquanto o piano tocava suavemente atrás deles.

— Deve haver, mas eu não estou tão ansiosa por ter um filho para criá-lo sem pai. Nem mesmo tenho certeza de que estou ansiosa por ter um filho. Mas esta noite — a voz dela tornou-se sonhadora e seu olhar distante — quando segurei aquele bebê... que milagre as crianças são. — Megan ergueu os olhos para ele e deu de ombros. — É estúpido tornar-se poética a respeito disso, não é? Minha vida é boa do jeito que está.

Da mesma forma que Megan, Bernie falou por si mesmo.

— Talvez pudesse ser melhor.

— Talvez. — Mas ela não estava ansiosa por perseguir isso. Conversas daquele tipo sempre a faziam pensar em Mark e ainda doía, mesmo depois de todos aqueles anos. Nunca houvera ninguém como ele — De qualquer modo pense nas fraldas que não tenho de trocar. Posso simplesmente correr por aí brandindo o meu estetoscópio, adorando os bebês das outras pessoas. — Aquilo pareceu a Bernie solidão. Não podia imaginar sua vida sem Jane ou Alexander e decidiu dizer isso a ela.

— Eu estava com 37 anos quando Alex nasceu e ele é a melhor coisa que já me aconteceu.

Megan sorriu, comovida com a confissão.

— E quantos anos tinha sua mulher?

— Quase 29. Mas acho que ela o teria tido mesmo se fosse dez anos mais velha. Realmente queria mais filhos. — Era uma pena eles não terem tido. Uma pena ela não ter vivido. Uma pena Mark também não. Mas não tinham. Aquela era a realidade. E Bernie e Megan haviam sobrevivido a eles.

— Sempre vejo mães mais velhas em meu consultório. Acho que são muito corajosas. O bom é que elas fizeram o que queriam fazer, tiveram suas experiências e liberdade e estabilizaram-se em suas carreiras, se era o que queriam. Às vezes acho que isso as torna melhores mães.

— Então — ele sorriu, sentindo-se como sua própria mãe. — Vá ter um bebê.

Ela riu abertamente daquilo.

— Vou contar a meus pais que você disse isso.

— Diga-lhes que têm a minha bênção.

— Eu direi. — Eles trocaram um sorriso afetuoso e Megan recostou-se, ouvindo o piano.

— Como é que eles são? — Sempre sentia-se curioso a respeito de Megan. Queria saber mais sobre ela. Sabia que hesitava em ter filhos, que fora para Radcliffe e Stanford, que seu noivo tinha sido morto no Vietnã, que veio de Boston e vivia em Napa. Mas não sabia muito mais além disso, exceto que a achava uma mulher excelente e que gostava dela. Muito. Talvez até demais, mas ele não o admitia. Fingia gostar um pouco dela. Pelo menos para ele mesmo.

— Meus pais? — Ela pareceu surpresa com a pergunta e Bernie assentiu com a cabeça. — Simpáticos, eu acho. Meu pai trabalha demais e minha mãe o adora. Meu irmão acha que os dois são malucos. Diz que quer fazer fortuna e não ficar acordado a noite inteira fazendo partos, por isso que ele se formou em psiquiatria em vez de obstetrícia. Acho que ele é sério com relação ao que faz — ela pareceu pensativa e depois sorriu —, tão sério quanto ele sempre é. Meu irmão é praticamente maluco. É muito baixo, louro e a cara da nossa mãe. — A idéia divertiu Bernie.

— E você se parece com seu pai?

— Exatamente. — Mas ela não parecia lamentar. — Meu irmão me chama de gigante. Eu o chamo de pigmeu e isso começou há séculos, quando éramos crianças. — Bernie riu das imagens que ela criou. — Crescemos numa bonita casa em Beacon Hill que tinha sido de meu avô. E alguns dos parentes da minha mãe são muito tendenciosos. Acho que eles nunca aprovaram totalmente o meu pai. Não creio que ser um médico fosse aristocrático o bastante para eles, mas meu pai adora o que faz e é muito bom nisso. Quando eu estava na faculdade, assisti a muitos partos com ele, sempre que ia passar as férias em casa. Eu o vi salvar vários bebês que de outro modo nunca teriam sobrevivido, e uma mãe, eu tenho certeza, que teria morrido se não fosse pela habilidade dele. Quase fui fazer obstetrícia por causa disso, mas estou realmente mais feliz fazendo o que eu faço em pediatria.

— Por que você não quis ficar em Boston?

— Sinceramente? — Ela suspirou com um sorriso meigo. — Muita pressão de todos eles. Não queria seguir os passos de meu pai, fazer obstetrícia ou ser uma esposa dedicada como minha mãe, apenas cuidando do marido e dos filhos. Ela achava que eu deveria deixar Mark ser o médico, ficar em casa e tornar a vida agradável para ele. Não há nada de errado nisso, mas eu queria mais. E não teria agüentado todos aqueles episcopais gentis e alfinetadas puritanas. De qualquer modo, no final eles iam querer que eu me casasse com alguém adequado, vivesse numa casa como a deles e oferecesse pequenos chás sociais para amigos exatamente iguais aos deles. — Ela pareceu assustada só de pensar naquilo. — Essa não era eu, Bernie. Precisava de mais espaço e mais liberdade, pessoas novas e meus *blue jeans*. Essa vida pode ser muito restritiva.

— Tenho certeza de que sim. Não é muito diferente das pressões que eu teria odiado em Scarsdale. Judeu, católico, episcopal, no fundo é tudo a mesma coisa. É o que eles são e o que querem que você seja. E às vezes você pode, às vezes não. Eu não podia. Se pudesse, agora seria um médico judeu, casado com uma distinta moça judia, que estaria neste exato momento na manicure.

Megan riu da descrição dele.

— Minha melhor amiga na faculdade de medicina era judia. Agora é psiquiatra em Los Angeles e está fazendo uma fortuna. E aposto que nunca foi à manicure.

— Acredite-me, ela é uma exceção.

— Sua mulher era judia? — Megan também estava curiosa a respeito de Liz, mas Bernie balançou a cabeça e não parecia aborrecido quando sorriu para ela.

— Não. O nome dela era Elizabeth O'Reilly. — Subitamente riu, lembrando-se de uma cena que se passara há muitos e muitos anos. — Para falar a verdade, eu pensei que havia provocado um ataque cardíaco em minha mãe, na primeira vez em que lhe contei.

Megan deu uma gargalhada e ele lhe contou os detalhes da história.

— Meus pais agiram assim quando meu irmão lhes apresentou sua mulher. Ela é tão insubordinada quanto ele... e francesa. Minha mãe tinha certeza de que ser francesa significava que ela posara para cartões-postais. — Ambos riram daquilo e continuaram a contar histórias sobre os defeitos dos pais, até que Bernie olhou de relance para o relógio e percebeu que eram oito horas. E sabia que ela tinha de voltar para Napa até as 11.

— Você quer comer aqui? — Presumira que eles iriam jantar, ou de qualquer modo o esperava. Não estava preocupado com o lugar onde comeriam, desde que estivessem juntos. — Ou quer comida chinesa ou algo mais exótico?

Ela o olhou hesitantemente, calculando a hora.

— Eu entro no plantão às 11... o que significa que tenho de sair

311

da cidade até nove e meia. — Ela sorriu timidamente. — Você me odiaria se nós fôssemos comer um hambúrguer em algum lugar? Poderia ser mais rápido. Patrick fica logo aborrecido se eu me atrasar para substituí-lo. Sua mulher está grávida de oito meses e ele tem pavor dela entrar em trabalho de parto enquanto eu estou presa em algum lugar. Por isso esta noite realmente tenho de chegar pontualmente em casa. — Não que quisesse. Teria gostado de passar horas com Bernie.

— Eu não me importaria de comer um hambúrguer. Na verdade — ele acenou pedindo a conta e o garçom imediatamente apareceu, enquanto sacava sua carteira — conheço um lugar divertido que não fica longe daqui, se você não se importar com um pouco de mistura. — Havia de tudo, de estivadores a debutantes, mas Bernie gostava da atmosfera do local e achava que Megan gostaria também. E estava certo. Logo que entraram, ela adorou. Comeram seus hambúrgueres e torta de maçã no bar dos estivadores, no cais chamado Olive Oyl's, e ela o deixou com pesar às nove e meia, para dirigir de volta para Napa. Temia chegar atrasada. Depois do jantar, ele a conduziu rapidamente de volta para seu Austin Healy.

— Vai chegar bem em casa? — Bernie estava preocupado com ela. Era tarde para dirigir sozinha para Napa, mas Megan sorriu.

— Tanto quanto eu deteste as palavras que se referem a meu tamanho. Agora sou uma garota crescida. — Bernie riu dela. Megan era sensível em relação à sua altura. — Eu me diverti muito.

— Eu também. — E ele realmente se divertira. Era a maior diversão que tivera desde muito tempo. Era fácil estar com Megan, confortador dividir seus pensamentos mais íntimos e ouvir os dela.

— Quando vai voltar novamente para Napa? — Ela pareceu esperançosa.

— Vai demorar um pouco. Tenho de ir à Europa na semana que vem e Nanny não leva as crianças quando eu estou fora. É muito trabalhoso fazer as malas e carregar tudo de um lado para o outro. Voltarei em menos de três semanas. Nessa ocasião eu te telefono e talvez a gente possa almoçar lá. — Ele a olhou com um sorriso e então teve uma idéia. — Quando vai para casa passar as férias?

— No Natal.

— Nós também. Para Nova York. Mas pensamos que este ano poderíamos passar o Dia de Ação de Graças em Napa. — Não queria ficar na cidade naquele dia, pensando no que não era

312

mais. — Eu te telefono quando voltar de Nova York.

— Cuide-se e não trabalhe demais. — Bernie a levou até o carro e sorriu quando ela disse aquilo.

— Sim, doutora. Você também, e dirija devagar.

Megan acenou e ele olhou para o relógio, enquanto ela se afastava. Eram exatamente 9h35min. E ele lhe telefonou às 11h15min, de sua casa. Pediu que — se possível — a localizassem e chamassem. Quando atendeu, Megan disse que acabara de entrar pela porta e pendurar seu sobretudo.

— Queria apenas me certificar de que tinha chegado bem em casa. Você dirige depressa demais — ele a repreendeu.

— E você se preocupa demais.

— Está em meu sangue. — Ele riu. No seu caso, era verdade. Durante toda sua vida ele se preocupara, mas aquilo também o fizera ser bom nas coisas. Era perfeccionista em quase tudo que fazia, com excelentes resultados, pelo menos na Wolff's.

— Esta noite está linda em Napa, Bernie. O ar está fresco e puro e o céu estrelado. — A cidade estava imersa na neblina. E ele estaria feliz em qualquer um dos dois lugares, apesar de que teria gostado de estar novamente com ela. A tarde terminara rápido demais. — A propósito, para onde você vai na Europa? — Megan sentia-se curiosa a respeito da vida dele. Era tão diferente do que ela fazia.

— Irei a Paris, Londres, Milão, Roma. Vou duas vezes por ano a trabalho. Depois tenho que parar em Nova York para comparecer a reuniões.

— Parece muito divertido.

— E é. Às vezes. — Tinha sido com Liz. E antes disso. Ultimamente era menos. Como tudo o mais que ele fazia, era solitário.

— Eu me diverti muito esta noite, Bernie. Obrigada.

Bernie riu, pensando no jantar deles no Olive Oyl's, no cais.

— Certamente não era o Maxim's.

— Eu adorei. — E então o bip tocou e ela teve de deixá-lo.

Bernie ainda pôde ouvir a voz dela em seus ouvidos depois que desligou. Então, apenas para clarear as idéias, foi para o seu armário e inspirou profundamente o aroma muito fraco do perfume de Liz, ainda pairando por lá. Agora era preciso se esforçar para senti-lo. Bernie fechou suavemente a porta, sentindo-se culpado. Esta noite não estava pensando em Liz, mas em Megan. Subitamente era pelo perfume dela que ansiava.

Capítulo 38

Bernie ficou em Nova York mais tempo do que planejara. Aquele era um ano importante para o mercado de roupas finas, havia mudanças significativas acontecendo no ramo e Bernie queria ficar numa posição de destaque. Mas quando finalmente partiu para San Francisco, estava satisfeito pelo modo como as coisas tinham corrido. E esquecera do lenço de pescoço que comprara em Hermès para Megan até irem a Napa. De repente ele se lembrou do lenço — metido num canto da mala — e foi procurá-lo. Ele o encontrou e decidiu entregá-lo pessoalmente. Dirigiu até a cidade e parou do lado de fora da casa vitoriana onde ela morava e que era seu consultório. Seu sócio disse que ela tinha saído e Bernie deixou a pequena caixa castanho-amarelada, com um bilhete que dizia apenas "Para Megan, de Paris. Com os cumprimentos de Bernie".

Megan telefonou naquela noite para agradecer o presente e ele ficou satisfeito por ela ter gostado tanto. Era azul-marinho, vermelho e dourado e o fizera lembrar-se dela com suas botas vermelhas, *jeans* e capa de chuva amarela.

— Acabei de chegar em casa e o encontrei sobre minha escrivaninha. Patrick deve tê-lo deixado lá quando você o entregou. É lindo, Bernie. Eu adorei.

— Estou feliz por você ter gostado. Estamos abrindo uma butique para eles aqui, em março.

— Que fantástico. Adoro as coisas de Hermès.

— Todos adoram. Isso deve ser bom para nós. — Bernie lhe contou sobre alguns dos outros negócios que realizara e ela ficou impressionada.

— Tudo que fiz em três semanas foi diagnosticar três dores de ouvido, sete viroses, um princípio de bronquite e um apêndice inflamado, para não mencionar um milhão de cortes, estilhaços, pan-

314

cadas e um polegar quebrado. — Megan pareceu desapontada consigo mesma. Bernie não estava.

— Isso me parece muito mais significativo. A vida de ninguém depende da minha butique de malas italianas ou de uma linha de sapatos franceses. O que você faz dá algum sentido à vida. É importante.

— Suponho que sim. — Mas estava novamente deprimida. Naquela semana, a mulher de seu sócio tivera o bebê, uma menina... e ela sentira novamente aquela mesma dor. Mas não contou a Bernie. Não o conhecia assim tão bem e ele iria começar a pensar que estava neurótica com os bebês das outras pessoas. — Eles disseram quando vão transferi-lo de volta para Nova York?

— Ainda não. E mais uma vez, nós nem tivemos tempo de conversar sobre isso. Neste momento há muitas coisas acontecendo na loja. Pelo menos é interessante. Você gostaria de almoçar comigo amanhã? — Ele ia propor encontrá-la no café-restaurante em Santa Helena.

— Gostaria de poder. A mulher de Patrick teve o bebê esta semana e tenho de substituí-lo. Eu poderia passar em sua casa quando fosse para o hospital fazer a ronda. Ou isso aborreceria muito Jane? — Estava sendo sincera com ele. Tinha sentido como era forte a resistência de Jane da outra vez em que elas se encontraram e não queria aborrecê-la.

— Não vejo por que deveria ficar aborrecida. — Ele não vira o mesmo que Megan, pelo menos não tão claramente.

— Não creio que ela adore ter mulheres por perto. — Queria dizer perto dele, mas omitiu-se.

— Jane não tem nada com que se preocupar.

Megan não tinha certeza de que Bernie entendia a natureza daquilo. Ela estava protegendo a memória da mãe e era compreensível. Megan apenas não queria entornar muito o caldo. Não havia necessidade disso.

— Não quero aborrecer ninguém.

— Você vai fazer-me ficar aborrecido se não for lá. Além do mais, está na hora de conhecer Nanny Pip. Ela é o melhor membro da família. A que horas você estava pensando em ir?

— Lá pelas nove. Está bem ou é cedo demais?

— Está ótimo. A essa hora estaremos tomando o café da manhã.

315

— Eu te vejo amanhã. — E o coração de Bernie disparou ao pensar em vê-la de novo. Disse a si mesmo que era porque ela era uma mulher muito interessante e tentou não pensar nos brilhantes cabelos negros ou na sensação que sentia na boca do estômago quando pensava nela.

Na manhã seguinte Megan chegou às 9h15min, depois que Bernie havia posto outro lugar para ela. E enquanto colocava o paninho na mesa, Jane o olhou indagadoramente.

— Para quem é isso?

— Para a dra. Jones. — Ele tentou parecer neutro enquanto fingia folhear o *New York Times*. Mas Nanny o estava observando. E também Jane. Como um abutre.

— Quem está doente? — insistiu Jane.

— Ninguém. Ela apenas quis vir tomar um café.

— Por quê? Quem a convidou?

Bernie virou-se para olhar para ela.

— Por que você não relaxa, querida? Ela é uma mulher agradável. Agora beba o seu suco.

— Eu não tenho suco. — Eles estavam comendo morangos. Bernie ergueu distraidamente os olhos e sorriu.

— Beba assim mesmo.

Jane sorriu, mas estava subitamente desconfiada. Não queria ninguém na vida deles. Tinham tudo de que precisavam agora. Um ao outro, Alex e Nanny Pip. Foi Alex quem começara a chamá-la de Pip e o nome imediatamente pegara. Nanny Pippin era comprido demais para ele.

E então Megan chegou, com um grande ramalhete de flores amarelas e um sorriso alegre para todos. Bernie a apresentou a Nanny Pip. Nanny apertou a mão dela, com um sorriso radiante, e tornou-se óbvio que ficara impressionada com ela desde o primeiro momento.

— Uma *médica*, que formidável! E o sr. Fine disse que você foi muito gentil tratando do ouvido do pobrezinho do Alex. — Megan conversou amavelmente com ela e Nanny deixou claro que a aprovava como médica e mulher, ao desmanchar-se em atenções. Serviu o café para ela, deu-lhe bolinhos, ovos, *bacon*, salsichas e uma enorme tigela de morangos, enquanto Jane a olhava mal disfarçando a raiva. Estava zangada com ela por aparecer e mais zangada ainda por fazer amizade com Bernie.

— Não sei por que papai te convidou — disse ela alto, enquanto Megan elogiava a deliciosa comida e sorria para ela. — Ninguém está doente aqui. — Bernie ficou chocado com a grosseria dela, da mesma forma que Nanny, que resmungou em desaprovação. Mas Megan sorriu amavelmente para Jane, não parecendo perturbada pelas palavras da criança.

— Gosto de saber dos meus pacientes quando eles estão bem também. Às vezes — explicou pacientemente, enfrentando com segurança os olhares claramente hostis de Jane — é na realidade mais fácil tratar das pessoas quando você as conhece um pouco quando estão sadias.

— De qualquer modo nós temos um médico em San Francisco.

— Jane. — Foi uma única palavra de aviso. Bernie não estava satisfeito com ela. Olhou de relance para Megan desculpando-se, enquanto Alexander esgueirava-se para ela e ficava observando-a.

— Colo — anunciou ele. — Quero sentar no seu colo. — A língua que ele falava ainda parecia uma terrível tradução do grego, mas Megan compreendeu perfeitamente bem e o sentou ruidosamente sobre seus joelhos. Entregou-lhe um morango, que Alex colocou inteiro na boca, enquanto Megan sorria para ele. E, ao observá-los, Bernie percebeu que Megan estava com o lenço no pescoço que ele lhe dera na véspera. Ficou satisfeito por ela o estar usando, mas quase no mesmo minuto Jane também notou. No dia anterior vira a caixa na escrivaninha de Bernie e lhe perguntara o que era. Bernie disse que era um lenço de pescoço para uma amiga. Jane rapidamente entendeu. Lembrou-se dos lenços de Hermès que ele trouxera para Liz. E desta vez trouxera também um para Nanny Pippin. Um bonito lenço de pescoço azul-marinho, branco e dourado que ela podia usar com seus uniformes, casaco azul-marinho e *brogues* e o chapéu que a fazia parecer-se com Mary Poppins.

— Onde você conseguiu esse lenço? — Ela agiu como se Megan o tivesse roubado e a bonita e jovem mulher sobressaltou-se. Depois rapidamente se recuperou. Quase tinha sido um tento para Jane, mas, no final, foi para Megan.

— Ah... isso... ganhei há muito tempo de uma amiga. Quando vivi na França. — Ela imediatamente soube o que tinha de fazer e Bernie ficou-lhe grato. Era como se tivessem começado uma conspiração, sem nunca o terem pretendido, mas agora subitamente eram parceiros.

— Você morou? — Jane pareceu surpresa. Pensava que Bernie era a única pessoa no mundo que conhecia Hermès.

— Sim. — Ela parecia totalmente verossímil e mais calma agora. — Vivi um ano em Provence. Esteve em Paris com seu pai, Jane? — perguntou inocentemente e Bernie disfarçou um sorriso. Ela era boa com crianças. Inferno, era ótima com elas. E Alex estava se enroscando alegremente nela, com pequenos murmúrios afetuosos e abraços. E tendo comido todos os seus morangos, agora a ajudava com os ovos e devorava um pedaço de seu *bacon*.

— Não, não estive em Paris. Ainda não. Mas fui a Nova York.

— Ela subitamente se sentiu importante.

— Isso é formidável! Do que gostou mais lá?

— Radio City Music Hall! — Sem perceber, ela estava sendo envolvida. E então de repente olhou desconfiadamente para Megan. Acabara de se lembrar de que não queria gostar dela e recusou-se a continuar a conversa, respondendo apenas monossilabicamente até ela ir embora.

Bernie desculpou-se com Megan enquanto caminhavam até o carro.

— Eu me sinto péssimo. Ela nunca é grosseira assim. Deve ser algum tipo de ciúme. — Estava realmente aborrecido. Megan balançou a cabeça e sorriu. Bernie era inocente em assuntos que ela conhecia bem demais. Os sofrimentos e dilemas das crianças.

— Pare de se preocupar. Isso é perfeitamente normal. Você e Alex são tudo que ela tem. Está defendendo o seu território. — A voz de Megan foi gentil, mas não queria fazê-lo sofrer sendo brusca demais com ele. Bernie também ainda estava frágil e ela sabia. — Está defendendo a memória da mãe. É muito difícil para ela ver uma mulher perto de você, mesmo que não represente uma ameaça. — Ela sorriu. — Só não leve louras sensuais para casa ou ela as envenenará. — Ambos riram e Bernie abriu a porta do carro para ela.

— Eu me lembrarei disso. Você lidou otimamente com ela, Meg.

— Não se esqueça de que essa é mais ou menos a minha linha de trabalho. Você vende pão. Eu conheço crianças. Às vezes. — Bernie riu e inclinou-se na direção dela, subitamente querendo beijá-la e então, com a mesma rapidez, ele retrocedeu, horrorizado com sua própria reação.

— Tentarei me lembrar disso também. Eu te vejo em breve,

318

assim espero. — E então Bernie lembrou-se do que quisera perguntar-lhe. Faltavam apenas duas semanas para o Dia de Ação de Graças e até lá eles não voltariam. — Quer jantar conosco no Dia de Ação de Graças? — Pensara muito em convidá-la, na verdade durante toda a volta de Nova York.

Ela o olhou pensativamente.

— Você acha que Jane está preparada para isso? Não se precipite muito com ela.

— O que eu devo fazer? Sentar-me sozinho na minha sala pelo resto da vida? — Ele parecia uma criança desapontada. — Tenho direito de ter amigos, não tenho?

— Sim. Mas dê-lhe uma chance para tomar fôlego. Por que eu não vou apenas para a sobremesa? Isso pode ser um bom meio-termo.

— Você tem outros planos? — Queria saber com quem ela estava saindo. Parecia tão ocupada o tempo todo e ele se perguntava com quem. Era difícil acreditar que o trabalho pudesse mantê-la tão ocupada e no entanto parecia ser assim.

— Eu disse à mulher de Patrick, Jessica, que iria lhe dar uma mão. Eles têm parentes que vêm de fora e seria de grande auxílio alguém que fizesse o jantar. Posso deixá-la com tudo encaminhado e depois venho para cá.

— Há mais alguma coisa que você esteja planejando fazer? Praticar respiração boca a boca em alguém no caminho? — Estava pasmo com ela. Estava constantemente fazendo alguma coisa para alguém. E raramente para si mesma.

— Não é tão ruim assim, é? — Megan pareceu surpresa. Nunca pensara nisso antes. Era apenas seu modo de ser e uma das coisas que Bernie mais gostava nela.

— Parece-me que você está sempre fazendo coisas para todo mundo, exceto para você mesma — disse Bernie com olhos preocupados.

— Acho que tiro disso o que preciso. Não preciso de muito. — Ou pelo menos nunca precisara antes. Mas ultimamente andava pensando. Havia coisas que pareciam estar faltando em sua vida. Ela o soube quando Alexander ficou olhando-a e apontando para seu colo e até mesmo quando Jane a encarou com tanta raiva. Subitamente estava cansada de apenas olhar para dentro de ouvidos, fundos de garganta e de testar reflexos.

— Então eu te vejo no Dia de Ação de Graças. Na pior das

hipóteses, na hora da sobremesa. — Mas Bernie ainda estava desapontado por ela não vir para mais e secretamente culpou Jane. Estava aborrecido com ela quando entrou novamente. E ainda mais quando Jane falou abertamente mal de Megan.

— Puxa, ela é feia, não é, papai? — Ela o estava olhando penetrantemente e Bernie lançou-lhe um olhar feroz.

— Eu não concordo, Jane. Acho que ela é uma moça muito bonita. — Não a deixaria ganhar dele, não importa o quê.

— Moça? Ah! Ela parece ter uns quarenta anos.

Bernie cerrou os lábios e olhou para ela, tentando falar calmamente.

— Por que você a odeia tanto?

— Porque ela é burra.

— Não. — Ele balançou a cabeça. — Não é burra. É muito inteligente. Não se consegue ser médica sendo burra.

— Bem, de qualquer modo eu não gosto dela. — Subitamente havia lágrimas em seus olhos. Quando ajudou Nanny Pip a tirar a louça, um prato escorregou de suas mãos e quebrou.

Bernie caminhou calmamente em sua direção.

— Ela é apenas uma amiga, querida. Isso é tudo que ela é. — Megan estava certa. Jane estava assustada por uma mulher estar entrando na vida dele. Agora podia ver isso. — Eu te amo muito.

— Então não a deixe mais vir aqui. — Agora estava chorando e Alexander a encarava, preocupado mas fascinado.

— Por que não?

— Não precisamos dela aqui, por isso. — E, então, ela saiu correndo da sala e bateu com a porta do quarto, enquanto Nanny Pip o olhava em silêncio. Estendeu uma das mãos quando ele fez um gesto para segui-la.

— Deixe-a um pouco sozinha, sr. Fine. Ela vai ficar bem. Tem de aprender que as coisas não vão ser sempre deste modo. — Ela sorriu-lhe gentilmente. — Pelo menos espero que não, para o seu bem. E para o de Jane. Gosto muito da doutora. — Ela fez "doutora" soar como "doutorra".

— Eu também. — Bernie sentiu-se grato pelo incentivo. — Ela é uma mulher educada e uma boa amiga. Gostaria que Jane não tivesse ficado tão nervosa por nada.

— Está com medo de perdê-lo. — Era exatamente o que Megan dissera.

320

— Isso nunca acontecerá.

— Não se esqueça de lhe dizer. Com freqüência. E quanto ao resto, ela apenas terá de se acostumar. Vá devagar... e ela cederá.

— Ir para onde? Não estava indo a parte alguma. Com Megan ou com ninguém. E ele a olhou solenemente.

— Não é nada disso, Nanny Pip. É isso que que queria que Jane entendesse.

— Não tenha tanta certeza disso. — Nanny o olhou com sinceridade. — Tem direito a mais do que a vida que está levando agora. Não seria saudável viver assim pelo resto de sua vida. — Sabia exatamente o quanto ele estava celibatário e também sobre o armário cheio de roupas pelo qual ele e Jane ainda perambulavam de vez em quando, fingindo procurar alguma coisa. Achava que era tempo de se livrarem delas, mas também sabia que Bernie ainda não estava preparado.

Capítulo 39

Megan cumpriu com sua palavra e apareceu para a sobremesa, depois do jantar do Dia de Ação de Graças com Patrick, Jessica e o novo bebê. Levou uma torta com recheio de carne e frutas picadas que ela mesma fizera. Nanny disse que estava maravilhosa, mas Jane falou que já comera demais. Bernie provou um pedaço e ficou surpreso ao constatar como estava boa.

— Você não sabe como isso é surpreendente. — Megan pareceu satisfeita consigo mesma. Usava um vestido vermelho que comprara na Wolff's no dia em que tomara aperitivos com ele. — Sou literalmente a pior cozinheira do mundo. Mal consigo fritar um ovo e meu café tem gosto de veneno. Meu irmão me implora para nunca entrar em sua cozinha.

— Ele parece ser um personagem exótico.

— Neste caso ele está certo. — Apesar da situação Jane deu um amplo sorriso. Alex mais uma vez aproximou-se sorrateiramente de Megan e desta vez subiu em seu colo sem pedir permissão. Megan lhe deu um pedaço da torta, mas ele cuspiu. — Veja, Alexander sabe. Certo? — Alexander assentiu solenemente com a cabeça e todos riram dele.

— Minha mãe era uma excelente cozinheira, não é, papai? — A comparação foi por um lado ofensiva e por outro triste.

— Sim, ela era, querida.

— Costumava cozinhar muito. — Lembrou-se dos biscoitinhos com o formato de coração do último dia de aulas e aquilo quase a fez chorar, enquanto olhava tristemente para Megan.

— Eu admiro isso. Acho ótimo saber essas coisas.

Jane fez um gesto afirmativo com a cabeça.

— Ela também era muito bonita. — Seus olhos estavam tristes. Subitamente era mais uma lembrança do que uma comparação.

Bernie escutava. Doía-lhe ouvir aquilo, mas sabia que Jane precisava dizê-lo. — Ela era loura, meio magricela e baixa.

Megan sorriu para Bernie. Certamente não se sentira atraído por ela porque se parecia com sua falecida mulher. Na verdade, ela era quase exatamente o oposto e, de certo modo, Megan se sentiu melhor. As pessoas tentavam tão freqüentemente duplicar o que tinham perdido e aquilo tornava tudo tão difícil... Era impossível ficar à sombra de alguém enquanto o sol se movia. E naquele momento ela olhou gentilmente para Jane.

— Você não vai acreditar nisso, mas minha mãe também é magricela, loura e baixa. E também o meu irmão.

Jane riu da idéia.

— Verdade?

— Verdade. Minha mãe é aproximadamente desta altura. — Megan apontou para seu ombro e sorriu. — Eu sou igualzinha a meu pai. — Em nenhum dos casos houvera desvantagem. Os dois eram pessoas bonitas.

— Seu irmão é baixo como sua mãe? — Jane estava subitamente fascinada e Bernie sorriu. Talvez houvesse alguma esperança de que Jane afinal se acalmasse.

— Sim, ele é. Sempre o chamo de pigmeu.

— Aposto que ele te odeia por isso. — Jane deu uma risadinha pensando naquilo e Megan sorriu amplamente.

— Sim. Suponho que sim. Talvez este seja o motivo dele ser psiquiatra, para poder resolver isso. — Todos riram e Nanny lhe trouxe uma xícara de chá. As duas mulheres trocaram um sorriso intencional. Depois Nanny levou Alexander para tomar banho e Megan ajudou Bernie e Jane a tirar a mesa. Jogaram coisas fora, guardaram a comida, esfregaram, enxaguaram e encheram a máquina de lavar pratos. Quando Nanny voltou, tudo estava feito. Ela quase dissera que era bom ter uma mulher em casa. Depois pensou melhor e apenas agradeceu a todos por terem feito a limpeza, o que era mais diplomático.

Megan demorou-se mais uma hora, conversando com todos eles, sentada em frente da lareira. Então o bip tocou e ela deixou Jane telefonar para a central. Jane escutou pela extensão enquanto Megan recebia a chamada. Alguém tinha se engasgado com um osso de peru. Felizmente o tinham retirado mas a garganta da criança estava muito arranhada. Quando desligou, o bip tocou novamente.

323

Uma garotinha cortara a mão com a faca de trinchar e era preciso dar pontos.

— Ui! — Jane fez uma careta. — Esse último parece horrível.

— Alguns são. Mas não creio que esse será muito grave. Nenhum dedo decepado ou algo assim complicado. — Sorriu para Bernie por cima da cabeça de Jane. — Parece que vou ter de ir.

— Quer voltar? — Bernie desejava que ela voltasse, mas Megan ainda queria ser cautelosa com Jane.

— Acho que a essa altura poderá ser tarde. Por alguma razão nunca se termina tão rápido como tínhamos pensado. Você não vai me querer batendo em sua porta às dez horas da noite. — Bernie não estava totalmente certo disso. Todos lamentaram quando Megan partiu, até mesmo Jane. Principalmente Alex, que veio procurando por ela depois de seu banho e chorou quando Jane lhe disse que ela se fora.

Aquilo fez Bernie se lembrar do que as crianças não tinham e ele perguntou a si mesmo se Nanny Pip estava certa quando dizia que a vida deles não seria sempre daquele modo. Mas não podia imaginar mudá-la agora. Exceto, é claro, pelo dia em que se mudariam para Nova York, apesar de que ele não pensava mais nisso. Naqueles dias andava satisfeito com a Califórnia.

Foram passar o Natal em Nova York sem tornarem a ver Megan. Não tiveram tempo para voltar a Napa, com tudo que Bernie tinha que resolver na loja — e havia muitas coisas para as crianças fazerem na cidade. Nanny levou os dois para verem o Quebra-Nozes e o espetáculo infantil na sinfônica. E foram, é claro, ver o Papai Noel na Wolff's. Alex ficou fascinado. Agora que estava com quase dez anos, Jane não acreditava mais nele, mas foi assim mesmo, para fazer a vontade de Alex.

Bernie telefonou para Megan um dia antes de partirem.

— Tenha um ótimo feriado — desejou-lhe ardentemente. Ela o merecia, depois de tudo que fazia por todo mundo, o ano inteiro.

— Você também. Dê lembranças minhas a Jane. — Megan mandara-lhe um cachecol num cálido tom de rosa e um chapéu, para a viagem para Nova York, mas ainda não tinham chegado quando Bernie conversou com ela. E mandara para Alex um atraente Papai Noel de brinquedo.

— Lamento não vê-la antes dos feriados. — Mais do que ela

imaginava. Pensara muito em Megan nas últimas semanas.

— Talvez eu vá vê-lo em Nova York — disse ela pensativamente.

— Pensei que você ia para Boston ver sua família.

— Eu vou. Mas o maluco do meu irmão e minha cunhada vão para Nova York e estão insistindo muito para que eu os acompanhe. Um de nossos primos mais elegantes vai se casar, com um grande espalhafato, no Colony Club. Não tenho certeza de poder suportar um acontecimento desse tipo, mas eles parecem querer que eu vá e eu disse que pensaria no assunto.

Megan concordara para poder vê-lo em Nova York, mas agora achava tolice admiti-lo para ele. Mas Bernie estava excitado com a perspectiva de vê-la.

— Você me avisa se vier?

— É claro. Quando eu chegar vou ver o que está programado e logo que souber telefono para você. — Bernie lhe deu seu número em Scarsdale e desejou ardentemente que ela telefonasse.

Naquela noite, quando voltou para casa, Bernie encontrou a enorme caixa de presentes que Megan mandara para eles. O chapéu e cachecol para Jane, o Papai Noel para Alex, uma suéter para Nanny Pip que era exatamente do que ela gostava e um bonito livro encadernado em couro para ele. Bernie imediatamente viu que o livro era velho e facilmente concluiu que também era raro. O bilhete dizia que o livro pertencera a seu avô e a ajudara a atravessar tempos difíceis e que esperava que fizesse o mesmo por ele. Desejava tudo de bom para Bernie no ano que se aproximava e um Feliz Natal para todos. Lendo o bilhete, Bernie sentiu-se só sem ela. Lamentava não passarem os feriados na mesma cidade e que a vida às vezes tivesse de ser tão complicada. O Natal foi solitário. Ele o fez lembrar-se de Liz e do aniversário de casamento deles. E estava calado durante o vôo para o Leste. Calado demais, concluiu Nanny. Pensava em Liz, ela podia deduzir pela dor estampada em seu rosto. Ainda sentia muita falta dela.

E durante o seu vôo, Megan pensava no antigo noivo e em Bernard e silenciosamente os comparava. Eram dois homens muito diferentes e ela respeitava a ambos. Mas era de Bernie que sentia falta agora. Naquela noite telefonou para ele apenas para conversar. Ruth ficou atordoada quando o telefone tocou, quase imediatamente depois de chegarem em casa. Nanny estava colocando as crianças na

325

cama. A mãe entregou o telefone para ele, com um olhar preocupado. A moça dissera que era a dra. Jones. Ruth nervosamente continuou por perto até Bernie despedir-se de Megan. Pensou que alguém estivesse doente e ele quase riu enquanto pegava o telefone. Sabia que depois teria de explicar à mãe. Mas primeiro estava ansioso por conversar com Megan. Na verdade, estava louco para conversar com ela.

— Megan? — O rosto de Bernie se iluminou como uma árvore de Natal. — Como foi a viagem?

— Não foi má. — Ela também parecia feliz em ouvi-lo e ligeiramente embaraçada por ter sido a primeira a telefonar. Mas não ligava a mínima. Quando ela chegara em Boston, sentira de repente tanta saudade dele que tivera uma necessidade imperiosa de procurá-lo. — No princípio é sempre estranho voltar para casa. É como se eles se esquecessem que crescemos. Começam a nos dar ordens como se fôssemos crianças. Nunca me lembro disso até voltar novamente. — Bernie riu. Sempre sentira o mesmo. E ainda se lembrava de como ele e Liz tinham se sentido estranhos quando ficaram em seu antigo quarto. Era como ter novamente 14 anos e sexo ser tabu. Bernie teria preferido ficar num hotel, mas com as crianças não fazia sentido. E elas tinham vindo para passar os feriados com os avós. Sob certos aspectos aqui era menos solitário que no hotel, mas ele sabia exatamente o que Megan queria dizer.

— Sei exatamente o que quer dizer. É como dar um passo atrás e assegurar-lhes que estavam certos o tempo todo. Você tem 14 anos e voltou para desta vez fazer as coisas ao modo deles... mas não faz. E no final todos acabam ficando decepcionados com você.

Megan riu. Em Boston, eles já estavam. Seu pai fora fazer um parto uma hora depois dela ter chegado. Não quisera acompanhá-lo porque estava cansada e o pai tinha saído obviamente aborrecido com ela, enquanto sua mãe a recriminara por não ter trazido botas suficientemente quentes e por ter dobrado tudo errado na mala. E uma hora depois ela a censurava por ter deixado seu quarto numa bagunça. Era difícil depois de 18 anos vivendo só, era o mínimo que se podia dizer.

— Meu irmão disse que esta noite viria me resgatar. Estão dando uma recepção na casa deles.

— Isto será ao estilo sério de Boston ou completamente louco?

— Pelo que conheço deles provavelmente as duas coisas. Meu irmão talvez fique completamente bêbado e outra pessoa tirará todas as suas roupas, talvez algum analista junguiano que terá se tornado eloqüente com sua bebida fatal. Ele adora fazer coisas desse tipo.

— Tenha cuidado para ele não te pegar. — Era estranho pensar em Megan naquele meio... e solitário para ele. Subitamente percebeu o quanto gostava dela e não tinha certeza de que podia lhe confessar aquilo. De certo modo parecia impróprio, por causa da amizade deles, e no entanto havia outras coisas e muito para ser explorado. — Vai vir para aquele casamento? — Estava contando com isso, mas não o disse.

— Seja como for, parece que eles vão. Não sei o que meus pais dirão do fato de eu me afastar quando deveria estar com eles, mas pensei em tocar no assunto e ver o que dizem.

— Espero que a deixem vir. — Bernie pareceu um adolescente preocupado. Subitamente ambos riram. Era novamente a velha síndrome.

— Olhe só o que eu quero dizer!

— Escute, venha apenas por uma noite. Seria divertido vê-la aqui.

Megan não discordou dele. Queria muito vê-lo. Pensara em Bernie durante semanas e lamentava não tê-lo visto novamente antes dos dois partirem para o Leste, mas ambos levavam vidas ocupadas, com muitas responsabilidades. E talvez ficarem juntos em Nova York não fosse uma má idéia.

— Verei o que posso fazer. Seria divertido. — E então pensou em algo melhor. Pareceu uma criança quando sugeriu a Bernie. — Quer ir ao casamento comigo? — Quanto mais pensava, mais gostava da idéia. — Você trouxe um *smocking* para Nova York?

— Não, mas conheço uma loja ótima. — Ambos riram. — Acha que convém, já que não conheço o noivo e a noiva? — Um casamento no Colony Club lhe parecia um acontecimento muito importante e a simples idéia o intimidava, mas Megan riu ao pensar naquilo.

— Todos vão estar tão bêbados que não vão ligar a mínima para quem você é. E podemos escapulir mais cedo e ir a outro lugar... como o Carlyle para ouvir Bobby Short. — Bernie ficou calado enquanto ouvia as palavras dela. Aquela era uma das coisas que

327

mais gostava de fazer na cidade e Bobby era um velho amigo seu dos tempos de Nova York. Ele o acompanhara há anos.

— Eu adoraria. — A voz estava rouca, enquanto pensava em Megan. Sentiu-se novamente jovem, como se a vida estivesse começando para ele. Não como se já tivesse começado e terminado em tragédia há menos de dois anos. — Tente e venha, Meg.

— Farei isso. — Havia uma urgência entre eles agora e de certo modo aquilo a assustava. E ainda assim desejava vê-lo enquanto estava lá. Não queria esperar até eles se encontrarem novamente em Napa. — Farei o possível. E marque o dia 26 na sua folhinha. Vou chegar nessa manhã e ficar no Carlyle. O maluco do meu irmão sempre fica lá.

— Esta semana vou escolher um *smocking* na loja. — Tudo parecia muito divertido, exceto o casamento em si, que o estava assustando um pouco. Era apenas três dias depois do aniversário de casamento dele e Liz. Estariam completando quatro anos. Mas não podia pensar nisso agora. Não podia continuar a celebrar aniversários de um casamento que não existia. Subitamente desejou tocar em Megan. Como se para forçar as lembranças a saírem de sua cabeça. Megan notou alguma coisa estranha em sua voz e subitamente ficou preocupada com ele. Era como se o conhecesse melhor do que realmente conhecia. Era estranho o poder que tinham de se comunicar. Ambos haviam percebido isso.

— Você está bem? — A voz do outro lado da linha foi suave e Bernie assentiu, com um sorriso cansado.

— Sim. Às vezes os fantasmas me perseguem... principalmente nesta época do ano.

— É difícil para todo mundo. — Passara por aquilo também, mas tinha sido há muito tempo e comumente houvera um ou outro homem em sua vida naquela época do ano. Ou isso ou ela estava no hospital, atendendo a crianças doentes. Em qualquer um dos casos sofreu menos do que sabia que ele sofreria. Esperava que a família fosse boa para Bernie. Sabia o quanto os feriados seriam difíceis para ele e as crianças, pelo menos para Jane. — Como está Jane?

— Feliz por estar aqui. Ela e minha mãe são unha e carne. Já têm planos para as próximas três semanas e Nanny vai ficar aqui com elas depois que eu partir. No dia 30 tenho de estar em San Francisco para assistir uma reunião e Jane não tem de voltar para a escola antes do dia 10, portanto isso lhes dá mais duas semanas e todos já estão aproveitando. — Megan perguntou a si mesma se naquela ocasião ele se sentiria sozinho.

— Na ausência deles você vai a Napa?

— Pode ser que sim. — Houve o mesmo silêncio enquanto dividiam os mesmos pensamentos e então novamente eles os evitaram. Megan prometeu telefonar até o final da semana, para avisá-lo de seus planos. Mas da próxima vez foi ele quem telefonou, dois dias depois de terem chegado a Nova York. Era Natal. O pai de Megan atendeu com uma voz trovejante e gritou para ela se apressar.

Megan veio correndo e ofegava quando atendeu o telefone. Bernie sorriu no momento em que ouviu a voz dela.

— Feliz Natal, Meg. — Acostumara-se a chamá-la daquele modo. Ela sorriu. A última pessoa que a chamara assim tinha sido sua melhor amiga, quando era criança. Megan ficou comovida.

— Feliz Natal para você também. — Estava feliz em ouvir a voz dele, mas parecia haver muito barulho no fundo e alguém a estava chamando.

— Essa é uma hora ruim?

— Não. Estávamos apenas de saída para a igreja. Posso te ligar depois? — E quando ela o fez, identificou-se novamente para Ruth como a dra. Jones.

Ela e Bernie tiveram uma longa conversa. Quando Bernie desligou, a mãe o olhou com curiosidade. As crianças estavam em seus quartos, brincando com alguns presentes em companhia de Nanny Pip. Tinham recebido a maior parte de seus presentes por ocasião do Chanukah, mas a vovó Ruth não conseguiu deixar o Natal passar totalmente em branco. Não quis desapontar Alex e Jane, por isso Papai Noel foi à casa deles também, o que fez Bernie rir. Se em criança ele tivesse desejado celebrar o Natal, os pais teriam ficado horrorizados. Mas para seus netos até isso era permitido. Tinham se suavizado um pouco através dos anos. Mas não totalmente.

— Quem era? — A mãe tentou inutilmente parecer ingênua, depois dele ter recebido o telefonema de Megan.

— Apenas uma amiga. — O jogo lhe era familiar, apesar de não tê-lo jogado com ela durante um longo tempo. Intimamente aquilo o divertiu.

— Alguém que eu conheça?

— Não creio, mamãe.

— Qual é o nome dela?

329

Bernie costumava rejeitar aquilo, mas agora não se importava mais. Não tinha nada para esconder, nem mesmo dela.

— Megan Jones. — Ruth olhou para ele, por um lado satisfeita porque alguém telefonara e por outro zangada porque o nome dela não era Rachel Schwartz.

— Outra daquelas de novo. — Mas secretamente estava satisfeita. Havia uma mulher telefonando para o filho. Ele estava vivo de novo. E havia alguma coisa nos olhos de Bernie que quase lhe deu esperanças. Ela o dissera a Lou na noite em que Bernie chegou, mas Lou respondera que não tinha visto nada diferente nele. Nunca via. Mas Ruth sim. E viu agora. — Por que será que você nunca encontra garotas judias? — Foi ao mesmo tempo uma pergunta e uma queixa e desta vez Bernie deu um amplo sorriso para ela.

— Acho que é porque não vou mais à sinagoga.

Ruth assentiu com a cabeça e depois perguntou a si mesma se ele estava zangado com Deus por causa de Liz, o que também era justo. Mas não quis perguntar.

— De que religião ela é? — Havia longas pausas entre as perguntas dela e Bernie sorriu-lhe.

— Episcopal. — Ele se lembrou da cena no Côte Basque e Ruth também.

— Oy. — Mas foi uma pequena palavra não pronunciada, mais a afirmação de um fato que um aviso de colapso. — Uma episcopal. É sério?

Bernie rapidamente negou com a cabeça e Ruth meditou sobre aquilo.

— Não, não é. É apenas uma amiga.

— Ela te telefona bastante.

— Com essa foram duas vezes. — E Ruth sabia que Bernie também telefonara para ela, mas não o mencionou.

— É bonita? Gosta das crianças? — Desta vez uma pergunta ambígua. — Bernie decidiu dizer alguma coisa em favor de Megan, para pelo menos garantir-lhe o respeito de sua mãe.

— Ela é pediatra, se isso faz alguma diferença. — Logicamente ele sabia que sim. O trunfo para Megan Jones! Bernie sorriu consigo mesmo, observando o olhar no rosto da mãe.

— Uma médica?... É claro... Dra. Jones... Por que não me disse isso antes?

— Você não perguntou. — Eram as mesmas velhas palavras

para o mesmo jogo. Como uma canção que cantavam um para o outro há anos. A essa altura era quase uma canção de ninar.

— Como é mesmo o nome dela? — Agora Bernie sabia que ela faria seu pai informar-se sobre Megan.

— Megan Jones. Entrou em Harvard como caloura, freqüentou a Faculdade de Medicina Stanford e fez sua residência na Universidade da Califórnia. Portanto, papai não precisa pesquisar sobre ela. Atualmente os olhos dele não estão muito bons.

— Não seja atrevido. — Ela fingiu ficar aborrecida, mas na verdade estava impressionada. Gostaria mais se ele fosse o médico e ela trabalhasse na Wolff's. Mas com os diabos, não se podia ter tudo na vida. A essa altura todos sabiam disso.

— Como é que ela é?

— Tem verrugas e dentes de coelho.

Desta vez a mãe riu. Depois de quase quarenta anos, finalmente riu com ele.

— Algum dia vou conhecer esta beldade com verrugas, dentes de coelho e belos diplomas?

— Pode ser que sim, se ela não for embora.

— É sério? — Ruth apertou os olhos enquanto repetia a pergunta. Bernie recuou. Estava certo brincar com ela mas ainda não se sentia preparado para conversar seriamente. Por enquanto eram apenas amigos, não importa a freqüência com que Megan lhe telefonava ou com que telefonava para ela.

— Não.

Ruth aprendera mais uma coisa ao longo dos anos. Sabia quando parar e, quando viu o olhar no rosto de Bernie, ela o fez. E não disse mais nenhuma palavra quando, naquela noite, Megan telefonou novamente para dizer a Bernie a que horas estaria no Carlyle no dia seguinte. Estava vindo para ir ao casamento com ele. Bernie já trouxera o *smocking* para casa e ficava impecável nele. Sua mãe se surpreendeu quando o viu sair na noite seguinte. E ficou ainda mais impressionada quando viu a comprida limusine preta esperando-o lá fora.

— Aquele carro é dela? — Os olhos de Ruth estavam arregalados e ela falou com a voz abafada. Que tipo de médica era aquela? Depois de quarenta anos com um bom consultório na Park Avenue, em Nova York, Lou ainda não podia comprar uma limusine Não que ela quisesse uma, mas mesmo assim,.

Bernie sorriu.

— Não, mamãe, é minha. Eu a aluguei.

— Ah. — Aquilo a fez murchar um pouco, mas não muito. Tinha muito orgulho do filho e espiou por trás da cortina, enquanto ele entrava no carro e desaparecia. Suspirou consigo mesma quando deu um passo para trás e viu Nanny Pippin observando-a. — Eu apenas... apenas queria me certificar de que ele estava bem... A noite está gelada lá fora. — Como se precisasse se desculpar.

— Ele é um bom homem, sra. Fine. — Nanny Pippin falou como se também sentisse orgulho de Bernie e as palavras dela comoveram Ruth.

Ruth Fine olhou ao redor para ver se alguém as ouvia e então adiantou-se cautelosamente para Nanny Pip. Tinham estabelecido uma tênue amizade durante o último ano, mas Ruth a respeitava e, por sua vez, Nanny gostava dela. E Ruth imaginava que Nanny soubesse tudo que se passava na vida de Bernie.

— Como é a médica? — Ela falou numa voz tão baixa que Nanny mal pôde ouvi-la, mas sorriu.

— É uma boa mulher. E muito inteligente.

— É bonita?

— Sim. — Eles formavam um belo par, mas Nanny não queria encorajá-la muito. Não havia motivo para achar que aconteceria alguma coisa séria entre eles, apesar de que teria gostado de ver algo assim. Megan seria perfeita para Bernie. — Ela é uma boa moça, sra. Fine. Talvez algum dia surja alguma coisa daí. — Mas não fez promessas e Ruth apenas balançou afirmativamente a cabeça, pensando em seu único filho dirigindo para a cidade numa limusine alugada. Que rapaz bonito ele era... e um bom homem... Nanny tinha razão. Ela enxugou uma lágrima fortuita, apagou as luzes da sala de estar, aprontou-se para ir para a cama e desejou coisas boas a ele.

Capítulo 40

A viagem para a cidade demorou mais do que o normal por causa da neve. Bernie estava sentado no banco traseiro pensando em Megan. Parecia uma eternidade desde que ele a vira em Napa. E estava excitado pela idéia de vê-la de novo, principalmente neste cenário. Gostava da vida calma e simples que Megan levava, trabalhando duro naquilo que fazia, com amor e dedicação. E no entanto havia mais coisas nela do que isso, sua família em Boston, o irmão "maluco" que descrevera tão apaixonadamente e os parentes tendenciosos de quem falava com graça, como os primos que se casavam naquela noite. Mas mais do que isso, havia o que ele sentia por ela. O respeito, a admiração e a crescente afeição. E mais ainda. A atração física que agora mal podia negar, não importa o quanto o fizesse sentir-se culpado. Ainda estava lá, tornando-se mais intensa dia após dia. Bernie estava pensando no quanto ela era adorável quando a limusine subiu em alta velocidade a Madison Avenue, pela rua salpicada de sal, e virou para o leste na Seventy-sixth Street.

Bernie saiu do carro e entrou no elegante saguão para perguntar por ela. O subgerente na escrivaninha em frente, usando fraque e um cravo branco, procurou no livro de registros e assentiu solenemente com a cabeça.

— A dra. Jones está no 42.

Bernie tomou o elevador até o quarto andar e virou à direita, como tinham indicado. Prendeu a respiração enquanto tocava a campainha. Subitamente mal podia esperar para tornar a vê-la. Quando Megan abriu a porta — usando um vestido de baile de cetim azul-marinho — tirou o fôlego dele, com seus brilhantes cabelos negros e olhos azuis e um belíssimo colar de safiras com brincos combinando. Tinham sido de sua avó. Mas não foram as jóias dela que tiraram o fôlego de Bernie, foram seu rosto e olhos. Bernie

333

aproximou-se e lhe deu um caloroso abraço que para eles foi como uma volta ao lar. Era inacreditável o quanto tinham sentido falta um do outro em tão pouco tempo. Mas mal tiveram tempo de dizer alguma coisa antes que o irmão dela entrasse saltitando na sala, cantando uma canção obscena em francês e parecendo-se exatamente com o que ela lhe descrevera. Samuel Jones parecia um jóquei louro muito bonito e aristocrático. Herdara toda a elegância e a aparência delicada da mãe. Tudo nele era pequeno, exceto sua boca, voz, senso de humor e, segundo ele, seu apetite sexual. Apertou exageradamente a mão de Bernie e o preveniu para nunca comer a comida da irmã ou deixá-la dançar com ele. Despejou-lhe uma dose dupla de uísque puro e com gelo, enquanto Bernie tentava recuperar o fôlego e dizer algumas palavras para Megan. Mas um minuto depois a cunhada dela apareceu com um alvoroçar de cetim verde, cabelos ruivos, risadinhas, guinchos em francês e muitas e enormes esmeraldas. Estar junto deles era como estar dentro de um furacão. Foi apenas quando ficaram sozinhos na limusine, a caminho da igreja, que Bernie pôde recostar-se calmamente e olhar para Megan. Sam e a mulher tinham ido em seu próprio carro.

— Você está simplesmente espetacular, Megan.

— Você também. — Bernie ficava muito bem de gravata borboleta preta. E aquilo estava muito distante de seus *jeans* e da capa de chuva de Megan.

E então Bernie decidiu contar para ela como tinha se sentido.

— Senti a sua falta. Desta vez foi quase desconcertante voltar para cá. Desejei o tempo todo estar em Napa conversando com você, dando um passeio a pé para algum lugar... ou estar no Olive Oyl's comendo um hambúrguer.

— Em vez de toda essa *grandeur*? — caçoou Megan, sorrindo e apontando para os trajes elegantes deles e a limusine.

— Acho que prefiro a vida simples em Napa Valley. — Bernie sorriu, pensando em suas vidas lá. — Talvez você estivesse certa ao deixar Boston. — Quase lamentava o fato de agora estar voltando para Nova York. A idéia não o atraía como antes. Tudo que queria era voltar para a Califórnia, onde o tempo era agradável, as pessoas mais gentis e onde sabia que veria Megan com seus *jeans* e jaleco branco engomado. De um modo engraçado, Bernie estava com saudades de casa.

— Sempre me sinto assim aqui. — Ela compreendia muito bem.

Mal podia esperar para voltar, dali a quatro dias. Iria para casa passar a véspera de Ano-Novo em Napa Valley, substituindo Patrick que ficara de plantão no Natal. Ambos concordaram com o fato de que precisavam de um terceiro médico na clínica. Mas isso não tinha nada a ver com aquela noite. Bernie segurou a mão dela quando saltaram na Igreja Saint James, na Madison com Seventy-first. Megan nunca estivera mais adorável e Bernie sentia-se orgulhoso por estar com ela. Havia algo de majestoso em Megan, uma discreta elegância e força. Parecia alguém com quem se podia contar e Bernie ficou a seu lado no casamento, orgulhoso por estar com ela. Depois conheceu seus primos e conversaram um pouco com Sam e sua mulher. Bernie ficou surpreso ao constatar o quanto gostava deles. Ele se viu pensando em como Megan era diferente de Liz. Tinha laços familiares fortes e uma família que adorava, ao contrário da pobre Liz, que fora tão só no mundo, exceto por ele, Jane e Alexander.

Bernie dançou com a cunhada de Meg, mas, mais importante, dançou com a própria Meg. Dançou com ela até as duas horas da manhã. Depois sentaram-se no Bemelmans Bar no Carlyle até quatro e meia, contando muitos casos, trocando confidências e fazendo descobertas um sobre o outro. Eram quase seis horas da manhã quando ele voltou para Scarsdale na limusine. E no dia seguinte foram almoçar fora. Estivera em reuniões na loja desde as nove e estava exausto da noite anterior. Mas ao mesmo tempo sentia-se animado e feliz. Megan estava bonita, com um casaco de lã vermelho vivo, quando ele a apanhou e levou para almoçar no 21. Encontraram o irmão dela lá, fingindo estar indo buscar sua mulher no bar e reclamando que estava com uma horrível ressaca. Ainda estava com a mão nas costas da mulher quando pediu o almoço e Bernie não pôde deixar de rir. Sam era infantil, escandaloso e extravagante, mas também muito bonito. E finalmente ele e Marie-Ange subiram e deixaram Megan e Bernie a sós. Naquela manhã Sam já dissera a Megan, em meio a *bloody-marys* e bife ao molho tártaro, que esperava que ela fosse sortuda o bastante para agarrar Bernie. Achava que ele era formidável e exatamente do que ela precisava: estilo, miolos e sexo, como ele o definiu. Mas esquecera-se da melhor parte. Um coração do tamanho de uma montanha. E era isso que Megan gostava tanto nele. E depois do almoço no 21, Megan olhou para ele e conversaram sobre Napa Valley. Os dois mal podiam esperar para voltar para lá.

— Por que não abre a sua loja lá, Bernie? — Megan ainda adorava a idéia e o modo como os olhos dele cintilavam quando conversavam sobre aquilo.

— Como é que eu posso, Meg? Esse é um projeto para tempo integral.

— Não, se você conhecer a pessoa certa para ajudá-lo a administrar o negócio. Poderia fazer isso de San Francisco, ou até mesmo Nova York, uma vez que já estivesse aberta.

Bernie balançou a cabeça, sorrindo da inocência de Megan. Havia uma enorme quantidade de trabalho envolvida que ela não compreendia.

— Eu não creio.

— Por que não abre a loja assim mesmo? Tente. — Ela sempre o encorajara e Bernie sentiu um lampejo de interesse acender novamente dentro dele.

— Vou pensar nisso. — Mas estava mais excitado com os planos deles para a véspera de Ano-Novo. Tinham decidido passar a data juntos, mesmo que ela estivesse de plantão. Bernie não se importava e prometera dirigir para Oakville depois de suas reuniões na cidade, no dia 30. Aquilo tornava menos doloroso deixá-la naquela tarde. Megan tinha de apanhar suas coisas no Carlyle e tomar novamente o avião para Boston. E Bernie precisava ir a uma reunião com Paul Berman. Teve mais dois dias com seus pais e as crianças e eles passaram voando. Dois dias depois estava novamente indo para San Francisco, excitado com a idéia de voltar a ver Megan. Mal podia esperar pela noite seguinte, quando planejava ir a Oakville. Megan chegara na véspera, mas quando ele havia telefonado, ela estava na sala de emergência atendendo uma criança com o apêndice inflamado. E foi quando ficou novamente sozinho que percebeu como sua casa, sua vida e seu coração eram vazios sem ela. Não sabia ao certo se sentia falta dela ou de Liz e sentia-se culpado com a sua própria confusão. E foi um alívio quando o telefone tocou naquela noite, às 11h. Estava no quarto arrumando as malas para ir a Napa. Era Megan e ele ficou tão feliz em ouvir a voz dela que poderia ter chorado, mas não o fez.

— Você está bem, Bernie? — Ela freqüentemente fazia aquela pergunta, o que fez Bernie ficar profundamente comovido.

— Agora estou. — Foi honesto com ela. — A casa está tão vazia sem Jane e Alex. — ... e Liz... e você... e... ele tentou pensar

336

apenas em Megan não importa o quanto aquilo o fizesse sentir-se culpado.

Megan contou a ele a respeito dos jornais de medicina sobre sua escrivaninha e Bernie sorriu, pensando no pai. E ele lhe contou sobre as reuniões que estaria presidindo no dia seguinte. Megan mencionou novamente a loja de Napa. Insistiu em que tinha uma amiga que poderia gerenciá-la com perfeição.

— O nome dela é Phillippa Winterturn. E você vai adorá-la.

— Parecia tão excitada que Bernie sorriu. Adorava o entusiasmo de Megan. Ela estava sempre cheia de idéias novas.

— Meu Deus, Meg, que nome!

Megan riu.

— Eu sei. Mas combina perfeitamente com ela. Tem cabelos prematuramente grisalhos, olhos verdes e mais estilo que qualquer pessoa que eu conheço. Hoje, por acaso, eu a encontrei em Yountville. Bernie, ela seria simplesmente perfeita. Há muitos anos trabalhou para a *Women's Wear* e a Bendel's, em Nova York. Ela é fabulosa e agora está livre. Se quiser eu a apresento a você. — Ela o procurou para abrir sua loja. Megan sabia o quanto ele a adoraria.

— Está bem, está bem. Vou pensar um pouco sobre isso. — Mas agora tinha outras coisas em mente. Entre elas, a véspera do Ano-Novo.

Haviam decidido fazer o jantar na casa de Bernie, na tarde seguinte. Megan compraria os comestíveis e eles iriam cozinhar juntos. E com sorte não a chamariam antes de meia-noite. Bernie mal podia esperar para vê-la. E quando desligaram o telefone, ele ficou em pé olhando fixamente para o armário de Liz, mas dessa vez não tocou na porta. Não a abriu, não entrou. Não queria ficar perto do armário. Pouco a pouco ele a estava deixando. Sabia que tinha de fazer isso. Não importa o quanto fosse magoá-lo.

Capítulo 41

Às seis horas da noite seguinte Bernie chegou em Napa e parou em casa para trocar de roupa. Queria tirar as roupas de cidade. Vestiu calças confortáveis de flanela, uma camisa xadrez e por cima uma pesada suéter irlandesa. Não precisava de mais do que isso para ir buscar Megan. Quando entrou no consultório, pôde sentir o coração bater, de tão excitado que estava em vê-la. Megan abriu a porta e, sem pensar, Bernie a tomou nos braços e rodopiou com ela, enquanto a abraçava.

— Por favor, um pouco de decoro aqui, dra. Jones — caçoou o sócio dela enquanto os observava. Ultimamente Megan andava feliz e agora ele sabia por quê. Também suspeitava que eles tinham se visto em Nova York, apesar dela não tê-lo dito.

Os três saíram juntos do consultório. Bernie carregou as compras para o carro. Megan contou a ele como tinha sido o dia e Bernie a provocou dizendo que ela não estava trabalhando o bastante. Atendera a 41 pacientes.

Eles voltaram para a casa de Bernie e prepararam bifes e salada. Logo que terminaram os bifes, o bip tocou e Megan o olhou como que desculpando-se.

— Sinto muito. Sabia que isso ia acontecer.

— Eu também. Lembra-se de mim? Sou seu amigo. Está tudo bem. — Bernie despejou o café enquanto ela ia telefonar. Um minuto depois Megan voltou, carrancuda.

— Um de meus adolescentes ficou bêbado e se trancou no banheiro. — Ela se sentou e deu um suspiro, grata pela caneca de café que ele entregou com um sorriso.

— Não seria melhor chamarem o Corpo de Bombeiros?

— Chamaram. Ele desmaiou e bateu com a cabeça e querem se certificar de que não há uma concussão. E acham que o nariz pode estar quebrado.

— Meu Deus! — Bernie sorriu para ela. — Que tal me deixar bancar o motorista esta noite? — Não queria que ela dirigisse na véspera do Ano-Novo e Megan se sensibilizou com a bondade dele.

— Eu gostaria, Bernie.

— Termine o café enquanto eu despejo essas coisas na pia.

Ela o fez e eles partiram alguns minutos depois no BMW, dirigindo-se à cidade de Napa.

— Está bom e quente aqui dentro — murmurou Megan alegremente. E no caminho eles apreciaram a música. Havia um ar festivo na tarde, apesar dela estar trabalhando. — Sempre fico contente com o fato da capota do Austin não vedar bem. O frio que faz lá dentro e as correntes de ar me mantêm acordada à noite, voltando a altas horas do hospital. Caso contrário, algum dia eu poderia ir parar enroscada em cima de uma árvore. Mas não há nenhuma chance disso me fazer esmorecer. — Bernie não gostava de pensar nela em perigo ou desconfortável. Estava contente por tê-la acompanhado naquela noite, com tantos bêbados na estrada. E depois planejavam voltar à casa de Bernie para comer a sobremesa e tomar mais café. Megan não queria beber champanhe por estar em serviço.

— Dra. Jones... Dra. Jones, dirija-se à sala de emergência...

— Quando chegaram eles a estavam chamando pelo microfone. Bernie instalou-se na sala de emergência com uma pilha de revistas. Megan prometeu voltar o mais rápido possível e o fez exatamente meia hora depois.

— Terminou tudo? — Megan parecia eficiente com seu jaleco branco, enquanto assentia com a cabeça. Ela o tirou, jogou sobre o braço e eles saíram pela porta.

— Aquele foi fácil. Pobrezinho, estava praticamente desacordado. E não quebrou o nariz ou teve uma concussão. Mas foi uma tremenda de uma pancada e amanhã ele vai se sentir péssimo. Bebeu um litro de rum antes de seus pais o encontrarem.

— Arre! Uma vez eu fiz isso no colégio. Na verdade rum e tequila. Quando acordei pensei que tinha um tumor no cérebro.

Megan riu dele.

— Fiz isso com *margaritas* quando estava em Harvard. Alguém deu uma maldita festa mexicana e de repente eu não conseguia me levantar. Era o meu segundo ano lá e nunca me redimi. Aparentemente fiz de tudo, exceto correr nua e gritando pela rua. — Ela riu da lembrança, assim como Bernie. — Às vezes quando penso nesse

339

tipo de coisa me sinto com cem anos. — Eles trocaram um sorriso afetuoso e Bernie olhou ternamente para ela.

— Uma coisa boa é que você não aparenta. — Ela mal parecia ter trinta, muito menos seis anos mais. E ele ainda se surpreendia ao dar-se conta de que em seu próximo aniversário completaria quarenta anos. Às vezes não podia evitar de perguntar a si mesmo onde tinha ido parar o tempo.

Eles pararam na entrada de carros uma hora e meia depois de terem deixado a casa. Bernie foi para a sala de estar acender a lareira, enquanto Megan fervia água para o café. Alguns minutos depois Bernie a encontrou na cozinha e sorriu para ela. Era um modo estranho de se passar a véspera de Ano-Novo, mas ambos estavam felizes. E Bernie levou para ela uma fumegante caneca de café, enquanto Megan se sentava em frente da lareira com as pernas cruzadas, parecendo confortável e relaxada. Ela o olhou alegremente.

— Estou feliz por você ter vindo este fim de semana, Bernie. Eu precisava vê-lo.

Foi uma observação simpática e Bernie sentia o mesmo em relação a ela.

— Eu também. É tão terrivelmente solitário na casa da cidade e esta é uma boa maneira de se passar a véspera de ano. Com alguém que nos interessa. — Ele foi cauteloso com as palavras e ela compreendeu. — Estava pensando em ficar aqui esta semana, enquanto as crianças estão fora. Não me importo de viajar todos os dias para o trabalho. — O rosto de Megan se iluminou quando ele o disse.

— Isso é maravilhoso. — Ela pareceu entusiasmada, enquanto seu bip tocava de novo, mas dessa vez era apenas uma criança de cinco anos com uma febre branda e ela não teve de ir a parte alguma. Apenas deu as instruções de sempre. Disse-lhes que queria ver a garotinha pela manhã e para telefonarem novamente se a febre passasse de 38 graus.

— Como é que você pode fazer isso noite após noite? Deve ser exaustivo. — Mas Bernie sabia o quanto ela gostava da profissão. — Você dá tanto de si mesma, Meg. — Aquilo nunca parava de impressioná-lo.

— Não tenho mais ninguém a quem dar, por que não? — Mas ela não pareceu triste quando o disse. Era um assunto que já tinham discutido antes. De certo modo, ela estava casada com a medicina.

340

Mas quando olhou para Bernie, alguma coisa estranha aconteceu. Subitamente ele não conseguiu se manter dentro dos limites que estabelecera previamente para si mesmo. O simples fato de abraçá-la tinha despertado desejos que ele não podia mais reprimir. E, como se fosse a coisa mais natural do mundo, ele a tomou nos braços e beijou. Beijou-a durante muito tempo, como se estivesse se lembrando de como era e continuou, gostando cada vez mais. Quando parou, ambos estavam ofegantes. — Bernie?... — Ela não sabia ao certo o que estavam fazendo ou por quê. Tinha certeza apenas de uma coisa. Que o amava.

— Devo pedir desculpas? — Bernie perscrutou os olhos dela mas viu apenas ternura e a beijou novamente, sem esperar pela resposta.

— Pelo quê? — Agora ela estava zonza e ele a beijou novamente enquanto sorria para ela. Depois a estreitou nos braços. Não podia parar mais. Ele a desejara durante tempo demais... e sem ao menos saber disso. E agora a desejava tanto que não podia se controlar.

Subitamente ele afastou-se de Megan e se levantou, envergonhado dela ver o imenso volume em suas calças. Estava com uma incontrolável e enorme ereção.

— Sinto muito, Meg. — Ele suspirou profundamente e caminhou para a janela, tentando lembrar-se de Liz, mas descobriu que não conseguia, e aquilo o apavorou. Virou-se para Megan com o olhar de uma criança perdida. Ela estava em pé logo atrás.

— Está tudo bem, Bernie... ninguém vai te fazer mal. — E quando ela o disse, Bernie a tomou novamente nos braços e começou a chorar. Desta vez ela o abraçou e Bernie a manteve assim, como se precisasse de sentir seu calor perto dele. Então olhou dentro dos olhos de Megan, com os cílios úmidos, o resto sério e resoluto.

— Não sei o que mais eu sinto, Meg... mas sei que te amo.

— Eu também te amo... e sou sua amiga... — Bernie sabia que era verdade. Estendeu as mãos e as colocou em concha sobre os seios dela. Depois as deslizou sobre a barriga magra e lisa e para dentro dos *jeans* de Megan e sua respiração demonstrou o quanto a desejava. Abriu o zíper e a tocou suavemente, enquanto ela fechava os olhos e gemia baixinho. E então, sem uma palavra de protesto por parte dela, Bernie a carregou para o sofá e eles se deitaram lá, em

341

frente da lareira, descobrindo o corpo um do outro. O corpo de Megan era claro e sua pele delicadamente branca, como raios de luar. Os seios eram pequenos e firmes e quando Bernie os tocou eles se enrijeceram. Megan delicadamente abriu as calças dele e explorou o interior para encontrar o pênis que saltou avidamente para dentro de sua mão. Bernie tirou o resto das roupas. Pressionou seu corpo contra o dela e depois para dentro, enquanto Megan dava um grito agudo de desespero. Subitamente ambos gritaram de desespero, angústia, paixão e alegria, enquanto Megan se agarrava a ele e se aproximava do clímax. Bernie sentiu como se toda sua vida tivesse terminado quando subiram até o céu e caíram novamente juntos na Terra.

Ficaram deitados em silêncio durante um longo tempo, ele com os olhos fechados e acariciando-a, enquanto ela olhava fixamente para o fogo, pensando no quanto o amava.

— Obrigado. — As palavras foram murmuradas por Bernie, deitado lá. Sabia o quanto ela havia lhe dado e como precisava desesperadamente disso. Mais do que jamais imaginara. Precisava do amor de Megan, de seu afeto e ajuda agora. Estava desligando-se de Liz e aquilo era quase tão doloroso quanto tinha sido a morte dela, talvez mais, porque era para sempre.

— Não diga isso... eu te amo.

Bernie abriu os olhos e quando viu o rosto dela acreditou.

— Nunca pensei que fosse dizer isso de novo. — Sentiu um alívio que nunca sentira antes. Alívio, paz e segurança apenas por estar com ela. — Eu te amo — sussurrou novamente.

Megan sorriu e o abraçou como se ele fosse uma criança perdida, e Bernie adormeceu em seus braços.

Capítulo 42

No dia seguinte, quando acordaram, os dois estavam tensos. Megan estava desanimada, mas, quando olharam ansiosamente um para o outro e viram que não tinham nada a temer, sentiram-se felizes. Era o dia de Ano-Novo e Bernie caçoou dela a respeito do modo como tinham passado a véspera, enquanto Megan dava uma risadinha.

Ele foi preparar o café. Megan encontrou e vestiu um velho roupão de banho de Bernie e o seguiu até a cozinha. Ela estava bonita e seus longos e fartos cabelos em desalinho quando sentou-se e segurou o queixo com as duas mãos, os cotovelos apoiados no balcão.

— Sabe, você é um homem bonito. — Ele era o homem mais sensual com quem já dormira e nunca tinha sentido por alguém o que sentia por ele. Mas sabia que aquilo poderia ser perigoso para ela. Bernie era um convite ao sofrimento. Não se recobrara da morte da mulher e dali a poucos meses iria se mudar para Nova York. Ele mesmo lhe dissera isso. E ela era madura o bastante para saber que às vezes eram os honestos que realmente causavam danos.

— Em que você está pensando? Parece terrivelmente séria, bela senhora.

— Estou pensando em como vou ficar triste quando você voltar para Nova York. — Também seria honesta com ele. Tinha de ser. Ao longo dos anos sobrevivera às suas próprias tragédias e tinha cicatrizes que não podiam ser esquecidas.

— É engraçado. Não estou mais ansioso por voltar. Nos primeiros dois anos aqui, isso era tudo que eu queria. — Ele deu de ombros e entregou-lhe uma caneca de café preto e fumegante, que foi como ela o tomou. — Agora gostaria de não ter de voltar. Por que não deixamos de pensar nisso um pouco?

— De qualquer modo, vai doer. — Ela sorriu-lhe filosofica-

343

mente. — Mas acho que por você vale a pena.

— Que coisa bonita de se dizer. — Teria pago qualquer preço por ela também. Ficou surpreso ao constatar o quanto a amava.

— Achei você maravilhoso na noite em que veio ao hospital com Alex. Eu disse para a enfermeira... mas pensei que fosse casado. A caminho de casa fiz um sermão a mim mesma para não me entusiasmar pelos pais dos meus pacientes. — Ambos riram. — Eu fiz. Sinceramente.

— Um sermão e tanto. Eu não diria que você esteve fria ontem à noite.

Megan corou e ele foi sentar-se perto dela, desejando-a novamente, desejando mais do que podia ter... desejando-a para sempre. Por enquanto estavam vivendo num reino encantado de amor. Mas quando olhou para ela Bernie quis mais. Abriu delicadamente o roupão que Megan amarrara tão cuidadosamente há apenas alguns momentos e ele caiu no chão, enquanto Bernie a conduzia para seu quarto. Dessa vez fizeram amor na cama dele — e mais uma vez — antes dela finalmente tomar banho e insistir em que tinha de se vestir e fazer a ronda no hospital com Patrick.

— Eu vou com você. — Os olhos de Bernie estavam mais felizes do que tinham sido em dois anos e os dela afetuosos enquanto se virava para ele, ainda molhada do chuveiro.

— Você quer mesmo ir de novo comigo? — Adorava aquilo, adorava tê-lo perto dela e dividir sua vida com ele. Mas também sabia que era perigoso. Cedo ou tarde, Bernie teria de deixá-la.

— Não consigo ficar longe de você, Meg. — Ele foi sincero. Era como se, tendo perdido uma mulher que amava, não pudesse suportar perder outra, mesmo se fosse apenas por uma hora.

— Está bem.

Eles foram inseparáveis durante todo o fim de semana, comendo, dormindo, caminhando, correndo e rindo juntos e fazendo amor três ou quatro vezes por dia. Bernie era como um homem que tivera fome de amor, sexo e afeição e não conseguia tirar dela o bastante para compensar. Durante a semana inteira, todos os dias ele voltou cedo do trabalho e foi encontrar-se com ela em seu consultório, levando pequenos presentes, curiosidades e coisas para comer. Foi como nos velhos tempos com Liz, apenas com uma diferença. Ambos sabiam que não ia durar. Um dia ele voltaria para Nova York e estaria terminado. Apenas isso ainda estava muito distante, uma vez que Paul Berman não tinha encontrado ninguém para substituí-lo.

E em sua última noite juntos antes das crianças voltarem para casa, Bernie abriu uma garrafa de champanhe Louis Roederer. Eles a beberam, e Megan preparou o jantar. Patrick estava de plantão naquela noite e eles tiveram uma noite tranqüila, porém apaixonada, nos braços um do outro até a manhã seguinte.

Bernie também tiraria o dia de folga para ficar com ela, mas os dois eram esperados às seis horas, e às quatro Bernie tinha de dirigir-se à cidade.

— Odeio deixá-la. — Durante dez dias, quase não tinham se separado, e deprimia-o pensar em deixá-la agora. As coisas não seriam as mesmas com as crianças por perto, principalmente Jane. Ela estava bastante crescida e era observadora demais para ser enganada com mentiras. Não poderiam dormir abertamente juntos, sem aborrecê-la terrivelmente e violar as normas em que ambos acreditavam. Se quisessem fazê-lo teriam de ir a algum lugar, ou Bernie teria de dormir na casa dela, sair às seis horas da manhã e entrar furtivamente antes das crianças acordarem. — Vou sentir muito a sua falta, Meg. — Bernie quase sentia vontade de chorar. Quando disse aquilo, Megan o beijou.

— Eu não vou a parte alguma. Estarei aqui mesmo. Esperando por você. — O modo dela falar o comoveu. Mas Bernie preenchera um lugar em seu coração que estivera vazio há muito tempo. Megan sabia exatamente o quanto o amava, talvez mais do que um dia pudesse lhe dizer... e sabia que tinha de amá-lo de braços abertos. Não tinha direito de agarrar-se a ele e prometera a si mesma não fazê-lo. — Eu vou vê-lo este fim de semana, amor. — Mas agora não seria a mesma coisa. Ambos o sabiam. Ele prometera telefonar naquela noite, depois das crianças estarem na cama. Mas enquanto ficava esperando-os no aeroporto, sentiu como se tivesse perdido uma coisa que lhe era muito cara e desejou voltar correndo para Megan e certificar-se de que ela ainda estava lá. Mas foi apenas quando foi para casa, com Nanny Pip e as crianças, que aquilo o atingiu.

Desta vez estava verdadeiramente procurando alguma coisa. Uma caixa que Jane jurava que estava com ele, contendo algumas fotografias de Ruth e Lou. Queria fazer um álbum e dar de presente a eles. Bernie abriu o armário de Liz e subitamente foi como se ela estivesse em pé lá, reprovando-o pelo que ele fizera com Megan.

Sentiu-se como se a tivesse traído e bateu com a porta. Estava com falta de ar quando deixou o quarto sem as fotografias que Jane queria. Não podia mais olhar para o armário de Liz.

— Eu não estou com elas. — O rosto dele estava pálido por baixo da barba. O que ele tinha feito? O que fizera com Liz? Esquecera-se dela? O que era aquilo? Ele pecara. Pecara horrivelmente. E tinha certeza de que Deus o castigaria. Ele a traíra.

— Está sim — insistiu Jane. — Vovó disse.

— Não, eu não estou! — Gritou ele. Depois caminhou com um ar tenso para a cozinha. — Ela não sabe do que está falando.

— O que há de errado? — Jane estava confusa mas o conhecia bem.

— Nada.

— Sim, há alguma coisa errada. Não se sente bem, papai? — Bernie virou-se para encará-la e ela viu os olhos marejados de lágrimas. Correu para o pai e atirou os braços ao redor dele, assustada.

— Desculpe-me, querida. Foi só que eu senti tanto a sua falta que quase enlouqueci. — Não sabia ao certo se estava pedindo desculpas a ela ou a Liz. Mas, ainda assim, quando as crianças estavam na cama, ele telefonou para Megan. E seu desejo foi tão esmagador que ansiou estar com ela logo que pudesse. Sentia-se como se fosse enlouquecer sem ela.

— Você está bem, querido? — Megan percebera alguma coisa estranha em sua voz, e achou que sabia o que era. Sabia que voltar para a casa que ele dividira com Liz seria doloroso. Principalmente agora. Principalmente do modo como se sentia. Ela sabia que Bernie se sentia culpado.

— Eu estou bem. — Mas ele não dava essa impressão.

— Não faz mal, se você não está. — Ela já o conhecia bem e Bernie suspirou. Por um lado era um alívio e por outro irritante. Sentia-se constrangido pela confusão e culpa, mas a culpa era real e ele não podia evitá-la.

— Você fala como a minha mãe.

— Ah! Ah! — Os dois riram. Mas ela não o pressionou.

— Esta bem, está bem. — Bernie decidiu limpar a alma e no final aquilo os tornou mais próximos. — Eu me sinto tão terrivelmente culpado. Abri o armário e foi como se ainda a sentisse lá..
— Não sabia o que mais dizer, mas Megan compreendeu

— Você ainda tem as roupas dela lá?

De certo modo aquilo também era constrangedor.

— Sim. Eu acho que...

— Está tudo bem. Você não tem de se desculpar, Bernie. É a sua vida. Tem direito a tudo isso. — Ela foi a primeira pessoa a dizer aquilo, e Bernie a amou ainda mais por isso.

— Eu te amo. Você é a melhor coisa que me aconteceu nesses últimos tempos e espero não te deixar maluca.

— Você me deixa. Mas não do modo ao qual se refere. — Megan corou discretamente. — De um modo agradável.

Bernie sorriu. Achava-se novamente um homem de sorte. Há muito tempo não se sentia assim.

— Como vamos fazer para ficarmos juntos este fim de semana?

Eles arquitetaram um plano. Bernie passaria a noite de sexta-feira com ela e iria para casa cedo, na manhã seguinte. E funcionou. Funcionou no sábado também. E Bernie fez o mesmo na noite da quarta-feira seguinte. Disse a Jane que teria de ir a negócios para Los Angeles.

Começou a dizer aquilo todas as semanas e uma semana ele ficou duas noites. Apenas Nanny Pip sabia a verdade. Bernie quis que ela soubesse onde ele estava, para o caso de acontecer alguma coisa com uma das crianças. Não disse quem era. Apenas deu o número do telefone e recomendou que ela o usasse somente numa emergência. Aquilo o embaraçou. Mas Nanny nunca disse uma palavra ou pareceu chocada. Era como se achasse tudo normal. Bernie suspeitava que ela sabia de quem se tratava. Quando ia para lá, Nanny sempre se despedia dele com um discreto sorriso e um tapinha nos ombros.

E nos fins de semana iam para Napa e Megan aparecia na casa deles.

Ela ensinou Jane a fazer um ninho para um passarinho que caíra de uma árvore perto da casa e ajudou a tratar da perna dele quando descobriram que estava quebrada. Quando saía em pequenas missões, levava Alex e agora ele gritava de prazer sempre que a via chegar. E Jane estava lentamente cedendo.

— Por que você gosta tanto dela, papai? — perguntou ela um dia, enquanto colocavam os pratos na pia para Nanny.

— Porque ela é uma boa mulher. É inteligente, gentil e carinhosa. Essa combinação não é fácil de se encontrar. — E ele encon-

347

trara. Duas vezes. Afinal de contas era um homem de sorte. Desta vez teria sorte até ter de sair da Califórnia e voltar para Nova York. Mas ultimamente questionava cada vez mais aquela decisão.

— Você a ama?

Bernie prendeu a respiração, sem saber ao certo o que responder. Queria ser honesto mas não queria ir depressa demais com ela.

— Talvez. — Jane pareceu atordoada.

— Ama? Tanto quanto amou mamãe? — Ela pareceu chocada e subitamente zangada.

— Não. Ainda não. Não a conheço há tanto tempo. — Jane assentiu com a cabeça. Então era sério. Mas por mais que tentasse não conseguia continuar a odiar Megan. Era muito fácil gostar dela e Megan era muito gentil com as crianças. Quando Bernie foi para a Europa em abril, Jane perguntou se poderiam passar os fins de semana com Megan. Era uma grande brecha. Bernie quase chorou de gratidão e alívio quando ela o disse.

— Você realmente quer eles aí? — Prometera a Jane que pelo menos pediria a ela. — Poderia mandar Nanny junto.

— Eu adoraria. — A casa de Megan era pequena, mas se ela dormisse no sofá... e insistiu em que queria fazer isso... poderia ceder seu quarto para Nanny.

As crianças ficariam em seu gabinete. Elas adoraram. Iam para lá às sextas-feiras depois das aulas para passar os fins de semana. E Bernie voltou a tempo para o terceiro aniversário de Alexander. Eles o comemoraram juntos e depois Bernie saiu para dar uma longa caminhada com Megan.

— Aconteceu alguma coisa em Nova York? — Ela pareceu preocupada. — Você está calado.

— Berman acha que está perto de encontrar alguém para me substituir. Há uma mulher de outra loja que ele quer contratar. E eles estão discutindo o salário. Mas ele normalmente ganha esse tipo de causa. O que eu vou fazer, Meg? — Havia um olhar de angústia em seu rosto que a comoveu profundamente. — Não quero deixá-la. — Sentira uma enorme falta dela enquanto estava na Europa, mais do que jamais pensara que sentiria.

— Nós encararemos o problema quando chegar a hora. — E naquela noite fizeram amor como se nunca fosse existir um amanhã. Duas semanas depois Bernie veio da cidade especialmente para contar a ela as novidades. Berman perdera sua substituta. Ela tinha

348

assinado um novo contrato com sua antiga loja por quase o dobro do salário. Foi um alívio e no entanto Bernie sabia que não podia continuar a contar com o destino para salvá-lo.

— Aleluia! — Bernie levara champanhe e eles foram jantar no Auberge du Soleil para comemorar. Tiveram uma noite maravilhosa. Na manhã seguinte ele ia voltar para a cidade às oito horas, mas Megan insistiu em que primeiro havia uma coisa que queria lhe mostrar. Indicou o caminho em seu Austin Healy. Era uma perfeita e pequena casa vitoriana, escondida entre alguns vinhedos afastados da rodovia.

— É linda. De quem é? — Bernie olhou casualmente para a casa, como se olha para a mulher de outro, com admiração mas sem nenhum impulso de possuí-la. Mas Megan sorria para ele, como se tivesse alguma surpresa programada.

— É um legado. Pertenceu à velha sra. Moses, que morreu quando você estava na Europa. Ela tinha 91 anos e a casa está em perfeitas condições.

— Você a está comprando? — Bernie estava intrigado. Megan parecia saber muito sobre a casa.

— Não. Mas tive uma idéia melhor.

— Qual foi? — Ele olhou de relance para seu relógio. Tinha de ir para a loja participar de uma reunião.

— Que tal abrir a sua loja agora? Eu não queria dizer nada até saber se você ia partir ou não. Mas mesmo se ficar apenas por alguns meses, Bernie, seria um fantástico investimento. — Ela estava tão excitada que quase parecia uma garota. Bernie olhou para ela, sensibilizado. Mas sabia que não poderia fazê-lo. Não tinha a menor idéia de quando iria partir.

— Ah, Meg... eu não posso.

— Por que não? Pelo menos deixe-me apresentá-lo a Phillippa.

— Querida... — Odiava desapontá-la, mas ela não tinha a menor idéia de quanto esforço era despendido para abrir uma loja. — Não preciso apenas de uma gerente, preciso de um arquiteto, um comprador, um... — ele gaguejou.

— Por que não? Você conhece todas essas coisas. E há uma dúzia de arquitetos por aqui. Vamos, Bernie, pelo menos pense nisso. — Megan olhou para Bernie e os olhos dele dançaram um pouco, mas não o suficiente. Estava desapontada.

— Vou pensar mas agora preciso ir. Voltarei no sábado. — Seria dali a dois dias. Toda a vida deles era construída em cima dos dias que passavam juntos.

— Você almoçaria com Phillippa?

— Está bem, está bem. — Bernie riu, beliscou o traseiro dela e entrou no carro, acenando enquanto se afastava. E Megan sorriu consigo mesma enquanto dirigia para o hospital, esperando que aquilo desse resultado. Era uma coisa que sabia que Bernie queria fazer e não havia razão para que não o fizesse. E faria tudo ao seu alcance para ajudá-lo. Ele tinha direito a seu sonho. E talvez, com sorte... ele ficasse na Califórnia.

Capítulo 43

Phillippa Winterturn tinha um dos nomes mais engraçados e um dos rostos mais bonitos que Bernie já vira. Era uma bonita mulher de cabelos brancos, no princípio dos cinqüenta. Já tinha feito de tudo, desde gerenciar uma loja em Palm Beach até dirigir uma cadeia delas em Long Island, trabalhar para *Women's Wear Daily* e *Vogue* e desenhar roupas para crianças. Durante os últimos trinta anos ela estivera envolvida em todos os setores do comércio varejista e até mesmo se formara em Parsons.

E Megan ouviu atentamente a conversa deles, mal conseguindo reprimir um sorriso. Nem mesmo ligou quando teve de voltar ao consultório para enfaixar o pulso aberto de um menino de oito anos. Quando voltou eles ainda estavam conversando. Perto do final do almoço os olhos de Bernie estavam brilhando. Phillippa sabia exatamente o que queria fazer e estava morrendo de vontade de fazê-lo com ele. Não tinha dinheiro para investir, mas Bernie tinha certeza de que ele mesmo poderia resolver aquilo, com um empréstimo do banco e talvez até mesmo uma pequena ajuda dos pais.

O problema era que simplesmente não fazia sentido para ele empreender um projeto como aquele que discutiam. Cedo ou tarde, ainda teria de voltar para Nova York. Mas, depois do almoço com Phillippa, a idéia não saiu de sua cabeça.

Passou de carro diversas vezes em frente da casa que Megan lhe mostrara. Remoeu aquilo, mas não fazia sentido comprar uma propriedade na Califórnia, exceto talvez como investimento.

Mas agora, sempre que Paul telefonava, Bernie parecia distante e distraído. De repente os fantasmas o estavam novamente perseguindo. Liz parecia vir à sua mente com excessiva freqüência e aquilo o tornava impaciente com Megan.

Bernie passou todo o verão com a loja de San Francisco, pelo

351

menos o seu corpo. Mas seu coração, mente e alma pareciam estar noutro lugar. Em Napa, com Megan, e a casa que desejou estar comprando e a loja que desejou estar abrindo. Sentia-se culpado por causa de suas emoções confusas e Megan pressentiu o que estava acontecendo com ele. Ela era muito calma, calada e compreensiva. Não fez nenhuma pergunta sobre os seus planos e Bernie ficou-lhe grato por isso. Megan era uma mulher extraordinária. Mas aquilo também o preocupava agora.

Durante sete meses tinham vivido de tempo roubado e cedo ou tarde teriam de agüentar as conseqüências. E ele não gostava da idéia. Adorava estar com Megan, dando longas caminhadas, conversando até altas horas e até mesmo acompanhando-a ao hospital quando ela era chamada tarde da noite. E ela era tão maravilhosa com as crianças... Alexander era louco por ela e agora também Jane e Nanny Pippin. Parecia ser a mulher perfeita para ele... exceto pelo fato de que ainda havia a lembrança de Liz com que se contentar. Tentava não comparar uma com a outra, elas eram duas mulheres totalmente diferentes. Sempre que Jane tentava fazê-lo, Megan sempre a fazia parar.

— A sua mãe era muitíssimo especial. — Era impossível discordar e confortador para Jane quando ela dizia aquilo. Megan parecia conhecer muito bem as crianças, mais ainda Bernie. Ele nem mesmo gostava mais de ficar na cidade. Havia sempre alguma coisa na casa deles que o deprimia. As lembranças nem mesmo pareciam mais felizes. Tudo em que ele conseguia pensar agora era em quando Liz estivera doente, morrendo e tentando tão desesperadamente se agarrar à vida, arrastando-se para a escola, fazendo o jantar para eles e definhando a cada minuto. Odiava pensar naquilo agora. Tinham se passado dois anos desde que ela os deixara e preferia pensar em outras coisas. Mas era difícil pensar em Liz sem pensar nela morrendo.

Em agosto, os pais dele foram visitar as crianças. Jane, Alex e Bernie estavam passando o verão em Napa. Eles se acomodaram da mesma forma que no ano anterior e, como tinham feito antes, levaram Jane para fazer uma viagem. E quando a trouxeram de volta ele os apresentou a Megan. Pela prévia descrição de Bernie era óbvio quem ela era. E Ruth a perscrutou com um olhar conhecedor, mas não a desaprovou. Até mesmo gostou dela. Teria sido impossível não gostar de Megan, até mesmo para a mãe dele.

352

— Então você é a médica — disse Ruth quase com orgulho e havia lágrimas nos olhos de Megan quando a beijou. No dia seguinte Megan levou os pais dele para darem uma volta de carro por Napa, quando estava de folga e Bernie no trabalho. Mostrou-lhes todos os pontos de atração turística. O pai de Bernie só podia ficar por uns poucos dias. Estava indo para San Diego para uma conferência de medicina. E Ruth optou por ficar em Napa com as crianças. Mas ainda estava profundamente preocupada com o filho. Sentia que, apesar de seu envolvimento com Megan, ele ainda chorava a morte de Liz. E elas conversaram sobre aquilo, durante o almoço no Saint George, em Santa Helena. Ruth sentiu que podia se abrir com esta jovem de quem gostava tanto. — Meu filho não é mais o mesmo — disse com pesar, perguntando a si mesma se algum dia voltaria a ser. Sob certos aspectos Bernie estava melhor... mais sensível, mais maduro... mas depois que Liz morreu perdera um pouco de sua alegria de viver.

— Isso leva tempo, sra. Fine. — Já haviam se passado dois anos e ele apenas estava começando a se recuperar. E eram as decisões que tinha de fazer que pesavam sobre ele agora. As escolhas que eram tão dolorosas. Megan ou a memória de Liz, San Francisco ou Nova York, uma loja sua ou a lealdade à Wolff's e Paul Berman. Sentia-se virado em todas as direções e Megan o sabia.

— Atualmente ele anda tão calado — Ruth falou com Megan como se fosse uma velha amiga e ela sorriu amigavelmente. Era o sorriso que confortava dedos machucados, ouvidos e barrigas que doíam... e ele confortou Ruth também. Sentia que nas mãos desta mulher seu filho seria feliz.

— É um momento difícil para ele. Acho que está tentando decidir se quer desligar-se. É assustador para todo mundo.

— Desligar-se de quê? — Ruth pareceu intrigada.

— Da lembrança de sua mulher, da ilusão de que ela voltará de novo. Não é diferente do que Jane tem enfrentado. Enquanto me rejeitar, pode fingir que sua mãe voltará algum dia.

— Isso não é saudável — disse Ruth, tornando-se carrancuda.

— Mas é normal. — Megan não contou a ela dos sonhos de Bernie de abrir uma loja em Napa Valley. Aquilo apenas a aborreceria mais. — Acho que Bernie está prestes a tomar algumas decisões que são difíceis para ele, sra. Fine. Ele se sentirá melhor quando as deixar para trás.

353

— Espero que sim.

Ruth não perguntou se uma daquelas decisões era se ele se casaria ou não com Megan. Mas elas continuaram a conversar ao longo do almoço. Ruth se sentia melhor quando Megan a deixou em casa e acenou enquanto se afastava.

— Gosto daquela moça — disse a Bernie naquela noite. — É inteligente, sensível e gentil. — Ela deu um pequeno suspiro. — E te ama. — Pela primeira vez na lembrança de Bernie a mãe pareceu com medo de irritá-lo e ele sorriu-lhe. — Ela é uma mulher maravilhosa.

Bernie concordou.

— Por que você não faz alguma coisa sobre isso?

Houve um longo silêncio quando Bernie encontrou os olhos da mãe.

Depois ele suspirou.

— Ela não pode transferir a sua clínica para Nova York e a Wolff's não vai me manter aqui para sempre, mamãe. — Bernie pareceu tão dividido quanto se sentia e a mãe lamentou por ele.

— Você não pode se casar com uma loja, Bernard. — A voz dela foi suave e baixa. Estava indo contra seus próprios interesses, mas a favor dos do filho e aquilo valia a pena.

— Tenho pensado sobre isso.

— E então?

Ele suspirou novamente.

— Devo muito a Paul Berman.

Por um momento, Ruth pareceu zangada.

— Não tanto para desistir de sua vida por causa dele, ou de sua felicidade, ou da felicidade de seus filhos. Do modo como vejo, ele te deve mais do que você a ele, depois de tudo que tem feito por aquela loja.

— Não é tão simples assim, mamãe. — Bernie parecia exausto e Ruth sofria por ele.

— Talvez devesse ser, querido. Talvez você devesse pensar sobre isso.

— Eu pensarei. — Finalmente Bernie sorriu e beijou o rosto da mãe. Depois sussurrou. — Obrigado.

Três dias depois Ruth foi encontrar-se com Lou em San Diego e Bernie sinceramente lamentou vê-la partir. Ao longo dos anos a mãe se tornara sua amiga e até Megan sentiu falta dela.

— Ela é uma mulher maravilhosa, Bernie.

Bernie deu um sorriso amplo para a mulher por quem estava tão perdidamente apaixonado. Foi a primeira noite deles sozinhos desde que Ruth foi embora e era bom estarem novamente deitados lado a lado na cama dela.

— Ela disse o mesmo de você, Meg.

— Tenho muito respeito por ela. E ela te ama muito. — Bernie sorriu. Estava feliz por terem gostado uma da outra. E Megan sentia-se feliz apenas por estar com ele. Nunca se cansava da companhia de Bernie. Sempre que podiam passavam horas juntos, conversando, abraçando-se e fazendo amor. Às vezes ficavam acordados a noite toda apenas para ficarem juntos.

— Sinto-me como se não a visse há semanas — sussurrou Bernie, enquanto aninhava-se no pescoço de Megan. Estava ávido pelo seu corpo e pela sensação de sua pele perto da dele. Deitaram-se lado a lado e fizeram amor, até que o telefone tocou, distante.

Sempre se surpreendiam com a ânsia que sentiam um pelo outro. O desejo deles não diminuíra nos oito meses em que tinham começado a fazer amor. Ainda estavam ofegantes quando Megan se desculpou e afastou-se para pegar o telefone. Mas estava substituindo Patrick.

Bernie deitou-se mais perto dela e acariciou o seu mamilo, sem querer deixá-la partir.

— Querido, eu tenho de...

— Só por esta vez... se eles não te encontrarem, vão chamar Patrick.

— Podem não conseguir localizá-lo. — Ela o amava, mas era sempre conscienciosa. Já se afastara dele. Apoderou-se do telefone no quarto toque, com o perfume do amor ainda pairando sobre ela. Bernie a seguiu e segurou suas nádegas. — A dra. Jones falando. — Era a voz oficial dela, seguida pelo costumeiro silêncio. — Onde?... Há quanto tempo?... Quantos... Com que freqüência? Coloque-a sob cuidados intensivos... e telefone para Fortgang. — Ela já estava agarrando seus *jeans*, o amor deles esquecido. E desta vez parecia preocupada. — E consiga-me um anestesista, dos bons. Irei imediatamente. — Megan desligou e virou-se para encarar Bernie. Não havia tempo para medir as palavras. Tinha de contar a ele.

— O que foi?

Oh, Deus... era a pior coisa que ela já tivera de dizer a alguém...

355

— Querido... Bernie... — Ela começou a chorar, odiando a si mesma pelas lágrimas que saltavam de seus olhos. Imediatamente Bernie soube que acontecera alguma coisa horrível com alguém que ele amava. — É Jane. — O estômago dele se contraiu ao ouvir as palavras. — Ela estava andando de bicicleta e foi atingida por um carro. — Vestia-se ao mesmo tempo em que conversava com ele. Bernie estava em pé olhando fixamente para ela, que estendeu as mãos e tocou o seu rosto. Ele dava a impressão de não ter compreendido. Compreendera, mas não podia acreditar. Não podia acreditar que Deus fosse tão terrível. Não duas vezes numa vida inteira.

— O que aconteceu? Droga, Megan, conte-me! — Estava gritando com ela e Megan queria partir. Tinha de chegar no hospital para vê-la.

— Ainda não sei. Ela tem um ferimento na cabeça e eles estão levando um cirurgião ortopédico para...

— O que está quebrado?

Ela tinha de lhe contar rapidamente. O tempo estava passando.

— A perna, o braço e quadril estão seriamente fraturados e também pode haver alguma lesão na espinha. Eles ainda não têm certeza.

— Oh, meu Deus... — Bernie cobriu o rosto com as mãos. Megan entregou a ele os seus *jeans* e correu para apanhar seus sapatos. Ela o ajudou a vestir as calças e colocou as dela.

— Não pode se entregar agora. Não pode. Temos de ir ao encontro dela. Pode não ser tão ruim como parece. — Mas parecia horrível, até mesmo para ela, como médica. Era possível que Jane nunca voltasse a andar. E se houvesse alguma lesão no cérebro decorrente do ferimento na cabeça seria desastroso.

Bernie agarrou o braço dela.

— Ou poderia ser pior, não é? Ela poderia morrer... ou ficar inválida ou tornar-se um vegetal pelo resto da vida.

— Não. — Megan enxugou os olhos e o empurrou na direção da porta. — Não... não vou acreditar que... Vamos... — Mas enquanto ela ligava o carro, engatava a marcha à ré e entrava quase sem aviso na rodovia, Bernie olhava fixamente para a frente. Megan tentou mantê-lo conversando. — Bernie, fale comigo.

— Você sabe por que aconteceu isso? — Ele dava a impressão de que acabara de morrer e era assim que se sentia por dentro.

356

— Por quê? — Pelo menos era algum assunto. Megan estava a mais de noventa quilômetros por hora, rezando para que a polícia viesse escoltá-la. A enfermeira na sala de emergência lhe dissera qual era a pressão sanguínea de Jane. Estava tão perto da morte quanto era possível e eles tinham a postos uma máquina para mantê-la viva.

— Aconteceu porque estávamos na cama um com o outro. Deus está me castigando

Megan sentiu as lágrimas arderem em seus olhos e apertou ainda mais o acelerador.

— Estávamos fazendo amor. E Deus não está te castigando.

— Sim, está. Não tinha o direito de trair Liz... e... — Bernie começou a soluçar e suas palavras a atingiram até o âmago, mas Megan continuou a conversar durante todo o caminho até o hospital, para que ele não sucumbisse totalmente.

Quando entraram no estacionamento ela avisou.

— Vou pular para fora deste carro logo que pararmos. Estacione e entre. Logo que souber eu te digo o que está acontecendo. Juro. — O carro parou e Megan olhou para ele. — Reze por ela, Bernie. Apenas reze por ela. Eu te amo. — E com aquilo ela se foi e voltou vinte minutos depois usando roupas de cirurgia verdes, boné e máscara, com chinelos de papel cobrindo seus mocassins.

— O ortopedista está com ela agora. Está tentando ver a extensão da lesão. E dois cirurgiões pediatras estão vindo de helicóptero de San Francisco. — Ela os chamara e quando o disse a Bernie ele soube o que aquilo significava.

— Ela não vai conseguir, não é Meg? — A voz dele estava meio morta. Telefonara para contar a Nanny e soluçara tanto que ela mal conseguiu entender. Nanny ordenou que ele readquirisse o domínio de si mesmo e disse que ficaria perto do telefone, esperando por notícias. Não queria assustar Alexander levando-o ao hospital. Nem mesmo contaria a ele. — Ela está...? — Bernie a estava pressionando e Megan pôde ver em seus olhos o quanto se sentia culpado. Quis dizer novamente que não era culpa dele, que não estava şendo castigado por trair Liz com ela, mas aquele não era o lugar apropriado. Teria de lhe dizer mais tarde.

— Ela vai conseguir e, se tivermos muita sorte, voltará a andar. Apenas se apegue a isso. — Mas e se ela não conseguisse? Bernie não conseguia tirar aquilo da cabeça, enquanto Megan desaparecia de novo. E ele afundou na cadeira como uma boneca de trapos, enquanto uma enfermeira lhe trazia um copo de água. Mas ele não quis. Aquilo o fazia lembrar-se de Johanssen dizendo-lhe que Liz tinha câncer.

Os helicópteros pousaram vinte minutos depois e os dois cirurgiões entraram numa corrida desabalada. Tudo estava pronto para eles e o ortopedista local os assistiu, assim como Megan. Também tinham trazido um neurocirurgião, apenas por precaução. Mas o ferimento na cabeça não era tão sério como tinham a princípio suspeitado. A verdadeira lesão estava nos quadris e na base da espinha. Aquilo era o que verdadeiramente temiam agora. A perna e o braço tinham fraturas simples. De certo modo Jane tivera sorte. Se a rachadura na espinha fosse dois milímetros mais profunda, ela ficaria paralisada da cintura para baixo pelo resto da vida.

A cirurgia levou quatro horas, Bernie estava quase histérico quando Megan foi novamente ao encontro dele, mas pelo menos terminara. Megan o abraçou enquanto ele soluçava.

— Ela está bem, querido... está bem... — E no final da tarde seguinte souberam que ela andaria de novo. Levaria tempo e seria preciso muita fisioterapia, mas ela correria, brincaria, caminharia e dançaria. Bernie soluçou quando lhe contaram. Olhou para o corpo adormecido de Jane e não conseguiu parar de chorar. E na próxima vez em que acordou novamente, Jane sorriu para ele e depois olhou de relance para Megan.

— Como você está, amor? — perguntou carinhosamente Megan.

— Ainda dói — reclamou ela.

— Doerá durante um período. Mas num abrir e fechar de olhos você estará fora daqui, brincando novamente.

Jane sorriu debilmente, olhando para Megan como se estivesse contando com ela para ajudá-la. E Bernie segurou a mão de Meg com uma mão enquanto com a outra segurava a de Jane.

Naquela noite Megan e Bernie telefonaram para Ruth e Lou e foi um choque para eles. Mas Megan deu ao pai de Bernie todos os detalhes e ele ficou tão confiante quanto eles.

— Ela teve muita sorte — disse Lou, admirado e aliviado. Megan concordou. — Parece que você também fez tudo certo.

— Obrigada. — Foi um elogio que ela apreciou muito. — Depois disso, ela e Bernie saíram para comer um hambúrguer e discutir a mecânica dos próximos meses. Jane ficaria pelo menos seis

358

semanas no hospital e em seguida meses numa cadeira de rodas. Não era possível ela subir as escadas da casa de San Francisco numa cadeira de rodas e tampouco Nanny o conseguiria. Teriam de ficar em Napa. Por razões totalmente opostas, Bernie não odiou a idéia.

— Por que não fica em Napa? Aqui não há escadas com que se preocupar. De qualquer modo ela não poderá ir à escola e você poderia arranjar um professor particular para ela. — Megan o olhou pensativamente e Bernie sorriu. Muitas coisas estavam subitamente tornando-se claras para ele. E então de repente olhou para ela e lembrou-se do que tinha dito quando aquilo aconteceu.

— Eu te devo desculpas, Megan. — Ele a estava olhando ternamente por cima da mesa de jantar, como se a estivesse vendo pela primeira vez. — Eu me senti tão culpado... senti-me assim durante muito tempo e estava errado. Sei disso.

— Está tudo bem — sussurrou Megan. Ela compreendia.

— Às vezes eu me sinto culpado por te amar tanto... como se eu não devesse fazer isso... como se ainda tivesse de ser fiel a ela... Mas ela se foi... e eu te amo.

— Eu sei disso. E sei que se sente culpado. Mas não tem de se sentir assim. Um dia isso vai parar.

Mas o estranho foi que subitamente ele percebeu que já parara. Em algum momento, no último dia ou antes. De repente não se sentia mais culpado por amar Megan. E não importa por quanto tempo ele deixara as coisas de Liz no armário, ou o quanto ele a tinha amado. Agora ela se fora.

Capítulo 44

A polícia pesquisou as causas do acidente e até mesmo fizeram um exame de sangue na motorista. Mas não havia dúvidas. Tinha sido acidental e a mulher que a atingira disse que nunca se recuperaria. A verdadeira culpa era de Jane, mas aquilo não era consolo enquanto ela ficava deitada no hospital, recuperando-se da cirurgia e enfrentando meses numa cadeira de rodas e meses de tratamento médico depois disso.

— Por que não podemos voltar para San Francisco? — Ela estava desapontada por não ir à escola e não ver seus amigos. E Alexander deveria começar a escola maternal, mas todos os planos deles agora tinham ido para o espaço.

— Porque você não conseguiria subir as escadas, querida. E tampouco Nanny, com uma cadeira de rodas. Deste modo pelo menos você pode sair. E lhe arranjaremos um professor particular. — Ela pareceu profundamente desapontada. Disse que aquilo arruinara todo o seu verão. Quase arruinara a vida dela e Bernie sentia-se grato por isso não ter acontecido.

— A vovó Ruth vai voltar?

— Ela disse que sim, se você quiser. — Por enquanto tudo estava sob controle.

Aquilo trouxe um tímido sorriso ao seu rosto. E Megan passara a maior parte de suas horas livres com ela. Tiveram longas e sérias conversas que as tornaram mais unidas do que antes. A resistência a Megan parecia tê-la abandonado, ao mesmo tempo que a culpa abandonara Bernie. Ele parecia mais tranquilo que nos últimos tempos, mas ficou atônito com o telefonema que recebeu no dia seguinte. Foi de Paul Berman.

— Parabéns, Bernard. — Houve uma pausa agourenta e Bernie prendeu a respiração. Pressentiu que alguma coisa catastrófica

360

estava por vir. — Tenho uma notícia para te dar. Na verdade três.
— Ele não perdeu um minuto. — Dentro de um mês vou me aposentar e o conselho acabou de votar em você para ocupar o meu lugar. E acabamos de contratar Joan Madison, da Saks, para substituí-lo em San Francisco. Ela estará aí em duas semanas. Dá tempo para você arrumar tudo até lá? — O coração de Bernie parou. Duas semanas? Duas semanas para dizer adeus a Megan? Como é que ele podia? E Jane não poderia ser removida durante meses. Mas aquele não era o problema agora. O problema era alguma coisa totalmente diferente e ele tinha de contar a Paul. Não fazia sentido adiar mais aquilo.

— Paul. — Bernie sentiu o peito se enrijecer e perguntou a si mesmo se estaria tendo um ataque cardíaco. Aquilo certamente simplificaria tudo. Mas não era o que ele desejava. Não queria uma saída fácil agora. Sabia exatamente o que queria. — Eu devia ter te contado há muito tempo. E o teria feito, se soubesse que você estava planejando se aposentar. Não posso aceitar o emprego.

— Não pode aceitar? — Paul Berman pareceu horrorizado. — O que quer dizer? Investiu quase vinte anos de sua vida preparando-se para isso.

— Sei disso. Mas muitas coisas mudaram para mim quando Liz morreu. Não quero deixar a Califórnia. — Ou Megan... ou um sonho que ela criara...

Berman ficou subitamente assustado.

— Outra pessoa te ofereceu um emprego? Neiman... Marcus?.... I. Magnin?... — Não podia imaginar que Bernie o trairia indo para outra loja, mas talvez tivessem feito uma proposta irrecusável. Bernie rapidamente o tranqüilizou.

— Eu não faria uma coisa dessas com você, Paul. Sabe de minha lealdade para com a loja e você. Isto apenas se baseia em muitas outras decisões que tive de fazer em minha vida. Há algumas coisas que eu quero fazer aqui que não poderia fazer em nenhum outro lugar do país.

— Pelo amor de Deus, não consigo imaginar o quê. Nova York é a linha vital de nossos negócios.

— Quero começar o meu próprio negócio, Paul. — Houve um silêncio atônito do outro lado da linha e Bernie sorriu consigo mesmo quando disse aquilo.

— Que tipo de negócio?

— Uma loja. Uma pequena loja de novidades em Napa Valley. — Sentiu-se como um homem livre apenas por dizer as palavras e pôde sentir a tensão dos últimos meses saindo de seu corpo. Não competirei com você, mas quero fazer uma coisa muito especial.

— Você já tomou alguma providência no sentido de abri-la?

— Não. Primeiro tinha de tomar uma decisão sobre a Wolff's.

— Por que não faz as duas coisas? — Berman estava desesperado e Bernie podia perceber isso. — Abra uma loja aí e consiga alguém para gerenciá-la para você. Depois volte para cá e ocupe o lugar que conquistou para si mesmo na Wolff's.

— Paul, isso é uma coisa com a qual sonho há anos, mas agora não é mais para mim. Tenho de ficar aqui. É a decisão certa para mim. Sei disso.

— Será um choque terrível para o conselho.

— Sinto muito, Paul. Não foi minha intenção embaraçar você, ou colocá-lo numa situação difícil. — E então ele sorriu. — Parece que ainda não poderá se aposentar. De qualquer modo você é muito novo para fazer uma tolice dessas.

— Meu corpo não concorda com você, principalmente esta manhã.

— Lamento, Paul. — E ele lamentava, mas também estava muito feliz. Depois do telefonema Bernie sentou-se em tranqüilo silêncio no seu gabinete. Sua substituta chegaria em duas semanas. Depois de anos com a Wolff's estaria livre em duas semanas... livre para começar uma loja sua... mas primeiro havia outras coisas que tinha de fazer. E na hora do almoço ele saiu apressadamente da loja.

Havia um silêncio mortal na casa quando ele virou a chave na fechadura. O silêncio que o cumprimentou foi tão doloroso quanto sempre tinha sido, desde que ela morrera. Ele ainda tinha a impressão de que iria encontrá-la lá, ver o seu bonito e sorridente rosto quando saía da cozinha, jogando os longos cabelos louros por cima do ombro e enxugando as mãos no avental. Mas não havia ninguém. Nada. Não houvera em dois anos. Tudo terminara, junto com os sonhos. Era hora de novos sonhos, uma nova vida. Com o coração na boca, Bernie arrastou as caixas para o salão da frente e depois para o quarto de dormir deles. Sentou-se por um momento na cama. Depois levantou-se rapidamente. Tinha de fazer aquilo antes de começar a pensar nela de novo, antes que inalasse demais o perfume do passado distante.

Bernie nem mesmo tirou as roupas dos cabides, apenas as levantou dos suportes em grupos — como os rapazes no depósito da Wolff's — e as jogou dentro das caixas, junto com montes de sapatos, suéteres e bolsas. Deixou apenas o lindo vestido com que ela fora à ópera e o vestido de casamento, pensando que um dia Jane gostaria de tê-los. Mas uma hora depois, tudo o mais estava no salão da frente dentro de seis enormes caixas. Demorou mais meia hora para descer com elas para o carro e arrumá-las lá dentro. Depois voltou uma última vez para a casa. Iria vendê-la. Mas agora, sem Liz, não havia mais nada nela com que se importasse. Perdera o encanto para ele. Liz fora o encanto de toda a sua existência.

Bernie fechou suavemente a porta do armário. Agora não havia nada dentro dele, exceto os dois vestidos que ele salvou, dentro de suas capas de plástico da Wolff's. O resto estava vazio. Liz não precisava de roupas agora. Repousava num lugar tranqüilo em seu coração, onde podia sempre encontrá-la. E, dando um último olhar ao redor da casa silenciosa, Bernie caminhou calmamente para a porta e depois saiu para a luz do sol.

Foi uma viagem curta até a loja de pechinchas à qual Liz já recorrera antes para desfazer-se das roupas velhas de Jane. Ela sempre achou que nada deveria ser desperdiçado e que alguém poderia usar as coisas das quais não precisavam mais. A mulher na escrivaninha foi amável e tagarela e insistiu em dar a Bernie um recibo pelo seu "generoso donativo", mas ele não quis. Apenas sorriu tristemente para ela, saiu pela porta em direção ao carro e voltou tranqüilamente para seu gabinete.

E a loja agora lhe parecia diferente, enquanto subia a escada rolante até o quinto andar. De algum modo a Wolff's não era mais dele agora. Pertencia a outra pessoa. A Paul Berman e a um conselho em Nova York. E Bernie sabia que seria doloroso partir, mas estava pronto.

Capítulo 45

Naquela tarde Bernie saiu cedo da loja. Tinha muitas coisas para resolver. E sentiu-se estimulado quando parou o que estava fazendo e dirigiu-se à Golden Gate Bridge. Tinha uma hora marcada com a corretora de imóveis às seis horas e teria de dirigir como louco para ser pontual. Chegou vinte minutos atrasado por causa do tráfego em San Rafael, mas a mulher ainda o esperava. E também a casa que Megan lhe mostrara meses atrás. O preço até mesmo caíra e nesse meio tempo o testamento fora homologado.

— Vai morar aqui com sua família? — indagou a mulher, enquanto preenchia os papéis preliminares. Bernie preenchera um cheque como depósito e estava ansioso por começar a trabalhar para levantar o resto do dinheiro.

— Não exatamente. — Teria de conseguir permissão para usar comercialmente a casa e ainda não estava preparado para explicar nada àquela mulher.

— Com um pouco de trabalho vai ser uma propriedade maravilhosa para alugar.

— Também acho. — Bernie sorriu. O negocio deles foi concluído às sete horas. E ele foi para um telefone público e discou o número de Megan, esperando que ela estivesse em serviço e não Patrick.

Quando uma voz atendeu, um minuto depois, Bernie perguntou pela dra. Jones. A voz solícita do outro lado da linha informou-lhe que ela estava na sala de emergência. Mas poderiam chamá-la, se ele dissesse o seu nome, o nome e a idade da criança e qual era o problema. Ele disse ser o sr. Smith, pai de um garotinho George, que tinha nove anos e estava com um braço quebrado.

— Não posso simplesmente ir encontrá-la na sala de emergência? Ele está com muita dor. — Ele se sentiu péssimo usando de um

364

artifício daqueles, mas era por uma boa causa. A telefonista concordou em avisar à dra. Jones que ele estava indo. — Obrigado. — Bernie disfarçou o sorriso em sua voz e voltou apressadamente para o carro para ir ao encontro dela no hospital. E, quando entrou, Bernie a viu em pé na frente da escrivaninha, com as costas voltadas para ele. Todo o seu corpo sorriu à visão dela. Os brilhantes cabelos negros e o corpo alto e gracioso eram exatamente o que ele ansiara ver durante todo o dia. Bernie aproximou-se por trás dela e, suavemente, deu um tapinha em suas costas. Megan pulou e então deu um amplo sorriso, tentando sem sucesso parecer que o reprovava.

— Olá. Eu estava apenas esperando por um paciente.

— Aposto que sei quem é.

— Não, não sabe. É um paciente novo. Eu mesma ainda não o conheço.

Bernie inclinou-se para ela e sussurrou ao seu ouvido.

— O sr. Smith?

— Sim... eu... como você... — E então ela corou. — Bernie! Você estava me fazendo de boba? — Ela pareceu atônita, mas não realmente zangada. Era a primeira vez que Bernie fizera aquilo.

— Você se refere ao pequeno George e seu braço quebrado?

— Bernie! — Ela apontou um dedo para ele. Bernie a empurrou suavemente para dentro de uma sala de exames, enquanto ela o repreendia. — Essa é uma coisa terrível de se fazer. Lembre-se do garoto que dava alarme falso.

— Isso era coisa da Wolff's e eu não trabalho mais lá.

— O quê? — Ela pareceu verdadeiramente pasma e o olhava atordoada. — *O quê?*

— Pedi demissão hoje. — Ele parecia extasiado enquanto sorria amplamente para ela, parecendo muito mais infantil do que poderia ter sido o imaginário George.

— Por quê? Aconteceu alguma coisa?

— Sim. — Bernie riu. — Paul Berman me ofereceu o lugar dele. Quer se aposentar.

— Você está falando sério? Por que não aceitou? Foi para isso que você trabalhou toda a sua vida.

— Foi o que ele disse. — Bernie estava procurando alguma coisa em seu bolso e parecia extremamente feliz, enquanto Megan continuava a olhar fixamente para ele, atordoada.

365

— Mas por quê? Por que você não...

Bernie olhou dentro dos olhos dela.

— Eu disse a ele que estava abrindo a minha própria loja. Em Napa Valley.

Se aquilo fosse possível, Megan deu a impressão de estar ainda mais atordoada, enquanto Bernie sorria radiante e orgulhosamente para ela.

— Você está falando sério ou enlouqueceu, Bernie Fine?

— As duas coisas. Mas vamos continuar a falar nisso mais tarde. Primeiro há alguma coisa que eu quero te mostrar. — E ele ainda tinha de contar a ela sobre a casa que acabara de comprar, a casa para a loja deles. Mas primeiro havia outra coisa que queria lhe mostrar. Ele o escolhera com um enorme cuidado, depois que deixara seu gabinete. Bernie lhe entregou uma pequena caixa embrulhada para presente, que ela olhou com bastante suspeita.

— O que é isso?

— Uma pequena, diminuta aranha viúva negra. Tome cuidado quando abrir a caixa. — Bernie ria como um garoto e as mãos de Megan tremeram enquanto ela lutava com o papel de embrulho. Depois se viu segurando uma caixa de veludo negro de um conhecido joalheiro internacional.

— Bernie, o que é isso?

Bernie ficou muito perto dela, tocou suavemente em seus cabelos negros e sedosos e falou com tanta doçura que apenas ela poderia tê-lo ouvido.

— Isso, meu amor, é o princípio de uma vida inteira. — Bernie abriu a caixa. Megan sufocou um grito quando viu o bonito anel de esmeralda, circundado por pequenos brilhantes em baguete. Era um anel lindo, uma linda pedra. E a esmeralda parecera perfeita para ela. Bernie não quisera dar a ela um anel como o que comprara para Liz. Esta era uma vida totalmente nova. E agora estava pronto para ela. E, quando olhou para Megan, havia lágrimas rolando lentamente por suas faces. Chorou quando ele colocou o anel no dedo dela. Depois Bernie a beijou. — Eu te amo, Meg. Quer se casar comigo?

— Por que você está fazendo tudo isso? Pedindo demissão de seu emprego... pedindo-me em casamento... decidindo abrir uma loja... não pode tomar decisões como essas numa tarde. É loucura.

— Eu as estou tomando há meses. E você sabe disso. Apenas

demorei muito tempo antes de fazer alguma coisa a respeito e agora chegou a hora.

Megan olhou dentro dos olhos dele, com alegria e um pouco de medo. Bernie era um homem pelo qual valia a pena esperar, mas não fora simples.

— E Jane?

— Jane? — Bernie pareceu espantado.

— Não acha que deveríamos consultá-la primeiro?

Ele pareceu subitamente assustado, mas Megan insistiu.

— Ela tem de se ajustar ao que nós queremos.

— Acho que temos de contar a ela antes de ser um fato consumado — e depois de dez minutos de discussão Bernie concordou em subir e conversar sobre o assunto com ela, mas temia que não estivesse preparada.

— Olá. — Bernie sorriu nervosamente e Jane imediatamente percebeu alguma coisa estranha nele, enquanto entravam no quarto. E ainda podia ver as lágrimas nos cílios de Megan.

— Há alguma coisa errada? — Ela parecia preocupada, mas Megan rapidamente balançou negativamente com a cabeça.

— Não. Queremos seu conselho a respeito de uma coisa. — Megan estava escondendo a mão esquerda no bolso de seu jaleco branco, para que Jane não visse primeiro o anel.

— De que tipo? — Jane pareceu intrigada, como se de repente se sentisse muito importante. E era. Para eles dois.

Megan olhou para Bernie. Ele aproximou-se de Jane e pegou a sua mão, enquanto ficava perto da cama.

— Megan e eu queremos nos casar, querida, e desejamos saber como você se sente sobre isso. — Houve um longo e significativo silêncio no quarto. Bernie prendeu a respiração. Jane olhou para eles e depois sorriu devagar, recostando-se novamente em seus travesseiros.

— E vocês me perguntaram primeiro? — Ambos assentiram com a cabeça e ela deu um sorriso largo. Era extraordinário. — Uau. Isso é realmente formidável. — Nem mesmo sua mãe fizera aquilo, mas ela não o disse a Bernie.

— Bem, o que você acha?

— Acho que está bem... — Ela sorriu para Megan. — Não... acho que seria realmente ótimo. — Todos os três riram amplamente e Jane começou a dar risadinhas. — Você vai dar a ela um anel, papai?

367

— Acabei de dar. — Bernie tirou a mão de Megan do bolso.

— Mas ela não quis dizer sim, antes de você. — Jane deu um olhar para Megan que dizia que aquilo as tornara amigas para sempre.

— Vocês vão fazer um grande casamento? — indagou Jane.

Megan riu.

— Ainda nem pensei sobre isso. Aconteceram tantas coisas hoje...

— Pode repetir isso? — Ele contou a Jane que ia deixar a Wolff's e depois às duas sobre a casa que estava comprando para abrir sua loja. Ambas o olharam espantadas.

— Você realmente vai fazer isso, papai? Abrir a loja e mudar para Napa e tudo o mais? — Jane bateu palmas excitada.

— Claro que sim. — Bernie sorriu para suas duas mulheres e sentou-se numa das cadeiras para visitantes. — Quando estava vindo para cá até mesmo pensei num nome para ela.

As duas mulheres esperaram ansiosamente.

— Estava pensando em você duas, em Alexander e em todas as coisas boas que têm acontecido ultimamente... os momentos bons em minha vida. E então me ocorreu. — Megan escorregou a mão para dentro da dele e Bernie pôde sentir a esmeralda em seu dedo. Aquilo o deixou feliz. Sorriu para ela e depois para a filha. — Eu vou chamá-la de Coisas Boas. O que acham disso?

— Eu adorei. — Megan sorriu alegremente para ele e Jane deu gritinhos de prazer. Agora nem mesmo se importava por estar presa no hospital, tantas eram as coisas boas que estavam acontecendo a eles.

— Posso ser dama de honra do casamento, Meg? Ou alguma coisa desse tipo? — Havia lágrimas nos olhos de Megan quando sorriu para Jane e concordou com a cabeça. Depois Bernie inclinou-se e beijou sua noiva.

— Eu te amo, Megan Jones.

— Eu amo vocês três. — sussurrou ela, olhando de pai para filha e incluindo Alexander. — E Coisas Boas é um nome lindo... Coisas Boas... — Era uma descrição perfeita de tudo que acontecera com ele desde que a conhecera.

* * *

Impresso no Brasil pelo
Sistema Digital Instant Duplex da Divisão Gráfica da
DISTRIBUIDORA RECORD DE SERVIÇOS DE IMPRENSA S.A.
Rua Argentina, 171 – Rio de Janeiro, RJ – 20921-380 – Tel.: 2585-2000.